KB176103

천자문 쉽게 알기

즐거운지식 4

천·자·문·속·숨·은·이·야·기

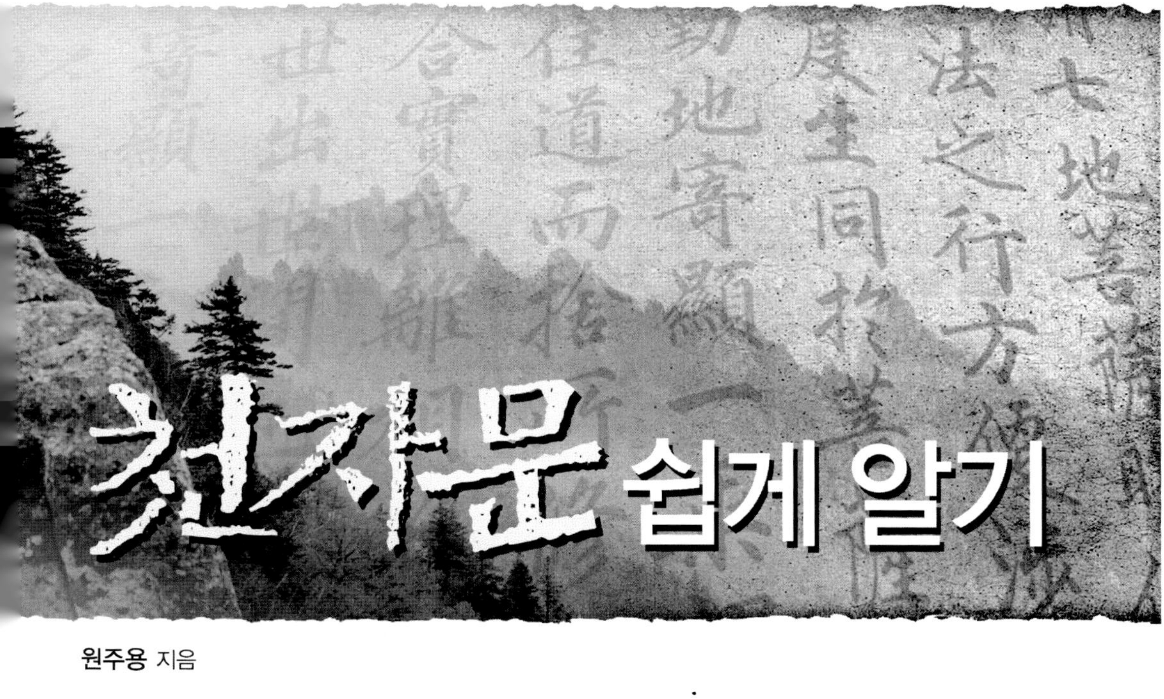

천자문 쉽게 알기

원주용 지음

머리말

가끔 학생이나 일반인들에게 "이 漢字는 왜 이렇게 생겼어요? 어떻게 만들어졌죠?"라는 질문을 받곤 하였다. 漢文을 공부한다고 하면, 으레 漢字나 漢文에 대해서 모두 다 알고 있을 것 같다는 추측을 하는 모양이다. 하지만 그 질문에 적지 않게 당황했었다. 漢文學을 공부하면서 漢字의 뜻만을 익혀 漢文을 해석하는 도구로만 여겼지 그 由來에 대해서는 학부 시절에 잠시 배운 것을 제외하고는 따로 공부한 적이 없었기 때문이다. 그래서 물음에 대한 답을 하기 위해 틈틈이 漢字의 유래에 대해 공부하게 되었는데, 이것이 이 책을 쓰게 된 출발점이 되었다.

이 책은『千字文』에 나와 있는 漢字를 대상으로 했다.『千字文』은 중국 梁나라 武帝의 명을 받은 周興嗣가 하룻밤 만에 1句 4字 250句로 된『천자문』을 짓고는 머리가 하얗게 세었다 하여 '白首文'이라고도 하는 예전 漢文학습의 가장 基本書이기 때문이다.

이 책의 구성은 漢字 옆에 그 漢字에 해당하는 簡化字를 제시하고, 漢字의 초기 형태를 비교적 잘 볼 수 있는 小篆과 大篆(元대 趙孟頫가 쓴『六體千字文』의 일부)을 제시하였다. 그리고 아래에는 그 漢字가 발생한 유래나 파생된 의미를 간략하게 설명하였고, 그 의미가 활용된 漢字語를 例示하였으며, 끝으로 名句나 破字이야기 등을 덧붙였다. 簡化字는 중국·싱가포르·말레이시아 등 漢字 文化圈에서는 이미 일반화된 표기 수단이다. 그러므로 더불어 알아두면 편리하기 때문에 倂記한 것이다. 그리고 우리말 어휘 가운데 대략 60% 정도가 漢字語로 되어 있기 때문에, 漢字와 漢字語를 함께 학습한다면 그 활용도는 훨씬 넓어진다. 또 漢字는 조합되는 漢字

에 따라 다양한 뜻을 지니게 되므로, 실생활에 유용하게 활용할 수 있는 漢字語를 중심으로 漢字가 지니는 다양한 의미를 用例로 제시하였다. 마지막 부분에 破字이야기나 수수께끼, 名句나 懸吐이야기를 삽입하여 구성의 단조로움에 재미를 더하고자 하였다.

이 책은 『千字文』에 나오는 漢字의 字源 및 그 용례들의 변화 등을 다루고 있지만, 漢字 字源에 대한 전문적인 硏究書는 아니다. 그리고 지금까지 연구된 漢字의 字源에 대한 다양한 異說들을 모두 소개하지도 않았다. 필자는 이 책을 읽는 독자가 오직 字源의 형태를 통해서 漢字나 漢字語를 쉽게 익혀서 실생활에 두루 활용하면 그뿐이다. 게다가 가능하면 漢字의 유래를 쉽고 효율적으로 이해할 수 있는 견해들을 채록했으므로, 이 외의 다양한 異說이 존재한다는 점을 양지해 주길 바란다.

끝으로 이 책이 나올 수 있게 학문적으로 도와주신 선생님이 많기에 마음속에 깊은 감사의 마음을 새겨두고자 한다. 그리고 아빠와 함께 많은 시간을 보내야 할 시기인데도 불구하고 아빠에게 공부할 시간을 할애해 준 두 딸 혜원이와 다원이, 묵묵히 남편이 하는 일을 지켜봐 준 아내 김은경 씨에게 감사의 마음을 전하고 싶다. 아울러 난잡한 원고를 잘 교정해 준 한국학술정보(주) 편집부에게도 감사의 뜻을 표한다.

모쪼록 이 책이 漢字에 관심 있는 분들에게 작게나마 보탬이 되었으면 한다.

2009년 5월 龜山 기슭에서

元周用 謹書

天 0001

하늘 천

• 비슷한 한자 •

夭 일찍죽다 요

天 天과 元은 모두 사람의 머리 부분을 가리키는 것으로, 정면에서 서 있는 사람의 모양을 본뜬 것이다. 위 대전大篆에서 보는 것처럼 검게 칠해진 부분이 사람의 머리로 이 부분을 돌출시킨 것이다. 天의 본래 뜻은 '사람의 머리'나 '끝 부분'이었으나, 의미가 확대되어 머리 위에 있는 '하늘'이 되었으며, 후에 파생派生: 본체에서 다른 갈래가 생김되어 '자연계'를 뜻하기도 하였다.

예시

天地 하늘 천 땅 지 >>하늘과 땅

天然 자연 천 그러하다 연 >>자연 그대로의 상태

天人共怒 하늘 천 사람 인 함께 공 성내다 노 >>하늘과 사람이 함께 성낸다는 뜻으로, 몹시 나쁜 짓을 말함

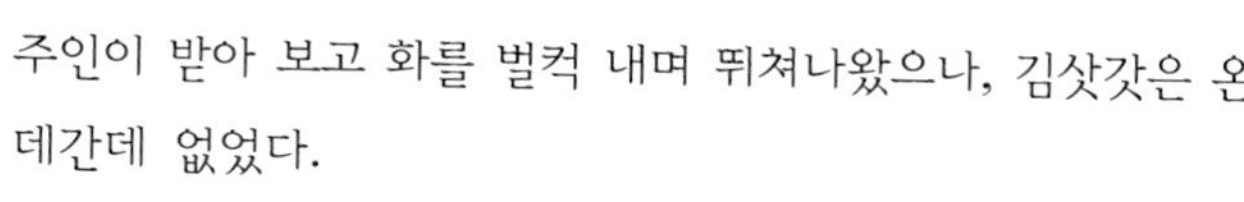

재미있는 破字이야기

김삿갓이 어느 집에 들러 잠자리를 청했으나, 주인은 문을 쾅 닫고 들은 척도 하지 않았다. 김삿갓은 주인을 골려 주고 싶었다.

"주인어른을 위해 제가 시 한 수를 지어 올리겠습니다."

'하늘 천' 자에 갓을 벗고 점 하나를 얻었고,

'이에 내' 자에 칼을 잃고 '한 일' 자를 둘렀네.

주인이 받아 보고 화를 벌컥 내며 뛰쳐나왔으나, 김삿갓은 온데간데 없었다.

* 天(하늘 천) → 大 → 犬(개 견). 乃(이에 내) → 了 → 子(아들 자): 犬子(개새끼)

0002

땅 지

• 비슷한 한자 •

池 못 지
他 다르다 타

地 대전大篆의 모양에서 왼쪽 상단 부분은 높은 땅의 모양이고, 오른쪽 상단에 있는 彖판단하다 단은 소리音를 나타내며, 아래 土는 평지를 의미함으로, 그 둘의 뜻을 합쳐 널리 '땅'을 뜻한다.

소전의 모양에서 土는 땅이고, 也어조사 야는 뱀을 본뜬 것으로 꾸불꾸불 이어진 모양을 나타내니, 그 둘을 합치면 '꾸불꾸불 이어진 땅'을 뜻한다. 후에 파생되어 '입장'을 뜻하기도 하였다.

一說에는 也는 '여자의 생식기 모양'을 형상화한 것으로, 신체의 가장 밑 부분을 가리켜 '땅'을 비유하므로, '가장 아래 부분에 있는 흙', 즉 '땅'이 된다고도 한다.

예시 地形 땅 지 모양 형 >>땅의 모양
易地思之 바꾸다 역 입장 지 생각하다 사 어조사 지 >>입장을 바꾸어 생각함

0003

검다 현

• 비슷한 한자 •

亥 열두째 지지 해

玄 검은 실을 묶어 놓은 모양을 본뜬 글자로, '검은 실'에서 '검다'라는 뜻이 나왔고, 후에 파생되어 '깊다'의 뜻으로도 쓰였다.

일설에는 그냥 실을 허공에 걸어 놓았는데, 본래는 흰색이었지만 오래 걸어 놓으면 검게 변함으로 '검다, 어둡다'라는 뜻이 생겼다고도 한다.

一說에는 亠꼭지 두＋幺＝糸 실 사로, 실 끝이 위로 조금 나와 가물거림에서, '어둡다'는 뜻으로 쓰였다고도 한다.

예시 玄裳縞衣

검다 현 치마 상 희다 호 옷옷 의 >>검은 치마에 흰 저고리라는 뜻으로, 鶴의 모양을 이름

누렇다 황

黃 사람이 허리에 차고 있는 옥을 형상화한 글자로, 본래 璜패옥 황의 本字였으며, 허리에 찬 옥의 빛에서 '누렇다'라는 뜻이 나왔고, 후에 파생되어 '황금'을 뜻하기도 하였다.

一說에는 중앙의 田밭 전과 田을 제외한 아래위의 글자가 光빛 광 자로, 밭의 빛깔은 황토색이므로, '누렇다'는 뜻이 되었다고 보기도 한다.

• 비슷한 한자 •

寅 셋째지지 인

예시 黃土

누렇다 황 흙 토 >>누런 흙

黃金萬能

황금 황 금 금 일만 만 능하다 능 >>돈만 있으면 모든 일이 뜻대로 된다는 것

재미있는 破字이야기

어느 스님보고 어디서 왔느냐고 물으니, '二十一田八 立月卜己三 十一寸'이라고만 답했다. 곰곰이 풀어보니, 二十一田八은 이십(卄)에 一을 가로로 쓰고 아래 田과 八을 넣으면 黃이 되고, 立月卜己三은 각각 하나씩 쓰면 龍자가 되며, 十一寸는 합하면 寺자가 된다. 종합하면 黃龍寺가 되는 것이다.

집 우

• 비슷한 한자 •

字 글자 자

宇 宀집 면＋于어조사 우: 音로, 宀은 지붕을 본뜬 것이고 于는 자루가 굽은 인두를 본뜬 것에서 '걸치다, 걸터앉다'의 뜻이다. 둘이 합쳐 '집의 걸치듯이 덮인 부분'에서, '처마'라는 뜻이 나왔고, 후에 파생되어 '집'이나 '하늘'을 뜻하기도 하였다.

일설에는 宀은 '집'을 뜻하고 于는 '넓은 모양'을 뜻해, 지붕처럼 덮고 있는 '하늘'을 뜻한다고도 한다.

예시 玉宇 옥 옥 집 우 >>옥으로 장식한 집

집 주

• 비슷한 한자 •

寓 맡기다 우

宙 宀집 면＋由말미암다 유: 音로, 宀은 지붕을 본뜬 것이고 由는 깊숙이 뚫려 통하는 구멍의 모양이다. 둘이 합쳐 안쪽 깊숙이 통하는 건축물의 모양에서, '집, 동량, 하늘'의 뜻이 생겼으며, 후에 파생되어 '시간'의 의미도 나타내었다.

일설에는 由자는 '술을 거르는 대나무 채' 모양으로, 宙는 '채로 거르고 남은 것'이 된다. 거르고 남은 것은 줄거리이므로, 여기에서 '대들보'라는 의미가 생겨났다고 한다.

예시 宇宙 집 우 집 주 >>天地와 古今, 공간과 시간

0007

큰물 홍

• 비슷한 한자 •

拱 팔짱끼다 공

예시 洪水

洪 氵물 수＋共함께 공: 音으로, 共은 '양손을 들어 물건을 받치고 있는 모양'으로 '함께, 넓고 크다'라는 뜻을 지니고 있다. 둘이 합쳐, '물이 넓고 크다.'에서 '큰물'이라는 뜻이 생겼다.

일설에는 '물이 함께 한 곳으로 다 모여 흐른다.'에서 '큰물'이라는 뜻이 생겼다고도 한다. 후에 파생되어 '크다, 넓다'라는 의미도 지니게 되었다.

크다 홍 물 수 >> 큰물

0008

거칠다 황

• 비슷한 한자 •

芒 까끄라기 망

예시 荒野
破天荒

荒 艹풀 초＋巟넘치다 황: 音으로, 巟은 넘쳐 나는 모양이다. 둘이 합쳐 '풀이 많아서 넘쳐 있다.'에서 '거칠다'라는 뜻이 생겼다.

일설에는 巟은 亡없다 망＋川내 천으로, '큰 강물 말고는 아무것도 없다.'는 뜻이 있으니, 艹와 巟이 결합되면 '황량한 풀 이외는 아무것도 없다.'에서 '거칠다'라는 뜻이 생겼다고도 한다.

거칠다 황 들 야 >> 거친 들판

깨뜨리다 파 하늘 천 거칠다 황 >> 천지가 아직 열리지 아니한 혼돈 상태인 天荒을 깨뜨려 연다는 뜻에서, 人才가 나지 아니한 땅에서 처음으로 人才가 나거나, 아무도 한 일이 없는 큰일을 제일 먼저 함을 이름

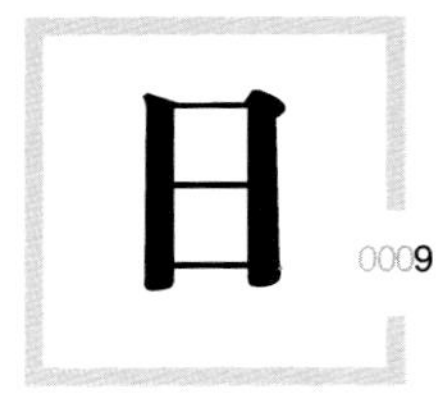

해 일

• 비슷한 한자 •

曰 말하다 왈

日 둥근 해의 모양을 본뜬 글자로, 태양은 언제나 둥글기 때문에 대부분의 日의 고대 글자의 모양은 동그란 원 모양을 지니고 있다. 그런데 간혹 둥근 모양이 아니라 네모 모양을 하고 있는 것도 있는데, 이것은 새기거나 쓰는 과정에서 생긴 습관 때문이다. 태양은 본래 낮에 나오므로 '낮'이라는 뜻으로 쓰여 '夜밤 야'와 상대어로 쓰이기도 하고, 태양은 시간을 가리키기도 하므로 '시간, 날'을 뜻하기도 한다.

예시

日光 해 일 빛 광 >> 햇빛

日用品 날 일 쓰다 용 물건 품 >> 날마다 쓰는 물건

日暮途遠 해 일 저물다 모 길 도 멀다 원 >> 해는 저물고 갈 길은 멀다는 뜻으로, 나이는 먹어 이미 늙었으나 할 일이 많음을 비유함

畵圓書方을 뜻하는 글자는?

그릴 때는 둥글게 그리고 쓸 때는 네모난 것은 바로 日(해 일)이다.

月

0010

달 월

• 비슷한 한자 •

朋 벗 붕

月 하늘에 뜬 달의 모양을 본뜬 글자로, 달은 둥근 때도 있고 이지러지는 때도 있다. 그러나 둥근 때는 적고 이지러질 때가 많기 때문에 月의 형상은 늘 이지러진 달의 모양을 하고 있는 것이다. 달은 30일을 기준으로 하여 둥글었다가 이지러지므로, 시간을 뜻하는 '달'의 의미가 생겼고, '세월'이라는 뜻도 생겨났다.

예시 **月賦** 달 월 주다 부 >> 다달이 지불함

月滿則虧 달 월 가득 차다 만 그러면 즉 이지러지다 휴 >> 달이 가득차면 이지러진다는 뜻으로, 사물은 興盛하면 반드시 衰亡한다는 말

재미있는 破字이야기

김삿갓이 길을 가다가 어느 집에 들러 하룻밤 묵고 갈 것을 청하였다. 주인 영감은 싫어하는 기색을 보이며 핑계를 대고 있는데, 저녁 먹을 시간이 되어 그 집 며느리가 나오더니, "아버님, 인량차팔人良且八입니다."라고 했다. 그러자 주인 영감은 "그래 알았다. 월월산산月月山山커든."이라고 답하였다. 김삿갓이 가만히 생각해 보니 며느리의 말은, "음식이 갖추어졌습니다人+良=食, 且+八=具→食具."이고, 영감의 대답은 "친구가 가거든月+月=朋, 山+山=出→朋出."이었다. '식사가 준비되었는데 내올까요?'라는 며느리 말에, '이 친구, 즉 김삿갓이 가거든 내오너라.'라는 말이었던

것이다. 김삿갓은 그들의 대화 내용을 알고서 "견자화중犬者禾重"이라 하고, 얼른 그 집을 나오고 말았다고 한다. 김삿갓이 말한 의미는 '돼지 종자 같은 놈[犬犭+者=猪돼지 저, 禾+重=種씨 종]'이라는 뜻이다.

盈 0011

가득 차다 영

盈 乃이에 내+又또 우+皿그릇 명으로, 乃는 펼쳐진 활을 본뜬 것이고 又는 손을 본뜬 것이며 皿은 그릇을 본뜬 것이다. 셋이 합쳐 덜 펴진 활을 손으로 잡아 잔뜩 당기듯이 '접시 위에 음식을 가득 담아 올리다.'의 뜻에서, '가득 차다'라는 의미가 생겨났다.

• 비슷한 한자 •

盛 그릇 성

예시 盈虛 가득 차다 영 비다 허 >> 가득 참과 텅 빔

月盈則虧 달 월 가득 차다 영 그러면 즉 이지러지다 휴 >> =月滿則虧

昃 0012

기울다 측

昃 日+仄기울다 측: 音으로, 日은 태양을 본뜬 것이고 仄은 소리音를 뜻하면서도 비스듬한 사람 모양으로 햇빛이 사람의 모양을 비춰 땅에 비스듬하게 그림자가 생긴 형상인데, 이것은 태양이 서쪽으로 기울어졌음을 표시한다. 둘이 합쳐, '서쪽으로 기운 태양'이라는 뜻에서, '기울다'라는 의미가 생겨났다.

• 비슷한 한자 •

昊 하늘 호

예시 日中則昃

해 일 가운데 중 그러면 즉 기울다 측 >> 해는 중천에 뜨면 기움

0013

별 진

때 신

辰 조개가 껍데기에서 발을 내밀고 있는 모양을 본뜬 글자로, 蜃대합조개 신의 本字였다. 옛날에는 조개껍질을 호미삼아 밭을 갈았으므로, 밭을 가는 일은 농사의 시작이었다. 그래서 '농사 시기' 등의 의미가 생겼고, 뒤에 假借하여 '용, 날, 때'의 의미가 생겨났다.

• 비슷한 한자 • 辱 욕보이다 욕

예시 北辰

북쪽 북 별 진 >> 북극성

生辰

낳다 생 날 신 >> 낳은 날

0014

자다 숙

별 수

宿 宀집 면 + 人 + 百일백 백으로, 宀은 지붕을, 人은 사람을, 百은 이부자리를 본뜬 것이다. 셋이 합쳐 '사람이 집에서 이부자리에 눕는 모양'에서, '묵다, 자다'의 뜻이 생겼다.

예시 宿所

자다 숙 장소 소 >> 자는 곳

宿患

묵다 숙 근심 환 >> 오래된 병

宿虎衝鼻

자다 숙 호랑이 호 찌르다 충 코 비 >> 자는 호랑이의 코를 찌른다는 뜻으로, 자기 스스로 不利를 자초함을 비유

0015

벌리다 렬

• 비슷한 한자 •

刑 형벌 형
烈 세차다 렬

列 歹앙상한 뼈 알＋刂칼 도로, 歹은 머리털이 있는 머리뼈의 상형이고 刂刀는 칼의 상형이다. 둘이 합쳐 '칼로 목을 베는 모양'에서 '나누다'라는 뜻이 나왔으며, 후에 파생되어 '줄지어 늘어서다'라는 뜻을 나타내게 되었다.

일설에는 칼로 뼈가 앙상할 때까지 살을 발라내고, 남은 뼈를 벌려 놓아 줄지어 놓은 데에서 '벌리다'라는 뜻이 나왔고, 후에 파생되어 '줄, 차례' 등의 뜻이 생겨났다고도 한다.

예시 陳列 늘어놓다 진 벌리다 렬 >> 늘어놓아 벌려 놓은 것

序列 차례 서 줄 렬 >> 차례 지어 있는 줄

0016

베풀다 장

张 弓활 궁＋長길다 장: 音으로, 弓은 활의 상형이고 長은 긴 머리카락의 상형이다. 둘이 합쳐 '활시위를 끝까지 당겨서 가장 크게 하다.'에서, '당기다, 베풀다, 성'이라는 뜻이 생겨났다.

• 비슷한 한자 • 帳 휘장 장

예시 張力 당기다 장 힘 력 >> 당기는 힘

張三李四 성 장 셋 삼 성 이 넷 사 >> 장씨의 셋째와 이씨의 넷째라는 뜻으로, 평범한 사람들을 일컬음

0017

차다 한

寒 ◉ 宀집 면＋茻풀 망＋人＋冫얼음 빙으로, 宀은 지붕의 상형이고 茻은 풀로 깐 요이며 冫은 얼음이 어는 모양이다. 넷이 합쳐 '집에서 사람이 추워서 풀을 아래위로 깔고 덮고서 움츠려 있는 모양'에서, '얼다, 차다'의 뜻이 생겨났다.

• 비슷한 한자 • 塞 변방 새

예시 酷寒

심하다 혹 춥다 한 >> 매우 추움

寒苦鳥

차다 한 괴롭다 고 새 조 >> 인도의 大雪山에 산다는 상상의 새로, 깃털이 없어 밤이 깊으면 추위를 견디지 못하여 날이 새면 집을 짓겠다고 울다가, 해가 뜨면 추운 고통을 잊고 그대로 지낸다고 함. 佛經에서 이 새를 衆生이 게을러 道를 닦지 아니함의 비유로 씀

0018

오다 래

• 비슷한 한자 • 麥 보리 맥

来 ◉ 보리에 이삭이 팬 모양을 본뜬 글자로, 麥보리 맥의 本字이다. 周나라는 기장과 조가 주식이었는데, 后稷이 보리를 들여와 먹을 수 있게 되었다. 그래서 주나라 사람들은 보리를 하늘이 내려주신 상서로운 곡식이라 하여 '瑞麥'이라고 불렀다. 이처럼 외부에서 들여온 곡식이므로, '오다'라는 의미가 생겨났다.

예시 來賓

오다 래 손님 빈 >> 오신 손님

後來三杯

뒤 후 오다 래 셋 삼 잔 배 >> 늦게 온 사람이 마시는 세 잔의 벌주

재미있는 破字이야기

옛날 어느 예쁜 기생이 길을 가고 있는데 한 사내가 그 기생에게 반해서 한 번 만나 달라고 졸라대니, 기생이 다음과 같은 편지를 써주었다. 편지의 내용은 '國無城 月入門 木間雙人'이었다. 그 사내는 한참을 생각하고서야 그 의미를 깨달았다고 한다. 풀이하자면, '國無城' 나라에 성이 없으니 或혹시 혹자요, '月入門' 달이 문에 들어갔으니 閒한가하다 한자요, '木間雙人' 나무 사이에 두 사람이 있으니 來오다 래자다. 합치면 '或閒來혹시 한가하시면 오세요'라는 의미가 되니, 기생다운 발상인가?

暑 0019

더위 서

暑 日해 일＋者사람 자: 音로, 者는 보는 시각에 따라 다양하다. 우선 者는 諸모두 제의 本字이고 諸는 '쌓다'라는 뜻이니, 日과 者를 합치면 '햇볕이 쌓여서 덥다.'의 의미가 된다. 다음으로는 者는 '섶을 쌓아두고 태우다.'라는 뜻이니, 日과 者를 합치면 '태양이 물건을 찔 정도로 뜨겁다.'라는 뜻으로 보기도 한다.

비슷한 한자

署 관청 서

예시

避暑 피하다 피 더위 서 >> 더위를 피함

暑往則寒來 더위 서 가다 왕 그러면 즉 차다 한 오다 래 >> 더위가 가면 추위가 옴

往

0020

가다 왕

往 彳조금 걷다 척 + 主주인 주: 音로, 彳은 行가다 행의 왼쪽 절반으로 길을 가다는 의미이고 主는 윗부분이 丶점 주 모양이나 소전이나 대전을 보면 之의 옛 글자이므로 '가다'라는 뜻이며 王은 '크다'라는 뜻이니, 主는 '크게 간다.'는 의미이다. 둘이 합쳐 '크게 가다'라는 뜻이 나왔다.

일설에는 主를 之와 土의 합자로 보아, '잡초들이 함부로 이리저리 뻗어가다.'에서 '풀이 뻗어나가 도달하다.'의 의미가 생겼다고 보기도 한다.

비슷한 한자

住 머무르다 주
佳 아름답다 가

예시

往復 — 가다 왕 돌아오다 복 >> 갔다가 돌아옴

說往說來 — 말씀 설 가다 왕 말씀 설 오다 래 >> 말을 주고받음

재미있는 破字이야기

어느 마을에 이진사가 잔치를 벌여 사또를 초대했는데, 사또로부터 다음과 같은 편지가 도착했다.

來不往來不往

이진사가 한참을 생각해보니, 그 의미는 다음과 같았다. 來不이라도 往이어늘, 來라하니 不往고오지 말라 해도 가겠는데, 오라고 하니 왜 가지 않겠는가?

秋 0021

가을 추

• 비슷한 한자 •

科 조목 과

秋 대전의 모양은 禾벼 화 + 火 + 龜거북이 귀로, 후에 거북을 상형한 龜가 생략되었으며, 거북이는 가을에 잡아 등딱지에 불을 갖다 대어서 점을 쳤으므로 '가을'의 뜻이 나왔다.

일설에는 禾를 '메뚜기 모양'으로 보고, 가을철에 메뚜기를 불火로 태워 없애서 농작물을 보호하는 것에서, '가을'의 뜻이 생겼다고도 한다. 후에 파생되어 '때'의 뜻도 생겼다.

예시

秋毫 가을 추 털 호 >> 가을 짐승의 가늘어진 털

千秋 일천 천 때 추 >> =千年

秋風落葉 가을 추 바람 풍 떨어지다 락 잎 엽 >> 가을 바람에 떨어지는 잎으로, 세력이 기우는 것을 비유

收 0022

거두다 수

收 손에 막대기를 잡고 두드리는 형상인 攵치다 복과 줄 두 가닥이 맞물린 모양으로, '무언가를 쳐서 줄로 묶는 모습'에서 '두드려서 묶다'가 되고, 이로부터 '거두다, 잡다'라는 뜻이 생겨났다.

• 비슷한 한자 • 牧 기르다 목

예시

收買 거두다 수 사다 매 >> 거두어 사들임

0023

겨울 동

• 비슷한 한자 •

各 각각 각

冬 ※ 夂뒤쳐져오다 치 + 冫얼음 빙으로, 夂는 아래로 향한 발의 상형이고 冫은 얼음이 어는 모양이다. 둘이 합쳐 '일 년의 끝이 다가오면서 얼음이 어는 때'라 하여, '겨울'의 뜻이 생겼다.

※ 일설에는 夂는 終마치다 종의 原字로, '실의 마지막 매듭 부분'을 본떠 1년 중 마지막인 겨울의 뜻에, 얼음의 계절이라는 의식이 작용하여 아랫부분에 얼음의 형상이 첨가되었다고도 한다.

예시 冬服

겨울 동 옷 복 >> 겨울에 입는 옷

冬扇夏爐

겨울 동 부채 선 여름 하 화로 로 >> 겨울의 부채와 여름의 화로란 뜻으로, 無用한 사물의 비유=夏爐冬扇

0024

감추다 장

• 비슷한 한자 •

臟 오장 장

藏 ※ 艹풀 초 + 臧감추다 장: 音으로, 艹는 가지런히 자란 풀의 상형이고 臧은 긴 창으로 무언가를 덮은 모양이다. 둘이 합쳐 '풀로 무언가를 덮는다.'에서 '감추다', 나아가 '창고'의 뜻이 되었다.

※ 일설에는 臧이 '눈이 찔린 모양'으로 전쟁에서 포로로 잡힌 포로나 노예이니, '풀숲에서 노예를 찾는 모양'에서 '숨다, 감추다'의 뜻이 생겼다고도 한다.

예시 藏書

감추다 장 책 서 >> 간직하고 있는 책

藏頭隱尾

감추다 장 머리 두 숨기다 은 꼬리 미 >> 머리를 감추고 꼬리를 숨긴다는 뜻으로, 顚末을 분명히 설명하지 아니함

0025

윤달 윤

• 비슷한 한자 •

閈 마을 한

闰 ⊕ 王임금 왕＋門문 문으로, 王은 지배권의 상징으로 쓰인 큰 도끼의 상형이고 門은 양쪽으로 문이 달린 큰 문의 상형이다. 둘이 합쳐 '왕이 문 안에 있는 모양'에서 '윤달'의 뜻이 나왔다. 매월 초하루에 귀신에게 제사 지내는 것을 告朔이라고 하는데, 이때 왕은 12개의 방 중에서 그달에 해당하는 방에 거처하게 된다. 그런데 윤달이 끼일 경우 거처할 곳이 없으므로, 왕이 문 안에 거처하게 됨으로 '윤달'이라는 뜻이 생겼다.

예시 閏年 윤달 윤 해 년 >> 윤달이 든 해

0026

나머지 여

余, 馀 ⊕ 食음식 식＋余나머지 여: 音로, 食은 식기에 음식을 담고 뚜껑을 덮은 모양이고 余는 끝이 날카로우면서 옆으로 펼쳐진 풀을 베는 도구이다. 둘이 합쳐 '음식이 옆으로 펼쳐지다.'에서 '남다, 나머지'의 뜻이 생겼다.

• 비슷한 한자 • 餠 떡 병

예시
餘波 나머지 여 물결 파 >> 남은 물결
窮餘之策 궁하다 궁 나머지 여 어조사 지 꾀 책 >> 몹시 궁한 끝에 나온 꾀

0027

이루다 성

• 비슷한 한자 •

戊 개 술
戍 지키다 수

예시 成功
三人成虎

成 ◎ 戊도끼 월＋丁고무래 정: 音으로, 戊은 '큰 날이 달린 도끼의 모양'이고 丁은 못을 위에서 본 모양에서 '못박다, 평정하다'의 뜻이다. 둘이 합쳐 '큰 도끼로 적을 평정하다.'에서, '어떤 일이 이루어지다.'의 뜻이 생겼다.

◎ 일설에는 丁을 '杅두드리다 정'과 같은 뜻으로 보아, '도끼를 계속해서 두드려 무엇인가를 만들어 내다.'에서 '이루다, 성취하다'의 의미가 파생되었다고도 한다.

이루다 성 공 공 >> 공을 이룸

셋 삼 사람 인 이루다 성 호랑이 호 >> 세 사람이면 호랑이도 만들어 낸다는 뜻으로, 근거 없는 일도 이야기하는 사람이 많으면 믿게 됨을 비유

0028

해 세

• 비슷한 한자 •

戊 개 술
戍 지키다 수

예시 歲拜
歲寒三友

岁 ◎ 步걷다 보＋戉도끼 월: 音로, 戉은 '큰 도끼로 희생을 찢어서 해마다 제사 드리는 의식의 모양'에서 '곡식의 결실'을 뜻해 '해'의 뜻이 되었고, 步는 '1년의 끝에서 다음 한 해로 한 걸음 옮겨 걷다.'라는 뜻에서 덧붙여진 의미이다.

◎ 歲는 원래 목성을 뜻하던 글자로, 목성은 12년 만에 한 번씩 하늘을 돌기에, 12의 숫자가 12간지의 숫자와 같아서 1년을 나타내는 글자로 차용했다고도 한다.

해 세 절 배 >> 해에 하는 절

해 세 차다 한 셋 삼 벗 우 >> 추워진 뒤의 세 벗. 松, 竹, 梅

0029

법 률

律 彳조금 걷다 척 + 聿붓 율: 音로, 彳은 '사람이 가는 길'을 본뜬 모양이고 聿은 '붓을 잡고 있는 손의 모양'이다. 둘이 합쳐 '가야 할 길을 써 놓은 것'에서 '법률'이나 音의 기준이 되는 '음률'의 뜻이 생겼다.

• 비슷한 한자 • 津 나루 진

예시 法律 — 법 법 법 률 >> 법

千篇一律 — 일천 천 편 편 한 일 법 률 >> 천 편이 하나의 법이라는 의미로, 한결같이 변화가 없음을 뜻함

0030

음률 려

呂 사람의 등뼈가 이어진 모양을 본뜬 것으로, 본래 뜻은 '등뼈'였으나, 뒤에 '膂등골뼈 려'가 생기자, '음률'이라는 뜻으로 파생되었다.

• 비슷한 한자 • 侶 짝 려

0031

고르다 조

调 言말씀 언 + 周두루 주: 音로, 周는 종 따위의 器物에 조각이 온통 새겨져 있는 모양에서 '구성원을 화합하게 한다.'는 의미이다. 둘이 합쳐 '말로 구성을 화합하게 한다.'에서 '고르다, 조화롭다'라는 뜻이 생겼다.

• 비슷한 한자 • 詷 바쁘다 동

예시 調理 — 고르다 조 다스리다 리 >> 고르게 처리함

0032

별 양

陽陽 [阳] 阝언덕 부+昜빛 양: 音으로, 阝는 층이 진 흙산의 모양이고 昜은 태양이 떠오를 때 방사되는 햇살모양이다. 둘이 합쳐 '언덕의 양지쪽'이란 뜻에서 '볕'의 뜻이 생겼다. 햇볕을 받는 산언덕은 남사면이고, 물의 북쪽 강변에 햇볕이 비치므로, '山南水北'을 陽이라 한다.

• 비슷한 한자 •

楊 버들 양

예시

陽地 볕 양 땅 지 >> 볕이 드는 땅

漢陽 한수 한 북쪽 양 >> 한강의 북쪽

0033

구름 운

雲 [云] 雨비 우+云이르다 운: 音으로, 雨는 하늘의 구름에서 물방울이 뚝뚝 떨어지는 모양이고 대전에 보이는 云은 구름 기운이 회전하는 모양이다. 수증기가 모여서 쌓이면 비가 되므로, 소전에는 雨가 첨가되어, '구름'의 뜻이 되었다.

• 비슷한 한자 •

雪 눈 설

예시

雲集 구름 운 모이다 집 >> 구름처럼 모임

望雲之情 바라보다 망 구름 운 어조사 지 뜻 정 >> 구름을 바라보는 정이란 뜻으로, 객지에서 고향에 있는 부모를 생각하는 마음

0034

오르다 등

腾 ※ 朕물 솟아오르다 등: 音＋馬로, 朕은 '위를 향해 두 손으로 밀어 올리는 모양'이고 馬는 말의 상형이다. 둘이 합쳐 '말이 뛰어오르다.'의 뜻에서 '오르다'의 뜻이 생겼다.

• 비슷한 한자 • 謄 베끼다 등

예시 暴騰

갑자기 폭 오르다 등 >> 갑자기 오름

0035

이르다 치

致 ※ 至이르다 지: 音＋夊치다 복으로, 至는 화살이 땅바닥에 꽂힌 모양이고 夊은 아래로 향한 발의 형상이다. 둘이 합쳐 '되돌아오다'의 뜻에서 '이르다'의 뜻이 생겼다. 파생되어 '이루다, 부르다'라는 뜻도 생겼다.

※ 일설에는 至이르다 지＋夊치다 복으로 夊은 손에 막대기를 잡고 있는 형상이다. 둘이 합쳐 '두드려서 빨리 오게 하다.'의 뜻이 된다고도 한다.

• 비슷한 한자 •
到 이르다 도

예시 致死量
致富

이르다 치 죽다 사 분량 량 >> 죽음에 이르는 양

이루다 치 부자 부 >> 부를 이룸

0036

비 우

雨 ※ 하늘—에 떠 있는 구름의 형상冂에서 물이 뚝뚝 떨어지는 모양을 본떠 만든 글자로, '비'라는 뜻이 생겼다.

• 비슷한 한자 • 兩 둘 량

예시 雨期 비 우 시기 기 >> 비가 오는 시기

雨後竹筍 비 우 뒤 후 대 죽 죽순 순 >> 비 온 뒤의 죽순으로, 어떠한 일이 한 때에 많이 일어남을 형용

0037

이슬 로

露 雨＋路길 로: 音로, 路는 '사람이 걸어서 어디에 다다르는 길'인데 때로는 落과 통하여 '떨어지다'의 뜻이다. 둘이 합쳐 '떨어져 내린 빗방울'이란 뜻에서 '이슬'의 뜻이 생겼고, '떨어져 모습을 드러내다.'에서 '드러내다'의 뜻도 생겼다.

• 비슷한 한자 • 落 떨어지다 락

예시 結露 맺다 결 이슬 로 >> 이슬이 맺힘

露出 드러나다 로 나오다 출 >> 드러남

0038

맺다 결

結 糸실 사＋吉길하다 길: 音로, 糸는 '꼰 실의 상형'이고 吉은 士도끼 모형＋口입 구로 '도끼를 들고 제사를 지내는 모습'이다. 둘이 합쳐 '도끼자루를 묶다.'에서 '묶다, 매다'라는 뜻이 생겼다.

일설에는 吉이 '단단히 죄다'의 뜻이므로, 둘이 합쳐 '실을 단단히 매어 합치다.'에서 '묶다'의 뜻이 생겼다고도 한다.

• 비슷한 한자 • 絡 두르다 락

예시 結束 맺다 결 묶다 속 >> 맺어서 묶음

結草報恩 맺다 결 풀 초 갚다 보 은혜 은 >> 풀을 엮어서 은혜에 보답하다는 뜻으로, 죽어서도 은혜를 갚음을 이름

0039

하다 위

为 위의 爪손톱 조의 모양과 아래의 象코끼리 상의 모양이 결합된 글자로, '코끼리를 길들이는 모습' 또는 '코끼리의 코를 손으로 끌고 가는 모습'에서 '인위적으로 만들다.'라는 뜻이 나왔고, '하다, 되다'의 뜻이 파생되었다.

• 비슷한 한자 • 僞 거짓 위

예시 爲政者 하다 위 정사 정 사람 자 >> 정치를 하는 사람

無爲徒食 없다 무 하다 위 다만 도 먹다 식 >> 하는 일이 없이 다만 먹기만 함

0040

서리 상

霜 雨+相서로 상: 音으로, 相은 '소경이 나무 지팡이의 도움을 받아 길을 살펴가는 모양'으로 '눈의 상실'의 의미가 있다. 둘이 합쳐 '비의 수분이 상실되다.'에서 물이 언 '서리'가 되었고, 서리는 희기 때문에 파생되어 '희다'라는 뜻도 생겼다.

• 비슷한 한자 • 箱 상자 상

예시 霜降 서리 상 내리다 강 >> 서리가 내린다는 뜻으로, 24절기의 하나

雪上加霜 눈 설 위 상 더하다 가 서리 상 >> 눈 위에 서리를 더한다는 뜻으로, 불행한 일이 거듭되는 것을 이름

0041

쇠 금, 성 김

金 土+ソ+今으로, 今은 '흙이 덮여 있는 모습'이고 ソ은 금속이 땅속에 있는 모습이다. 셋이 합쳐 '덮여 있는 흙 속에 금속이 있는 모습'을 본뜬 글자로, '쇠'의 뜻이 생겼다.

• 비슷한 한자 •

全 온전하다 전

일설에는 '쇠를 주물하는 거푸집과 주물조각'을 본뜬 글자로, 널리 '금속'을 뜻하게 되었고, 파생되어 '황금, 돈'의 뜻도 생겼다.

예시 金塊

금 금 덩어리 괴 >> 금덩어리

犯則金

범하다 범 법 칙 돈 금 >> 법을 어긴 것에 대해 내는 돈

金城鐵壁

쇠 금 재 성 쇠 철 벽 벽 >> 쇠로 된 성과 쇠로 된 벽이란 뜻으로, 방비가 아주 견고한 성이나 아주 견고한 사물을 비유함

生

0042

낳다 생

生 땅에서 초목의 싹이 돋아나는 모양을 본뜬 글자로, '생겨나다, 살다'는 뜻이 생겼다.

• 비슷한 한자 • 主 주인 주

예시 生家

낳다 생 집 가 >> 태어난 집

生而知之

낳다 생 말이음 이 알다 지 어조사 지 >> 태어나면서부터 앎

재미있는 懸吐이야기

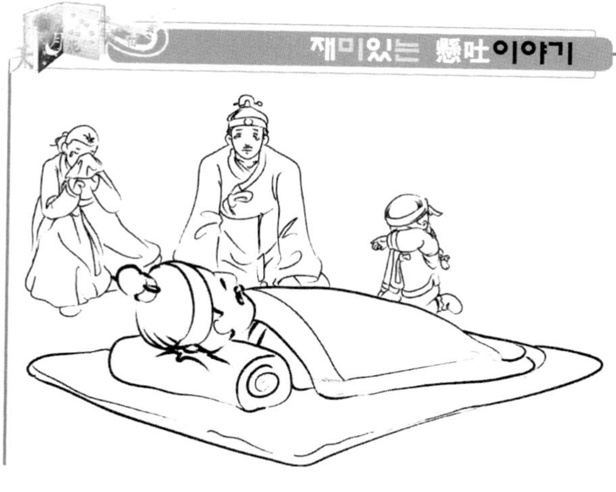

옛날 어느 노인이 딸만 낳아 출가시켰다가 일흔에 아들을 낳고 얼마 되지 않아 죽게 되자, '七十生子非吾子家産傳之壻他人勿取'라는 遺言을 남기고 죽었다. 그러자 사위가 그 유언을 해석하기를, '七十生子하니 非吾

子라. 家產傳之壻하노니, 他人勿取하라(일흔에 자식을 낳았으니, 내 자식이 아니다. 집의 재산은 그것을 사위에게 전하니, 남은 가져가지 말라)'라고 하고서 자신이 다 차지해버렸다. 어린 아들은 재산을 모두 빼앗겼다가 나중에 성인이 되어 어렸을 때 늦게 본 자신을 아버지가 아껴준 것을 이상하게 여겨 다시 그 유언을 살펴보고 재산을 다시 찾았다고 한다. 이유인즉 '七十生子인들 非吾子리오. 家產傳之하노니 壻他人이라 勿取하라(일흔에 자식을 낳았다고, 내 자식이 아니랴? 집의 재산은 그에게 전해 주니, 사위는 남이라, 가져가지 말라)'라 풀이한 것이다.

0043

곱다 려

丽 대전은 '아름다운 뿔이 가지런히 난 사슴의 모양'을 본뜬 글자이고, 소전은 뿔 모양에 鹿사슴 록을 덧붙인 모양에서 '곱다, 빛나다'의 뜻이 생겼고, 뿔이 둘이어서 '짝'이란 뜻도 생겼다.

• 비슷한 한자 • 儷 나란하다 려

예시 秀麗 빼어나다 수 곱다 려 >> 빼어나게 아름다움

0044

물 수

水 '흐르는 물의 모양'을 본뜬 글자이다.

• 비슷한 한자 • 氷 얼음 빙 永 길다 영

예시 水深 — 물 수 깊이 심 >> 물의 깊이

水滴石穿 — 물 수 물방울 적 돌 석 뚫다 천 >> 물방울이 계속 떨어지면 돌도 뚫는다는 뜻으로, 꾸준히 노력하면 무슨 일이고 할 수 있다는 말

재미있는 수수께끼

✿ 점을 찍으면 단단해지고 안 찍으면 흐르는 글자는?

水(점을 찍으면 氷이 되니까)

0045

구슬 옥

玉 ‘세 개의 옥이나 많은 보석을 세로의 끈으로 꿴 모양’을 본떠 ‘옥’의 뜻으로 쓰였으며, 다른 글자와 구별하기 위해 점을 덧붙였다.

• 비슷한 한자 • 王 임금 왕

예시 玉石俱焚 — 구슬 옥 돌 석 함께 구 불타다 분 >> 옥과 돌이 함께 탄다는 뜻으로, 나쁜 사람이나 좋은 사람이 같이 재난을 당함을 이름

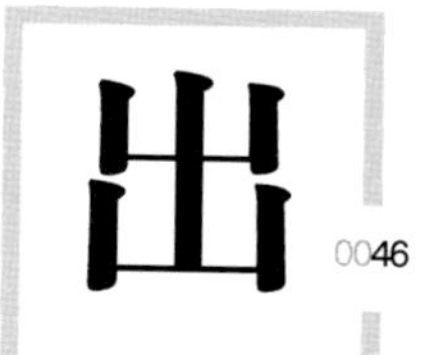

0046

나가다 출

出 위의 止는 ‘발의 모양’이고 아래 모양은 ‘움푹 패인 곳’으로, ‘발이 움푹 패인 곳에서 나오는 모양’을 본떠 ‘나오다’의 뜻이 생겼다. 일설에는 패인 곳이 집이라는 설도 있다. 고대에는 땅을 파서 반지하식으로 집을 만들었기 때문에 ‘반지하의 집에서 나오다.’라고 보는 것이며, 파생되어 ‘생산하다, 뛰어나다’의 뜻도 생겼다.

• 비슷한 한자 •

屳 =仙 신선 선

예시 出擊 나가다 출 치다 격 >> 나가서 공격함

出衆 뛰어나다 출 무리 중 >> 무리 중에서 뛰어남

杜門不出 막다 두 문 문 아니다 불 나가다 출 >> 문을 닫고서 나가지 않음

산이름 곤

崑 山+昆벌레 곤: 音으로, 昆은 대전에서 보듯이 '발이 많은 벌레'를 본뜬 글자이나 여기서는 소리音로 쓰였다.

• 비슷한 한자 • 昆 벌레 곤

예시 崑山片玉 곤륜산 곤 산 산 조각 편 옥 옥 >> 崑崙山에서 나는 名玉 중의 하나라는 뜻으로, 여러 才士 중의 第一人者를 이름

산등성이 강

岡 网그물 망: 音+山으로, 网은 '둥근 아치형 모양'을 본뜬 것이다. 둘이 합쳐 '둥근 모양의 산'에서 '산등성이'라는 뜻이 생겼다.

• 비슷한 한자 • 罔 그물 망

칼 검

剑 僉모두 첨: 音+刂칼 도로, 僉의 字形은 '여러 사람의 입을 한데 모으다'라는 의미이고, 刂는 칼의 상형이다. 둘이 합쳐 '한곳으로 모으는 무기'에서 '칼'의 뜻이 생겼다.

• 비슷한 한자 • 檢 검사하다 검

예시 劍術 — 칼 검 기술 술 >> 칼을 쓰는 기술

刻舟求劍 — 새기다 각 배 주 구하다 구 칼 검 >> 배에 새겨서 칼을 찾는다는 뜻으로, 융통성이 없음을 비유

0050

부르짖다 호

号 号부르다 호: 音＋虎호랑이 호로, 号는 '숨결이 올라가려 해도 위에 장애물이 있어 구부러지는 모양'에서 소리를 지르려 해도 너무 긴장되어 낼 수 없는 부르짖음의 의미이고 虎는 호랑이의 상형이다. 둘이 합쳐 '호랑이처럼 큰 소리로 울부짖다'에서 '부르짖다'의 뜻이 생겼다. 울부짖는 소리는 호랑이가 가장 크기 때문에 虎를 쓴 것이다. 후에 파생되어 '부르다, 이름, 차례'의 뜻도 생겨났다.

예시 雅號 — 고상하다 아 이름 호 >> 고상한 이름으로, 文人이나 畵家의 호

番號 — 차례 번 차례 호 >> 차례

0051

크다 거

巨 '손잡이가 있는 네모를 그리는 큰 자의 모양'으로, 本字는 矩곱자 구이다. 뒤에 파생되어 '크다'라는 뜻이 생겼다.

• 비슷한 한자 • 臣 신하 신

예시 巨物 — 크다 거 만물 물 >> 큰 인물

0052

대궐문 궐

闕 (篆) 門문 문+欮뚫다 궐: 音로, 門은 두 짝 달린 문의 상형이고 欮은 큰 입이 열려 있는 모양이다. 둘이 합쳐 '중앙에 큰 입이 열려 있는 성문'에서 '대궐문'의 뜻이 생겼으며, 후에 파생되어 '대궐, 집, 이지러지다'의 뜻이 생겼다.

• 비슷한 한자 • 關 빗장 관

예시 宮闕 궁궐 궁 대궐문 궐 >> 궁궐의 문으로, 대궐

闕字 이지러지다 궐 글자 자 >> 빠진 글자로, 문장 중에 임금의 이름을 쓸 때 경의를 표하기 위하여 한두 자 가량 간격을 두고 씀

0053

구슬 주

珠 (篆) 玉옥 옥+朱붉다 주: 音로, 玉은 세 개의 옥을 세로의 끈으로 꿴 모양이고 朱는 나무의 벤 단면의 심이 '붉은색'으로 '변치 않음'을 상징한다. 둘이 합쳐 '변치 않는 구슬'에서 '진주'의 뜻이 생겼다.

일설에는 朱가 '나무의 면이 고운 붉은 빛'에서 고운 옥인 '진주'의 뜻이 나왔다고도 한다.

• 비슷한 한자 • 誅 베다 주

예시 珠玉 구슬 주 옥 옥 >> 구슬과 옥으로, 귀중한 사물의 비유

如意珠 같다 여 뜻 의 구슬 주 >> 뜻처럼 될 수 있는 구슬이라는 뜻으로, 용의 턱 아래에 있다는 구슬

0054

저울 칭

•비슷한 한자•

稻 벼 도

예시 稱頌

假稱

称 禾벼 화 + 爯들어올리다 칭: 音으로, 禾는 이삭 끝이 줄기 끝에 늘어진 모양이고 대전에서 爯은 '쌓인 물건을 손으로 들어 올리는 모양'이다. 둘이 합쳐 '벼를 들어 올리다'에서 '저울'의 뜻이 생겼다. 옛날에는 손으로 물건을 들어 올리는 방법으로 무게를 쟀기 때문이다. 후에 '손으로 들어 올리다.'라는 뜻에서 파생되어 '높여 칭찬하다, 일컫다, 이름'이라는 뜻도 생겼다.

칭찬하다 칭 기리다 송 >> 칭찬하여 기림

잠시 가 이름 칭 >> 잠시 붙인 이름

0055

밤 야

예시 夜景

夜半逃走

夜 亦또 역: 音 + 夕저녁 석으로, 亦은 '사람 모양'으로 겨드랑이 부분을 뜻하고 夕은 달이 반쯤 보이는 모양의 상형이다. 둘이 합쳐 '겨드랑이 밑에 뜬 달'로, '밤'이라는 뜻이 생겼다.

•비슷한 한자• 腋 겨드랑이 액

밤 야 경치 경 >> 밤 경치

밤 야 반 반 달아나다 도 달아나다 주 >> 한밤중에 도망감

0056

빛 광

光 火 + 儿사람 인으로, 火는 타오르는 불꽃의 상형이고 儿은 사람의 상형이다. 둘이 합쳐 '사람의 머리 위에 빛나는 불'의 뜻에서 '빛'의 뜻이 생겼다.

비슷한 한자 先 먼저 선 元 으뜸 원

예시 光速 빛 광 빠르다 속 >> 빛의 빠르기

光風霽月 빛 광 바람 풍 개다 제 달 월 >> 비가 갠 뒤의 바람과 달이란 뜻으로, 깨끗하고 맑은 마음을 비유한 말

열매 과

果 ‘나무에 열매가 달린 모양’을 본뜬 글자로, 나무의 ‘열매’라는 의미가 생겼으며, 파생하여 ‘해내다, 과단성있다’의 의미도 생겨났다.

비슷한 한자 杲 밝다 고

예시 果實 열매 과 열매 실 >> 열매

果敢 과단성있다 과 용감하다 감 >> 과단성 있게 일을 함

보배 진

珍 玉+㐱빽빽하다 진: 音으로, 玉은 세 개의 옥을 세로의 끈으로 꿴 모양이고 㐱은 돈꾸러미를 보자기로 싼 모양이다. 둘이 합쳐 ‘옥을 보자기로 꽁꽁 싸서 깊숙이 간직하는 모양’에서 ‘보배’의 의미가 생겨났고, 파생하여 ‘진귀하다, 맛있는 음식’의 뜻도 생겼다.

비슷한 한자 診 진찰하다 진

예시 珍本 진귀하다 진 책 본 >> 진귀한 책

山海珍味 산 산 바다 해 맛있는 음식 진 맛 미 >> 산과 바다에서 나는 맛있는 음식

오얏 리

李 木＋子로, '열매가 많이 열리는 나무'에서 '오얏'의 뜻이 생겼다.

• 비슷한 한자 • 季 끝 계

예시 李下不整冠

오얏 리 아래 하 아니다 부 바로잡다 정 갓 관 >> 오얏나무 아래에서는 갓을 바로 쓰지 않는다는 뜻으로, 오해받을 행동은 처음부터 하지 않는 것이 좋다는 의미

능금나무 내

柰 木＋示보다 시: 音로, 示는 祭壇의 형상이다. 둘이 합쳐 '제사에 바치는 나무'에서 '능금나무'의 뜻이 생겼다. 奈어찌 내와 통용되어, '어찌'라는 뜻으로도 쓰인다.

예시 莫無可奈

꾀하다 막 없다 무 할 수 있다 가 어찌 내 >> 꾀해도 어쩔 수 없음

나물 채

菜 艹풀 초＋采따다 채: 音로, 艹는 가지런히 자란 풀의 상형이고 采는 나무 위의 잎을 손으로 따는 모양이다. 둘이 합쳐 '손으로 뜯은 풀'에서 '나물'의 뜻이 생겼다.

• 비슷한 한자 • 採 캐다 채

예시 生菜

살다 생 나물 채 >> 살아 있는 나물

무겁다 중

• 비슷한 한자 •

童 아이 동
量 양 량

예시 重罰
重複
愛之重之

重 壬아홉째 천간 임 + 東동쪽 동: 音으로, 壬은 사람이 버티고 서 있는 모양이고 東은 주머니에 넣은 짐을 상형한 것이다. 둘이 합쳐 '사람이 짐을 짊어진 모양'에서 '무겁다'의 뜻이 생겼다.
일설에는 '나무에 꽃과 열매가 주렁주렁 열려서 가지들이 힘겨워하는 모양'에서 '무겁다'의 의미가 생겼다고 보기도 하며, 파생되어 '중히 여기다, 겹치다'의 뜻도 생겼다.

무겁다 중 벌 벌 >> 무거운 벌

겹치다 중 겹치다 복 >> 겹침

사랑하다 애 어조사 지 중히 여기다 중 어조사 지 >> 사랑하고 소중히 여김

겨자 개

예시 草芥

芥 艹풀 초 + 介끼이다 개: 音로, 艹는 가지런히 자란 풀의 상형이고 介는 사람이 갑옷에 끼인 모양이다. 둘이 합쳐 '채소 사이에 끼여 있는 것'으로, 나물 반찬에 양념으로 들어가는 '겨자'의 뜻이 생겼다. 파생하여 '티끌'이라는 뜻도 생겼다.

풀 초 티끌 개 >> 지푸라기로, 아무 소용없는 것

생강 강

薑 艹풀 초 + 彊강하다 강: 音의 생략형으로, 彊은 강한 활의 뜻이다. 둘이 합쳐 '강한 풀'에서 '생강'의 뜻이 생겼다.

일설에는 畺은 '밭과 밭 사이의 구획'을 상형한 것이므로, 밭 사이에 심은 생강에서 뜻이 나왔다고도 한다.

• 비슷한 한자 • 疆 지경 강

예시 薑桂之性

생강 강 계피 계 어조사 지 성질 성 >> 생강과 계피는 오래 둘수록 맛이 매워지므로, 늙어서 더욱 강직하여지는 성질을 이름

海 0065

바다 해

海 氵물 수＋每풀 우거지다 매: 音로, 每는 母어머니 모 자에서 싹이 올라가는 모양의 글자로, 어머니는 풍성한 생산의 상징이므로 '풍성하게 많다.'라는 의미가 내포되어 있다. 둘이 합쳐 '물이 풍성하게 많은 곳', 즉 '바다'의 뜻이 생겼다.

• 비슷한 한자 • 悔 뉘우치다 회

예시 海岸

바다 해 언덕 안 >> 바닷가 언덕

人山人海

사람 인 산 산 사람 인 바다 해 >> 사람이 산과 바다를 이룬다는 뜻으로, 사람이 몹시 많이 모여 있음을 이르는 말

웃긴 수수께끼

☼ '생일 축하합니다'를 한자로 쓰면?

海皮 保守大以 豆乳

0066

짜다 함

• 비슷한 한자 •

鹼 소금기 험

鹹 鹹 咸 ※ 鹵소금밭 로＋咸다 함: 音으로, 鹵는 소금을 만들어 주머니에 담은 모양이고 咸은 感느끼다 감과 뜻이 같다. 둘이 합쳐 '소금 맛의 느낌'에서 '짜다'의 뜻이 생겼다.

※ 일설에는 咸이 '큰 목소리를 한껏 지르는 모양'이므로, '고함을 지르고 싶을 정도로 몹시 짜다.'에서 '짜다'의 뜻이 생겼다고도 한다.

예시 鹹泉 짜다 함 샘 천 >> 짠 샘으로, 염분이 섞인 샘

鹹과 鹽의 차이는?

鹹은 돌소금을 말하고, 鹽(소금 염)은 바다 소금을 말한다고 합니다.

0067

강 하

河 河 河 ※ 氵물 수＋可옳다 가: 音로, 可는 갈고리모양처럼 굽어 있는 모양이다. 둘이 합쳐 '구불구불 흐르는 물'에서 굽이쳐 흐르는 '黃河'의 뜻이 생겼다. 파생되어 '강, 은하'란 뜻도 나왔다.

• 비슷한 한자 • 何 어찌 하

예시 氷河 얼음 빙 강 하 >> 얼음이 얼어붙은 강

河海之澤 강 하 바다 해 어조사 지 은택 택 >> 강과 바다와 같은 은택으로, 넓고 큰 은택

0068

담박하다 담

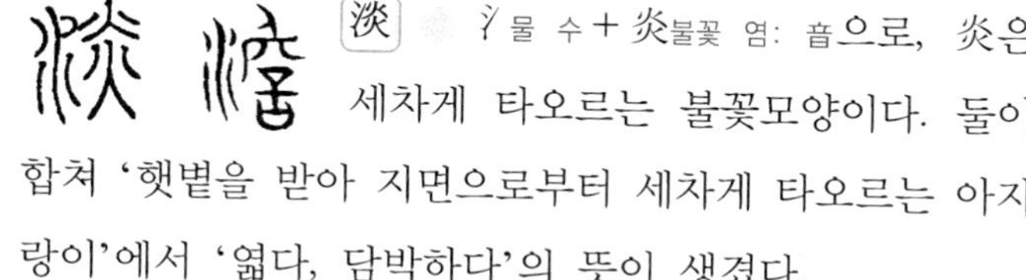

淡 氵물 수＋炎불꽃 염: 音으로, 炎은 세차게 타오르는 불꽃모양이다. 둘이 합쳐 '햇볕을 받아 지면으로부터 세차게 타오르는 아지랑이'에서 '엷다, 담박하다'의 뜻이 생겼다.

일설에는 炎이 '크다'는 뜻이므로, 淡은 '맛 중에서 가장 큰 맛'인 '물의 맛', 즉 '아무 맛도 없음'이 된다. 물을 가리켜 玄酒, 즉 맛을 느낄 수 없을 정도로 큰 술이라고 부르는 것도 이 때문이라 한다.

•비슷한 한자•

掞 퍼지다 섬

예시 淡水

담박하다 담 물 수 >> 담박한 물

0069

비늘 린

鱗 魚물고기 어＋粦도깨비불 린:音으로, 粦은 손에 들려 있는 도깨비불의 상형이다. 둘이 합쳐 도깨비불처럼 이어져서 희미하게 빛나는 '비늘'의 뜻이 생겼다.

•비슷한 한자• 隣 이웃 린

예시 片鱗

조각 편 비늘 린 >> 한 조각의 비늘로, 극히 작은 부분을 이름

0070

잠기다 잠

潛 氵물 수＋朁일찍이 참: 音으로, 朁은 숨어 있는 형상이다. 둘이 합쳐 '물속에 숨다.'에서 '잠기다'란 뜻이 생겼고, 파생되어 '몰래, 숨다'란 뜻도 나왔다.

•비슷한 한자• 簪 비녀 잠

예시 潛水 잠기다 잠 물 수 >> 물에 잠김

潛入 몰래 잠 들어가다 입 >> 몰래 들어감

깃 우

羽 새의 양 날개를 상형한 것으로, '깃, 날개'의 뜻이 생겼다.

•비슷한 한자• 習 익히다 습

예시 羽翼 깃 우 날개 익 >> 새의 날개로, 보좌하는 사람이나 사물을 이름

羽翮飛肉 깃 우 깃촉 핵 날다 비 고기 육 >> 가벼운 새의 깃이 새의 몸을 날린다는 것으로, 약한 것도 합치면 강해짐을 이름

날다 상

翔 羊양 양: 音+羽깃 우로, 羊은 둥글게 구부러진 양 뿔의 모양이다. 둘이 합쳐 '양의 뿔 모양으로 빙빙 돌며 날다'에서 '빙빙 돌며 날다'의 뜻이 생겼다.

•비슷한 한자• 翱 날다 고

예시 飛翔 날다 비 날다 상 >> 새 따위가 하늘을 낢

용 룡

龙 왼쪽에 있는 立+月은 용의 뿔과 큰 입을 형상화한 것이고, 나머지 부분은 꿈틀대는 몸의 형상을 본뜬 것이다. 용은 구름을 일으키고 비를 내리게 하는 신이한 동물로 비늘 달린

짐승의 으뜸이므로, 王帝를 상징하는 것으로 쓰였다.

비슷한 한자 寵 총애하다 총

예시 龍顔 임금 룡 얼굴 안 >> 임금의 얼굴

龍虎相搏 용 룡 호랑이 호 서로 상 치다 박 >> 용과 호랑이가 서로 싸움, 두 강자가 서로 승패를 겨룸을 이름

☼ 龍이 2개 모이면? 龖(쌍룡 답)

☼ 龍이 3개 모이면? 龘(용이 앞으로 가다 답)

☼ 龍이 4개 모이면? 𪚥한자에서 획수가 가장 많아 무려 64획이나 되는 한자인 '말 많다 절'자랍니다.

0074

스승 사

비슷한 한자

帥 장수 수, 본보기 솔

师 왼쪽은 '큰 고기 토막'의 상형이고, 오른쪽 帀두르다 잡 자는 날이 있는 도끼종류의 상형이다. 둘이 합쳐 '적을 처벌할 목적으로 祭肉을 받들고 출발하는 군대'의 뜻에서 '군사'라는 뜻이 생겼다. 후에 파생되어 '지도자, 스승'이란 뜻도 나왔다.

일설에는 師는 사자의 형상을 그린 것으로, 본래는 '사자'였는데, 사자는 용맹하므로 '우두머리'란 의미가 나왔고, 우두머리는 많은 사람들을 거느리므로 '많은 사람들-군사'란 의미가 다시 파생되었다고도 한다. 뒤에 사자는 獅(사자 사)를 따로 만들어 사용하였다.

예시 師表 스승 사 본보기 표 >> 남의 모범이 될 만큼 學德이 높은 일이나 사람

師子吼 사자 사 접미사 자 울다 후 >> 사자의 울음소리로, 부처의 설법에 邪學을 믿는 사람들이 두려워하고 부끄러워하여 歸依함을 비유

0075

불 화

火 타오르는 불꽃의 모양을 본뜬 글자로, '불'의 뜻이 생겼다.

•비슷한 한자• 炎타다 염 = 焱

예시 防火 막다 방 불 화 >> 불을 막는 것

燈火可親 등잔 등 불 화 할 만하다 가 친하다 친 >> 등잔불이 친할 만하다는 뜻으로, 가을이 되어 독서하기에 좋다는 의미

0076

임금 제

帝 장작을 한데 묶어 태워 하늘에 제사 지내는 모양에서, '제사를 주관하는 사람', 즉 '수령, 임금'이라는 의미가 파생되었다. 周나라와 春秋시대까지는 天子를 王으로 불렀으나, 戰國시대 이후 다투어 서로 왕이라 칭한 뒤 秦나라가 통일하자, 왕보다 더 높은 칭호를 새로 만든 것이 帝이다. 그래서 秦나라의 임금이 스스로를 始皇帝라 불렀던 것이다.

•비슷한 한자• 常 항상 상

예시 帝位 임금 제 자리 위 >> 임금의 자리

0077

새 조

鳥 새의 형상을 본뜬 글자로, 꽁지가 짧은 것은 隹새 추라 하고, 꽁지가 긴 것을 鳥라 한다.

•비슷한 한자• 烏 까마귀 오

예시 鳥獸　새 조 짐승 수 >> 새와 짐승

鳥足之血　새 조 발 족 어조사 지 피 혈 >> 새 발의 피로, 아주 적은 분량을 이름

재미있는 對句이야기

옛날 글공부를 하던 두 사람이 심심하여 對句를 겨뤄보기로 했다. 먼저 한 사람이 '鳥飛枝二月새가 날아가니 가지가 한들한들'이라고 하니, 다른 사람이 한참을 고민하다가 對句하기를 '風吹葉八分바람이 부니 잎이 너풀너풀'이라고 하였다. 풀이하면, 二月은 一月＋一月한 달＋한 달이 되고, 八分팔푼은 四分＋四分사푼＋사푼이 되기 때문이다.

官 0078

관청 관

官 宀집 면 자 안에 師에서 보았던 '큰 고기 토막'이 들어간 형상이다. 군대가 오랫동안 고기를 먹으면서 머무는 곳이란 뜻에서 '관청'의 뜻이 생겼다. 파생되어 '벼슬아치, 기능'이란 뜻도 나왔다.

비슷한 한자 宮 집 궁 管 대롱 관

예시 官報　관청 관 알리다 보 >> 관청에서 알려주는 것

官僚政治　벼슬아치 관 벼슬아치 료 정사 정 다스리다 치 >> 관리가 권리를 농단하여 관료사회의 이익만 도모하고, 국민 전체의 복리를 고려하지 아니하는 정치

0079

사람 인

人 옆에서 본 사람을 본뜬 모양으로, '사람'의 뜻이 생겼다.

• 비슷한 한자 • 入 들어가다 입 八 여덟 팔

예시 人權 사람 인 권한 권 >> 사람의 권한

人命在天 사람 인 목숨 명 있다 재 하늘 천 >> 사람의 목숨은 하늘에 달려 있음

☼ 人人人人人人人人을 풀이하면?

사람들아! 사람들아! 사람이 사람이라고 사람이냐, 사람이 사람다워야 사람이지!

0080

임금 황

皇 白희다 백 + 王임금 왕: 音으로, 白은 빛을 비추는 해를 본뜬 것이고 王은 큰 도끼의 상형이다. 둘이 합쳐 '햇빛에 빛나는 큰 도끼의 모양'에서 '빛나다, 임금'의 뜻이 생겼다.

일설에는 白이 화려하게 장식한 모자의 象形으로, 皇은 고대 황제가 쓰고 있던 일종의 모자이므로, '임금'의 뜻이 생겼다고도 한다.

• 비슷한 한자 • 惶 두려워하다 황

예시 皇后 임금 황 황후 후 >> 임금의 부인

始 0081

처음 시

始 女여자 녀 + 台처음 이: 音로, 女는 두 손을 얌전히 포개고 무릎을 꿇은 여성을 본뜬 것이고 台는 깨끗이 닦은 농기구인 쟁기이다. 둘이 합쳐 '최초의 딸'에서 '처음'이라는 뜻이 생겼다.

※ 일설에는 台는 깨끗이 닦은 농기구인 쟁기로, 농경의 첫 의식에서 '처음'의 뜻이 생겼다고도 한다.

• 비슷한 한자 •
姑 시어머니 고

예시
- 始初 — 처음 시 처음 초 >> 처음
- 始終如一 — 처음 시 끝 종 같다 여 하나 일 >> 처음과 끝이 한결같음

制 0082

만들다 제

制 未아니다 미 + 刂칼 도로, 未는 나뭇가지가 겹쳐진 모양 또는 나뭇가지가 무성하게 자란 모양이며 刂는 칼의 상형이다. 둘이 합쳐 '나뭇가지를 베어서 기물을 만들다.'에서 '만들다'의 뜻이 생겼고, 파생되어 '누르다'의 의미도 나왔다.

• 비슷한 한자 • 刷 닦다 쇄

예시
- 制造 — 만들다 제 만들다 조 >> 만듦
- 抑制 — 누르다 억 누르다 제 >> 누름

0083

글월 문

文 ⊕ 정면으로 서 있는 사람의 모습에다 가슴에 그려 놓은 문양을 본뜬 것으로, '무늬, 문채'의 뜻이 생겼다. 뒤에 파생되어 '글월, 꾸미다'의 뜻도 나왔다.

•비슷한 한자• 攵 치다 복

예시 文具 글월 문 도구 구 >> 글을 쓰는 도구

文身 꾸미다 문 몸 신 >> 몸을 꾸밈

文房四友 글월 문 방 방 넉 사 벗 우 >> 종이, 붓, 먹, 벼루(紙筆硯墨)

0084

글자 자

字 ⊕ 宀집 면 + 子아들 자: 音로, '아이를 집에서 낳아 기르는 모양'에서 '사랑으로 기르다'의 뜻이 생겼다. 옛날 文은 한 글자이고, 字는 두 개나 그 이상이 결합된 것을 말함으로, '글자'라는 뜻이 생겼다. 뒤에는 文과 字의 구별이 없어지고, 字가 文字의 통칭으로 쓰였다.

•비슷한 한자•

宇 집 우

예시 誤字 그릇되다 오 글자 자 >> 잘못된 글자

一字無識 한 일 글자 자 없다 무 알다 식 >> 한 글자도 아는 글자가 없음

0085

이에 내

乃 여자의 유방 측면을 본뜬 모양으로 '유방'의 뜻이며, 原字는 奶젖 내이다. 그런데 본래의 뜻이 점점 사라지고, 파생되어 '이에, 너'라는 뜻이 생겼다.

·비슷한 한자· 及 미치다 급 久 오래다 구

예시 終乃 마침내 종 이에 내 >> 끝끝내

재미있는 수수께끼

☼ 孕必生子는?

아이를 배면 반드시 자식을 낳게 되니, 孕에서 子가 빠지면 乃가 된다.

0086

옷 복

服 月달 월+卩병부 절+又또 우로, 月은 배로, 배의 양쪽에 붙이는 널빤지의 뜻을 나타내며 파생하여 '곁들이다'의 뜻을 나타낸다. 卩은 사람이 누운 모양이고 又는 손으로, 사람을 손으로 위에서 누르고 있는 모양이다. 사람에게 곁들여 있는 것은 옷이므로, '옷'의 뜻이 생겼고, 손으로 누르고 있는 모양에서 '좇다'의 뜻이 생겼다.

·비슷한 한자·
腹 배 복
報 알리다 보

예시
衣服 옷 의 옷 복 >> 옷
服從 좇다 복 따르다 종 >> 좇아 따름

옷 의

衣 (고문자 자형) 衣 저고리의 모양을 그대로 본뜬 모양으로, 본래 '윗도리 옷'이란 뜻이었으나 널리 '옷'으로 통용되었다.

•비슷한 한자• 依 의지하다 의

예시 衣類 옷 의 종류 류 >> 옷 종류

錦衣夜行 비단 금 옷 의 밤 야 가다 행 >> 비단옷을 입고 밤길을 간다는 뜻으로, 출세를 하고도 고향에 돌아가지 않으면 아무 보람이 없음의 비유

치마 상

裳 尙숭상하다 상: 音+衣옷 의로, 尙은 굴뚝에서 연기가 길게 올라가는 모양이다. 둘이 합쳐 '길게 내려 입은 옷'이란 뜻에서 '치마'란 의미가 생겼다.

•비슷한 한자• 嘗 맛보다 상

예시 同價紅裳 같다 동 값 가 붉다 홍 치마 상 >> 같은 값이면 다홍치마

밀다 추

推 扌손 수+隹새 추: 音로, 隹는 새의 상형이다. 둘이 합쳐 '새가 앞으로 힘차게 나가듯이 손으로 힘차게 밀다.'에서 '밀다'의 뜻이 생겼다. 미는 것도 뒤에서 밀면 음이 '퇴'고, 밀어서 올리면 음이 '추'가 된다.

•비슷한 한자• 稚 어리다 치

예시 推薦 밀다 추 천거하다 천 >> 밀어서 천거함

推敲 밀다 퇴 두드리다 고 >> 字句를 여러 번 고침. 唐나라 시인 賈島가 '僧敲月下門'이라는 詩句를 쓸 때에 밀 퇴(推)자를 쓸까 두드릴 고(敲) 자를 쓸까 하고 생각에 잠겼다가 마침 지나가던 京兆尹 韓愈가 행차하는 행렬에 부딪쳐 敲자로 하라는 지도를 받았다는 데서 나온 말

0090

자리 위

位 人사람 인+立서다 립으로, 立은 일직선상에 사람이 서 있는 모양이다. 둘이 합쳐 '사람들이 서열대로 서는 자리'에서 '자리'의 뜻이 생겼다.

•비슷한 한자• 拉 끌다 랍

예시 三位一體 석 삼 자리 위 하나 일 몸 체 >> 기독교에서 聖父, 聖子, 聖靈은 한 몸으로 보는 敎義. 불교에서는 부처는 法身, 應身, 報身으로 구분되나, 본래는 일체라는 뜻

名句 감상

子曰 不患無位 患所以立 不患莫己知 求爲可知也『論語』里仁 孔子께서 말씀하시길 "자리가 없음을 걱정하지 말고 자리에 설 방법을 걱정하며, 자신을 알아주지 않음을 걱정하지 말고 알려질 만하게 되기를 구해야 한다." 하셨다.

讓 0091

겸손하다 양

让 言말씀 언+襄오르다 양: 音으로, 襄은 '옷 속에 呪物을 잔뜩 넣어 邪氣를 물리치다'의 뜻이다. 둘이 합쳐 말로 '책망하다, 꾸짖다'의 뜻이 나왔고, '잔뜩 넣다'에서 '양보하다, 물려주다'의 뜻이 생겼다.

• 비슷한 한자 • 壤 땅 양 孃 아가씨 양

예시 讓位 물려주다 양 자리 위 >> 자리를 물려줌
讓步 양보하다 양 걸음 보 >> 걸음을 양보함

國 0092

나라 국

国 口에워싸다 위+戈창 과로, 口는 마을을 본뜬 것이고 戈는 창을 본뜬 것이다. 둘이 합쳐 '무장한 마을'에서 '나라'의 뜻이 생겼다.

일설에는 口+或혹시 혹으로, 或은 무장한 지역을 뜻한다. 둘이 합쳐 '경계로 둘러싸인 일정한 지역'에서 '나라'가 생겼다고도 한다.

예시 國交 나라 국 사귀다 교 >> 나라끼리 사귐

名句 감상

一言僨事 一人定國(『大學』) 한마디 말이 일을 그르치며, 한 사람이 나라를 안정시킨다(僨: 그르치다 분).

0093

있다 유

有 ◉ 又또 우 + 月 = 肉로, 又는 오른손의 상형이고 月은 잘라놓은 고깃덩어리의 상형이다. 둘이 합쳐 '고기를 손에 들고 있다.'에서 '있다, 가지다'의 뜻이 생겼다.

• 비슷한 한자 • 侑 권면하다 유

예시 所有 바 소 가지다 유 >> 가지고 있는 것

有名無實 있다 유 이름 명 없다 무 열매 실 >> 이름만 있고 실질이 없음

0094

생각하다 우

虞 ◉ 虍호랑이의 문채 호 + 吳허황된 말 오: 音로, 虍는 호랑이의 상형이고 吳는 머리에 커다란 쓰개를 쓰고 미친 듯이 춤추는 모양이다. 둘이 합쳐 '미친 듯이 춤추는 호랑이처럼 생긴 상상의 동물'의 모형으로, '두려워하다, 생각하다, 우제'의 뜻이 생겨났다.

• 비슷한 한자 • 虎 호랑이 호

예시 三虞 석 삼 우제 우 >> 장사 지낸 후 세 번째 지내는 제사

0095

질그릇 도

陶 ◉ 阝언덕 부 + 匋질그릇 도: 音로, 匋는 빚어놓은 질그릇을 감싼 모양이다. 둘이 합쳐 '가마 속에 질그릇을 쌓아놓은 것처럼 높은 언덕'에서 '질그릇'이란 뜻이 생겼다. 파생되어 '기뻐하다, 근심하다'라는 의미도 생겼다.

비슷한 한자 陷 빠지다 함

예시 陶工 질그릇 도 장인 공 >> 옹기장이

陶醉 기뻐하다 도 취하다 취 >> 기뻐하여 술이 취함

0096

황당하다 당

唐 庚단단하다 경+口입 구로, 庚은 '절굿공이를 두 손으로 들어 올려 단단히 찧는 모양'이고, 口는 '장소'의 뜻이다. 둘이 합쳐 '단단히 다진 둑'에서 '둑'의 의미가 생겼다. 파생하여 '황당하다, 넓다, 당나라'라는 뜻도 생겼다.

비슷한 한자 康 편안하다 강

예시 荒唐 황당하다 황 황당하다 당 >> 황당함

0097

조상하다 조

비슷한 한자

引 끌다 인

弔 人+弓활 궁으로, 弓은 주살의 상형으로, 죽은 사람의 넋을 위로하기 위한 물건이다. 둘이 합쳐 '사람을 위로하다.'에서 '조상하다'라는 뜻이 생겼다.

일설에는 활을 들고 있는 사람의 모양으로, 장례문화가 없던 아주 오랜 옛날에는 사람이 죽으면 들에 내다 버려 새가 쪼아 먹게 하였는데, 효자는 이를 차마 볼 수 없어서 활을 들고 새를 쏘았다고 한다. 그러면 조문 온 사람들도 함께 활을 쏘아 새를 쫓았다는 풍습에서 '조문하다, 불쌍히 여기다'의 뜻이 생겼다고도 한다.

예시 弔花 조상하다 조 꽃 화 >> 조문하는 꽃

0098

백성 민

民 한쪽 눈이 찔린 형상을 본떠, 한쪽 눈이 찌부러져 먼 노예나 피지배 민족이란 뜻에서 '백성'의 의미가 생겼다.

• 비슷한 한자 • 氏 성씨 씨 氐 근본 저 昏 어둡다 혼

예시 庶民 여러 서 백성 민 >> 많은 백성

民心無常 백성 민 마음 심 없다 무 항상 상 >> 백성의 마음은 항상 됨이 없다는 것으로, 군주가 善政을 베풀면 사모하고 惡政을 하면 앙심을 품음

0099

치다 벌

伐 人+戈창 과로, 戈는 손잡이가 달린 자루 끝에 날이 달린 창의 상형이다. 둘이 합쳐 '사람이 창으로 베다.'에서 '치다'의 뜻이 생겼으며, 파생하여 '베다, 공적, 자랑하다'라는 뜻도 생겼다.

• 비슷한 한자 • 代 대신하다 대

예시 伐草 베다 벌 풀 초 >> 풀을 벰

伐氷之家 치다 벌 얼음 빙 어조사 지 집 가 >> 얼음을 떼어내는 집으로, 周나라 때 葬事나 제사 때 얼음을 쓸 수 있는 卿大夫 이상의 집. 전하여 고귀한 집

罪 0100

죄주다 죄

罪 ⊙ 罒그물 망＋非아니다 비로, 罒은 그물의 상형이고 非는 날개가 서로 등진 모양으로 '어기다'의 뜻이다. 둘이 합쳐 '어긴 사람을 그물에 걸리게 하다.'에서 '죄주다, 죄'의 뜻이 생겼다.

• 비슷한 한자 • 菲 엷다 비

예시 罪過 죄 죄 허물 과 >> 죄와 허물

罪不容誅 죄 죄 아니다 불 받아들이다 용 베다 주 >> 죄가 커서 죽여도 오히려 부족함

周 0101

두루 주

周 ⊙ 用쓰다 용＋口입 구로, 用은 논에 벼가 촘촘히 심어져 있는 모양이다. 둘이 합쳐 '입을 굳게 다물고 말하지 않다.'에서 파생하여 '어느 한 곳도 빠짐없이＝두루'라는 뜻이 생겼다. 후에 또 파생되어 '둘레, 진휼하다, 주나라'라는 뜻도 생겼다.

• 비슷한 한자 • 用 쓰다 용

예시 周遊 두루 주 다니다 유 >> 두루 돌아다님

發 0102

쏘다 발

发 ⊙ 좌우의 발과 손으로 풀을 헤치며 뽑는 모양으로, 여기에 弓활 궁을 더해 '활에서 활을 뽑아버리다.'에서 '쏘다'의 뜻이 나왔다. 파생되어 '떠나다, 일어나다, 피다'의 뜻도 생겼다.

• 비슷한 한자 • 潑 뿌리다 발

예시 先發 — 먼저 선 떠나다 발 >> 먼저 떠남

百發百中 — 일백 백 쏘다 발 일백 백 맞다 중 >> 백 번 쏘아 다 맞춤

殷 0103

성하다 은

殷 왼쪽 글자의 모습은 '임신하여 배가 커진 모양'이고, 오른쪽 殳몽둥이 수는 '손에 몽둥이를 들고 강제적으로 어떤 상태로 되게 하다.'의 뜻이다. 둘이 합쳐 '임신으로 배를 크게 하는 모양'에서 '성하다, 많다'의 뜻이 생겼다. 파생되어 '근심하다, 은나라'의 의미도 생겼다.

• 비슷한 한자 • 段 조각 단

예시 殷鑑不遠 — 은나라 은 거울 감 아니다 불 멀다 원 >> 은나라 거울은 멀지 않다는 것으로, 은나라 紂왕이 거울로 삼아 경계하여야 할 일은 前代의 夏나라 桀왕이 어질지 못한 정치를 하여 망한 일이라는 것에서, 자기가 거울로 삼아 경계하여야 할 先例는 바로 가까이에 있다는 말

湯 0104

끓인 물 탕

汤 氵물 수＋昜빛 양:音으로, 昜은 태양이 떠오를 때 비치는 햇살모양으로 '따뜻하다'의 뜻이다. 둘이 합쳐 '따뜻한 물'에서 '끓인 물'의 뜻이 나왔다. 파생되어 '끓이다, 탕약'의 뜻도 나왔다.

• 비슷한 한자 • 渴 목마르다 갈

예시 再湯 — 두 번 재 끓이다 탕 >> 두 번 끓임

湯鑊之罪 — 끓이다 탕 솥 확 어조사 지 죄 죄 >> 가마솥에 끓여 죽일 만큼 매우 중한 죄

0105

앉다 좌

坐 두 사람이 마주 보고 땅에 무릎을 대고 앉은 모양에서, '앉다'의 뜻이 생겼다.

• 비슷한 한자 • 座 자리 좌

예시 坐不安席 앉다 좌 아니다 불 편안하다 안 자리 석 >> 앉아도 자리가 편안하지 아니함

재미있는 수수께끼

☼ 坐上無人은?

앉은 자리 위에 사람이 없으니, 坐에 人을 빼면 土가 된다.

0106

아침 조

朝 왼쪽의 글자는 '태양이 바다 위로 빛을 발하며 떠오르는 모양'이고, 오른쪽 月은 '바닷물이 출렁이는 모양'이다. 둘이 합쳐 '출렁이는 바닷물 위로 떠오르는 태양'에서 '아침'의 뜻이 생겼고, 파생하여 '조정, 왕조, 뵙다' 등의 뜻도 생겼다.

• 비슷한 한자 • 嘲 비웃다 조

예시 朝刊 — 아침 조 간행하다 간 >> 아침에 간행함

朝廷 — 조정 조 조정 정 >> 나라의 정치를 의논하는 곳

朝變夕改 — 아침 조 변하다 변 저녁 석 고치다 개 >> 아침저녁으로 고친다는 뜻으로, 일을 자주 변경함을 이름

웃긴 수수께끼

☼ 10월 10일을 뜻하는 한자는?

朝(破字하면 十月十日)

0107

묻다 문

問 문 앞에서 묻는 모양에서 '묻다'라는 뜻이 생겼다.

• 비슷한 한자 • 間 사이 간

예시 問安 — 묻다 문 편안하다 안 >> 안부를 물음

東問西答 — 동쪽 동 묻다 문 서쪽 서 답하다 답 >> 동을 물으니 서를 대답한다는 뜻으로, 딴소리 하는 것을 이르는 말

0108

길 도

道 辶달리다 착 + 首머리 수로, 辶은 길을 본뜬 것이고 首는 머리의 상형이다. 둘이 합쳐 '이민족의 목을 묻어 정화된 길'의 뜻에서 '길'이 생겼으며, 파생하여 사람이 지키고 실천해야 할 바른 길, 즉 '도리'의 뜻도 생겼다.

• 비슷한 한자 • 導 이끌다 도

예시 道路 — 길 도 길 로 >> 길

道在屎溺 — 길 도 있다 재 똥 시 오줌 뇨 >> 도는 똥과 오줌에도 있다는 뜻으로, 도는 어디에나 있음을 말함

垂 0109

드리우다 수

垂 꽃이나 잎이 늘어진 모양을 본뜬 것에서 '드리우다'의 뜻이 생겼다.

•비슷한 한자• 華 빛나다 화

예시 垂簾聽政 — 드리우다 수 발 렴 듣다 청 정사 정 >> 발을 드리우고 정사를 듣는다는 뜻으로, 황태후 등이 신하와 直面하는 것을 꺼려 하는 데에서 나옴

拱 0110

팔짱끼다 공

拱 扌손 수+共함께 공: 音으로, 共은 '두 손을 한데 쥔 모양'이다. 둘이 합쳐 '양손을 한데 모아 팔짱을 끼다.'에서 '팔짱끼다, 두 손 마주 잡다'의 뜻이 생겼다.

•비슷한 한자• 供 받들다 공

예시 拱手 — 팔짱끼다 공 손 수 >> 두 손을 마주 잡음(공경하는 뜻을 표함)

0111

평평하다 평

平 물의 평면에 뜬 水草의 상형으로부터 '평평하다'의 뜻이 생겼다. 파생하여 '고르다, 편안하다'의 뜻도 나왔다.

•비슷한 한자• 半 반 반

예시 平野 평평하다 평 들 야 >> 평평한 들

平安 편안하다 평 편안하다 안 >> 편안함

0112

문채 장

章 먹물샘이 있는 문신용 바늘을 본뜬 모양으로, '무늬'의 뜻이 생겼다. 일설에는 문신을 새겨 넣는 침의 상형이라고도 한다. 파생되어 '글, 법, 도장'의 뜻도 나왔다.

•비슷한 한자• 童 아이 동

예시 文章 글월 문 글 장 >> 글

指章 손가락 지 도장 장 >> 손가락 도장

0113

사랑하다 애

愛 受받다 수＋心마음 심으로, 마음을 서로 주고받는 일에서 '사랑'의 뜻이 생겼다.

•비슷한 한자• 受 받다 수

예시 愛國 사랑하다 애 나라 국 >> 나라를 사랑함

愛及屋烏 　사랑하다 애 미치다 급 집 옥 까마귀 오 >> 사랑이 집의 까마귀에게 미치다는 것으로, 사람을 사랑하면 그 사람이 사는 집의 지붕 위에 있는 까마귀까지도 귀엽게 보임

育

0114

기르다 육

育 갓 태어난 아이를 물로 씻어내는 모양에서, '기르다'의 뜻이 생겼다.

• 비슷한 한자 • 盲 눈멀다 맹

예시 育兒 　기르다 육 아이 아 >> 아이를 기름

名句 감상

君子有三樂 父母俱存 兄弟無故 一樂也 仰不愧於天 俯不怍於人 二樂也 得天下英才而敎育之 三樂也『孟子』盡心 上 군자에게는 세 가지 즐거움이 있다. 부모님이 다 생존해 계시고 형제에게 아무런 일이 없는 것이 첫 번째 즐거움이요, 우러러 하늘에 부끄러움이 없고 숙여 사람에게 부끄러움이 없는 것이 두 번째 즐거움이요, 천하의 영재를 얻어서 그들을 교육하는 것이 세 번째 즐거움이다(愧: 부끄럽다 괴 俯: 숙이다 부 怍: 부끄럽다 작.)

0115

검다 려

黎 黍기장 서＋利이롭다 리: 音로, 黍는 禾＋水로 술의 재료로 알맞은 기장을 뜻하고 利는 본래 날카로운 칼의 상형이나 여기서는 '이웃하다'의 뜻이다. 둘이 합쳐 '이웃한 기장'에서 '많다'의 뜻이 생겼다. 파생하여 '많다, 무렵'이란 뜻도 생겼다.

• 비슷한 한자 •

犁 쟁기 려

예시 黎明 무렵 려 밝다 명 >> 밝을 무렵

0116

머리 수

首 눈과 머리털을 강조하여 머리의 모양을 본떠, '머리'의 뜻이 생겼다. 파생하여 '우두머리'의 뜻도 나왔다.

• 비슷한 한자 • 自 스스로 자

예시 首都 머리 수 도시 도 >> 서울

首魁 우두머리 수 우두머리 괴 >> 우두머리

0117

신하 신

臣 크게 뜬 눈의 상형으로, '똑똑한 신하'의 뜻이 나왔다.

일설에는 묶여 있는 포로의 상형으로, 포로는 노예로 삼았기 때문에 '노예'의 뜻이었으나, 나중에 '신하'로 의미가 파생되었다고도 한다.

•비슷한 한자• 巨 크다 거

예시 **奸臣** 간사하다 간 신하 신 >> 간사한 신하

엎드리다 복

伏 : 亻사람 인 + 犬개 견으로, 犬은 개의 상형이다. 둘이 합쳐 '개가 사람 곁에 바짝 붙어서 엎드려 있다.'에서 '엎드리다, 숨다'의 뜻이 생겼다.

•비슷한 한자• 伐 치다 벌 代 대신하다 대

예시 **伏兵** 숨다 복 병사 병 >> 숨어 있는 병사

名句 감상

禍兮福之所倚 福兮禍之所伏『老子』58장 화는 복이 의지하고 있는 곳이며, 복은 화가 엎드려 있는 곳이다.

병장기 융

戎 : 十열 십 + 戈창 과로, 十은 거북의 등딱지의 상형으로 갑옷이고 戈는 창이다. 둘이 합쳐 '창과 갑옷'으로 '병장기'의 뜻이 생겼다. 파생하여 '군사, 싸움, 오랑캐'의 뜻도 나왔다.

•비슷한 한자• 戒 경계하다 계

예시 **西戎** 서쪽 서 오랑캐 융 >> 서쪽에 있는 오랑캐

0120

오랑캐 강

羌 羊양 양: 音＋儿사람 인으로, 羊은 양의 뿔의 상형이고 儿은 사람의 상형이다. 둘이 합쳐 '양을 기르는 사람'에서 '오랑캐'의 뜻이 생겼다.

• 비슷한 한자 • 羔 새끼 양 고

0121

멀다 하

遐 辶달리다 착＋叚빌리다 가: 音로, 叚는 바위산 아래에서 채석 도구인 갈퀴를 들고 돌을 캐는 모양이다. 둘이 합쳐 '돌을 캐러 바위산 아래로 가다.'에서 '멀다'의 뜻이 생겼다.

• 비슷한 한자 • 蝦 새우 하

예시 昇遐

오르다 승 멀다 하 >> '멀리 올라가다'에서, 임금이 세상을 떠남을 의미

0122

가깝다 이

迩 辶달리다 착＋爾너 이: 音로, 辵은 갈림길을 가는 모양이고 爾는 아름답게 빛나는 꽃의 상형에서 '친하여 가까이하다.'의 뜻이다. 둘이 합쳐 '친하여 가까이 달려가다.'에서 '가깝다'의 뜻이 생겼다.

名句 감상

適遐自邇 升高自卑 萬里之往 一擧足時 愼勿却步 求至於斯權近, 『陽村集』

먼 곳을 가려면 가까운 곳에서부터 시작하고, 높은 데 오르려면 낮은 데서부터 시작해야 한다. 만 리 길도 한 걸음부터니, 삼가 물러서지 말고 여기에서 만 리에 이르기를 구하라.

0123

한 일

壹 ▷ 壺병 호 + 吉길하다 길: 音로, 壺는 뚜껑 달린 병의 상형이고 吉은 비는 말 위에 도끼 등을 올려놓은 모양에서 '갇혀 있다'의 뜻이다. 둘이 합쳐 '술독에 원료를 넣고 덮어 놓은 채로 술을 익히다.'에서 '오로지하다, 하나'라는 의미가 파생되었다.

• 비슷한 한자 •

壼 대궐 안길 곤

0124

몸 체

体 ▷ 骨뼈 골 + 豊제사그릇 례: 音로, 骨은 뼈의 상형이고 豊은 甘酒를 담는 굽이 달린 그릇의 상형으로 '많은 것이 모이다'라는 뜻이다. 둘이 합쳐 '많은 뼈의 모임'에서 '몸'의 뜻이 생겼다.

• 비슷한 한자 • 鱧 가물치 례

예시 體形 몸 체 모양 형 >> 몸의 모양

0125

거느리다 솔

率 새를 잡는 그물의 모양을 본뜬 것으로, '새를 잡아 모으다.'에서 '거느리다'의 뜻이 생겼다. 파생하여 '꾸밈없다, 가볍다'의 뜻이 나왔으며, '비율 률, 새그물 수'의 의미도 생겼다.

예시 統率 거느리다 통 거느리다 솔 >> 거느림

眞率 참 진 꾸밈없다 솔 >> 참되고 꾸밈이 없음

比率 견주다 비 비율 률 >> 비교함

0126

손님 빈

賓 宀집 면 + 人 + 止그치다 지로, 止는 발의 모양이다. 셋이 합쳐 '밖에서 집 안으로 발을 들여놓는 사람'에서 '손님'의 뜻이 생겼다. 나중에 貝조개 패가 붙었는데, 이것은 손님이 왕래할 때 반드시 재물을 서로 주고받는 일에서 첨가되었다.

• 비슷한 한자 • 實 열매 실

예시 貴賓 귀하다 귀 손님 빈 >> 귀한 손님

☼ 客과 賓 모두 '손님'이란 뜻인데, 어떻게 다를까요?
賓는 客보다 더 귀한 손님일 경우에 쓴다고 하네요.

0127

돌아가다 귀

归 ◈ 𠂤작은 언덕 퇴 + 止그치다 지 + 帚비 추로, 𠂤는 좇아가는 모양이고 止는 발 모양이며 帚는 빗자루로 여자를 뜻한다. 셋이 합쳐 '여자가 남자를 따라서 시집으로 걸어가다.'의 의미에서 '마땅히 가야 할 자리로 돌아가다, 시집가다'의 뜻이 생겼다.

• 비슷한 한자 • 婦 아내 부

예시 歸國 돌아가다 귀 나라 국 >> 나라로 돌아감

王

0128

임금 왕

王 ◈ 큰 도끼의 상형으로, 도끼는 무력을 상징하고 무력은 권력을 상징하므로, '권력을 가진 사람' 곧 '왕'의 뜻이 생겼다.

• 비슷한 한자 • 玉 옥 옥

예시 王陵 임금 왕 무덤 릉 >> 임금의 무덤

王佐之材 임금 왕 돕다 좌 어조사 지 재목 재 >> 임금을 도울 만한 재목

0129

울다 명

鸣 ◈ 口입 구 + 鳥새 조로, 鳥는 수탉의 형상이다. 둘이 합쳐 '수탉이 우는 소리'에서 '울다'의 뜻이 생겼다.

• 비슷한 한자 • 嗚 탄식하다 오

예시 耳鳴 귀 이 울다 명 >> 귀에 소리가 들리는 것. 귀울음

孤掌難鳴 외롭다 고 손바닥 장 어렵다 난 울다 명 >> 한 손바닥으로는 소리내기 어렵다는 것으로, 혼자서는 일을 이루지 못함을 이름

0130

봉황새 봉

凤 바람에 날개가 날리고 있는 새의 상형에서 '봉황새'라는 뜻이 생겼다.

예시 鳳雛 봉황새 봉 새 새끼 추 >> 봉황의 새끼로, 아직 세상에 두각을 나타내지 아니한 영재를 이름

☼ 鳳과 凰은 어떻게 다를까요?

鳳은 수컷이고 凰은 암컷으로, 聖人이 세상에 나오면 나타난다고 하는 상상의 새라고 합니다.

0131

있다 재

在 土흙 토+才재주 재: 音로, 才는 싹이 나오는 모양이다. 둘이 합쳐 '흙에서 싹이 나면 다시 옮길 수 없다.'에서 '존재하다'라는 의미가 파생되었다.

•비슷한 한자• 存 있다 존

예시 在庫 있다 존 창고 고 >> 창고에 있음

名句 감상

今夫適千里者 必先辨其徑路之所在 然後有以爲擧足之地金正喜, 『阮堂全集』 이제 천리 길을 가려고 하는 자는 반드시 먼저 지름길이 있는 곳을 따져본 다음에 다리를 들 수 있는 땅으로 삼을 수 있을 것이다발걸음을 내디딜 수 있을 것이다.

樹

0132

나무 수

树 木＋尌세우다 수: 音로, 尌는 손으로 악기를 세우는 모양이다. 둘이 합쳐 '손으로 나무를 세워서 심다.'에서 '나무, 심다, 세우다'의 뜻이 생겼다.

• 비슷한 한자 • 廚 부엌 주

예시 樹齡 나무 수 나이 령 >> 나무의 나이

樹勳 세우다 수 공 훈 >> 공을 세움

白

0133

희다 백

白 쌀알의 상형으로, 껍질을 벗긴 쌀알은 깨끗하고 희기 때문에 '희다, 깨끗하다'의 뜻이 생겼다.

일설에는 '머리가 흰 뼈의 상형, 햇빛의 상형, 도토리 열매의 상형'이라고 하는 설도 있다.

• 비슷한 한자 • 百 일백 백

예시 白飯 희다 백 밥 반 >> 흰 밥

白骨難忘 희다 백 뼈 골 어렵다 난 잊다 망 >> 뼈가 희어지기까지 잊기 어렵다는 것에서, 깊은 은혜를 잊지 않음을 이름

재미있는 수수께끼

☼ 百無一成은?

백 가지 중에 한 가지도 이룬 것이 없다는 것이니, 百에서 一을 빼면 白이 정답이다.

0134

망아지 구

駒 馬말 마 + 句글귀 구: 音로, 句는 구불구불 이어져 있는 모양이다. 둘이 합쳐 '구불구불 뛰어다니는 말'에서 '망아지'라는 의미가 생겼다.

• 비슷한 한자 • 駛 빠르다 사

예시 白駒過隙

희다 백 망아지 구 지나다 과 틈 극 >> 흰 망아지가 벽의 틈을 지난다는 뜻으로, 세월이 빨리 지나 인생의 덧없음을 비유

0135

먹다 식

食 식기에 음식을 담고 뚜껑을 덮은 모양에서, '음식, 먹다'라는 뜻이 생겼다. '밥, 먹이다'일 경우는 音이 '사'이며, 사람이름일 경우는 音이 '이'이다.

• 비슷한 한자 • 良 어질다 량

예시 食費

食不重肉

먹다 식 비용 비 >> 밥 먹는 비용

먹다 식 아니다 부 거듭 중 고기 육 >> 한 번 하는 식사에 고기를 두 가지 이상 놓고 먹지 않음. 齊나라 晏嬰의 생활이 검소했던 고사에서 나옴

場 0136

마당 장

场 土 + 昜빛 양: 音으로, 昜은 해가 지상에 떠오르는 모양이다. 둘이 합쳐 '볕이 드는 흙'으로 '마당'의 뜻이 생겼다. 파생되어 '곳, 때'의 뜻도 나왔다.

• 비슷한 한자 • 堤 둑 제

예시 賣場 팔다 매 곳 장 >> 파는 곳

一場春夢 한 일 때 장 봄 춘 꿈 몽 >> 한때의 봄꿈으로, 헛된 榮華나 덧없는 일에 비유

化 0137

변하다 화

化 亻사람 인자와 거꾸로 놓인 匕숟가락 비로, '사람이 본래 모습과 다른 사람이 되다.'에서 '변하다, 죽다, 교화'의 뜻이 생겼다.

• 비슷한 한자 • 花 꽃 화

예시 老化 늙다 노 변하다 화 >> 늙게 변하는 것

名句 감상

蛇化爲龍 不變其文『史記』 뱀은 변하여 용이 되어도, 그 무늬는 변하지 않는다.

0138

입다 피

被 : 衤옷 의+皮가죽 피: 音로, 皮는 짐승의 가죽을 손으로 벗겨내는 모양이다. 둘이 합쳐 '벗겨낸 가죽으로 된 옷'으로 '이불, 덮다, 입다, 흐트러뜨리다'의 뜻이 나왔다.

• 비슷한 한자 • 彼 저 피

예시 被擊

입다 피 치다 격 >> 공격을 당함

被髮左衽

흐트러뜨리다 피 머리 발 왼쪽으로 하다 좌 옷섶 임 >> 머리를 풀고 옷섶을 왼쪽으로 여밈(오른쪽 옷섶을 왼쪽 위에 여밈). 모두 야만의 풍속

0139

풀 초

草 : 풀의 상형이며, 그 音을 나타내기 위해 艹풀 초에 早일찍 조가 덧붙여졌다.

• 비슷한 한자 • 莫 없다 막

예시 毒草

독 독 풀 초 >> 독이 있는 풀

三顧草廬

석 삼 돌아보다 고 풀 초 오두막집 려 >> 세 번이나 오두막집을 돌아보다는 것으로, 인재를 맞아들이기 위해서 여러 번 찾아가서 예를 다하는 일을 이름

0140

나무 목

木 : 나무의 줄기를 중심으로 해서 옆으로 뻗은 가지와 밑으로 퍼진 뿌리를 상형한 것이다.

• 비슷한 한자 • 本 근본 본

예시 木刻 나무 목 새기다 각 >> 나무에 새김

木强則折 나무 목 강하다 강 그러면 즉 부러지다 절 >> 나무가 너무 강하면 부러짐

0141

힘입다 뢰

賴 束묶다 속 + 負지다 부로, 束은 땔나무를 묶은 모양이고 負는 조개를 등에 지고 있는 모양에서 '돈을 꾸고 갚지 않는다.'는 뜻이다. 둘이 합쳐 '빚을 떼이지 않도록 확실히 묶어두다.'에서 '믿고 의지하다'의 뜻이 생겼다.

예시 信賴 믿다 신 믿고 의지하다 뢰 >> 믿고 의지함

0142

미치다 급

及 人 + 又또 우로, 又는 사람 손의 상형이다. 둘이 합쳐 '앞사람을 뒷사람이 따라가서 손으로 잡다.'에서 '미치다'의 뜻이 생겼다.

• 비슷한 한자 • 乃 이에 내 反 돌이키다 반

예시 過猶不及 지나치다 과 같다 유 아니다 불 미치다 급 >> 지나침은 미치지 못함과 같음

0143

일만 만

万 전갈의 상형으로, 전갈은 다리가 여러 개이므로 '많다, 일만'이라는 뜻으로 借用되었다.

• 비슷한 한자 • 寓 맡기다 우

예시 萬病 일만 만 병 병 >> 온갖 병

萬古風霜 일만 만 옛 고 바람 풍 서리 상 >> 이 세상에서 지내 온 많은 고생

0144

모 방

方 양쪽으로 손잡이가 있는 쟁기의 상형으로, 나란히 서서 논밭을 가는 모양에서 '나란히 늘어서다, 곁'의 뜻이 생겼고, 파생하여 '모, 방향, 방법' 등의 뜻이 나왔다.

• 비슷한 한자 • 万 일만 만

예시 百方 일백 백 방법 방 >> 온갖 방법

方底圓蓋 모 방 밑 저 둥글다 원 덮개 개 >> 아래가 네모진 것에 둥근 덮개라는 뜻으로, 서로 맞지 않음의 비유

0145

덮개 개

蓋 艹풀 초 + 盍모이다 합: 音으로, 盍은 그릇에 뚜껑이 덮여 있는 모양이다. 둘이 합쳐 '풀로 엮어 만든 덮개가 덮인 모양'에서 '덮개, 덮다'의 뜻이 생겼고, 파생하여 '대개'의 뜻도 생겼다.

• 비슷한 한자 • 蓄 기르다 축

예시 蓋然性 대개 개 그러하다 연 성질 성 >> 대개 그러한 성질

蓋棺事定 덮다 개 관 관 일 사 정하다 정 >> 관을 덮은 뒤에 일이 정해지다의 뜻으로, 죽은 뒤에 賢否가 결정됨을 이름

0146

이 차

此 ※ 止그치다 지 + 匕숟가락 비로, 止는 발의 상형으로 '머물다'의 뜻이고 匕는 늙은 여성의 모양에서 '가깝다'의 의미를 지닌다. 둘이 합쳐 '가까운 곳에 머물다.'에서 가장 가까운 사물이나 장소를 가리키는 말이 되었다.

• 비슷한 한자 • 比 나란하다 비

예시 如此

같다 여 이 차 >> 이와 같다

0147

몸 신

身 ※ 측면에서 임신한 몸을 본뜬 것으로, '임신하다'의 뜻을 나타냈으며, 파생하여 '몸, 몸소'의 뜻도 생겼다.

• 비슷한 한자 • 自 스스로 자

예시 身邊

몸 신 가 변 >> 몸 주위

身言書判

몸 신 말씀 언 글씨 서 판단하다 판 >> 唐대 관리 선발기준인 體貌, 言辭, 書法, 文理를 이름

0148

머리털 발

发 ※ 髟머리털 늘어지다 표 + 犮제거하다 발: 음으로, 髟는 머리털이 길게 흘러내린 모양의 상형이고 犮은 잘라내는 모양이다. 둘이 합쳐 '지나치게 길게 자란 머리털을 베어야 한다.'는 것에서 '머리털'의 뜻이 생겼다.

예시 髮短心長

머리털 발 짧다 단 마음 심 길다 장 >> 머리털은 빠져 짧으나 마음은 길다는 것으로, 나이는 먹었으나 슬기는 많음을 이름

넉 사

四 ※ 대전의 네 개의 가로선은 '넷'을 뜻하고, 소전은 입안의 이와 혀가 보이는 모양을 본뜬 것으로 '숨'을 나타냈으나 假借하여 '넷'의 뜻이 되었다.

• 비슷한 한자 • 匹 짝 필

예시 四苦 　넉 사 괴롭다 고 >> 불교에서 말하는 네 가지 고통, 즉 生老病死

名句 감상

人之不學 如登天而無術 學而智遠 如披祥雲而覩青天 登高山而望四海(『明心寶鑑』 勤學) 사람이 배우지 않는 것은 하늘에 오르는 데 재주가 없는 것과 같고, 배워서 지혜가 원대해지는 것은 조밀한 구름을 헤치고 푸른 하늘을 보고, 높은 산에 올라 천하를 보는 것과 같다.

크다 대

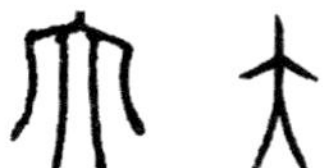

大 ※ 사람이 팔과 발을 활짝 편 모양에서 '크다'의 뜻이 생겼다.

• 비슷한 한자 • 太 크다 태 犬 개 견

예시 大捷 　크다 대 이기다 첩 >> 크게 이김

大姦似忠 　크다 대 간사하다 간 비슷하다 사 충성 충 >> 아주 간사한 사람은 겉은 교묘하게 꾸미므로 도리어 忠臣같이 보임

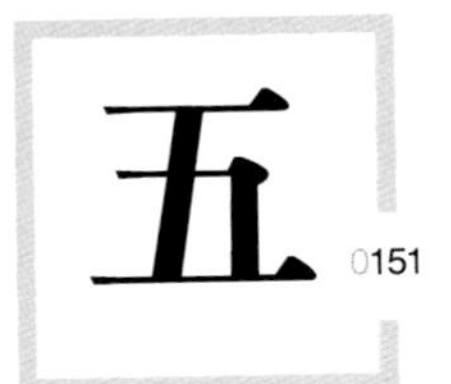

五 0151

다섯 오

• 비슷한 한자 •

吾 나 오

五 ◈ 二둘 이 + 乂베다 예로, 二는 天地를 가리키고 乂는 풀을 베는 가위를 본뜬 것에서 교차를 가리킨다. 둘이 합쳐 '천지간에 번갈아 작용하는 다섯 원소인 水火木金土'의 뜻에서 '다섯'이 생겼다.

◈ 일설에는 임시로 실을 감을 때 엄지손가락과 새끼손가락을 펴서 실을 교차하는 모양으로, 감는 관습을 그대로 그린 것에서 손가락은 다섯 개이므로 '다섯'의 뜻이 생겼다고도 한다.

예시 五里霧中

다섯 오 거리 리 안개 무 가운데 중 >> 5리가 안개 속이다는 뜻에서, 무슨 일에 관하여 알 길이 없거나 마음을 잡지 못하여 허둥지둥함을 이름

常 0152

항상 상

常 ◈ 尙숭상하다 상: 咅 + 巾수건 건으로, 尙은 굴뚝에서 연기가 길게 피어오르는 모양이고 巾은 헝겊에 끈을 달아 허리띠에 찔러 넣은 모양이다. 둘이 합쳐 '기다란 베'에서 '길이 변치 않음'인 '항상'이란 뜻이 파생되었다.

• 비슷한 한자 • 帝 황제 제

예시 常備

항상 항 갖추다 비 >> 늘 갖춤

人生無常

사람 인 살다 생 없다 무 항상 상 >> 사람의 삶은 항상 된 것이 없음

0153

받들다 공

예시 恭遜

[恭] 共함께 공:音 + 忄마음 심으로, 共은 두 손으로 받드는 모양이다. 둘이 합쳐 '마음으로 받들어 모시다.'에서 '받들다, 공손하다'의 뜻이 생겼다.

•비슷한 한자• 蛬 귀뚜라미 공

공손하다 공 겸손하다 손 >> 공손하고 겸손함

惟
0154

오직 유

예시 惟獨

[惟] 忄마음 심 + 隹새 추: 音로, 隹는 새의 상형으로 '잇다'의 뜻이다. 둘이 합쳐 '한 가지 일에 마음을 멈추고 계속 생각하다.'에서 '생각하다, 오직'이라는 뜻이 생겼다.

•비슷한 한자• 唯 오직 유 帷 휘장 유

오직 유 홀로 독 >> 오직 홀로

鞠
0155

기르다 국

•비슷한 한자•

鞫 국문하다 국

예시 鞠躬

[鞠] 革가죽 혁 + 匊싸다 국: 音으로, 革은 머리부터 꼬리까지 벗긴 짐승 가죽을 본뜬 것이고 匊은 양손으로 쌀을 싸고 있는 모양이다. 둘이 합쳐 '가죽 주머니에 쌀을 넣어 둥글게 만든 공'에서 '공'의 뜻이 나왔고, 공은 굽어져 있으므로 '굽다, 기르다'의 뜻이 파생했다.

굽히다 국 몸 궁 >> (존경의 뜻으로) 몸을 굽힘

0156

기르다 양

养 ※ 羊양 양: 音 + 食먹다 식으로, 羊은 양의 뿔을 본뜬 것이고 食은 식기에 음식을 담고 뚜껑을 덮은 모양이다. 둘이 합쳐 '양을 식기에 담다.'에서 '봉양, 기르다'의 뜻이 생겼다.

• 비슷한 한자 • 羹 국 갱

예시 養蜂 기르다 양 벌 봉 >> 벌을 기름

養虎遺患 기르다 양 호랑이 호 남기다 유 근심 환 >> 호랑이를 길러서 근심을 남기다는 것에서, 禍根을 길러 근심을 사는 것을 이름

0157

어찌 기

豈 ※ 풍성한 식기에 담긴 식기에서 손으로 음식물을 취하는 모양이다. 여기서 '즐겁다'의 뜻이 생겼고, 뒤에 '어찌'라는 뜻이 파생되었다.

※ 일설에는 장식이 붙은 북을 본뜬 모양으로, '戰勝 기쁨의 음악'의 뜻에서, 파생하여 '즐기다'의 뜻이 나왔다고도 한다.

• 비슷한 한자 •

豎 세로 수

名句 감상

志之立 知之明 行之篤 皆在我耳 豈可他求哉『擊蒙要訣』 뜻이 서게 되고 아는 것이 밝아지며 행실이 돈독해지는 것은 모두 나에게 달려 있을 뿐이니, 어찌 다른 데에서 구할 수 있겠는가?

0158

감히 감

예시 勇敢
爲敢生心

敢 : 又또 우 + 又 + 占점 점으로, '양손으로 占의 위쪽 부분의 卜점 복을 무리하게 눌러 휘어뜨린 모양'에서, '이치에 맞지 않는 짓을 억지로 하다, 감히, 굳세다'의 뜻이 생겼다.

• 비슷한 한자 • 散 흩다 산

용감하다 용 굳세다 감 >> 용감하고 굳셈

어찌 언 감히 감 낳다 생 마음 심 >> 어찌 감히 그런 마음을 먹겠는가?

0159

헐다 훼

예시 毁損

毁 : 土 + 毇쌀 찧다 훼: 音로, 毇는 '나락을 절구에 넣고 찧으면 벗겨낸 껍질의 양만큼 양적인 결손이 생긴다.'는 뜻이다. 둘이 합쳐 '흙을 빻아 으깨다'에서 '헐다, 무너지다, 상하다'의 뜻이 생겼다.

• 비슷한 한자 • 殼 껍질 각

헐다 훼 덜다 손 >> 헐고 덜어냄

0160

다치다 상

예시 傷弓之鳥

伤 : '사람이 화살에 맞다.'에서 '상처, 다치다'의 뜻이 생겼다.

• 비슷한 한자 • 愓 근심하다 상

다치다 상 활 궁 어조사 지 새 조 >> 활에 다친 새로, 활에 한 번 다쳐 활만 보면 깜짝 놀라는 새라는 뜻으로, 먼저 한 번 당한 일에 너무 데어 겁을 집어먹는 사람의 비유로 쓰임

女 0161

여자 녀

女 두 손을 얌전히 포개고 무릎을 꿇은 여성을 본뜬 모양에서 '여자, 딸'의 뜻이 생겼다.

• 비슷한 한자 • 汝 너 여

예시 女權 여자 녀 권한 권 >> 여자의 권한

名句 감상

嚴父出孝子 嚴母出孝女『明心寶鑑』訓子 엄한 아버지는 효자를 낳고, 엄한 어머니는 효녀를 낳는다.

慕 0162

사모하다 모

慕 莫해지다 모: 音＋忄마음 심으로, 莫은 태양이 초원에서 지는 모양이고 忄은 심장의 상형이다. 둘이 합쳐 '지는 해를 보면서 덧없이 지나간 낮을 아쉬워하는 마음'에서 '사모하다'의 뜻이 생겼다.

• 비슷한 한자 • 墓 무덤 묘

예시 戀慕 그리워하다 련 사모하다 모 >> 그리워하고 사모함

貞 0163

곧다 정

贞 卜점 복＋貝조개 패: 音로, 貝는 鼎솥 정 자가 생략된 형태로 이는 국가의 권위나 나라의 중차대한 일을 상징한다. 둘이 합쳐 '나라의 중요한 일을 점을 쳐서 물어보다.'에서 점을 쳐서

•비슷한 한자•
負 지다 부

물어본다는 것은 또한 불확실한 것을 확고부동한 것으로 결정한다는 의미이므로 여기에서 '확고부동한 여인의 지조'라는 의미가 생겨났다.

예시 貞淑

곧다 정 맑다 숙 >> 지조가 굳고 마음이 맑음

絜 0164

깨끗하다 결

=潔 [고문자] 洁 丯풀 어지럽게 날다 개 + 刀칼 도 + 糸실 사로, 丯은 칼자국이고 糸는 꼰 실의 상형이다. 셋이 합쳐 '실로 매어 더러움을 제거하기 위해 칼집을 내다.'에서 '깨끗이 하다'의 뜻이 생겼다.

•비슷한 한자• 挈 재다 혈 契 맺다 계

예시 潔白

깨끗하다 결 희다 백 >> 깨끗하고 흼

男 0165

사내 남

[고문자] 男 田밭 전 + 力힘 력으로, 田은 밭의 상형이고 力은 힘센 팔의 상형이다. 둘이 합쳐 '밭에서 힘써 일하는 사람'에서 '사내'의 뜻이 생겼다.

•비슷한 한자• 畀 주다 비

예시 男負女戴

사내 남 지다 부 여자 녀 이다 대 >> 남자는 지고 여자는 이고 가는 것으로, 재난을 당해 이리저리 떠돌아다님을 이르는 말

0166

본받다 효

效 交사귀다 교: 音 + 攴치다 복으로, 交는 사람이 정강이를 엇걸어 꼬는 모양에서 '배우다'의 뜻이고 攴은 나무 막대기를 손에 든 모양이다. 둘이 합쳐 '나무 막대기로 때려 배우게 하다.'에서 '본받다'의 뜻이 생겼고, 파생하여 '공, 보람'의 뜻도 나왔다.

• 비슷한 한자 •

救 구원하다 구

예시 效顰 본받다 효 찡그리다 빈 >> 越나라의 미인 西施가 얼굴을 찡그렸더니 한 醜女가 그걸 보고 흉내 냈다는 고사에서 나온 말로, 무턱대고 남의 흉내를 냄을 이름

效果 보람 효 결과 과 >> 보람

0167

재주 재

才 강이 넘치는 것을 막기 위한 봇둑으로 세워진 질 좋은 나무의 상형에서, '재주'의 뜻이 생겼다.

일설에는 초목의 싹이 처음 나오는 모양으로, '싹, 처음, 비로소'에서 파생되어 '재주'의 의미가 나왔다고도 한다.

• 비슷한 한자 • 丈 길이 장

예시 才勝德薄 재주 재 낫다 승 덕 덕 적다 박 >> 재주가 있으나 덕이 적음

어질다 량

良 곡물류 중에서 특히 좋은 것만을 골라내기 위한 기구의 상형으로, '좋다'의 뜻이 생겼고, '어질다, 곧다, 아름답다' 등의 뜻이 파생되었다.

• 비슷한 한자 • 艮 머무르다 간

예시 良好 좋다 량 좋다 호 >> 매우 좋음

善良 착하다 선 어질다 량 >> 착함

알다 지

知 矢화살 시 + 口입 구로, 矢는 화살이고 口는 기도하는 말이다. 둘이 합쳐 화살을 곁들여 기도하여 신의 뜻을 아는 모양에서 '알다'의 뜻이 생겼다.

• 비슷한 한자 • 矩 곱자 구

예시 知覺 알다 지 깨닫다 각 >> 알아 깨달음

知而不知 알다 지 말 잇다 이 아니다 부 알다 지 >> 알면서도 모른 체함

지나다 과

• 비슷한 한자 • 猧 발바리 와

过 辶쉬엄쉬엄 가다 착 + 咼입 비뚤어지다 와: 음로, 辵은 갈림길을 가는 모양이고 咼는 위아래 턱이 서로 맞지 않아 어긋나다는 뜻이다. 둘이 합쳐 '길을 가는데 너무 많이 가서 목적지와 어긋나다.'에서 '지나다'의 뜻이 생겼고, 파생되어 '지나치다, 들르다, 허물' 등의 뜻이 나왔다.

예시 超過 넘다 초 지나다 과 >> 넘어 지나감

過誤 허물 과 잘못 오 >> 잘못

過猶不及 지나치다 과 같다 유 아니다 불 미치다 급 >> 지나침은 미치지 못함과 같다는 뜻으로, 사물은 中庸이 중요함을 이르는 말

0171

반드시 필

必 ※ 八여덟 팔＋弋주살 익으로, 八은 둘로 나뉘어져 있는 모양이고 弋은 말뚝이다. 둘이 합쳐 '가운데 말뚝을 박아서 양극의 경계를 짓다.'에서 경계가 확실하게 결정된 곳에서는 猶豫가 없으므로 '틀림없이'라는 의미가 파생되었다.

• 비슷한 한자 • 心 마음 심

예시 必讀書 반드시 필 읽다 독 책 서 >> 반드시 읽어야 할 책

0172

고치다 개

改 ※ 巳뱀 사: 音＋攵치다 복으로, 巳는 뱀의 상형이고 攵은 막대기를 손에 잡고 치는 모양이다. 둘이 합쳐 '뱀처럼 흉측한 귀신을 몽둥이로 두드려서 내쫓고 새로운 계절을 맞이하다.'에서 '고치다'라는 의미가 파생되었다.

• 비슷한 한자 • 攻 치다 공

예시 改革 고치다 개 바꾸다 혁 >> 고쳐서 바꿈

改頭換面 고치다 개 머리 두 바꾸다 환 얼굴 면 >> 머리와 얼굴만 고치다는 것으로, 마음은 고치지 않고 겉으로만 달라진 체함을 이름

得

0173

얻다 득

得 彳조금 걷다 척 + 貝조개 패 + 又또 우로, 彳은 行의 왼쪽 절반으로 길을 가는 모양이고 貝는 조개의 상형으로 재물을 뜻하고 又는 손의 상형이다. 셋이 합쳐 '걸어가서 손으로 재물을 손에 넣다.'에서 '얻다'의 뜻이 생겼다.

• 비슷한 한자 • 碍 거리끼다 애

예시 得失

얻다 득 잃다 실 >> 얻음과 잃음

得隴望蜀

얻다 득 땅이름 롱 바라다 망 나라 촉 >> 漢 光武帝가 농을 점열한 뒤에 촉을 공격하려고 한 고사에서, 사람의 탐욕이란 채우면 채울수록 더하는 것이라는 뜻

能

0174

능하다 능

能 꼬리를 들어 올리고 커다랗게 입을 벌리고 있는 곰의 모양을 형상화한 것으로, '곰'이라는 뜻이었으나, 골격이 크고 힘이 세다는 관점에서 능력 있고 지혜가 많은 사람을 의미하는 글자로 차용하게 되어 '재능, 능하다'의 뜻이 나왔다.

• 비슷한 한자 • 熊 곰 웅 態 모양 태

예시 能力

재능 능 힘 력 >> 재능을 가진 힘

能書不擇筆

능하다 능 글 서 아니다 불 가리다 택 붓 필 >> 글씨에 능한 사람은 붓을 가리지 않는다.

0175

없다 막

莫 ※ 茻풀 망 + 日해 일로, 茻은 풀덤불의 상형이다. 둘이 합쳐 '해가 덤불 사이로 사라지는 모양'에서 '해질 무렵'에서 '해가 없다'라는 뜻이 파생되었다.

• 비슷한 한자 • 暮 저물다 모

예시 莫逆之友

없다 막 거스르다 역 어조사 지 벗 우 >> 거스름이 없는 친구로, 마음이 맞는 절친한 친구

0176

잊다 망

忘 ※ 亡없다 망: 音 + 心마음 심으로, 亡은 굽혀진 사람의 시체에 무엇인가를 더하는 모양에서 '죽다'의 뜻이다. 둘이 합쳐 '마음속으로부터 기억이 없어지다.'에서 '잊다'의 뜻이 생겼다.

• 비슷한 한자 • 妄 망령되다 망

예시 忘年之友

잊다 망 나이 년 어조사 지 벗 우 >> 나이를 잊은 친구

0177

그물 망

罔 ※ 网그물 망: 音 + 亡없다 망으로, 网은 그물의 상형이고 亡은 음을 명확히 하기 위해 덧붙인 것에서 '그물'의 뜻이 생겼고, 파생하여 '없다, 속이다'의 뜻도 나왔다.

• 비슷한 한자 • 岡 산등성이 강

예시 罔極之痛

없다 망 끝 극 어조사 지 아프다 통 >> 끝이 없는 아픔으로, 임금과 어버이의 喪事에 쓰는 말

0178

이야기 담

• 비슷한 한자 •

淡 싱겁다 담

예시 談笑

談 言말씀 언＋炎불꽃 염: 音으로, 言은 손잡이가 있는 날에 맹세의 말을 붙여 죄를 받을 것을 전제로 한 맹세의 의미이고 炎은 타오르는 불꽃모양이다. 둘이 합쳐 '계속해서 주고받는 말'에서 '이야기'라는 뜻이 생겼다. 그러므로 談은 '~에 대하여 다각도로 이야기를 주고받다.'라는 의미를 지니고 있다.

이야기 담 웃다 소 >> 웃으면서 이야기함

0179

저 피

• 비슷한 한자 •

被 입다 피
波 물결 파

예시 彼此

彼 彳조금 걷다 척＋皮가죽 피: 音로, 彳은 行의 왼쪽 절반으로 길을 가는 모양이고 皮는 손으로 짐승의 가죽을 벗겨내는 모양이며 벗겨서 이불로 덮었기 때문에 '그 위에 더하다'의 의미가 있다. 둘이 합쳐 '조금 더 걸어서 앞으로 나아가다.'에서 '저쪽'이라는 의미가 생겨났다.

저 피 이 차 >> 저것과 이것

짧다 단

短 矢화살 시＋豆콩 두로, 矢는 화살의 상형이고 豆는 머리 부분이 큰 祭器의 상형이다. 둘이 합쳐 '화살을 만들 때 가장 짧은 것을 기준으로 나머지 들쭉날쭉한 살대를 가지런히 베어 버리다.'에서 '짧다'라는 뜻이 생겼다. 파생하여 '허물'이라는 뜻도 나왔다.

예시 短文 짧다 단 글월 문 >> 짧은 글

不言長短 아니다 불 말하다 언 장점 장 허물 단 >> 남의 장단점을 말하지 않음

쓰러지다 미

靡 麻삼 마＋非아니다 비: 音로, 麻는 삼 껍질을 벗기는 모양이고 非는 서로 등을 지고 좌우로 나누어지는 모양이다. 둘이 합쳐 '삼 껍질이 잘게 나누어지다.'에서 '나누다, 쓸리다'의 의미가 생겼다. 파생하여 '화려하다, 없다'의 뜻도 나왔다.

• 비슷한 한자 • 糜 문드러지다 미

예시 風靡 바람 풍 쓸리다 미 >> 바람에 쓸림. 어떤 위세가 널리 사회를 휩쓺

믿다 시

恃 忄마음 심＋寺모시다 시: 音로, 忄은 심장의 상형이고 寺는 손을 움직여 일하는 모양이다. 둘이 합쳐 '도움을 마음으로 바라다.'에서 '믿다'의 뜻이 생겼다.

• 비슷한 한자 • 侍 모시다 시

0183

몸 기

己 실의 끝부분의 모양을 형상한 것으로, 모든 인식의 출발점을 가리킨다. 인식의 출발점은 자신이므로 '자기 몸'이란 의미가 생겼다.

• 비슷한 한자 • 已 이미 이 巳 뱀 사

예시 利己心

이롭다 리 자기 기 마음 심 >> 자기를 이롭게 하고자 하는 마음

名句 감상

酒逢知己千鍾少 話不投機一句多『明心寶鑑』言語 술은 자기를 알아주는 사람을 만나면 천 잔도 적고, 말은 뜻이 맞지 않으면 한마디도 많다(鍾: 잔 종 投機: 두 사람이 서로 뜻이 맞는 것.)

0184

길다 장

长 머리카락이 긴 사람을 그린 모양이다. 머리카락이 긴 사람은 오래 산 사람이고 연장자이기 때문에 '길다, 자라다, 우두머리, 어른'의 의미들이 파생된 것이다.

• 비슷한 한자 • 辰 별이름 진

예시 家長

집 가 우두머리 장 >> 집의 우두머리

長袖善舞

길다 장 소매 수 잘하다 선 춤추다 무 >> 소매가 길면 춤을 잘 춘다는 뜻으로, 재물이 많은 자는 일을 하기가 쉬움을 이름

0185

믿다 신

信 ⊕ 亻+口입 구+辛맵다 신: 音으로, 口는 입의 상형이고 辛은 바늘의 상형으로 형벌의 뜻이다. 셋이 합쳐 '말이 미덥지 못한 데가 있으면 형벌을 받을 것임을 맹세하는 모양'에서 '믿다'의 뜻이 생겼다.

• 비슷한 한자 • 儲 쌓다 저

예시 信任 — 믿다 신 맡기다 임 >> 믿고서 맡김

信言不美 — 믿다 신 말씀 언 아니다 불 아름답다 미 >> 진실한 말은 아름답게 꾸미지 않음

0186

부리다 사

使 ⊕ 亻+吏아전 리: 音로, 吏는 관리의 상징인 깃대를 손에 든 모양이다. 둘이 합쳐 '명령을 받아 일을 하는 사람'에서 '부리다, 쓰다, 사신'의 뜻이 파생되었다.

• 비슷한 한자 • 便 편리하다 편, 똥오줌 변

예시 使用 — 쓰다 사 쓰다 용 >> 씀

特使 — 특별하다 특 사신 사 >> 특별 사신

0187

옳다 가

可 ⊕ 口입 구+丁고무래 정으로, 丁은 입 안을 상형한 것이다. 둘이 합쳐 '입안 깊숙한 곳에서 큰 소리로 꾸짖다.'에서 呵꾸짖다 가의 原字이나, 파생하여 '옳다, 좋다, 할 수 있다'의 뜻이 나왔다.

비슷한 한자 司 맡다 사

예시 可否 옳다 가 그르다 부 >> 옳은가 그른가의 여부

不問可知 아니다 불 묻다 문 할 수 있다 가 알다 지 >> 묻지 않아도 알 수 있음

覆 0188

덮다 부

엎어지다 복

覆 襾덮다 아+復반복하다 복: 音으로, 襾는 뚜껑의 상형이고 復은 통통한 술 항아리를 본디대로 뒤집는 모양이다. 둘이 합쳐 '뚜껑을 뒤집다, 덮다'의 뜻이 생겼다.

비슷한 한자 履 신 리

예시 覆水不收 엎어지다 복 물 수 아니다 불 거둘 수 >> 엎어진 물을 거둘 수 없다는 것에서, 이혼한 아내는 다시 맞아들일 수 없음을 이름

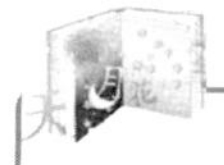

☼ 覆蓋를 어떻게 읽어야 할까요?

'덮다 부, 덮개 개'로 덮개를 덮어둔다는 의미이니, '부개'로 읽어야 맞는데, '복개'로 잘못 쓰고 있지만, 너무 많은 사람들이 사용하고 있기 때문에 그냥 복개를 표준어로 사용한다고 합니다.

0189

그릇 기

• 비슷한 한자 •

哭 울다 곡

器 犬개 견에 口입 구가 네 개 결합된 모양으로, 犬은 희생으로 쓰는 개이고 口 네 개는 祭器를 벌여 놓은 모양이다. 둘이 합쳐 '제사에 쓰이는 그릇의 모양'에서 '그릇'의 뜻이 생겼다.

일설에는 口는 여러 종류의 그릇을 말하는데, 개가 여러 그릇들 중간에서 지키고 있는 모양에서 '그릇'의 뜻이 생겼다고도 한다.

예시 **大器晩成** 크다 대 그릇 기 늦다 만 이루다 성 >> 큰 그릇은 늦게 이루어짐

웃긴 수수께끼

☼ '보신탕 보'자는?

器(여러 口가 犬를 먹으니까)

0190

하고자 하다 욕

欲 谷골짜기 곡: 音 + 欠하품 흠으로, 谷은 골짜기의 상형으로 '무엇을 넣다'의 뜻이고 欠은 사람이 입을 벌린 모양이다. 둘이 합쳐 '무엇을 입에 넣으려고 하다.'에서 '하고자 하다, 원하다'의 뜻이 생겼다.

• 비슷한 한자 • 慾 욕심 욕

예시 **欲速不達** 하고자 하다 욕 빠르다 속 아니다 불 이루다 달 >> 빨리 하고자 하면 이루지 못함

0191

어렵다 난

• 비슷한 한자 •

艱 어렵다 간

예시 難堪

災難

难 堇진흙 근 + 隹새 추로, 堇은 화재 따위의 재앙을 만나서 양손을 교차하고 머리 위에 축문을 얹어 비는 무당의 상형으로, '어렵다, 근심'의 뜻을 나타낸다. 隹는 새를 본뜬 것으로, 그 기도 때에 새를 희생으로 바치는 것을 나타낸다. 둘이 합쳐 '재난을 당해 새를 바치고 비는 모양'에서 '어렵다, 재앙'의 뜻이 파생되었다.

어렵다 난 견디다 감 >> 견디기 어려움

재앙 재 재앙 난 >> 재앙

0192

양 량

量 日 + 重무겁다 중으로, 日은 깔때기 모양이고 重은 곡물을 넣은 주머니의 상형이다. 둘이 합쳐 '곡물을 넣은 주머니 위에 깔때기를 댄 모양'으로 '분량을 되다, 헤아리다, 양'의 뜻이 생겼다.

• 비슷한 한자 • 童 아이 동

예시 降水量

내리다 강 물 수 양 량 >> 비가 내린 양

0193

먹 묵

墨 黑검다 흑 + 土흙 토로, 黑은 위쪽이 굴뚝에 검댕이 차고 아래쪽에 불길이 오르는 모양을 본뜬 것이다. 둘이 합쳐 '검은 색 흙'에서 '먹'의 뜻이 생겼다.

• 비슷한 한자 • 默 입 다물다 묵

예시 墨守

먹 묵 지키다 수 >> 宋나라 墨翟이 楚나라 公輸般의 끈덕진 공격에 대해 城을 굳게 잘 지켜 굴하지 아니한 고사에서, 자기의 의견을 굳게 지킴을 이름

悲 0194

슬프다 비

悲 非아니다 비: 音＋心으로, 非는 좌우로 갈라지는 모양이다. 둘이 합쳐 '마음이 좌우로 갈라져 아프다.'에서 '슬프다'의 뜻이 생겼다.

• 비슷한 한자 • 蜚 날다 비

예시 喜悲

기쁘다 희 슬프다 비 >> 기쁨과 슬픔

웃긴 수수께끼

☼ '궂은비가 내린다.'를 한자로 쓰면?

悲臥氏

絲 0195

실 사

丝 누에가 끊임없이 토해내는 실의 모양에서 '실'의 뜻이 생겼다.

예시 一絲不亂

한 일 실 사 아니다 불 어지럽다 란 >> 하나의 실처럼 어지럽지 아니함

0196

물들이다 염

染 ㊟ 氿샘 궤 + 木으로, 氿는 구멍에서 솟구쳐 나오는 샘물이다. 둘이 합쳐 '나무에서 나오는 수액'에서 그것을 염료로 하여 '물들이다'의 뜻이 생겼다.

• 비슷한 한자 • 柒 漆의 俗字

예시 染色

물들이다 염 빛 색 >> 색을 물들임

0197

시 시

诗 ㊟ 言 + 寺모시다 시: 音로, 대전에는 寺가 止그치다 지로 발의 상형으로 되어 있다. 둘이 합쳐 '내면적인 것이 언어표현을 향해 간 것'에서 '시'의 뜻이 나왔다.

• 비슷한 한자 • 時 때 시

예시 詩想

시 시 생각 상 >> 시를 짓게 하는 생각. 시에 나타난 생각

名句 감상:

詩曰 父兮生我 母兮鞠我 哀哀父母 生我劬勞 欲報深恩 昊天罔極(『明心寶鑑』 孝行) 『詩經』에 이르기를 "아버지께서 나를 낳아주시고, 어머니께서 나를 길러주시니, 애달프다! 부모님이여. 나를 낳아 기르시느라 힘드셨구나. 깊은 은혜에 보답하고 싶은데, 하늘에 끝이 없는 것 같구나(부모님 은혜가 끝없는 하늘과 같다).

0198

기리다 찬

讚 贊 言＋贊돕다 찬: 音으로, 贊은 재물을 신에게 올리는 형상이다. 둘이 합쳐 '말을 올리다.'에서 '기리다'의 뜻이 생겼다.

• 비슷한 한자 • 鑽 뚫다 찬

예시 讚揚 기리다 찬 날리다 양 >> 칭찬하여 드러냄

0199

새끼 양 고

羔 羊양 양＋灬불 화로, 양을 불 위에 놓은 모양이다. 통구이에는 어린 양이 적합한 데에서 '새끼 양'의 뜻이 생겼다.

• 비슷한 한자 • 恙 병 양

0200

양 양

羊 양의 구부러진 뿔과 머리를 그린 모양에서, '양'의 뜻이 생겼다.

• 비슷한 한자 • 洋 큰 바다 양

예시 羊頭狗肉 양 양 머리 두 개 구 고기 육 >> 양의 대가리를 내걸고 개고기를 판다는 뜻에서, 겉으로는 훌륭한 체하고 실상은 음흉한 짓을 함의 비유

名句 감상

臧與穀 二人相與牧羊 而俱亡其羊 問臧奚事 則挾筴讀書(『莊子』 外篇 騈拇) 계집종과 사내종 두 사람이 서로 양을 키웠는데, 둘 다 그 양을 잃어버렸다. 계집종에게 어찌된 일인지 물어보니, 곧 대쪽을 끼고서 그 글을 읽다가 그렇게 되었다고 답했다(臧: 계집종 장 穀: 사내종 곡 挾: 끼다 협 筴: 대쪽 책).

0201

빛 경

景 日해 일＋京서울 경: 音으로, 京은 높은 언덕 위에 서 있는 집모양이다. 둘이 합쳐 '높은 언덕에서의 점점 높아지는 햇빛'에서 '빛, 경치'의 뜻이 생겼다.

• 비슷한 한자 • 京 서울 경

예시 雪景 눈 설 경치 경 >> 눈 내린 경치

0202

가다 행
항렬 항

行 종횡으로 교차하는 네거리의 상형으로, '길, 가다'의 뜻이 생겼다. 또 정리된 줄의 뜻에서 '줄, 항렬'이라는 의미도 나왔다.

• 비슷한 한자 • 衍 넘치다 연

예시 行進 가다 행 나아가다 진 >> 걸어 나아감

行列 줄 항 줄 렬 >> 친족 등급의 차례

0203

벼리 유

維 糸실 사+隹새 추: 音로, 糸는 꼰 실의 상형이고 隹는 꽁지가 짧은 새의 상형이다. 둘이 합쳐 새를 잡기 위해 사방에 두른 실에서 '밧줄, 매다'의 뜻이 생겼고, 파생되어 '오직, 지탱하다' 등의 뜻이 나왔다.

• 비슷한 한자 • 惟 오직 유 唯 오직 유

예시 纖維 가는 줄 섬 벼리 유 >> 가는 실

0204

어질다 현

贤 臣신하 신+又+貝조개 패로 臣과 又는 단단하다는 뜻이다. 셋이 합쳐 '단단한 재화'에서 '낫다, 어질다'의 뜻이 생겼다.

• 비슷한 한자 • 堅 굳다 견

예시 賢母良妻 어질다 현 어머니 모 좋다 량 아내 처 >> 어진 어머니와 좋은 아내

0205

이기다 극

克 무거운 투구를 쓴 사람의 모양을 그려, '무게에 견디다, 이기다'의 뜻이 생겼다.

일설에는 사람이 어깨 위에 높은 짐을 얹고서 메고 가는 모양에서, '이기다, 할 수 있다'의 뜻이 나왔다고도 한다.

• 비슷한 한자 • 兌 기뻐하다 태

예시 克己 이기다 극 자기 기 >> 자기(의 私慾)를 이김

0206

생각하다 념

念 ◈ 今이제 금: 音+心으로, 今은 집 안에 물건을 넣고 지키는 모양이다. 둘이 합쳐 '마음을 안에 넣고 지키다.'에서 '생각하다, 외다'의 뜻이 생겼다.

• 비슷한 한자 • 忿 성내다 분

예시 念頭 생각 념 시작 두 >> 생각의 시작. 마음

念佛 외다 념 부처 불 >> 부처의 말씀을 암송함

0207

짓다 작

作 ◈ 亻+乍잠깐 사: 音로, 乍는 나무의 작은 가지를 베어 제거하는 모양이다. 둘이 합쳐 '사람에 의해 만들다.'에서 '짓다'의 뜻이 생겼고, 파생하여 '일으키다, 일어나다, 움직이다'의 뜻이 나왔다.

• 비슷한 한자 • 昨 어제 작 怍 부끄러워하다 작

예시 作曲 짓다 작 노래 곡 >> 노래를 지음

動作 움직이다 동 움직이다 작 >> 움직임

0208

성인 성

圣 ◈ 耳+口입 구+壬아홉째 천간 임으로, 口는 기도하는 사람이 하는 말이고 壬은 발돋움한 사람의 상형이다. 셋이 합쳐 '귀를 곧추 세우고 신의 뜻을 잘 들을 수 있는 사람'에서 '성인'의 뜻이 생겼다.

예시 聖書 　성인 성 책 서 >> 성인이 지은 책

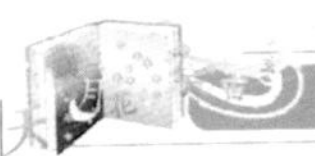

名句 감상

聖人處無爲之事 行不言之教(『老子』 2장) 聖人은 無爲의 일에 처하고, 말없는 가르침을 행한다.

0209

덕 덕

德 彳조금 걷다 척 + 悳音으로, 悳은 똑바른 마음이다. 둘이 합쳐 '똑바른 마음으로 인생길을 걷다.'에서 '덕'의 뜻이 생겼다.

• 비슷한 한자 • 聽 듣다 청

예시 德不孤 　덕 덕 아니다 불 외롭다 고 >> 덕 있는 사람은 외롭지 않음

0210

세우다 건

建 廴길게 걷다 인 + 聿붓 율로, 廴은 行의 왼쪽 절반의 일부를 길게 늘인 형태로 길게 뻗은 길을 가는 모양이고 聿은 붓을 손으로 잡고 있는 모양이다. 둘이 합쳐 '붓이 곧게 뻗는다.'에서 '물건을 꼿꼿하게 세우다'의 뜻이 나왔다.

• 비슷한 한자 • 健 건강하다 건

예시 建國 　세우다 건 나라 국 >> 나라를 세움

0211

이름 명

名 夕저녁 석 + 口입 구로, 캄캄한 밤에 길에서 사람을 만나면 상대방을 안심시키기 위해서 자신의 이름을 크게 외치는 관습에서 '이름'의 뜻이 생겼다. 파생하여 '이름나다'의 뜻도 나왔다.

• 비슷한 한자 • 各 각각 각

예시 名門 이름나다 명 가문 문 >> 이름난 가문

名不虛傳 이름 명 아니다 불 헛되이 허 전하다 전 >> 이름은 헛되이 전해지지 않음

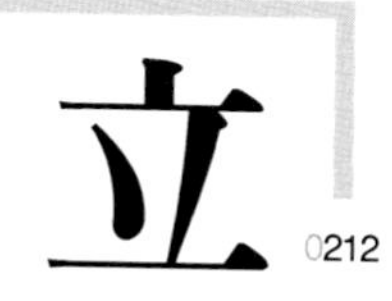
0212

서다 립

立 사람이 땅 위에서 정면으로 버티고 서 있는 모양에서, '서다'의 뜻이 생겼다.

• 비슷한 한자 • 位 자리 위

예시 立身揚名 서다 립 몸 신 날리다 양 이름 명 >> 출세하여 이름을 날림

名句 감상

學者 不患才之不贍 而患志之不立(『中論』) 배우는 사람은 재주가 넉넉하지 않은 것을 근심하지 말고, 뜻이 서지 않은 것을 근심해야 한다.

형상 형

• 비슷한 한자 •

刑 형벌 형

形 幵평평하다 견: 音＋彡터럭 삼으로, 幵은 원래 모양이 井으로 글씨 연습을 할 때 글씨가 예쁘게 써지도록 균형은 잡아주는 習字 틀이고 彡은 붓으로 아름답게 수식하는 것을 뜻한다. 둘이 합쳐 '습자 틀을 놓고 붓으로 글자를 예쁘게 模寫하다.'에서 거푸집이나 틀의 기능을 하는 '형상'의 뜻이 생겼다.

예시 圓形 둥글다 원 형상 형 >> 둥근 모양

바르다 단

• 비슷한 한자 •

喘 숨차다 천

端 立서다 립＋耑끝 단: 音으로, 立은 사람이 땅 위에서 정면으로 버티고 서 있는 모양이고 耑은 수분을 얻어 식물이 뿌리를 뻗고 싹이 튼 모양이다. 둘이 합쳐 '초목이 처음 돋아나 곧추 자라듯이 사람이 똑바르게 서 있다.'에서 '바르다'의 뜻이 생겼고, 파생하여 '실마리, 끝' 등의 뜻이 나왔다.

예시 端正 바르다 단 바르다 정 >> 바름

末端 끝 말 끝 단 >> 끝

端緒 실마리 단 실마리 서 >> 실마리

0215

걸 표

表 ※ 毛털 모: 音+衣옷 의로, 옛날에는 짐승의 털로 윗옷을 만들었으므로 '윗옷, 겉'의 뜻이 생겼다.

• 비슷한 한자 • 衣 옷 의

예시 表裏不同 겉 표 속 리 아니다 부 같다 동 >> 겉과 속이 같지 아니함

0216

바르다 정

正 ※ 一한 일+止그치다 지로, 一은 사면으로 담장이 쌓인 城邑이고 止는 발을 본뜬 모양이다. 둘이 합쳐 '발을 들어 성읍으로 정벌하러 가다.'에서, 征의 原字로 '바르다, 바로잡다'의 뜻이 생겼다.

• 비슷한 한자 • 企 발돋움하다 기

예시 正價 바르다 정 값 가 >> 바른 가격

재미있는 수수께끼

☼ 征人不至는?

가는 사람이 아직 이르지 않았으니, 征에서 彳을 빼면 正이 정답이다.

0217

비다 공

空 ※ 穴구멍 혈＋工장인 공: 音으로, 穴은 동굴의 상형이고 工은 끌 따위의 공구이다. 둘이 합쳐 '끌 따위로 파낸 구멍'에서 '비다, 헛되다'의 뜻이 생겼고, '하늘'의 뜻도 파생되었다.

• 비슷한 한자 • 突 부딪치다 돌

예시 空間 — 비다 공 사이 간 >> 빈 사이

空中樓閣 — 하늘 공 가운데 중 다락 루 집 각 >> 공중에 떠 있는 누각으로, 空想의 의론

0218

골짜기 곡

谷 ※ 口입 구는 골짜기의 입구며, 口 위의 글자는 골짜기나 산 사이로 흐르는 계곡물로 계곡의 물이 흘러가는 모습을 상형한 것이다.

• 비슷한 한자 • 容 얼굴 용

예시 進退維谷 — 나가다 진 물러나다 퇴 오직 유 골짜기 곡 >> 나가거나 물러남에 오직 계곡뿐임

0219

전하다 전

传 ※ 亻＋專오로지 전: 音으로, 專은 손으로 실패를 쥐고 있는 모양이다. 둘이 합쳐 '실패를 쥐고 있다가 다른 사람에게 주다.'에서 '전하다'의 뜻이 나왔다.

• 비슷한 한자 • 傅 스승 부

예시 傳說 전하다 전 이야기 설 >> 전해 오는 이야기

0220

소리 성

声 磬경쇠 경: 音+耳귀 이로, 磬은 매단 돌을 끝이 큰 몽둥이로 치는 모양이다. 둘이 합쳐 '귀에 들려오는 경쇠소리'에서 '소리'의 뜻이 생겼다.

• 비슷한 한자 • 聳 솟다 용

예시 發聲 내다 발 소리 성 >> 소리를 냄

名句 감상

瞽者無以與乎文章之觀 聾者無以與乎鐘鼓之聲(『莊子』 內篇, 逍遙遊)

소경은 아름다운 무늬에 참여할 수 없고, 귀머거리는 종과 북소리에 참여할 수 없다(瞽: 소경 고 無以: ~할 수 없다 與: 참여하다 여).

0221

비다 허

虛 虍범의 문채 호: 音+丘언덕 구로, 虍는 호랑이의 상형으로 '위험하다, 크다'의 뜻이고 丘는 언덕의 모양이다. 둘이 합쳐 '위험하고 큰 언덕'에서 너무 큰 것은 공허한 것처럼 보이므로, '공허하다, 비다'의 뜻이 파생되었다.

• 비슷한 한자 • 虔 삼가다 건

예시 虛無 비다 허 없다 무 >> 아무것도 없고 텅 빔

虛室生白 비다 허 방 실 낳다 생 희다 백 >> 방이 비면 밝다는 뜻으로, 사람의 마음도 망상이 들어가지 아니하면 道를 깨달을 수 있다는 말

집 당

堂 尙높다 상: 音+土로, 尙은 굴뚝에서 연기가 나오는 모양이다. 둘이 합쳐 '흙을 높이 쌓아 돋은 위에 세운 높고 큰 집'에서 '집'의 뜻이 생겼다. 파생하여 '당당하다, 同祖親祖父에서 갈린 일가'란 뜻도 나왔다.

• 비슷한 한자 • 棠 팥배나무 당

예시 食堂 먹다 식 집 당 >> 밥 먹는 집

堂叔 동조친 당 아저씨 숙 >> 아버지의 從兄弟

익히다 습

• 비슷한 한자 • 翌 이튿날 익

习 羽깃 우+白희다 백으로, 羽는 새날개의 상형이고 白은 햇빛의 상형이다. 둘이 합쳐 '햇빛 아래에서 나는 것을 연습하다.'에서 '익히다'의 뜻이 생겼다.

일설에는 白이 아무것도 없는 빈 공간의 뜻이므로, '아무것도 할 줄 모르는 새끼 새가 깃을 여러 차례 퍼덕이며 나는 연습을 하다.'에서 '익히다'의 뜻이 나왔다고도 한다.

예시 習得 익히다 습 터득하다 득 >> 배워서 터득함

0224

듣다 청

聽 听 耳＋壬＋悳으로, 壬은 사람이 땅 위에 가만히 서 있는 모양이고 悳은 똑바른 마음이다. 셋이 합쳐 '가만히 서서 똑바른 마음으로 잘 듣다.'에서 '듣다'의 뜻이 생겼다.

• 비슷한 한자 • 廳 마을 청

예시 聽覺

듣다 청 느끼다 각 >> 들어서 느끼는 것

0225

재앙 화

禍 示보다 시＋咼입 비뚤어지다 와: 音로, 示는 제사 지내는 祭壇의 형상이고 咼는 살을 깎아 발라낸 뼈의 상형이다. 둘이 합쳐 '제단에서 깎여진 것'에서 '재앙'의 뜻이 생겼다.

• 비슷한 한자 • 蝸 달팽이 와

예시 禍根

재앙 화 뿌리 근 >> 재앙의 뿌리

0226

말미암다 인

因 口에우다 위＋大크다 대로, 口는 깔개의 상형이고 大는 큰 사람의 상형이다. 둘이 합쳐 '사람이 깔개 위에 누운 모양'에서 본래 뜻은 풀로 만든 자리였으나, '의지하다, 말미암다, 원인'의 뜻이 파생되었다.

• 비슷한 한자 • 困 곤하다 곤 囚 가두다 수

예시 因襲 因果

말미암다 인 물려받다 습 >> 말미암고 고치지 아니함

원인 인 결과 과 >> 원인과 결과

0227

모질다 악

미워하다 오

• 비슷한 한자 •

堊 진흙 악

[恶] 亞버금 아: 音+心으로, 亞는 등뼈가 굽고 가슴이 앞으로 튀어나온 곱사등이의 형상이다. 둘이 합쳐 '마음이 흉측하다.'에서 '모질다, 미워하다'의 뜻이 생겼다.

일설에는 亞가 墓室을 본뜬 것으로, 묘실에 임했을 때의 마음으로 '흉하다, 나쁘다'의 뜻이 나왔다고도 한다.

예시

惡談 나쁘다 악 이야기 담 >> 나쁘게 되라고 하는 말

惡寒 미워하다 오 차다 한 >> 추위를 싫어함. 몹시 춥고 괴로운 증세

0228

쌓다 적

[绩] 禾벼 화+責꾸짖다 책: 音으로, 禾는 이삭 끝이 줄기 끝에 늘어진 모양이고 責은 재물을 힘으로 구하는 모양이다. 둘이 합쳐 '벼를 구해 모으다.'에서 '쌓다'의 뜻이 생겼다.

• 비슷한 한자 • 讀 꾸짖다 책

예시

積金 쌓다 적 돈 금 >> 돈을 쌓아둠

積土成山 쌓다 적 흙 토 이루다 성 산 산 >> 흙을 쌓아 산을 이룬다는 것에서, 작은 것도 많이 모이면 큰 것이 됨을 이름

0229

복 복

福 ◈ 示보이다 시 + 畐꽉 차다 복: 音으로, 示는 祭壇의 모양이고 畐은 신에게 바치는 술통 모양이다. 둘이 합쳐 '신에게 술통을 바치고 飮福하다.'에서 '신의 복이 허락된 술, 즉 복'의 뜻이 생겼다.

• 비슷한 한자 • 輻 바퀴살 복

예시 福無雙至

복 복 없다 무 쌍 쌍 이르다 지 >> 복은 쌍으로 오는 것이 아님

0230

가선 연

缘 ◈ 糸실 사 + 彖판단하다 단: 音으로, 糸는 실이 꼬여 있는 것의 상형이고 彖은 멧돼지가 달리는 모양에서 '돌다'의 뜻이다. 둘이 합쳐 '옷 가장자리에 두른 가선'에서 '가, 가선, 얽히다, 좇다, 인연'의 뜻이 파생되었다.

• 비슷한 한자 • 綠 초록빛 록

예시 緣木求魚

좇다 연 나무 목 구하다 구 물고기 어 >> 나무에 올라가서 물고기를 구한다는 뜻으로, 목적을 달성하기 위하여 취하는 수단이 잘못됨을 비유

0231

착하다 선

善 ◈ 羊양 양에 두 개의 言말씀 언이 결합된 것이다. 原字는 膳찬 선으로, 양은 맛있는 음식이므로 여러 사람들이 과장되게 칭찬하는 모양에서 '좋다, 착하다, 친하다, 잘하다'의 의미가 파생되었다.

• 비슷한 한자 • 繕 기우다 선

예시 親善 친하다 친 친하다 선 >> 친함

善游者溺 잘하다 선 헤엄치다 유 사람 자 빠지다 닉 >> 헤엄을 잘 치는 자가 빠진다는 것으로, 자기의 능한 바를 믿다가 도리어 위험을 초래함을 이름

0232

경사 경

庆 鹿사슴 록 + 心 + 夊천천히 걷다 쇠로, 鹿은 소와 비슷한 짐승으로 옛날에 피의자에게 만지게 하여 재판의 판결에 이용한 것이고 心은 승소했을 때의 장식의 상형이며 夊는 아래로 향한 발의 상형이다. 셋이 합쳐 '재판에서 승소하여 기쁨을 축하하러 가는 모양'에서 '기뻐하다, 경사, 상' 등의 의미가 파생되었다.

• 비슷한 한자 • 糜 순록 미

예시 慶弔事 경사 경 조문하다 조 일 사 >> 경사와 조문의 일

0233

자 척

尺 엄지와 나머지 네 손가락과의 사이를 벌려 길이를 재는 꼴옛날에는 한 뼘이 한 자였다이라고도 하고, 일설에는 팔꿈치의 모양이라고도 한다.

• 비슷한 한자 • 尸 주검 시

예시 咫尺之間 여덟 치 지 자 척 어조사 지 사이 간 >> 여덟 치 한 자의 사이

0234

옥 벽

[璧] 辟임금 벽＋玉으로, 가운데 구멍이 뚫린 둥근 고리 모양의 구슬에서 '둥근 모양의 옥'의 뜻이 생겼다.

• 비슷한 한자 • 壁 벽 벽

예시 完璧 온전히 하다 완 옥 벽 >> 옥을 온전히 함

名句 감상

聖人不貴尺璧 而重寸陰『文子』 성인은 한 자 되는 옥을 귀하게 여기는 것이 아니라, 짧은 시간을 소중히 여긴다.

0234

아니다 비

[非] 서로 등을 지고 좌우로 벌리는 모양에서 '등지다, 어긋나다, 그르다'의 뜻이 생겼고, 파생하여 '아니다'의 의미도 나왔다.

• 비슷한 한자 • 韭 부추 구

예시 非常 아니다 비 보통 상 >> 보통이 아님

是非 옳다 시 그르다 비 >> 옳고 그름

재미있는 수수께끼

☼ 橫二爲柱 左右雙三인 글자는?

橫二爲柱(가로로 된 二자를 기둥으로 세우고), 左右雙三(좌우로 똑같이 三 三을 하면): 非

0236

보배 보

宝 宀집 면 + 玉 + 缶질장구 부 + 貝조개 패로, 玉은 세 개의 옥을 세로 끈으로 꿴 모양이고 缶는 잔뜩 부푼 독의 모양이며 貝는 조개의 상형으로 재물을 뜻한다. 넷이 합쳐 '집에 옥이나 돈이 가득 든 독'에서 '보배'라는 뜻이 생겼다.

• 비슷한 한자 • 實 열매 실

예시 寶庫 보배 보 창고 고 >> 보배로 찬 창고

寶貨難售 보배 보 재화 화 어렵다 난 팔다 수 >> 보화는 팔기가 어렵다는 것에서, 뛰어난 인물은 잘 쓰이지 않음을 비유함

0237

마디 촌

寸 오른손 손목에 엄지손가락을 대어 맥을 짚는 모양에서 '재다'의 뜻이 생겼고, 그 엄지손가락의 길이만큼의 길이에서 '한 치'의 뜻이 파생되었다.

일설에는 손과 팔이 접합되는 관절 부분에서 맥박이 뛰는 부분까지의 거리로, 이 거리는 대략 집게손가락 너비와 같기 때문에 '한 치'의 뜻이 생겼다고도 한다.

예시 寸鐵殺人 마디 촌 쇠 철 죽이다 살 사람 인 >> 한 치 되는 짧은 칼로 살인을 한다는 뜻으로, 짤막한 警句로 사람의 마음을 찌름

0238

그늘 음

陰 阴 阝언덕 부 + 今이제 금 + 云이르다 운으로, 阜는 층이 진 흙산의 모양이고 今은 입에 머금고 있는 모양이고 云은 구름의 모양이다. 셋이 합쳐 '구름이 태양을 덮어 삼키다.'의 뜻에서 '흐림, 그늘'의 뜻이 생겼다. 파생하여 '시간, 뒤, 몰래'의 뜻도 나왔다.

• 비슷한 한자 •

蔭 그늘 음

예시 寸陰 마디 촌 시간 음 >> 짧은 시간

陰德 몰래 음 덕 베풀다 덕 >> 남 몰래 베푸는 덕

0239

옳다 시

是 是 日해 일 + 正바르다 정으로, 正은 口나라 + 止가다에서 다른 나라로 곧장 진격하여 바로잡다는 의미이다. 둘이 합쳐 '태양의 운행이 일정하여 절대 어긋나는 일이 없다.'에서 '바르다'의 뜻이 생겼고, 파생하여 '이것'의 의미가 나왔다.

일설에는 早일찍 조 + 止그치다 지로, 早는 긴 숟가락의 상형이고 止는 곧고 긴 자루의 상형이다. 둘이 합쳐 '곧고 긴 숟가락'에서 '바르다'의 뜻이 생겼다고도 한다.

• 비슷한 한자 •

星 별 성

예시 是認 옳다 시 인정하다 인 >> 옳다고 인정함

0240

다투다 경

竞 두 사람이 서로 어깨를 나란히 하고 앞으로 달리는 모습에서 '다투다'의 뜻이 생겼다.

일설에는 두 개의 人자 위에 두 개의 言으로 구성되어, '두 사람이 서로 뻗댄 채로 말다툼하다.'에서 '다투다'의 의미가 생겼다고도 한다.

• 비슷한 한자 •

兢 조심하다 긍

예시 競走 다투다 경 달리다 주 >> 달리는 것을 다툼

0241

재물 자

资 次버금 차: 音 + 貝조개 패로, 次는 겉을 꾸미지 않은 편안한 자세의 사람의 상형이다. 둘이 합쳐 '본래 가지고 있는 재화, 밑천'에서 '바탕, 재물'의 뜻이 생겼다.

• 비슷한 한자 • 質 바탕 질

예시 資質 바탕 자 성질 질 >> 타고난 성질

0242

아버지 부

父 오른손에 돌도끼를 쥐고 있는 모양이다. 옛날 도끼는 권위의 상징이었으므로 '통솔자, 아버지'의 뜻이 생겼다.

• 비슷한 한자 • 爻 사귀다 효

예시 父傳子傳 아버지 부 전하다 전 아들 자 전하다 전 >> 대대로 아버지가 아들에게 전함

재미있는 한자이야기

옛날 어느 고을에 못된 벼슬아치가 있었는데, 자신과 아들이 과거에 급제하여 진사가 되자 자랑하고 싶어서 자기 집 대문에 다음과 같이 써두었다.
父進士 子進士 父子皆進士(아버지가 진사요, 아들도 진사니, 부자가 다 진사네)
婆夫人 媳夫人 婆媳均夫人(시어머니가 부인이요, 며느리도 부인이니, 시어머니와 며느리가 다 부인이네: 夫人은 벼슬아치의 아내)
그러자 지나가던 나그네가 아니꼬운 생각이 들어 붓을 들어 다음과 같이 조금씩 고쳐 놓았다.
父進土 子進土 父子皆進土(아버지가 땅에 들어가고, 아들도 땅에 들어가니, 부자가 다 땅에 들어가네)
婆失人 媳失人 婆媳均失人(시어머니가 남편을 잃고, 며느리도 남편을 잃으니, 시어머니와 며느리가 다 남편을 잃었네)

事

0243

일 사

事 오른손으로 책을 들고 있는 모양으로, '장부를 들고 주인 대신 일을 하는 執事'에서 '일, 섬기다'의 뜻이 생겼다.

일설에는 神에게 기원한 말을 쓴 나뭇가지 따위에 맨 팻말을 손에 든 모양에서 제사에 종사하는 사람의 모양을 형상화한 것으로 보기도 한다.

예시
- 事大 — 섬기다 사 크다 대 >> 큰 것을 섬김
- 事不如意 — 일 사 아니다 불 같다 여 뜻 의 >> 일이 뜻대로 되지 아니함

0244

임금 군

• 비슷한 한자 •

郡 고을 군

[君] 尹다스리다 윤: 音+口입 구로, 尹은 지휘봉을 지니고 있는 사람이고 口는 관리에게 호령하는 것을 표시한다. 둘이 합쳐 '지휘봉을 지니고 관리에게 호령하는 사람'에서 '임금'의 뜻이 생겼다.

일설에는 尹은 神事를 주관하는 族長이고 口는 祝文이므로, 합쳐서 '임금'의 뜻이 생겼다고도 한다.

예시 君臨 임금 군 임하다 림 >> 임금이 되어 나라를 다스림

0245

말하다 왈

[曰] 말할 때의 입모양을 본뜬 것에서 '말하다'의 뜻이 생겼다.

• 비슷한 한자 • 日 해 일

예시 曰可曰否 말하다 왈 옳다 가 말하다 왈 아니다 부 >> 옳다고 그르다고 말함

0246

엄하다 엄

[严] 吅부르짖다 훤+厂언덕 한+敢감히 감으로, 吅은 높은 산 절벽에 생성된 巖穴이고 厂은 언덕, 敢은 깎아지른 높은 산 모양이다. 셋이 합쳐 '높고 가파른 산에 만들어진 巖穴'에서 '엄하다'의 뜻이 생겼다.

• 비슷한 한자 • 巖 바위 암

예시 嚴命

엄하다 엄 명령하다 명 >> 엄한 명령

0247

더불다 여

与 대전에는 두 손만 있고, 소전에는 손이 위아래로 두 쌍이 있어 두 쌍의 손으로 물건을 주고받는 모양에서 '더불다, 주다, 편들다'의 뜻이 생겼다.

• 비슷한 한자 • 興 일으키다 흥 輿 수레 여

예시 與民同樂

더불다 여 백성 민 함께 동 즐기다 락 >> 백성과 더불어 즐김

與奪

주다 여 빼앗다 탈 >> 주었다 빼앗음

與黨

편들다 여 무리 당 >> 편드는 政黨

0248

공경하다 경

敬 苟구차하다 구: 茍 + 攵치다 복으로, 茍는 머리를 장식하고 몸을 굽혀 신에게 비는 모양이고 攵은 매를 들고서 치는 모양이다. 둘이 합쳐 '비는 사람의 등 뒤에서 쳐서 삼가는 태도를 촉구하는 모양'에서 '삼가다, 공경하다'의 뜻이 생겼다.

• 비슷한 한자 • 儆 경계하다 경

예시 敬虔

공경하다 경 삼가다 건 >> 공경하며 삼감

0249

효도 효

孝 老늙다 로＋子아들 자로, 자식이 늙은 부모를 부축하고 있는 모양에서 '효도, 효자'라는 뜻이 생겼다.

• 비슷한 한자 • 考 상고하다 고

예시 孝子愛日

효자 효 접미사 자 아끼다 애 날 일 >> 효자는 날을 아낀다는 뜻으로, 될 수 있는 한 오래 부모에게 효성을 다하여 섬기고자 하는 마음을 이름

0250

당하다 당

当 尙숭상하다 상: 音＋田밭 전으로, 尙은 집에서 비는 모양에서 '바라다'는 뜻이고 田은 구획된 경작지의 상형이다. 둘이 합쳐 '결실 맺기를 바라고 논밭에서 일을 맡아 하는 모양'에서 '당하다, 맡다, 마땅하다'의 뜻이 생겼다.

• 비슷한 한자 • 常 항상 상

예시 一當百

한 일 당하다 당 일백 백 >> 한 사람이 백 사람을 감당함

當然

마땅하다 당 그러하다 연 >> 마땅히 그러함

0251

다하다 갈

竭 立서다 립＋曷어찌 갈: 音로, 立은 사람이 일직선상에 선 모양이고 曷은 축문을 높이 들어 올리는 모양이다. 둘이 합쳐 '물건을 높이 들어 어깨 위에 짊어지고 우뚝 서다.'에서 무거운 짐을 지고 우뚝 서려면 힘껏 힘을 써야 하므로 '힘을 다하다'의 뜻이 파생되었다.

• 비슷한 한자 •

渴 목마르다 갈

名句 감상

直木先伐 甘井先竭(『莊子』 外篇, 山木: 竭＝渴 마르다 갈) 갈 곧은 나무는 먼저 베이고, 단 우물은 먼저 마른다.

0252

힘 력

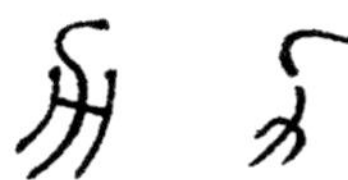

力 군센 팔의 상형으로 '힘'의 뜻이 생겼다.

• 비슷한 한자 • 刀 칼 도 九 아홉 구

예시 不可抗力 아니다 불 할 수 있다 가 겨루다 항 힘 력 >> 힘을 겨룰 수 없음

0253

충성 충

• 비슷한 한자 •

患 근심 환

忠 中가운데 중＋心으로, 中은 어떤 것을 하나의 선으로 가운데를 꿰뚫는 모양이고 心은 심장의 상형이다. 둘이 합쳐 치우치지 않는 마음에서 '충성, 정성'의 뜻이 생겼다.

일설에는 中이 내부가 비어 있는 상태이므로, '자신의 마음을 비우고 남을 위하는 마음으로 채워진 상태'로 보기도 한다.

예시 忠言逆耳 충성 충 말씀 언 거스르다 역 귀 이 >> 충고하는 말은 귀에 거슬림

0254

곧 즉
법칙 칙

則 : 貝조개 패 + 刂칼 도로, 貝는 鼎솥 정이 변형된 것이다. 鼎은 세 발 솥의 상형으로, 세 발 솥에 칼로 중요한 법칙을 새겼던 데서 '법칙'이라는 뜻이 생겼고, 뒤에 '곧, 그러면'의 뜻도 파생되었다.

• 비슷한 한자 • 測 헤아리다 측

예시 法則 법 법 법칙 칙 >> 법

名句 감상

單則易折 衆則難摧(『北史』) 하나면 부러뜨리기 쉬우나, 여럿이면 꺾기 어렵다(摧: 꺾다 최).

0255

다하다 진

尽 : 聿붓 율 + 皿그릇 명으로, 聿은 붓이나 솔을 손에 든 모양이고 皿은 그릇의 상형이다. 둘이 합쳐 '그릇을 솔로 쓸어서 속을 텅 비우다.'에서 '다하다'의 뜻이 생겼다.

• 비슷한 한자 • 書 글 서

예시 盡人事待天命 다하다 진 사람 인 일 사 기다리다 대 하늘 천 명령 명 >> 사람의 일을 다 하고 천명을 기다림

0256

목숨 명

예시 壽命
命名

命 口입 구 + 令명령하다 령으로, 令은 亼집 아래 사람이 꿇어앉아 있는 모양이다. 둘이 합쳐 '집 아래 꿇어 엎드린 사람에게 입으로 소리쳐 명령을 내리다.'에서 '명령하다'의 뜻이 생겼고, '목숨, 운수, 이름 짓다'의 뜻이 파생되었다.

목숨 수 목숨 명 >> 목숨

이름 짓다 명 이름 명 >> 이름을 지음

☼ 命과 令은 어떻게 다를까요?

命과 令은 모두 명령의 뜻이나, 令은 명령 자체를, 命은 입으로 소리를 내서 명령 행위를 실행하는 것을 가리킨다.

0257

임하다 림

예시 臨迫
臨機應變

臨 臥눕다 와 + 品물건 품으로, 臥는 위에서 들여다보는 형태를 상형화한 것이고 品은 많은 물건이다. 둘이 합쳐 '위에서 많은 물건을 내려다보다.'에서 '임하다'의 뜻이 생겼다.

임하다 림 닥치다 박 >> 시기가 닥쳐옴

임하다 림 때 기 응하다 응 변화 변 >> 때에 임하여 변화에 응함

0258

깊다 심

深 ㉮ 氵물 수 옆의 글자는 태내로부터 아기를 더듬어 꺼내는 모양이다. 둘이 합쳐 '물이 안쪽으로 깊다.'에서 '깊다, 깊이'의 뜻이 생겼다.

• 비슷한 한자 • 探 더듬다 탐

예시 深思 깊다 심 생각하다 사 >> 깊이 생각함

名句 감상

泰山不讓土壤 故能成其大 河海不擇細流 故能就其深(『史記』) 태산은 (한 줌의) 흙을 사양하지 않았다. 그러므로 그 큼을 이룰 수 있었다. 강과 바다는 가는 물줄기를 가리지 않았다. 그러므로 그 깊이를 이룰 수 있었다.

0259

신 리

履 ㉮ 尸주검 시 + 彳조금 걷다 척 + 夂뒤쳐져 오다 치 + 舟배 주로, 尸는 사람의 모양이고 彳은 길의 상형이며 夂는 밑을 향한 발의 상형이고 舟는 짚신의 상형이다. 넷이 합쳐 '사람이 길을 갈 때 신는 신'에서 '신, 밟다'라는 의미가 생겼다.

• 비슷한 한자 • 屨 신 구

예시 履歷 밟다 리 지내다 력 >> 밟아 지내온 것

0260

엷다 박

薄 艹풀 초+溥넓다 부: 音로, 溥는 물이 두루 퍼지는 모양이다. 둘이 합쳐 '풀이 무리져 퍼지는 초원의 모양'에서 '숲, 엷다, 박하다'의 뜻이 생겼다.

• 비슷한 한자 • 簿 장부 부

예시 薄氷 엷다 박 얼음 빙 >> 엷은 얼음

刻薄 각박하다 각 박하다 박 >> 인정이 없음

0261

일찍 숙

夙 왼쪽에서부터 달과 손과 사물의 상형이다. '달이 떠 있을 때 손으로 사물을 잡아 일을 시작하다.'에서 '일찍'의 뜻이 생겼다.

• 비슷한 한자 • 風 바람 풍

예시 夙興夜寐 일찍 숙 일어나다 흥 밤 야 자다 매 >> 일찍 일어나고 밤에 잔다는 뜻으로, 부지런히 일을 하거나 학문을 닦음을 이름

0262

일어나다 흥

兴 同같다 동은 몸체와 뚜껑이 잘 맞도록 만들어진 통의 상형으로 '합하다'는 뜻이고 나머지는 두 짝의 손이다. 둘이 합쳐 '두 짝의 손으로 힘을 합하여 물건을 들어 올리다.'에서 '일으키다, 일어나다, 흥취'의 뜻이 생겼다.

• 비슷한 한자 • 與 더불다 여

예시 興亡 일어나다 흥 망하다 망 >> 흥함과 망함

興盡悲來 흥취 흥 다하다 진 슬프다 비 오다 래 >> 흥취가 다하면 슬픔이 옴

0263

따뜻하다 온

溫 氵물 수 + 囚가두다 수 + 皿그릇 명으로, 囚는 대야를 위에서 내려다 본 모양이고 皿은 그릇의 상형이다. 셋이 합쳐 '커다란 대야 위에 물을 담아 두고 사람이 들어가 있는 모양'에서 '따뜻하다'의 뜻이 나왔다. 파생되어 '익히다'의 뜻도 생겼다.

• 비슷한 한자 • 慍 성내다 온

예시 溫氣 따뜻하다 온 기운 기 >> 따뜻한 기운

溫故知新 익히다 온 옛 고 알다 지 새 신 >> 옛것을 익히고 새것을 앎

0264

서늘하다 정

凊 冫얼음 빙 + 靑푸르다 청: 音으로, 冫은 물이 처음 얼었을 때의 얼음질의 모양이고 靑은 우물난간에 자라는 푸른 풀에서 '맑다'의 뜻이다. 둘이 합쳐 '투명한 얼음'에서 '서늘하다'의 뜻이 생겼다.

• 비슷한 한자 • 淸 맑다 청

名句 감상

冬溫而夏凊 昏定而晨省『童蒙先習』 겨울에는 따뜻하게 해드리고 여름에는 시원하게 해드리며, 저녁에는 잠자리를 정해 드리고 새벽에는 살펴드린다.

0265

비슷하다 사

似 亻사람 인＋以써 이: 音로, 以는 어린아이를 뒤집어 놓은 것이다. 둘이 합쳐 '어린아이가 부모를 닮다'에서 '비슷하다, 같다'의 뜻이 생겼다.

예시 似而非 비슷하다 사 말 잇다 이 아니다 비 >> 비슷하나 아님

名句 감상

大姦似忠 大詐似信(『十八史略』) 크게 간사함은 충성스러운 것 같고, 크게 속이는 것은 신의 있는 것 같다.

0266

난초 란

兰 艹풀 초＋闌문 막다 란: 音으로, 闌은 문으로 막아 가두는 형상이다. 난초는 자신을 내세우지 않고 숨어서 향기를 그윽하게 뿜는 특성이 있으므로, '자신을 닫는 풀'이라는 뜻에서 '난초'의 의미가 생겼다.

• 비슷한 한자 • 攔 막다 란

예시 芝蘭之交 지초 지 난초 란 어조사 지 사귀다 교 >> 지초와 난초의 사귐이란 뜻으로, 淸雅하고 고상한 사귐을 이름

斯 0267

이 사

斯 ◎ 其그 기 + 斤도끼 근으로, 其는 키의 상형으로 '키질해서 가르다'의 뜻이고 斤은 도끼의 상형으로 '쪼개다'의 뜻이다. 둘이 합쳐 '도끼나 키로 가르고 쪼개다.'에서 '쪼개다'의 뜻이 생겼고, 파생하여 '이것'의 의미도 나왔다.

• 비슷한 한자 • 欺 속이다 기

예시 斯道 　이사 도도 >> 이 도로, 유교의 도덕

馨 0268

향기 형

馨 ◎ 磬경쇠 경 + 香향기 향: 音으로, 磬은 경쇠라는 악기의 상형이다. 둘이 합쳐 '경쇠 소리가 멀리까지 퍼지듯이 향기가 그윽하게 멀리 퍼진다.'에서 '향기'의 뜻이 생겼다.

名句 감상

日旣暮而猶烟霞絢爛 歲將晩而更橙橘芳馨 故末路晩年 君子更宜精神百倍(『菜根譚』 前集) 해는 이미 저물어도 여전히 노을은 현란하고, 해는 장차 저물어 가나 더욱 귤은 향기롭다. 그러므로 말로인 만년은 군자가 더욱 마땅히 정신을 백배해야 할 때이다.

0269

갈다 여

예시 如前

如 女여자 녀: 音＋口입 구로, 口는 신에게 비는 모양이다. 둘이 합쳐 '여자가 신에게 빌어 신의 뜻을 따르다.'에서 '따르다, 같다'의 뜻이 생겼고, '만약, 가다'의 뜻도 파생되었다.

• 비슷한 한자 • 恕 용서하다 서 奴 종 노

같다 여 앞 전 >> 앞과 같음

0270

소나무 송

예시 松柏之操

松 木나무 목＋公공변되다 공: 音으로, '집 안에 있는 나무'에서 '소나무'의 뜻이 생겼다.

• 비슷한 한자 • 訟 송사하다 송

소나무 송 잣나무 백 어조사 지 지조 조 >> 소나무와 잣나무처럼 四時에 그 빛을 변치 않는 굳은 절개

재미있는 對句 이야기

옛날 글공부를 하던 두 사람이 심심하여 對句를 겨뤄보기로 했다. 먼저 한 사람이 '菊秀寒沙發(국수한사발: 국화가 차가운 모래에서 빼어나게 피었구나)'라고 하니, 다른 사람이 한참을 고민하다가 對句하기를 '松遍一谷開(송편일곡개: 소나무가 온 계곡을 둘러 퍼졌구나)'라고 하여, 읽는 音으로도 뜻이 통하고 뜻을 풀이해도 뜻이 통하는 雙關義로 對句했다고 한다.

之

0271

가다 지

之 ◈ 止그치다 지＋一한 일로, 止는 발의 상형이고 一은 출발선이다. 둘이 합쳐 '출발선에서 막 한 발 내딛고자 함'에서 '가다'의 뜻이 생겼고, '어조사'의 의미도 파생되었다.

• 비슷한 한자 • 乏 모자라다 핍

예시 之東之西

가다 지 동쪽 동 가다 지 서쪽 서 >> 동쪽으로 가고 서쪽으로도 간다는 뜻으로, 줏대 없이 갈팡질팡함을 이름

盛

0272

성하다 성

盛 ◈ 成이루다 성: 音＋皿그릇 명으로, 成은 가득찬 모양이고, 皿은 그릇의 상형이다. 둘이 합쳐 '그릇에 곡식 같은 것을 수북이 쌓아 담다.'에서 '성하다, 담다, 그릇'의 뜻이 생겼다.

예시 旺盛

성하다 왕 성하다 성 >> 사물이 성함

名句 감상

盛年不重來 一日難再晨 及時當勉勵 歲月不待人陶潛, 「雜詩」 청춘은 거듭 오지 않으며, 하루에 두 번의 새벽은 없네. 때가 되어서 마땅히 힘써야지, 세월은 사람을 기다려주지 않는다네.

0273

내 천

川 양쪽 언덕 사이를 꿰뚫고 흐르는 냇물의 모양에서 '내'의 뜻이 생겼다.

• 비슷한 한자 • 州 고을 주

예시 河川 물 하 내 천 >> 강

名句 감상

百川異源 而皆歸于海(『淮南子』) 온갖 시냇물이 근원은 달라도 모두 바다로 돌아간다.

0274

흐르다 류

流 氵물 수의 옆 부분은 아이가 양수를 따라 흘러나오는 모양이다. 여기에 물의 의미를 추가하여 '양수와 함께 흘러나오는 아이의 모습'에서 '흐르다'의 뜻이 생겼다.

일설에는 氵는 아이를 낳아 물에 띄워 보내는 물로 풀이하기도 한다. 棄버리다 기 자를 통해, 古代 금방 태어난 아이를 도로나 삼림 속에 위장으로 일단 버렸다가 그 아이를 다른 사람이 새삼 주워다가 어버이에게 돌려준다고 하는 일이 행해졌음을 알 수 있기 때문이다.

예시 流水不腐 흐르다 류 물 수 아니다 불 썩다 부 >> 흐르는 물을 썩지 않는다는 뜻으로, 늘 운동하는 것은 썩지 않음을 비유

0275

아니다 불

不 ‘땅속에서 씨앗이 발아하는 모양’인데, 假借하여 ‘부정’의 뜻이 생겼다.

일설에는 꽃받침을 본뜬 것이라고도 한다.

• 비슷한 한자 • 丕 크다 비

예시 不在 아니다 부 있다 재 >> 있지 아니함

不具 아니다 불 갖추다 구 >> 갖추지 못함

0276

쉬다 식

息 自스스로 자＋心마음 심으로, 自는 코의 상형이고 心의 심장의 상형이다. 둘이 합쳐 ‘심장에서 코로 가는 숨’에서 ‘숨’이 나왔고, 잔잔한 숨의 뜻에서 ‘쉬다’는 뜻도 나왔으며, 숨을 쉬며 자기의 분신으로 살아가는 자에서 ‘자식’의 뜻도 생겼다.

• 비슷한 한자 • 媳 며느리 식

예시 休息 쉬다 휴 쉬다 식 >> 쉼

子息 아들 자 자식 식 >> 아들과 딸

0277

못 연

淵 氵물 수 옆의 글자는 양쪽 언덕 사이에서 물이 빙빙 도는 모양이다. 둘이 합쳐 ‘물의 흐름이 막혀 빙빙 도는 깊은 연못’에서 ‘못, 깊다’의 뜻이 생겼다.

예시 深淵 깊다 심 못 연 >> 깊은 연못

名句 감상

河上有家貧恃緯蕭而食者 其子沒於淵 得千金之珠 其父謂其子曰 取石來 鍛之(『莊子』 雜篇, 列御寇) 황하 가에 집이 가난하여 쑥을 짜서(삼태기를 만든다는 의미) 먹는 집이 있었다. 그 아들이 연못에 들어가 천금의 값이 나가는 진주를 얻어 오자, 그 아버지가 그 아들에게 말하기를 "돌을 가져와라. 그것을 부수어야 한다." 하였다(恃: 믿다 시 緯: 짜다 위 蕭: 쑥 소 鍛: 치다 단).

澄 0278

맑다 징

澄 氵물 수＋登오르다 등: 音으로, 登은 손과 발을 들고 높은 곳에 오르는 모양이다. 둘이 합쳐 '높은 곳의 물'에서 '맑은 물, 맑다'의 뜻이 생겼다.

• 비슷한 한자 • 燈 등잔 등

取 0279

취하다 취

取 耳귀 이＋又또 우로, 耳는 귀의 모양이고 又는 손의 상형이다. 둘이 합쳐 '옛날 전쟁에서 죽인 적의 왼쪽 귀를 베어 내에 목 대신 모았던 것'에서 '취하다'의 뜻이 생겼다.

일설에는 又가 오른손의 상형으로, 짐승을 잡을 때 손으로 귀를 움켜쥐어서 잡는 모양이니, '손으로 귀를 움켜쥐어서 짐승을 잡다.'에서 '취하다'의 뜻이 생겼다고도 한다.

• 비슷한 한자 • 恥 부끄러워하다 치

예시 取捨

취하다 취 버리다 사 >> 취하고 버림

0280

비치다 영

[映] 日해 일 + 央가운데 앙: 音으로, 央은 봉긋 솟아오른 모양이다. 둘이 합쳐 '빛을 받아 그 자체가 본래 가지고 있는 색채 등이 솟아올라 똑똑히 보이다.'에서 '반사해서 비치다'의 뜻이 생겼다.

• 비슷한 한자 • 暎 = 映

예시 透映 　 뚫다 투 비치다 영 >> 뚫어서 비침

0281

얼굴 용

[容] 宀집 면 + 谷골짜기 곡: 音으로, 谷은 깊고 넓게 터진 골짜기의 상형이다. 둘이 합쳐 '집이 커서 넉넉히 들어감'에서 '받아들이다'의 뜻이 생겼고, '얼굴, 꾸미다'의 뜻도 파생되었다.

• 비슷한 한자 • 溶 녹이다 용

예시 容納 　 받아들이다 용 들이다 납 >> 받아들임

美容 　 아름답다 미 꾸미다 용 >> 아름답게 꾸밈

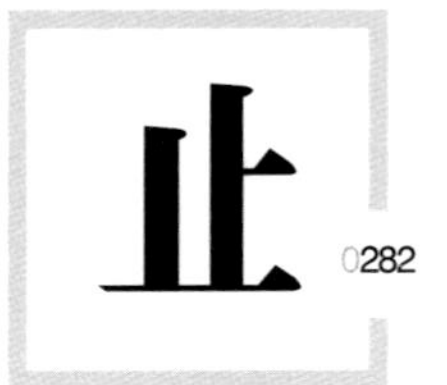
0282

그치다 지

[止] 사람의 발 모양을 상형한 것으로, '발'의 의미였으나 파생되어 '그치다, 머무르다'의 뜻이 생겼다.

• 비슷한 한자 • 正 바르다 정

예시 停止 　 멈추다 정 그치다 지 >> 멈춰서 그침

名句 감상

當宴飮酒 不可沈醉 浹洽而止 可也(『擊蒙要訣』 持身) 잔치에서 술을 마심에 이르러 빠지도록 취해서는 안 되고, 몸에 젖을 정도면 그치는 것이 옳다(浹: 젖다 협 洽: 두루 미치다 흡).

若 0283

같다 약

若 흐트러진 머리와 입의 상형으로, 巫女의 모양을 형상화한 것으로 '신의 뜻을 따르다.'에서 '따르다'의 뜻이 생겼고, 파생되어 '같다, 너, 만약'의 뜻도 나왔다.

• 비슷한 한자 • 苦 쓰다 고

예시 傍若無人

곁 방 같다 약 없다 무 사람 인 >> 곁에 사람이 없는 것과 같이함

思 0284

생각하다 사

思 田밭 전＋心마음 심으로, 田은 뇌의 상형이고 心은 심장의 상형이다. 둘이 합쳐 '두뇌와 마음으로 생각한다.'에서 '생각하다'의 뜻이 생겼다.

• 비슷한 한자 • 恩 은혜 은

예시 思想

생각하다 사 생각하다 상 >> 생각

0285

말씀 언

[言] 辛맵다 신＋口입 구로, 辛은 죄인을 문신하기 위한 바늘을 본뜬 것이고 口는 맹세의 문서이다. 둘이 합쳐 '不信이 있을 때는 죄를 받을 것을 전제로 한 맹세'에서 '삼가 말하다'의 뜻이 생겼다.

예시 言中有骨 — 말씀 언 가운데 중 있다 유 뼈 골 >> 말 속에 뼈가 있음

名句 감상

馬援曰 聞人之過失 如聞父母之名 耳可得聞 口不可言也(『明心寶鑑』 正己) 마원이 말하기를 "남의 잘못을 들으면, 부모님의 이름을 듣는 것과 같이 하여, 귀로는 들을 수 있으나, 입으로는 말해서는 안 된다." 하였다(馬援: 後漢의 장군으로, 반란 및 흉노 토벌에 공이 많음).

0286

말 사

[辭] 辛은 죄인을 문신하기 위한 바늘을 본뜬 것이고, 辛 왼쪽의 글자는 실을 아래위로 손을 대어 헝클어지지 않게 가지런히 정리하는 일의 상형이다. 둘이 합쳐 '죄인에게 죄가 없음을 설득하기 위하여 조리 있게 잘 다스려진 말이나 문장'에서 '말, 핑계'의 뜻이 나왔다. 파생하여 '사양하다, 사퇴하다'의 뜻도 생겼다.

예시 言辭 — 말씀 언 말 사 >> 말

辭退 — 사퇴하다 사 물러나다 퇴 >> 사절하고 물러섬

0287

편안하다 안

安 집 안에서 여자가 편안해짐의 모양에서, '편안하다'의 뜻이 생겼다.

비슷한 한자 晏 늦다 안 宴 잔치 연

예시 安否 편안하다 안 아니다 부 >> 편안하고 편안하지 아니함

0288

정하다 정

定 宀집 면+正바르다 정: 音으로, 正은 口나라+止가다에서 다른 나라로 곧장 진격하여 '바로잡다, 바르다'의 뜻이다. 둘이 합쳐 '집이 똑바로 서다.'에서 '정하다'의 뜻이 나왔다.

예시 定婚 정하다 정 혼인 혼 >> 혼인을 정함

名句 감상

心安茅屋穩 性定菜羹香(『明心寶鑑』 存心) 마음이 편안하면 띳집도 편안하고, 성정이 안정되면 나물국도 향기롭다.

0289

도탑다 독

篤 竹대 죽: 音+馬말 마로, 竹은 대나무의 상형이다. 둘이 합쳐 '말이 나아가지 못하다.'에서 '말이 천천히 걷다'의 뜻이 생겼고, 파생되어 '도탑다'의 뜻도 생겼다.

예시 危篤 위험하다 위 도탑다 독 >> 위험이 많음

0290

처음 초

初 衤옷 의+刀칼 도로, 衤는 웃옷의 상형이다. 둘이 합쳐 '옷을 만들기 위해서 옷감을 재단하다.'에서 재단하는 일은 옷을 만들 때 맨 처음으로 하는 일이므로 '처음'이란 뜻이 생겼다.

예시 初發心 처음 초 일으키다 발 마음 심 >> 처음 일어난 마음

名句 감상

久住令人賤 頻來親也疎 但看三五日 相見不如初『明心寶鑑』省心 오래 머무르면 좋은 사람도 천해지고, 자주 오면 친한 사람도 멀어지게 된다. 다만 3, 5일에 보아야지, 서로 만나는 것이 처음만 못 하다.

0291

정성 성

诚 言말씀 언+成이루다 성: 音으로, 成은 거친 나무를 깎아서 겉면을 매끈하게 만든다는 뜻이다. 둘이 합쳐 '말을 다듬어서 진실하게 하다.'에서 '참되게 하다, 정성'의 뜻이 나왔다.

• 비슷한 한자 • 晠 = 晟 밝다 성

예시 誠心 참 성 마음 심 >> 참된 마음

0292

아름답다 미

美 羊양 양＋大크다 대로, '토실토실 살찐 양'에서 고대 큰 양은 털과 고기를 많이 주었으므로, '아름답다, 맛있다'의 뜻이 생겼다. 일설에는 古代 狩獵을 위해 머리에 깃을 장식하여 짐승처럼 보이기 위한 모양을 본뜬 것에서 만들어진 글자로 보기도 한다.

• 비슷한 한자 •

羑 권하다 유

예시 美醜 아름답다 미 못생기다 추 >> 아름다움과 보기 흉함

美食家 맛있다 미 먹다 식 용한이 가 >> 맛있는 것만 가려 먹는 사람

중국에는 四大美人이 있는데, 물고기도 부끄러워 물속 깊이 들어간다는 沈魚의 상징인 西施, 대열을 갖춘 기러기가 내려앉아 구경할 정도인 落雁의 상징인 王昭君, 환한 달도 부끄러워 구름으로 가린다는 閉月의 상징인 貂蟬, 아름다운 꽃도 나서기를 부끄러워한다는 羞花의 상징인 楊貴妃가 이들이다.

0293

삼가다 신

愼 忄마음 심＋眞참 진: 音으로, 眞은 수저로 솥에 물건을 채워 넣는 모양에서 '채우다'의 뜻이다. 둘이 합쳐 '마음을 채우다.'에서 '삼가다'의 뜻이 생겼다.

• 비슷한 한자 • 塡 메우다 전

예시 愼獨 삼가다 신 홀로 독 >> 혼자 있을 때 삼감

마치다 종

終 실의 양끝을 맺은 모양을 본떠 '끝맺다, 끝'의 뜻이 생겼다.

예시 始終一貫 처음 시 끝 종 한 일 꿰다 관 >> 처음부터 끝까지 하나로 꿰어 있음

名句 감상

人生驕與侈 有始多無終(『명심보감』 省心) 인생에 있어서 교만과 사치는, 시작은 있으나 끝이 없는 경우가 많다.

마땅하다 의

宜 宀집 면＋且또 차로, 且는 고기가 쌓인 모양이다. 둘이 합쳐 '집 안에 고기가 많이 쌓인 모양'에서 '형편이 좋다, 옳다, 마땅하다'의 뜻이 생겼다.

• 비슷한 한자 • 宣 펴다 선

예시 便宜 편하다 편 형편이 좋다 의 >> 편리하고 형편이 좋음

명령하다 령

令 亼은 '모으다'의 뜻이라고도 하고, 冠을 본뜬 형상이라고도 하며, 그 아래는 사람이 무릎을 꿇은 형상이다. 둘이 합쳐 '사람이 무릎을 꿇어 神의 뜻을 듣는 모양'에서 '명령하다, 아름답다'의 뜻이 생겼다.

• 비슷한 한자 • 命 명령하다 명

예시 軍令 군대 군 명령하다 령 >> 군대에 내린 명령

令愛 아름답다 영 사랑하다 애 >> 남의 딸의 존칭

0297

영화 영

[荣] 횃불을 엇걸어 세운 화톳불을 본뜬 모양으로, 세차게 빛나는 모양에서 '빛, 번영하다, 영화'의 뜻이 생겼다.

• 비슷한 한자 • 勞 수고롭다 로

예시 榮轉 영화 영 옮기다 전 >> 좋은 자리로 옮김

名句 감상

榮輕辱淺 利重害深(『明心寶鑑』 省心) 영화가 가벼우면 모욕도 얕고, 이익이 많으면 손해도 깊다.

0298

일 업

[业] 악기를 걸어두는 널의 상형으로, '종 다는 널'의 뜻이 생겼고, '일, 공적'의 뜻이 파생되었다.

예시 業報 일 업 보답하다 보 >> 일에 대한 보답

名句 감상

德者事業之基 미有基不固而棟宇堅久者(『菜根譚』 前集) 덕은 사업의 기초이다. 기초가 견고하지 않고서 집이 견고하게 오래갈 수 있는 것은 없다.

0299

바 소

所 戶지게 호 + 斤도끼 근으로, 戶는 한쪽만 열리는 문짝의 상형이고 斤은 도끼의 상형이다. 둘이 합쳐 '도끼 따위의 어떤 상징이 되는 물건을 둔 입구의 문'에서 '곳'의 뜻이 생겼다.

예시 所望 것 소 바라다 망 >> 바라는 것

不勞所得 아니다 불 힘쓰다 로 것 소 얻다 득 >> 힘들이지 않고 얻은 소득

0300

터 기

基 其그 기: 音 + 土흙 토로, 其는 물건을 얹어두는 대로써, '건축물을 지을 때 기초가 되는 토대'에서 '토대, 근본'의 뜻이 생겼다.

• 비슷한 한자 • 碁 바둑 기

예시 基礎 토대 기 주춧돌 초 >> 주춧돌

名句 감상

齊人有言曰 雖有智慧 不如乘勢 雖有鎡基 不如待時(『孟子』 公孫丑上) 제나라 사람 중에 "비록 지혜가 있더라도 형세를 타는 것만 못하고, 비록 호미가 있더라도 때를 기다리는 것만 못하다."라는 말이 있다(鎡 호미 자 基호미 기).

0301

문서 **적**

籍 竹대 죽+耤빌리다 적: 音으로, 耤은 풀을 엮은 깔개이다. 둘이 합쳐 '대나무를 깔개처럼 엮어 짠 대쪽'에서 '문서'의 뜻이 생겼다.

• 비슷한 한자 • 藉 깔개 자

예시 書籍 책 서 문서 적 >> 책이나 문서

0302

심하다 **심**

甚 甘달다 감: 音+匹짝 필로, 甘은 음식을 입에 물어 끼운 모양으로 '즐기다'라는 의미를 지닌다. 둘이 합쳐 '짝이 지나치게 즐거움에 빠지다.'에서 '지나치다, 심하다'의 뜻이 생겼다.

• 비슷한 한자 • 葚 오디 심

예시 激甚 격렬하다 격 심하다 심 >> 매우 심함

0303

없다 무

[无] 사람이 양쪽 소매에 기다란 깃을 달고 춤추는 모양으로, 舞춤추다 무가 原字이며, 가차하여 '없다'의 뜻이 나왔다.

• 비슷한 한자 • 蕪 거칠다 무

예시 無窮 — 없다 무 다하다 궁 >> 다함이 없음

無所不爲 — 없다 무 바 소 아니다 불 하다 위 >> 하지 않은 것이 없음

0304

마치다 경

[竟] 音소리 음+儿사람 인으로, 音은 악기에서 나는 소리이고 儿은 사람이 무릎을 꿇고 있는 모양이다. 둘이 합쳐 '기도를 마치고 꿇어앉아서 신의 소리를 듣다.'에서 '마치다, 마침내'의 뜻이 생겼다.

일설에는 '사람이 음악의 연주를 끝내다.'에서 '끝나다'의 뜻이 생겼다고도 한다.

• 비슷한 한자 • 章 문채 장

예시 畢竟 — 마침내 필 마침내 경 >> 마침내

0305

배우다 학

[学] 臼절구 구+冂멀다 경+爻사귀다 효+子로, 臼는 양손으로 끌어올리는 모양이고 冂은 건물의 상형이며 爻는 어우러져 사귀는 뜻이다. 넷이 합쳐 '가르치는 자가 배우는 자를 양손으로 끌어올려 향상시키는 건물'에서 '학교, 배우다, 학문'의 뜻이 생겼다.

• 비슷한 한자 • 嶨 돌산 학

예시 學問 — 배우다 학 묻다 문 >> 배우면서 묻는 것

學如逆水 — 학문 학 같다 여 거스르다 역 물 수 >> 학문은 물을 거슬러 올라가는 것과 같음

0306

넉넉하다 우

优 亻사람 인＋憂근심하다 우: 音로, 憂는 머리에 탈을 쓰고 춤추는 사람의 상형이다. 둘이 합쳐 '탈을 쓰고 춤추는 사람'에서 '희롱하다, 뛰어나다, 넉넉하다, 도탑다'의 뜻이 생겼다.

• 비슷한 한자 • 㥋 = 憂 근심하다 우

예시 優越 — 뛰어나다 우 뛰어나다 월 >> 뛰어남

優待 — 도탑다 우 대접하다 대 >> 특별한 대우

0307

오르다 등

• 비슷한 한자 •

癸 열째 천간 계

登 癶걷다 발＋豆콩 두: 音로, 癶은 들고 있는 두 발의 상형이고 豆는 위로 올린 양손의 모양이다. 둘이 합쳐 '손과 발을 들다.'에서 '오르다'의 뜻이 생겼다.

일설에는 豆를 수레에 오를 때 계단 대용으로 놓는 디딤판 모양이므로 둘이 합쳐 '디딤판을 딛고서 수레에 오르다.'라는 뜻이라고도 한다.

예시 登高自卑 — 오르다 등 높다 고부터 자 낮다 비 >> 높은 곳에 오르려면 낮은 곳에서부터 오른다는 뜻으로, 일을 함에는 반드시 순서를 밟아야 한다는 말

재미있는 對句 이야기

옛날 글공부를 하던 두 사람이 심심하여 對句를 겨뤄보기로 했다. 먼저 한 사람이 '登山鳥菜羹(산에 오르니 새소리는 쑥국쑥국)'이라고 하니, 다른 사람이 한참을 고민하다가 對句하기를 '臨海魚草餠(바다에 임하니 물고기는 풀떡풀떡)'이라고 하였다. 이것은 菜羹을 풀이하면 '쑥국'이므로 이것으로 새소리를 흉내 낸 것이고, 草餠은 '풀떡'이므로 이것으로 물고기가 뛰는 소리를 흉내 낸 것이다.

仕

0308

벼슬 사

仕 亻사람 인 + 士선비 사: 音으로, 士는 도끼의 상형으로 왕의 일에 종사하는 사람이다. 둘이 합쳐 '왕의 일에 종사하는 사람'으로 '벼슬하여 섬기다'의 뜻이 생겼다.

• 비슷한 한자 • 任 맡다 임

예시 仕宦 벼슬 사 벼슬 환 >> 벼슬살이

攝

0309

잡다 섭

摄 扌손 수 + 聶소곤거리다 섭: 音으로, 聶은 작은 소리로 귀엣말을 한다는 뜻이다. 둘이 합쳐 '손으로 사뿐히 쥐다.'에서 '잡다, 당기다, 겸하다, 대신하다'의 뜻이 생겼다.

•비슷한 한자• 懾 두려워하다 섭

예시 攝取 당기다 섭 취하다 취 >> 당겨 취함

攝政 대신하다 섭 정사 정 >> 정치를 대신함

0310

직분 직

•비슷한 한자• 識 알다 식

職 耳귀 이+音소리 음+戈창 과로, 音은 악기에서 나는 소리이고 戈는 나뭇가지를 꺾어서 표지로 세운 모양이다. 셋이 합쳐 '소리가 귀를 통해 들어와서 마음에 표시하다.'의 뜻인데, 옛날에는 조회에 참여하는 관리들의 자리를 깃발을 꽂아서 표시를 하였으므로 깃발로 표시한 관리의 자리를 職이라 불렀던 것이다.

예시 職責 직분 직 책임 책 >> 직분상의 책임

0311

따르다 종

从 앞서가는 사람을 뒤에서 다른 사람이 따라가는 모양에서 '따르다'의 뜻이 나왔다.

•비슷한 한자• 徙 옮기다 사

예시 服從 복종하다 복 따르다 종 >> 복종하여 따름

名句 감상

舍己從人(『孟子』 公孫丑 上) 자기를 버리고 남을 따르다.

0312

정사 정

政 ◎ 正바르다 정: 音 + 攵치다 복으로, 正은 口나라 + 止가다에서 다른 나라로 곧장 진격하여 바로잡다는 의미이고 攵은 손에 매를 든 모양이다. 둘이 합쳐 '손에 매를 들고 강제로 바로잡다.'에서 '바로잡다, 정사'의 뜻이 생겼다.

• 비슷한 한자 • 攻 치다 공

예시 苛政猛於虎 가혹하다 가 정사 정 사납다 맹 어조사 어 호랑이 호 >> 가혹한 정치가 호랑이보다 사나움

0313

있다 존

存 ◎ 在있다 재: 音 + 子아들 자로, 子는 머리가 크고 손발이 나긋나긋한 젖먹이를 본뜬 것이다. 둘이 합쳐 '젖먹이의 상태로 있다.'에서 '보존하다, 있다'의 뜻이 생겼다.

• 비슷한 한자 • 在 있다 재

예시 生存 살다 생 있다 존 >> 살아 있음

名句 감상

存乎人者 莫良於眸子 眸子不能掩其惡 胸中正 則眸子瞭焉 胸中不正 則眸子眊焉(『孟子』 離婁 上) 사람을 살피는 것 중에 눈동자보다 더 좋은 것은 없다. 눈동자는 그 악을 가릴 수 없다. 마음이 바르면 눈동자는 맑고, 마음이 바르지 않으면 눈동자는 흐리다(眸: 눈동자 모 瞭: 맑다 료 眊: 흐리다 모).

0314

써 이

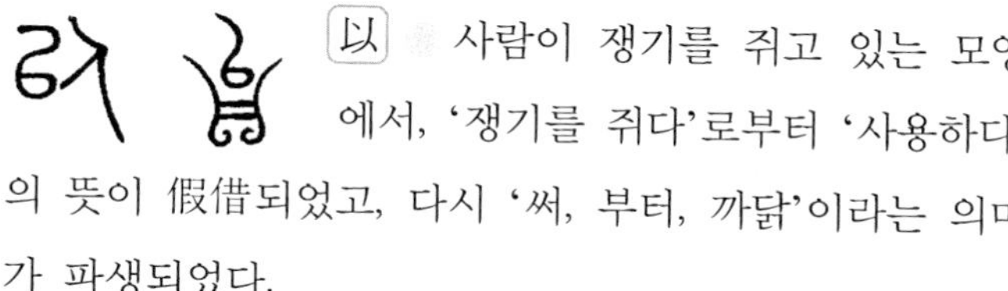

以 사람이 쟁기를 쥐고 있는 모양에서, '쟁기를 쥐다'로부터 '사용하다'의 뜻이 假借되었고, 다시 '써, 부터, 까닭'이라는 의미가 파생되었다.

• 비슷한 한자 • 似 비슷하다 사

예시 以心傳心 써 이 마음 심 전하다 전 마음 심 >> 마음으로써 마음을 전함

以後 부터 이 뒤 후 >> 부터 뒤

0315

달다 감

甘 음식을 입에 물어 끼운 모양으로, '혀에 얹어서 단맛을 맛보다.'에서 '달다'의 뜻이 나왔다.

• 비슷한 한자 • 廿 스물 입

예시 甘井先渴 달다 감 우물 정 먼저 선 마르다 갈 >> 단 우물이 먼저 마른다는 뜻으로, 재능이 있는 사람은 세상에 잘 쓰이기는 하나 이 때문에 도리어 종종 뜻하지 않는 재난을 당하여 빨리 衰廢하여 버림을 비유한 말

0316

팥배나무 당

棠 尙 항상 상: 音 + 木나무 목으로, 尙은 音을 나타냄

• 비슷한 한자 • 常 항상 상

去 0317

가다 거

去 ◦ 大크다 대 + 厶사사 사로, 大는 사람의 상형이고 厶는 기도하는 말이다. 둘이 합쳐 '기도하여 사람에게 붙은 부정을 제거하다.'에서 '제거하다, 떠나가다'의 뜻이 생겼다.

•비슷한 한자• 云 이르다 운

예시 去者日疎 가다 거 사람 자 날 일 멀어지다 소 >> 간 사람은 날마다 멀어지다의 뜻에서, 죽은 사람을 애석히 여기는 마음은 날이 감에 따라 점점 사라짐

除去 덜다 제 제거하다 거 >> 덜어 버림

而 0318

말 잇다 이

而 ◦ 양쪽 뺨에 난 수염의 상형으로, 髥구레나룻 염의 原字였으나 나중에 虛辭로 쓰였다.

•비슷한 한자• 耐 견디다 내

名句 감상

於不可已而已者 無所不已 於所厚者薄 無所不薄也 其進銳者 其退速 (『孟子』 盡心 上) 그만두어서는 안 되는데 그만두는 자는 그만두지 않는 것이 없을 것이며, 후하게 할 때 박하게 하는 자는 박하게 하지 않는 것이 없을 것이다. 그 나아가는 것이 빠른 자는 그 물러나는 것도 빠르다.

0319

더하다 익

益 그릇 위에 물이 넘치는 모양에서, '그릇이 넘칠 만큼 많다, 더해지다, 더욱.'의 뜻이 생겼다.

• 비슷한 한자 • 溢 넘치다 일

예시 損益 손해 손 이익 익 >> 손해와 이익

老益壯 늙다 로 더욱 익 씩씩하다 장 >> 늙을수록 더욱 씩씩함

0320

읊다 영

咏 言말씀 언 + 永길다 영: 音으로, 永은 길게 뻗은 강의 상형이다. 둘이 합쳐 '말을 길게 늘이다.'에서 '읊다'의 뜻이 생겼다.

예시 吟詠 읊다 음 읊다 영 >> 읊음

0321

풍류 악
즐겁다 락
좋아하다 요

乐 絲실 사 + 白희다 백 + 木나무 목으로, 絲는 작은 북의 상형이고 白은 큰 북의 상형이고, 木은 받침대이다. 셋이 합쳐 '받침대 위에 있는 악기를 본뜬 모양'에서 '악기, 음악, 즐겁다, 좋아하다'의 뜻이 생겼다.

일설에는 絲와 白은 줄로써 나무 위에 줄을 묶어둔 악기를 상형한 것으로 보기도 한다.

• 비슷한 한자 • 藥 약 약

예시 樂器 풍류 악 그릇 기 >> 음악에 쓰는 기구
樂園 즐겁다 락 정원 원 >> 즐거운 정원, 살기 좋은 곳
樂山樂水 좋아하다 요 산 산 좋아하다 요 물 수 >> 산수를 좋아함

0322

다르다 수

殊 歹앙상한 뼈 알＋朱붉다 주: 音로, 歹은 살을 발라낸 뼈이고 朱는 나무를 벤 단면의 심이 붉음을 뜻한다. 둘이 합쳐 '몸과 머리를 분리시켜 붉은 피가 흐르는 斬刑'으로 '베다, 구분 짓다, 다르다'의 뜻이 생겼다.

• 비슷한 한자 • 株 그루터기 주

예시 特殊 특별하다 특 다르다 수 >> 특별히 다름

0323

귀하다 귀

貴 두 손으로 조개를 높이 쌓는 모양의 상형으로, '비싸다, 귀하다'의 뜻이 생겼다.

일설에는 두 손으로 선물을 주는 모양을 본뜬 글자로 보기도 한다.

• 비슷한 한자 • 貰 외상 세

예시 貴賓 귀하다 귀 손님 빈 >> 귀한 손님
貴下 귀하다 귀 아래 하 >> 신분이 높은 사람의 아래라는 뜻으로, 남의 존칭

0324

천하다 귀

[贱] 貝조개 패 + 戔적다 전: 音으로, 戔은 '창으로 거듭 찍어서 갈가리 찢어 적어지다.'의 뜻이다. 둘이 합쳐 '재화가 적다.'에서 '싸다, 천하다'의 뜻이 생겼다.

• 비슷한 한자 • 踐 밟다 천

예시 賤視 천하다 천 보다 시 >> 천하게 봄

0325

예 례

[礼] 示보다 시 + 豊풍성하다 풍: 音으로, 示는 祭壇의 상형이고 豊은 제사 그릇에 담은 술이다. 둘이 합쳐 '신에게 술을 올려 제사 지내다.'에서 '예, 예물'의 뜻이 나왔다.

예시 禮物 예 례 만물 물 >> 예에 쓰는 물건

名句 감상

非禮勿視 非禮勿聽 非禮勿言 非禮勿動 四者 修身之要也(『擊蒙要訣』 持身) 예가 아니면 보지 말며, 예가 아니면 듣지 말며, 예가 아니면 말하지 말며, 예가 아니면 움직이지 말라는 네 가지는 몸을 닦는 요체이다.

0326

다르다 별

別 ※ 咼살 바르다 와: 咼+刂칼 도로, 咼는 살을 깎아 발라 낸 뼈의 상형이다. 둘이 합쳐 '칼로 뼈에서 살을 발라내다.'에서 '구분하다, 나누다, 다르다'의 뜻이 생겼다.

• 비슷한 한자 • 剋 이기다 극

예시 別居 나누다 별 살다 거 >> 나누어 삶

千差萬別 일천 천 다르다 차 일만 만 다르다 별 >> 천만 가지로 다름

0327

높다 존

尊 ※ 酋술 추+廾받들다 공으로, 酋는 술통의 상형이고, 廾은 두 손의 형상이다. 둘이 합쳐 '두 손으로 술통을 받들다.'에서 '높이다, 높다'의 뜻이 생겼다.

• 비슷한 한자 • 奠 정하다 전

예시 尊敬 높이다 존 공경하다 경 >> 높이고 공경함

0328

낮다 비

卑 ※ 손잡이가 있는 둥근 술통에 손을 댄 모양을 본떠, 본래 '술통'의 뜻이었다. 파생하여 祭器用 그릇에 비하여 '천하다, 낮다, 낮추다'의 뜻이 생겼다.

• 비슷한 한자 • 畀 주다 비

예시 卑賤 낮다 비 천하다 천 >> 낮고 천함

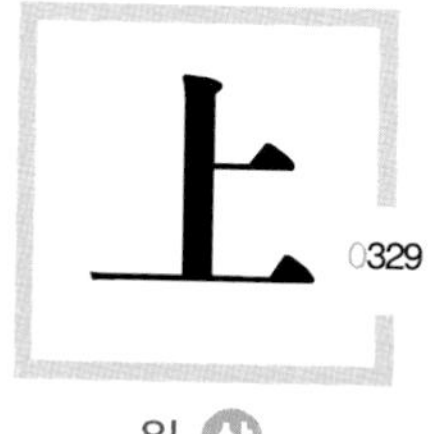

0329

위 상

上 二 [上] 기준선 위에 짧은 선을 그어 '위'의 뜻을 나타내었다. 파생하여 '가, 오르다'의 뜻도 생겼다.

• 비슷한 한자 • 土 흙 토

예시 上濁下不淨 위 상 흐리다 탁 아래 하 아니다 부 깨끗하다 정 >> 윗물이 흐리면 아랫물도 깨끗하지 못함

上京 오르다 상 서울 경 >> 서울로 올라감

재미있는 漢字 이야기

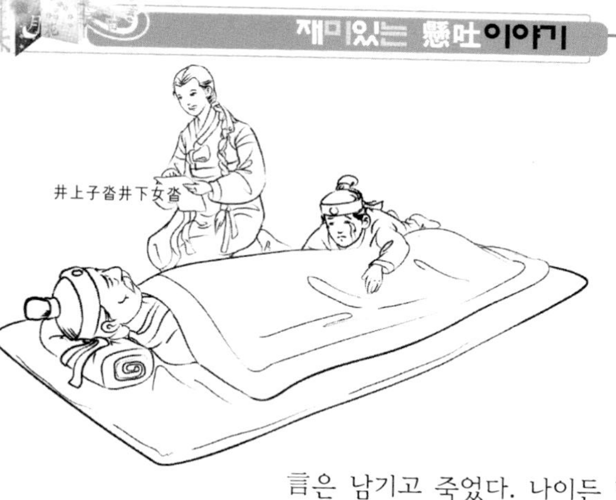

어떤 노인에게 어린 아들과 나이 든 딸이 있었는데, 그 노인이 소유한 논은 우물을 중심으로 위에는 天水畓이라 날이 가물면 농사짓기 어려운 논이고 아래는 좋은 논이 있었다. 그 노인이 죽을 때 '井上子畓井下女畓'이라는 遺言은 남기고 죽었다. 나이든 딸이 그 글을 해석해보고는 자신이 좋은 논을 차지하고 나쁜 논은 동생에게 주었다. 나중에 동생이 커서 그 유언을 다시 해석하고는 자신이 좋은 논을 차지했다고 한다. 이유인즉, 딸은 '井의上은 子의畓이요, 井의下는 女의畓이라(우물의 위는 아들의 논이고, 우물의 아래는 딸의 논이다)'라고 풀이하였으나, 아들은 '井이上은 子의畓이요, 井이下는 女의畓이라(우물이 위에 있는 것은 아들의 논이고, 우물이 아래에 있는 것은 딸의 논이다)'라고 풀이했다는 것이다.

화합하다 화

• 비슷한 한자 •

种 어리다 충

和 ※ 대전은 왼쪽의 글자가 구멍 난 여러 개의 대나무를 합해 놓은 악기이고 오른쪽의 禾벼 화는 音을 나타내었다. 악기는 소리가 조화로워야 하므로 '고르다, 온화하다'의 뜻이 생겼다.

※ 소전은 禾＋口입 구로, 禾는 이삭 끝이 줄기 끝에 늘어진 모양에서 '만나다'의 뜻이다. 둘이 합쳐 '사람의 목소리와 목소리가 조화를 이루다.'에서 '조화롭다, 화목하다'의 뜻이 생겼다.

예시 和而不同

조화롭다 화 말 잇다 이 아니다 부 같다 동 >> 조화롭기는 하지만 附和雷同하지는 아니함

아래 하

下 ※ 기준선 아래에 짧은 선을 그어 '아래'의 뜻을 나타내었고, 파생하여 '내리다, 낮추다'의 뜻도 생겼다.

• 비슷한 한자 • 干 방패 간

예시 下層

下車

아래 하 층 층 >> 아래층

내리다 하 차 차 >> 차에서 내림

화목하다 목

睦 ※ 目눈 목＋坴평평한 땅 륙: 音으로, 坴은 평평한 흙 위에 싹이 돋아난 모양이다. 둘이 합쳐 '눈이 평평하다'에서 눈이 怒氣나 삐딱한 기운이 없이 온화한 모양을 나타내어 '화목하다'의

뜻이 생겼다.

•비슷한 한자• 陸 뭍 륙

예시 親睦會 친하다 친 화목하다 목 모임 회 >> 친하고 화목하기 위한 모임

0333

남편 부

夫 大+一한 일로, 一은 관의 비녀이다. 둘이 합쳐 '관을 쓴 성인 남자'의 뜻에서 '남편'의 뜻이 생겼다.

•비슷한 한자• 天 하늘 천

예시 夫權 남편 부 권한 권 >> 남편이 갖는 권한

名句 감상

夫婦二姓合 兄弟一氣連(『推句』) 부부는 두 성이 합하여진 것이요, 형제는 한 기운이 이어진 것이다.

0334

부르다 창

唱 口입 구+昌창성하다 창: 音으로, 昌은 빛을 내쏘는 해를 본뜬 것이다. 둘이 합쳐 '입에서 쏟아져 나오는 것'에서 '부르다, 노래'의 뜻이 생겼다.

•비슷한 한자• 倡 여광대 창 娼 갈보 창

예시 歌唱 노래 가 부르다 창 >> 노래를 부름

婦 0335

아내 부

妇 ※ 女＋帚비 추: 音로, 帚는 빗자루여기서의 빗자루는 신성한 祭壇을 청소하는 것으로 보기도 함의 상형이다. 둘이 합쳐 '빗자루를 든 여성'에서 '아내, 며느리'의 뜻이 생겼다.

예시 新婦 새 신 아내 부 >> 새 아내

姑婦 시어머니 고 며느리 부 >> 시어머니와 며느리

재미있는 破字이야기

옛날 아리따운 규수에게 좋아하는 남자가 있었으나, 차마 말은 못하고 다음과 같은 말을 편지로 보냈다.

左七右七橫山逆出

남자가 그 뜻을 곰곰이 생각해 보니, 左七右七은 女의 파자요 橫山은 산이 옆으로 누웠으니 彐(돼지머리 계)요 逆出은 出자가 거꾸로 되었으니 둘이 합쳐 帚(빗자루 추)이다. 女와 帚가 합쳐지면 婦, 즉 아내가 되고 싶다는 뜻이었다. 이에 남자도 그 여자에게 다음과 같은 편지를 보냈다.

左糸右糸中言下心

여자가 그 뜻을 풀이해 보니, 왼쪽(左)에 실 사(糸)요, 오른쪽(右)에도 실 사(糸)요, 가운데(中)는 말씀 언(言)이요, 아래(下)는 마음 심(心)이니, 합하면 戀(사랑하다 련)이었다. 이에 둘이 만나 행복하게 살았다나……

0336

따르다 수

예시 隨筆

隨 辶쉬엄쉬엄 가다 착 + 隋수나라 수: 音로, 辵은 갈림길을 가는 모양이고 隋는 무너져 내린 성벽이다. 둘이 합쳐 '마음이 무너져 내려 긴장이 풀어진 채로 쉬엄쉬엄 가다.'에서 '따르다'의 뜻이 생겼다.

따르다 수 붓 필 >> 붓 가는 대로 따라감

名句 감상

吾生也有涯 而知也無涯 以有涯隨無涯 殆已(『莊子』 內篇, 養生主) 우리의 생은 끝이 있는데, 알아야 할 것은 끝이 없다. 끝이 있는 것으로 끝이 없는 것을 따르려고 하면 위태로워진다.

0337

바깥 외

예시 外柔內剛

除外

外 夕저녁 석: 音 + 卜점 복으로, 夕은 月고기 육의 변형으로 '살을 긁어내다'의 뜻이다. 둘이 합쳐 '점을 치기 위해 거북 등딱지에서 살을 긁어내는 모양'에서 '제외하다, 밖'의 뜻이 생겼다.

• 비슷한 한자 • 多 많다 다

바깥 외 부드럽다 유 안 내 굳세다 강 >> 겉으로는 부드러우나 안으로는 굳셈

제외하다 제 제외하다 외 >> 제외함

0338

받다 수

受 爪손톱 조 + 舟배 주: 뒤에 冖으로 바뀜 + 又또 우로, 爪와 又는 모두 손의 상형이고 舟는 배의 상형이다. 셋이 합쳐 '이쪽 강변에서 배를 보내고 저쪽 강변에서 배를 받다.'에서 '주고받다'의 의미가 생겼다. '주다'와 '받다'는 원래 같은 행위의 두 측면이기 때문에 본래 둘 다 사용하다가 나중에 혼돈을 피하기 위해 '받다'의 의미만 쓰게 되었다.

• 비슷한 한자 •

授 주다 수

愛 사랑하다 애

예시 受難 받다 수 재난 난 >> 재난을 받음

재미있는 수수께끼

☼ 無心之愛는?

마음이 없는 사랑이니, 愛에서 心을 빼면 受가 정답이다.

0339

스승 부

傅 亻 + 尃펴다 부: 音로, 尃는 논의 볏모를 나란히 깔듯 심어 놓은 모양에서 '펴다'의 뜻이다. 둘이 합쳐 '뜻이나 포부를 펼 수 있도록 도와주는 사람'에서 '돕다, 스승'의 뜻이 생겼다.

• 비슷한 한자 • 傳 전하다 전

예시 師傅 스승 사 스승 부 >> 스승

0340

가르치다 훈

训 言말씀 언＋川내 천: 音으로, 川은 順따르다 순의 뜻이다. 둘이 합쳐 '말로 이끌어 따르게 하는 일'에서 '가르치다, 따르다'의 뜻이 생겼다.

•비슷한 한자• 訕 헐뜯다 산

예시 訓示 가르치다 훈 보이다 시 >> 가르쳐 보임

0341

들어가다 입

入 땅굴 집의 입구를 그린 모양으로, '입구로 들어가다'의 뜻이 생겼다.

•비슷한 한자• 人 사람 인 八 여덟 팔

예시 入社 들어가다 입 회사 사 >> 회사에 들어감

名句 감상

言悖而出者 亦悖而入 貨悖而入者 亦悖而出(『大學』) 말이 어긋나게 나간 것은 또한 어긋나게 들어오고, 재물이 어긋나게 들어온 것은 또한 어긋나게 나가는 것이다(悖: 어그러지다 패).

0342

받들다 봉

奉 手손 수＋廾받들다 공으로, 두 손으로 어른의 손을 받들고 있는 모양에서, '받들다, 바치다'의 뜻이 생겼다.

•비슷한 한자• 奏 아뢰다 주

예시 奉呈 받들다 봉 드리다 정 >> 받들어 올림

0343 母 어머니 모

母 두 팔로 아이를 안고 있는 모양, 또는 아이에게 젖을 먹이는 모양이라고도 한다. 여기에서 '아이에게 젖을 먹이는 여자', 즉 '어머니'의 뜻이 생겼다.

• 비슷한 한자 • 毋 말 무

예시 母乳 어머니 모 젖 유 >> 어머니의 젖

0344 儀 거동 의

仪 亻+義의 의: 音로, 義는 희생양을 톱으로 잡는 엄숙한 의식에 맞는 거동의 뜻이다. 둘이 합쳐 '의식에 맞는 사람'에서 '본보기, 예, 거동'의 뜻이 생겼다.

• 비슷한 한자 • 蟻 개미 의

예시 禮儀 예도 례 거동 의 >> 예에 맞는 거동

0345 諸 모두 제

诸 言+者사람 자: 音로, 者는 장작을 삼태기에 많이 주워 담은 모양이다. 둘이 합쳐 '말을 많이 하다.'에서 '많다'의 의미가 남게 되었고, 뒤에 '모든'이라는 뜻이 가차되었다.

• 비슷한 한자 • 儲 쌓다 저

예시 諸君 모두 제 남의존칭 군 >> 여러분

0346

시어머니 고

姑 ◎ 女여자 녀＋古옛 고: 音로, 古는 오래된 투구 모양에서 '오래되다'의 뜻이다. 둘이 합쳐 '오래된 여자'에서 '시어머니, 고모'의 뜻이 나왔다.

•비슷한 한자• 枯 마르다 고

예시 姑婦 시어머니 고 며느리 부 >> 시어머니와 며느리

姑母 고모 고 어머니뻘의 여자 모 >> 아버지의 누이

0347

맏 백

伯 ◎ 亻＋白희다 백: 音으로, 白은 나이가 많이 든 백발노인을 뜻한다. 둘이 합쳐 '가장 연로한 어른'에서 '큰아버지, 우두머리, 맏형'의 뜻이 생겼다.

•비슷한 한자• 柏 잣나무 백

예시 伯仲叔季 맏 백 버금 중 아저씨 숙 끝 계 >> 형제의 순서를 말함

0348

아저씨 숙

叔 ◎ 좌측 방은 콩이 자라는 모양이고 우측 변인 又또 우는 오른쪽 손의 상형이다. 둘이 합쳐 '콩을 거두어들이다.'였는데, 추수는 농사의 마지막 단계의 일이므로 '끝, 아저씨'의 뜻이 가차되어 생겨났다.

•비슷한 한자• 淑 맑다 숙

예시 叔母 아저씨 숙 어머니뻘의 여자 모 >> 숙부의 아내

갈다 유

犹 犭개 견＋酉익다 유: 音로, 犭은 개의 상형이고 酉는 술통을 본뜬 것이다. 둘이 합쳐 '祭物인 개와 술을 신에게 차려 놓고 신 앞에서 계획을 꾸미다.'에서 '꾀'의 뜻이 생겼고, '망설이다, 같다, 오히려'의 뜻이 파생되었다.

• 비슷한 한자 • 酒 술 주

예시 猶豫 망설이다 유 망설이다 예 >> 망설이는 모양

名句 감상

子曰 學如不及 猶恐失之(『論語』 泰伯) 孔子께서 말씀하시길 "학문은 미치지 못하는 듯이 하면서도 오히려 그것을 잃을까 두려워해야 하는 것이다." 하셨다.

아들 자

子 머리가 크고 손발이 나긋나긋한 젖먹이를 본뜬 모양에서, '아들, 자식, 씨'의 뜻이 생겼다.

• 비슷한 한자 • 孑 외롭다 혈 孓 장구벌레 궐

예시 子女 아들 자 딸 녀 >> 아들과 딸

웃긴 수수께끼

☼ 집안이 고요한 자는?
子(말썽 많은 아들이 자니까)

子는 딸로도 쓰인다. 『韓非子』에 '衛人嫁其子(위나라 사람이 그 딸을 시집보냈다)'라는 구절이 있는데, 子의 뜻을 제대로 모르던 어떤 선비가 '위나라 사람이 그 아들을 시집보냈다.'라고 해석하고는, 아들을 어떻게 시집보낼 수 있느냐고 도리어 위나라 사람을 비웃더라는 이야기가 있다.

比 0351

견주다 비

比 두 사람이 나란히 서 있는 모양을 본뜬 것에서, '나란하다, 견주다'의 뜻이 생겼다.

비슷한 한자 北 북쪽 북

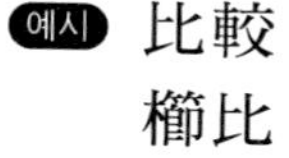

예시 比較 견주다 비 견주다 교 >> 견줌
櫛比 빗 즐 나란하다 비 >> 빗살처럼 죽 늘어섬

兒 0352

아이 아

儿 머리를 두 갈래로 갈라 위 양쪽에 뿔처럼 동여맨 모양을 본뜬 것이다. 일설에는 위는 어린아이의 치아를, 아래는 아직 어려서 흐느적거리는 다리를 본뜬 것이라고도 한다.

비슷한 한자 兜 투구 두

예시 兒童 아이 아 아이 동 >> 아이

0353

구멍 공

孔 子는 머리가 크고 손발이 나긋나긋한 젖먹이의 상형이고, 옆의 글자는 젖이 나오는 유방의 구멍을 나타낸다. 둘이 합쳐 '깊은 구멍, 매우'의 뜻이 생겼다.

비슷한 한자 孜 부지런하다 자

예시 瞳孔 눈동자 동 구멍 공 >> 눈동자

0354

품다 회

怀 忄마음 심 + 褱따르다 회: 音로, 褱는 위는 눈에서 눈물이 쏟아지는 모양이고 아래는 옷으로 합쳐서 '눈물에 젖은 옷'의 모양이다. 둘이 합쳐 '마음속으로 옷이 눈물이 젖도록 그리워하다.'에서 '품다, 마음'의 뜻이 생겼다.

비슷한 한자 壞 무너지다 괴

예시 懷疑 품다 회 의심하다 의 >> 의심을 품음

0355

형 형

兄 口입 구 + 儿사람 인으로, 儿은 우뚝 선 사람의 상형이다. 둘이 합쳐 '위에 서서 입으로 아우들을 지도하고 돌보는 사람'에서 '형'의 뜻이 생겼다.

일설에는 머리가 큰 사람의 상형이라고도 한다.

비슷한 한자 只 다만 지

예시 兄弟爲手足 형 형 아우 제 되다 위 손 수 발 족 >> 형제는 수족과 같아서 한 번 잃으면 두 번 얻을 수 없다는 말

0356

아우 제

弟 창의 손잡이를 가죽끈으로 예쁘게 간격을 맞춰 차례차례 감는 모양을 본뜬 것에서, '차례, 아우'의 뜻이 생겼다.

• 비슷한 한자 • 第 집 제

예시 弟婦

아우 제 아내 부 >> 아우의 아내

0357

같다 동

同 몸체와 뚜껑이 잘 맞도록 만들어진 통의 상형에서, '한가지, 합치다'의 뜻이 생겼다.

• 비슷한 한자 • 向 향하다 향

예시 同病相憐

같다 동 병 병 서로 상 불쌍히 여기다 련 >> 같은 병을 가진 사람끼리 서로 동정함

名句 감상

行有淺深 因跡而著 跡有異同 因心而見(奇大升,『高峯集』) 행동에는 얕고 깊은 것이 있는데 그것은 자취로 인하여 드러나고, 자취는 같고 다른 것이 있는데 그것은 마음으로 인하여 드러난다.

0358

기운 기

气 气기운 기＋米쌀 미로, 气는 뭉게뭉게 피어오르는 구름이나 상승기류를 본뜬 것이고 米는 이삭에 쌀이 달려 있는 모양이다. 둘이 합쳐 '쌀처럼 작은 것이 뭉게뭉게 피어오르는 것'에

서 '기운, 공기, 숨'의 뜻이 생겼다.

·비슷한 한자· 氛 기운 분

예시 氣象 기운 기 형상 상 >> 기운의 형상

連 0359

잇다 련

连 ⻌쉬엄쉬엄 걷다 착 + 車수레 거로, 辵은 길을 가는 모양이고 車는 수레의 상형이다. 둘이 합쳐 '사람이 늘어서서 수레를 끌고 가다.'에서 '잇다'의 뜻이 생겼다.

·비슷한 한자· 蓮 연 련

예시 連結 잇다 련 맺다 결 >> 이어서 맺음

枝 0360

가지 지

枝 木 + 支가지 지: 音로, 支는 대나무나 나무의 가지를 손에 든 모양이다. 둘이 합쳐 '나무의 가지'의 뜻이 생겼다.

·비슷한 한자· 技 재주 기

예시 枝葉 가지 지 잎 엽 >> 가지와 잎. 중요하지 아니한 부분

名句 감상

樹木至歸根 而後知花蕚枝葉之徒榮 人事至蓋棺 而後知子女玉帛之無益(『菜根譚』後集) 나무는 (잎이) 뿌리로 돌아간 뒤에야 꽃과 가지와 잎이 헛되이 무성했음(한때 번영했음)을 알게 되고, 사람의 일은 관을 덮은 뒤에야 자손과 옥과 비단이 무익하다는 것을 알게 된다.

0361

사귀다 교

交 사람이 두 다리를 교차하고 있는 모양에서, '교차하다, 사귀다, 섞이다'의 뜻이 생겼다.

• 비슷한 한자 • 文 글월 문 攵 치다 복

예시 交遊 사귀다 교 놀다 유 >> 사귀며 놂

交流 섞이다 교 흐르다 류 >> 섞여서 흐름

0362

사귀다 교

友 오른손 두 개를 겹쳐놓아 손에 손을 잡고 있는 '벗'의 뜻이 생겼다.

• 비슷한 한자 • 反 돌이키다 반

예시 友邦 벗 우 나라 방 >> 벗인 나라

名句 감상

主忠信 無友不如己者 過則勿憚改(『論語』 學而) 충과 신을 주로 하며, 자기만 못한 자를 벗하지 말고, 잘못이 있으면 고치기를 꺼려 하지 말라.

投 0363

던지다 투

投 ※ 扌손 수 + 殳몽둥이 수: 音로, 殳는 손에 나무 몽둥이를 든 모양이다. 둘이 합쳐 '손에 나무 몽둥이를 들다.'에서 '던지다, 의탁하다'의 뜻이 생겼다.

예시
投身 던지다 투 몸 신 >> 몸을 던짐
投宿 의탁하다 투 자다 숙 >> 의탁하여 잠

分 0364

나누다 분

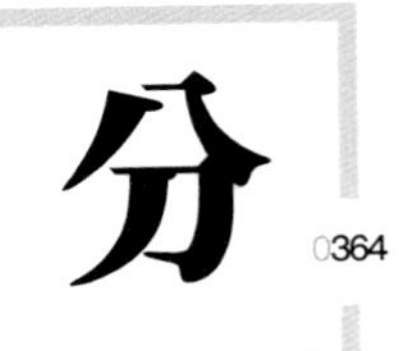

分 ※ 八여덟 팔: 音 + 刀칼 도로, 八은 둘로 나누어지는 모양이다. 둘이 합쳐 '칼로 베어 나누다.'에서 '나누다, 분명하다, 분수'의 뜻이 생겼다.

• 비슷한 한자 • 公 공변되다 공

예시
分解 나누다 분 풀다 해 >> 나누어 풂
分明 분명하다 분 밝다 명 >> 명료함
名分 이름 명 분수 분 >> 이름에 따라 지켜야 할 직분

切 0365

끊다 절
온통 체

切 ※ 七일곱 칠: 音 + 刀칼 도로, 七은 가로세로 벤 모양이다. 둘이 합쳐 '칼로 가로세로를 베다.'에서 '베다'의 뜻이 생겼고, 파생되어 '온통'의 뜻도 나왔다.

예시 切磋琢磨 — 끊다 절 갈다 차 쪼다 탁 갈다 마 >> 자르고 갈고 쪼고 닦는다는 뜻으로, 학문과 덕행을 힘써 닦음을 비유

一切 — 하나 일 온통 체 >> 전부

磨 0365

갈다 마

磨 麻삼 마: 音+石돌 석으로, 麻는 삼 껍질을 벗기는 모양이다. 둘이 합쳐 '돌로 갈아서 으깨어 부수다.'에서 '맷돌, 갈다'의 뜻이 생겼다.

• 비슷한 한자 • 靡 화려하다 미

예시 磨滅 — 갈다 마 멸하다 멸 >> 갈아 없어짐

箴 0367

경계하다 잠

箴 竹+咸다 함: 音으로, 咸은 큰 도끼의 위압 앞에서 목소리를 힘껏 내지르는 모양이다. 둘이 합쳐 '도끼 같은 대나무'에서 '대바늘, 경계하다'의 뜻이 생겼다.

예시 箴言 — 경계하다 잠 말씀 언 >> 경계하는 말

規 0368

그림쇠 규

規 夫남편 부+見보다 견으로, 夫는 成人의 상형이다. 둘이 합쳐 '성인이 행동의 규범으로 보이는 것'에서 '규범, 그림쇠'의 뜻이 생겼다.

• 비슷한 한자 • 視 보다 시

예시 規範　규범 규 법 범 >> 법

0369

어질다 인

• 비슷한 한자 •
仕 벼슬 사

仁 亻사람 인: 音 + 二두 이로, 二는 친근하게 구는 애정의 뜻이다. 둘이 합쳐 '사람이 친근하게 구는 애정'에서 '사랑하다, 어질다'의 뜻이 생겼다.

일설에는 二가 등에 진 짐의 모양이므로, 둘이 합쳐 '사람이 등에 짐을 지고 있는 모양'에서 '참고 견디다'의 뜻이 생겼다고도 한다.

예시 仁者無敵　어질다 인 사람 자 없다 무 적 적 >> 어진 사람은 적이 없음

0369

사랑하다 자

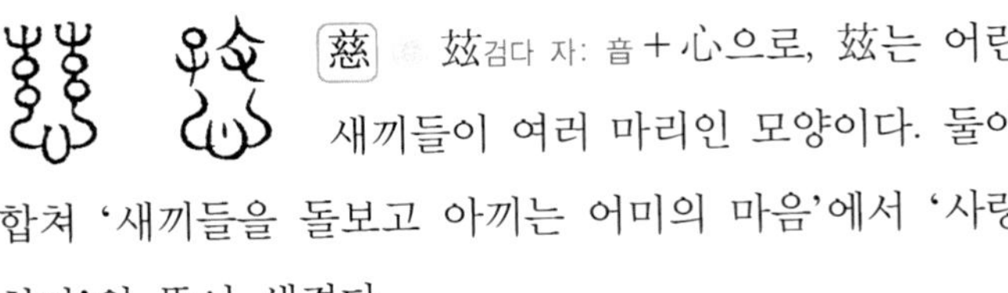

慈 玆검다 자: 音 + 心으로, 玆는 어린 새끼들이 여러 마리인 모양이다. 둘이 합쳐 '새끼들을 돌보고 아끼는 어미의 마음'에서 '사랑하다'의 뜻이 생겼다.

• 비슷한 한자 • 滋 불어나다 자

예시 慈愛　사랑하다 자 사랑하다 애 >> 도타운 사랑

0371

숨다 은

隐 阜언덕 부와 오른쪽 위아래의 두 손이 工장인 공을 쥐고서 밑에 心이 연결된 모양이다. 두 손으로 工을 쥐고 있는 모양이란 세

공업을 상징하므로, 매우 미세하여 잘 보이지 않음을 의미한다. 여기에 阜가 덧붙여 '언덕에 가려 보이지 않음'에서 '숨다, 가엾게 여기다'의 뜻이 생겼다.

예시 **隱匿** 숨기다 은 감추다 닉 >> 숨기어 감춤

名句 감상

莫見者隱 莫顯者微(柳成龍, 『西厓集』) 숨기려는 것보다 더 잘 보이는 게 없고, 작은 것보다 더 잘 드러나는 게 없다.

0372
슬퍼하다 측

惻 ← 忄마음 심 + 則법칙 칙: 音으로, 則은 鼎솥 정에 刀칼 도가 합쳐진 것으로 '흠집을 내서 표시를 해놓다.'는 뜻이다. 둘이 합쳐 '마음에 흠집을 내다.'에서 '슬퍼하다'의 뜻이 생겼다.

• 비슷한 한자 • 測 헤아리다 측 側 곁 측

예시 **惻隱** 슬프다 측 가엽게 여기다 은 >> 불쌍히 여김

0373
짓다 조

造 ← 辶천천히 걷다 착 + 告알리다 고로, 辵은 갈림길을 가는 모양이고 告는 싹이 위로 밀고 나오는 모양이다. 둘이 합쳐 '걸어 나가서 자리를 잡다.'에서 '이르다, 이루다, 짓다'의 뜻이 생겼다.

• 비슷한 한자 • 浩 넓다 호

예시 **造船** 짓다 조 배 선 >> 배를 만듦

0374

버금 차

次 사람이 한숨을 쉬는 모양에서, '무료하게 쉬면서 다음 차례를 기다리다.'의 의미에서 '차례, 다음'의 뜻이 생겼다.

예시 次席 버금 차 자리 석 >> 다음 자리

名句 감상

孔子曰 生而知之者 上也 學而知之者 次也 困而學之 又其次也 困而不學 民斯爲下矣(『論語』 季氏) 공자께서 말씀하시길 "태어나면서 아는 자가 최상이요, 배워서 아는 자가 다음이요, 통하지 못하여 배우는 자가 또 그 다음이요, 통하지 못하는데도 배우지 않으면 백성으로서 下等이 된다." 하셨다.

0375

아니다 불

• 비슷한 한자 •

佛 부처 불

弗 얽히는 끈을 두 개의 막대기로 휘둘러 떨어뜨리는 모습에서, '떨어 제거하다'의 뜻이었으나, 不아니다 불에서 가차하여 '아니다'의 뜻이 나왔다.

일설에는 나무에 副木을 대고 한데 묶어서 휘어진 부분을 바로잡는 모양에서, '굽은 것을 바로잡다'의 뜻이었다고도 한다.

名句 감상

非禮之禮 非義之義 大人弗爲(『孟子』 離婁 下) 예가 아닌 예(예 같으면서도 예가 아닌 것)와 의 아닌 의(의 같으면서 의가 아닌 것)를 대인은 하지 않는다.

0376

떠나다 리

离 꾀꼬리의 모양으로, 原字는 鸝꾀꼬리 리이며, 나중에 '떠나다'라는 뜻으로 차용되었다.

예시 離陸 떠나다 리 뭍 륙 >> 육지를 떠남

名句 감상

士窮不失義 達不離道(『맹자』 盡心 上) 선비는 곤궁해도 의를 잃지 않으며, 영달하여도 도를 떠나지 않는다.

0377

마디 절

节 竹대 죽＋卽곧 즉: 音으로, 卽은 무릎 관절의 상형이다. 둘이 합쳐 '대나무의 관절'에서 '마디, 절개, 때'의 뜻이 생겼다.

• 비슷한 한자 • 範 법 범

예시 節操 절개 절 지조 조 >> 절개와 지조

時節 때 시 때 절 >> 때

義 0378

의 의

[義] 羊양 양 + 我나 아: 音로, 羊은 아름다운 양의 상형이고 我는 창을 들고 춤추는 모양으로 예를 행하는 자태이다. 둘이 합쳐 '아름답게 춤추는 자태나 예를 행하는 아름다운 자태'에서 '의롭다, 의'의 뜻이 나왔다.

• 비슷한 한자 • 儀 거동 의

예시 義士 의롭다 의 선비 사 >> 의로운 선비

廉 0379

청렴하다 렴

[廉] 广집 엄 + 兼겸하다 겸: 音으로, 兼은 볏짚 여러 개를 손으로 움켜쥔 모양에서 흩어짐을 막고 추스른다는 뜻이다. 둘이 합쳐 '집이나 사물을 움켜쥐어서 추스르다.'에서 '모서리'의 뜻이 생겼고, 추스른다는 것에서 '검소하다, 값이 싸다'의 뜻이 생겼으며, 모서리처럼 모가 나 있다는 것은 공명정대함을 含意함으로 '청렴하다'의 뜻이 나왔다.

• 비슷한 한자 •

嫌 싫어하다 혐

簾 발 렴

예시 廉恥 청렴하다 렴 부끄럽다 치 >> 청렴하여 부끄러움을 암

廉價 싸다 렴 값 가 >> 싼 값

退 0380

물러나다 퇴

[退] 辶천천히 걷다 착 + 日해 일 + 夊뒤져오다 치로, 辵은 갈림길을 가는 모양이고 夊는 발자국이 아래로 향한 모양이다. 셋이 합쳐 '관리

가 해가 져서 천천히 걸어서 관청에서 물러나다.'에서 '물러나다'의 뜻이 생겼다.

• 비슷한 한자 • 追 쫓다 추

예시 退社 물러나다 퇴 회사 사 >> 회사에서 물러남

不進則退 아니다 부 나아가다 진 그러면 즉 물러나다 퇴 >> 나아가지 못하면 물러남

0381

머리 전

顚 (속) 眞참 진: 音＋頁머리 혈로, 眞은 머리가 아래쪽으로 뒤집혀 넘어진 모양이고 頁은 사람의 머리를 강조한 모양을 형상화한 것이다. 둘이 합쳐 '넘어져 머리가 거꾸로 처박히다.'에서 '머리, 뒤집히다'의 뜻이 생겼다.

예시 顚覆 뒤집히다 전 엎어지다 복 >> 뒤집혀 엎어짐

0382

늪 패

沛 (속) 氵물 수＋市저자 시: 音로, 市는 앞치마의 상형이다. 둘이 합쳐 '앞치마와 같은 너비로 물이 흐르다'에서 '흐르다, 늪'의 뜻이 생겼다.

• 비슷한 한자 • 柹 감 시

대상자 비

匪 ◎ 匚상자 방＋非아니다 비: 音로, 匚은 네모난 상자 모양이고 非는 둘로 나누어지는 모양이다. 둘이 합쳐 '상자가 뚜껑과 몸체로 나누어지다.'에서 '대상자'의 뜻이 생겼으며, 뒤에 가차하여 '아니다'의 뜻도 나왔다.

• 비슷한 한자 • 匡 바로잡다 광 扉 처마 비

이지러지다 휴

亏 ◎ 왼쪽은 새가 빨리 나는 모양이고, 오른쪽은 가슴속에 맺힌 기를 밖으로 뿜어내는 모양이다. 둘이 합쳐 '맺힌 기를 빨리 뿜어내다.'에서 '크게 탄식하다'의 뜻이 되었는데, 크게 탄식하는 것은 기운이 빠지는 일이므로 '이지러지다'의 뜻이 생겨났다.

예시 滿則虧 차다 만 그러면 즉 이지러지다 휴 >> 가득차면 이지러짐

성품 성

性 ◎ 忄마음 심＋生낳다 생: 音으로, 生은 풀이 돋아나는 모양이다. 둘이 합쳐 '타고난 마음'에서 '성품, 성질, 성별'의 뜻이 생겼다.

• 비슷한 한자 • 姓 성 성

예시 性善說 성품 성 착하다 선 말씀 설 >> 孟子가 주창한 것으로, 본성은 착하다는 설

男性 사내 남 성별 성 >> 남자

0386

조용하다 정

예시 靜寂

靜 青푸르다 청: 音+爭다투다 쟁으로, 青은 우물 난간에 난 풀에서 맑다는 뜻이고 爭은 두 사람이 싸우는 것을 한 사람이 팔뚝을 사이에 넣어 말리는 모양이다. 둘이 합쳐 '시끄러운 것을 말끔히 정리하다.'에서 '조용하다, 깨끗하다'의 뜻이 생겼다.

조용하다 정 고요하다 적 >> 고요함

재미있는 수수께끼

☼ 靜而不爭은?

고요하여 싸우지 않는다는 것이니, 靜에서 爭을 빼면 青이 정답이다.

0387

뜻 정

예시 七情 情報

情 忄마음 심+青푸르다 청: 음으로, 青은 우물 난간에 난 풀에서 맑다는 뜻이다. 둘이 합쳐 '맑은 마음'에서 '정성, 뜻, 사정'의 뜻이 생겼다.

• 비슷한 한자 • 淸 서늘하다 정

일곱 칠 뜻 정 >> 일곱 가지 마음의 작용(喜怒哀懼愛惡欲)

사정 정 알리다 보 >> 상황의 보고

0388

달아나다 일

逸 辶달리다 착+兎토끼 토로, 辵은 갈림길을 가는 모양이고 兎는 토끼의 모양이다. 둘이 합쳐 '토끼가 달아나서 없어지다.'에서 '달아나다, 숨다, 잃다, 방자하다'의 뜻이 생겼다.

예시 **逸話** 숨다 일 이야기 화 >> 숨은 이야기

名句 감상

一日不共 便廢天職 孰昏且狂 怠慢放逸(李植, 『澤堂集』) 하루라도 공경하지 않는다면, 곧 하늘이 준 직분을 폐기하는 것이 되니, 누가 어리석은 척 제멋대로 행동하며, 태만하고 방자할 수 있겠는가?

0389

마음 심

心 심장의 모양에서 '마음, 가운데'의 뜻이 생겼고, 옛사람들은 심장을 사람의 정신이 존재하는 곳으로 생각했기 때문에 '정신'이나 '정신적 활동'의 의미로도 쓰였다.

• 비슷한 한자 • 必 반드시 필

예시 **心廣體胖** 마음 심 넓다 광 몸 체 편안하다 반 >> 마음이 너그러우면 몸이 편안하여 살찜

中心 가운데 중 가운데 심 >> 가운데

0390

움직이다 동

動 重무겁다 중: 音 + 力힘 력으로, 重은 사람의 주머니가 무거워서 쳐진 모양이다. 둘이 합쳐 '무거운 물건에 힘을 가하여 움직이다.'에서 '움직이다'의 뜻이 생겼다.

• 비슷한 한자 • 慟 서러워하다 통

예시 **動搖** 움직이다 동 흔들리다 요 >> 흔들려 움직임

名句 감상

守口則無妄言 守身則無妄行 守心則無妄動(許穆, 『眉叟記言』) 입을 지키면 망령된 말이 없고, 몸을 지키면 망령된 행위가 없으며, 마음을 지키면 망령된 행동이 없다.

0391

귀신 신

神 示보이다 시 + 申아뢰다 신: 音으로, 示는 祭壇의 상형이고 申은 번개의 상형이다. 둘이 합쳐 '제단의 번갯불'에서 '신, 혼'의 뜻이 생겼다.

• 비슷한 한자 • 伸 펴다 신

예시 神出鬼沒

귀신 신 나오다 출 귀신 귀 사라지다 몰 >> 귀신처럼 나타났다 사라짐

0392

고달프다 피

疲 疒병들어 눕다 녁 + 皮가죽 피: 음로, 疒은 침대를 본뜬 것이고 皮는 짐승의 가죽을 벗겨내는 모양이다. 둘이 합쳐 '짐승의 가죽을 벗겨내느라 힘을 써 기력이 떨어져서 침대에 눕다.'에서 '고달프다'의 뜻이 생겼다.

• 비슷한 한자 • 疫 돌림병 역

예시 疲勞

고달프다 피 수고롭다 로 >> 지쳐서 나른함

0393

지키다 수

守 宀집 면＋寸마디 촌: 音으로, 寸은 手의 변형으로 손의 상형이다. 둘이 합쳐 '집을 손으로 지키다.'에서 '지키다'의 뜻이 생겼다.

• 비슷한 한자 • 宇 집 우

예시 守護 지키다 수 보호하다 호 >> 지키어 보호함

0394

참 진

真 匕숟가락 비＋鼎솥 정으로, 匕는 숟가락의 상형이고 鼎은 솥의 상형이다. 둘이 합쳐 '솥에 숟가락으로 물건을 채워 담는 모양'에서 '채우다'의 뜻이었는데, 속이 꽉 차 있는 것에서 '진실'의 뜻이 파생되었다.

• 비슷한 한자 • 直 곧다 직

예시 眞劍 참 진 칼 검 >> 진짜 칼

0395

뜻 지

志 士선비 사: 音＋心으로, 士는 之의 변형으로 가다는 뜻이다. 둘이 합쳐 '마음이 가는 것'에서 '뜻, 기록'의 뜻이 생겼다.

• 비슷한 한자 • 誌 기록하다 지

예시 意志 뜻 의 뜻 지 >> 뜻

三國志 석 삼 나라 국 기록 지 >> 세 나라의 기록

0396

가득 차다 만

滿 왼쪽은 물의 상형이고 오른쪽은 반을 자른 표주박을 좌우로 한데 합친 모양音으로, '바가지에 물이 넘칠 만큼 꽉 차다.'에서 '차다, 거만하다'의 뜻이 생겼다.

예시 滿期 가득 차다 만 기약 기 >> 기한이 참

名句 감상

生年不滿百 常懷千歲憂(「古詩」) 살 수 있는 해가 백을 채우지도 못하는데(백 년도 못 사는데), 항상 천 년의 근심을 품고 살아간다.

0397

쫓다 축

逐 辶달리다 착 + 豕돼지 시로, 豕는 산돼지의 상형이다. 둘이 합쳐 '달아나는 산돼지를 사람이 쫓아가다.'에서 '쫓다, 다투다'의 뜻이 생겼다.

• 비슷한 한자 • 遂 이루다 수

예시 逐出 쫓다 축 나가다 출 >> 쫓아냄

角逐 겨루다 각 다투다 각 >> 겨루어 다툼

0398

만물 물

物 牛소 우 + 勿말 물: 音로, 勿은 활시위를 튕겨서 상서롭지 못한 것을 떨쳐 버리는 모양을 본뜬 것이다. 둘이 합쳐 '상서롭지 못한

것을 떨쳐버린 제물인 소'에서 '물건'의 뜻이 생겼다.

• 비슷한 한자 • 牧 기르다 목

예시 物價 만물 물 값 가 >> 물건의 값

0399

뜻 의

意 ◎ 音소리 음+心으로, 音은 악기나 나무 등에서 나는 소리다. 둘이 합쳐 '말이 되기 전의 마음'에서 '뜻'의 의미가 생겼다.

• 비슷한 한자 • 億 억 억

예시 意向 뜻 의 향하다 향 >> 뜻이 향함

0400

옮기다 이

移 ◎ 禾벼 화+多많다 다: 音로, 多는 고기가 많이 겹쳐 있는 모양으로 나긋나긋하다는 뜻이다. 둘이 합쳐 '벼가 자라 나부껴 흔들리는 모양'에서 '옮기다'의 뜻이 생겼다.

• 비슷한 한자 • 侈 사치하다 치

예시 移徙 옮기다 이 옮기다 사 >> 옮김

名句 감상

居移氣 養移體(『孟子』 盡心 上) 거처가 기를 바꾸고, 기르는 것이 몸을 바꾼다.

0401 堅

굳다 견

예시 堅固

坚 臣신하 신 + 又또 우 + 土로, 臣은 죄수나 포로며 又는 손의 상형으로 둘이 합쳐 죄수가 도망가지 못하도록 굳게 붙들고 있는 모양이다. 여기에 土를 붙여 '굳은 토양'에서 '굳다'의 뜻이 생겼다.

굳다 견 굳다 고 >> 굳음

名句 감상

天下莫柔弱於水 而攻堅强者 莫之能勝(『老子』 78장) 천하에 물보다 더 부드럽고 약한 것은 없으나, 단단하고 강한 것을 공격하기에는 그것보다 나은 것이 없다.

0402 持

가지다 지

예시 持病

持 扌손 수 + 寺절 사: 音로, 寺는 손으로 가지 못하게 붙잡고 있는 모양이다. 둘이 합쳐 '손으로 붙들고 있는 모양'에서 '가지다, 버티다'의 뜻이 생겼다.

• 비슷한 한자 • 侍 모시다 시

가지다 지 병 병 >> 오랫동안 지니고 있는 병

0403 雅

우아하다 아

雅 牙어금니 아: 音 + 隹새 추로, 牙는 까마귀의 울음소리를 뜻한다. 雅는 까마귀의 울음소리였다가 나중에 '바르다, 우아하다'의 뜻이 파생되었다.

• 비슷한 한자 • 誰 누구 수

예시 清雅 맑다 청 우아하다 아 >> 맑고 우아함

0404

잡다 조

操 왼쪽의 손과 오른쪽의 새가 둥지를 트는 모습의 상형이다. 둘이 합쳐 '새가 둥지를 틀듯 손을 교묘하게 놀리다.'에서 '손에 꼭 쥐다'의 뜻이 생겼고, '지조'의 뜻이 파생되었다.

• 비슷한 한자 • 燥 마르다 조

예시 志操 절개 지 지조 조 >> 절개와 지조

0405

좋아하다 호

好 어머니가 아이를 안고 있는 모양에서, '아름답다, 좋다, 좋아하다'의 뜻이 생겼다.

예시 好事多魔 좋다 호 일 사 많다 다 마귀 마 >> 좋은 일에는 마귀가 들기 쉬움

好色漢 좋아하다 호 여자 색 놈 한 >> 여자를 좋아하는 놈

名句 감상

不好責彼 務自省身 如有知此 永滅無患(『法句經』 雙要品) 남을 책망하기를 좋아하지 말고, 스스로 자신을 살피기를 힘써라. 만약 이것을 안다면, 영원히 번뇌를 없애서 근심이 없을 것이다.

0406

벼슬 작

• 비슷한 한자 •

嚼 씹다 작

爵 대전은 봉황새의 모양으로 새 이름에서 '참새'의 뜻이 생겼고, 소전은 윗부분이 참새의 모양이고 중간은 담긴 술의 모양이며 아래는 손의 모양으로 '술을 넣은 참새 모양의 술잔을 손에 든 모양'에서 '술잔, 참새'의 뜻이 나왔고, '벼슬'의 뜻도 파생되었다.

예시 爵位

벼슬 작 지위 위 >> 벼슬과 지위

0407

스스로 자

自 코의 상형으로 原字가 鼻였으나, 사람들은 자기 자신을 가리킬 때 흔히 자신의 코를 지시하므로 '자기'란 의미로 쓰이게 되었고, '-부터'의 뜻도 파생되었다.

• 비슷한 한자 • 目 눈 목

예시 自繩自縛

자기 자 끈 승 자기 자 묶다 박 >> 자기 끈으로 자기를 묶는다는 뜻으로, 자기의 번뇌나 非行 때문에 자기 자신을 괴롭힘을 이름

自初至終

-부터 종 처음 초 -까지 지 끝 종 >> 처음부터 끝까지

0408

매다 미

縻 麻삼 마: 音 + 糸실 사로, 麻는 삼껍질을 벗기는 모양이다. 둘이 합쳐 '마와 실로 엮어 짠 끈'에서 '끈, 매다'의 뜻이 생겼다.

• 비슷한 한자 • 糜 죽 미

도읍 도

都 者사람 자: 音+ 阝고을 읍으로, 者는 삼태기 안에 땔나무를 모아서 담아놓은 모양이고 阝은 고을을 둘러싼 담장의 모양이다. 둘이 합쳐 '사람들이 많이 모인 고을'에서 '모이다, 도읍'의 뜻이 생겼다.

• 비슷한 한자 • 諸 모두 제

예시 遷都 옮기다 천 도읍 도 >> 도읍을 옮김

都會地 모이다 도 모이다 회 땅 지 >> 많이 모인 곳

고을 읍

邑 口에워싸다 위 + 巴땅이름 파로, 口는 고을을 둘러싼 담장이고 巴는 사람이 쪼그리고 앉아서 기거하는 모양이다. 둘이 합쳐 '사람이 기거할 수 있도록 담장으로 에워싼 지역'에서 '고을'의 뜻이 나왔다.

• 비슷한 한자 • 芭 파초 파

예시 邑長 고을 읍 우두머리 장 >> 읍의 우두머리

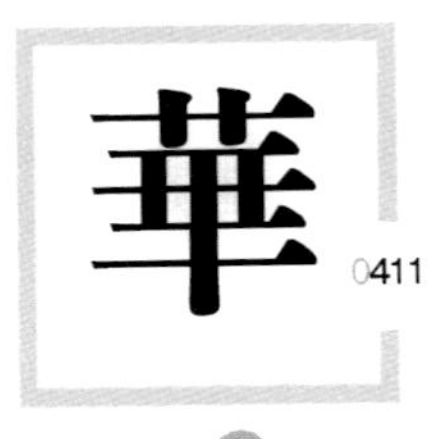

꽃 화

华 나무에 꽃과 열매가 달린 모양에서, '꽃, 빛나다, 중화'라는 뜻이 생겼다.

예시 華麗 빛나다 화 빛나다 려 >> 빛남

華僑 중화 화 붙어살다 교 >> 중국 사람으로 잠시 다른 나라에 사는 사람

名句 감상

華而不實(『韓非子』) 화려하기만 하고 내실이 없다.

0412

여름 하

夏 위에는 頁머리 혈로 탈을 쓴 사람의 머리모양이고, 중간과 아래는 양손과 양다리의 상형이다. 이들이 합쳐 '머리에 탈을 쓰고 팔과 다리를 움직여 춤을 추다.'에서 여름 제사의 춤 모양이므로 '여름'의 뜻이 생겼다.

• 비슷한 한자 • 廈 큰집 하

예시 夏蟲疑氷

여름 하 벌레 충 의심하다 의 얼음 빙 >> 여름에만 사는 벌레는 얼음이 어느 것을 의심한다는 뜻으로, 見聞이 좁은 사람이 공연스레 의심함을 비유하는 말

0413

동쪽 동

东 木+日해 일로, '태양이 나무 뒤로 움직여 나오다.'에서 '동쪽, 동쪽으로 움직이다'의 뜻이 파생되었다.

일설에는 자루의 양끝을 동여맨 모양을 본뜬 것으로, 무거운 자루를 움직인다는 뜻에서 '만물을 잠에서 흔들어 깨우는 태양이 솟아오르는 쪽', 즉 '동쪽'의 뜻이 나왔다고도 한다.

束 묶다 속

예시 東奔西走

동쪽 동 달리다 분 서쪽 서 달리다 주 >> 동쪽으로 서쪽으로 달림

0414

서쪽 서

西 새가 둥지 위에 깃들어 있는 모양으로, 새가 둥지에 깃들어 있으면 '쉬다'라는 뜻이 되고, 또한 이때는 태양이 서쪽으로 질 때이므로, '서쪽'의 의미로 쓰였다.

일설에는 술 따위를 거르기 위한 용구의 모양을 본뜬 것으로, 후에 假借하여 '서쪽'의 뜻이 되었다고도 한다.

• 비슷한 한자 •

酉 닭 유

예시 東家食西家宿 동쪽 동 집 가 먹다 식 서쪽 서 집 가 자다 숙 >> 동쪽 집에서 먹고 서쪽 집에서 잔다는 뜻으로, 일정한 거처가 없이 떠도는 것을 이름

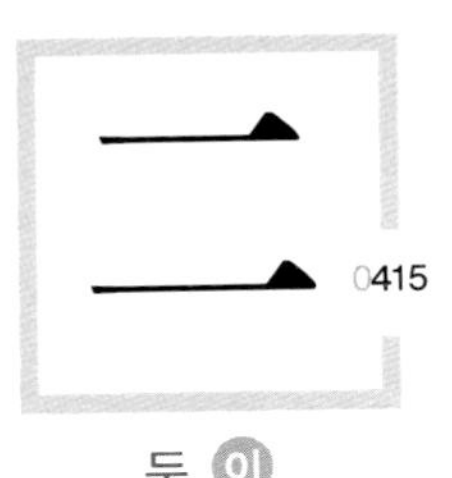

0415

두 이

二 두 개의 가로 획으로, 數詞의 '둘'의 뜻을 나타낸다.

예시 二姓之合 두 이 성 성 어조사 지 합하다 합 >> 성이 다른 두 남녀가 혼인하는 일

재미있는 破字이야기

중국 西湖에는 虫二라고 쓰인 비석이 있다. 이것은 본래 無邊風月이 줄어서 된 말인데, 風자에 邊을 제거하면 虫이 되고 月에 邊을 제거하면 二가 된다. 無邊風月의 의미는 '아름다운 풍경이 끝이 없다.'란 뜻이다.

서울 경

0416

京 높은 언덕 위에 세워진 집 모양을 본뜬 것으로, 예전에는 도성을 높은 곳에 지었음으로 '수도, 높다'의 뜻이 생겼다.

• 비슷한 한자 • 享 드리다 향

예시 京鄕 서울 경 시골 향 >> 서울과 시골

등 배

0417

背 北북쪽 북: 音 + 月고기 육으로, 北은 사람이 서로 등지고 있는 모양이다. 둘이 합쳐 '등지고 있는 살'에서 '등, 등지다'의 뜻이 생겼다.

예시 背後 등 배 뒤 후 >> 등 뒤

背水陣 등지다 배 물 수 진 진 >> 물을 등지고 친 진으로, 위험을 무릅쓰고 전력을 다하여 일의 성패를 다투는 경우의 비유

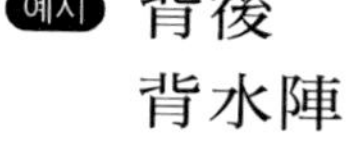

名句 감상

泰山之高 背而不見 秋毫之末 視之可察(『淮南子』) 태산이 높아도 등지면 보이지 않고, 가을 털의 끝일지라도 그것을 자세히 보면 살필 수 있다.

0418

산이름 망

邙 阝고을 읍 + 亡죽다 망: 音으로, 亡은 굽혀진 사람의 시체에 무엇인가를 더한 모양이다. 둘이 합쳐 '죽은 사람의 무덤이 있는 땅'으로, 洛陽의 북쪽에 있는 산 이름으로 널리 쓰이며 이곳은 貴人들의 무덤이 있는 葬地北邙山로 유명하다.

예시 北邙山 북쪽 북 산 이름 망 산 산 >> 낙양 북쪽에 있는 산

0419

낯 면

面 口에워싸다 위 + 首머리 수로, 口은 얼굴의 윤곽을 본뜬 것이고 首는 머리 모양을 본뜬 것이다. 둘이 합쳐 '사람의 얼굴'로 '낯, 면, 만나다'의 뜻이 생겼다.

예시 顔面 얼굴 안 낯 면 >> 얼굴

水面 물 수 면 면 >> 물의 면

面會 만나다 면 만나다 회 >> 만남

0420

물이름 락

洛 氵물 수 + 各각각 각: 音으로, '낙수'나 '서울이름'으로 쓰인다.

• 비슷한 한자 • 落 떨어지다 락

예시 洛陽紙貴 낙수 락 북쪽 양 종이 지 귀하다 귀 >> 낙양의 종이 값이 귀해졌다는 뜻으로, 책이 많이 팔리는 것을 이름

0421

뜨다 부

浮 氵물 수+孚기르다 부로, 孚는 손으로 젖먹이를 끌어안는 모양에서 부풀다의 뜻이다. 둘이 합쳐 '물 위로 부풀어 오르다.'에서 '뜨다'의 뜻이 생겼다.

•비슷한 한자• 乳 젖 유

예시 浮沈 뜨다 부 가라앉다 침 >> 뜸과 가라앉음

名句 감상

萬事分已定 浮生空自忙(『明心寶鑑』 順命) 모든 일은 분수가 이미 정해져 있는데, 뜬 인생이 부질없이 혼자서 바쁘네(分: 분수 분 空: 부질없이 공 忙: 바쁘다 망).

0422

물이름 위

渭 氵물 수+胃밥통 위: 音로, 황하로 들어가는 물이름이다.

•비슷한 한자• 謂 말하다 위

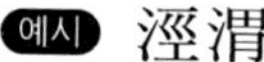

예시 涇渭 경수 경 위수 위 >> 경수는 흐리고 위수는 맑기에, 전하여 사물의 淸濁을 이름

0423

의거하다 거

据 扌손 수+豦원숭이 거: 音로, 豦는 虎호랑이 호+豕돼지 시가 결합된 것으로 호랑이와 돼지가 서로 싸우고 있어서 뒤엉켜 있는 모양이

다. 둘이 합쳐 '손을 서로 얽히게 하다.'에서 '의지하다, 기대다, 웅거하다'의 뜻이 생겼다.

• 비슷한 한자 • 遽 갑자기 거

예시 根據地 근본 본 의거하다 거 땅 지 >> 근본이 되어 근거로 삼는 땅

0424

물이름 경

涇 氵물 수 + 巠곧은물 경: 音으로, 물이름으로 쓰인다.

• 비슷한 한자 • 徑 지름길 경

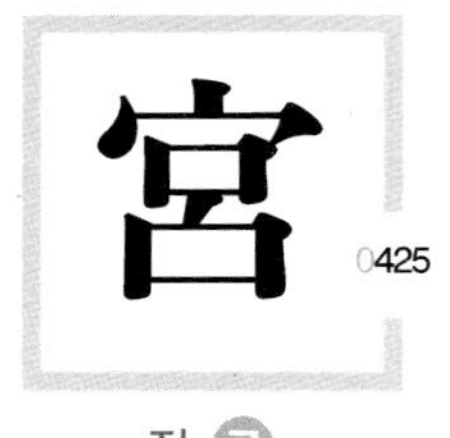

0425

집 궁

宮 건물 안의 방들이 이어져 있는 모양을 본떠, '집, 대궐'의 뜻이 생겼다.

• 비슷한 한자 • 官 벼슬 관

예시 宮女 대궐 궁 여자 녀 >> 대궐의 여자

0426

큰집 전

殿 展은 대에 앉은 사람의 엉덩이의 상형이고 殳몽둥이 수는 손에 몽둥이를 든 모양이다. 둘이 합쳐 '손에 든 몽둥이로 엉덩이를 때리다.'에서 파생되어 '엉덩이 같은 안정감이 있는 큰

집'의 뜻이 생겼다.

일설에는 展은 基壇 위에 집을 지은 모양으로 높고 큰 집을 의미하는데, 秦나라 이전까지만 해도 모든 큰 집을 나타내는 일반 명사였는데, 秦始皇이 황제가 거처하는 집을 뜻하는 글자로만 쓰기로 하면서 '궁전'의 의미로 정착되었다. 우측의 殳는 나중에 붙여진 것으로 사람들을 위압하기 위하여 궁전 앞에 세워놓은 각종 창들을 상징한다고도 한다.

예시 殿下 큰집 전 아래 하 >> 諸侯의 존칭

盤 0427

쟁반 반

盘 般돌다 반: 音 + 皿그릇 명으로, 般은 삿대를 밀어서 배를 돌리는 모양이다. 둘이 합쳐 '둥근 모양의 질그릇 쟁반'에서 '쟁반, 큰 돌'의 뜻이 나왔다.

예시 盤石 큰 돌 반 돌 석 >> 넓고 펀펀한 큰 돌로, 아주 견고함의 비유

名句 감상

人心譬如盤水(『荀子』) 사람의 마음은 비유하자면 쟁반의 물과 같다.

鬱 0428

답답하다 울

郁 촘촘히 자라는 나무의 상형으로, '우거지다, 막히다, 답답하다'의 뜻이 생겼다.

일설에는 윗부분은 사람이 기둥 사이에 있으면서 향초를 디딜방아로 찧고 있는 모양에다, 아래에 향초를 넣은 술단지를 본뜬 鬯술이름 창을 더해 '자욱한 향기'에서 '막히다, 답답하다'의 뜻이 나왔다고도 한다.

예시 鬱寂 답답하다 울 고요하다 적 >> 마음이 답답하고 쓸쓸함

樓 0429

다락 루

楼 木+婁매다 루로, 婁는 긴 머리를 틀어 올리고 그 위에 다시 장식을 꽂은 여성의 모양을 본뜬 것이다. 둘이 합쳐 '나무 위에 다시 나무를 얹는 것'에서 위로 치솟는 건물인 '다락'의 뜻이 생겼다.

• 비슷한 한자 • 僂 굽다 루

예시 摩天樓 만지다 마 하늘 천 다락 루 >> 하늘을 만질 만한 집으로, 고층 건물을 이름

재미있는 對句이야기

옛날 글공부를 하던 두 사람이 심심하여 對句를 겨뤄보기로 했다. 먼저 한 사람이 諺文을 섞어 '樓上鳥樓樓(다락 위의 새가 다락다락)'이라고 하니, 다른 사람이 한참을 고민하다가 대구하기를 '井中魚井井(우물 속의 물고기가 우물우물)'이라 했다고 한다.

0430

보다 관

观 ※ 雚올빼미 관: 音 + 見보다 견으로, 雚은 올빼미의 모양이다. 둘이 합쳐 '올빼미가 둥근 눈으로 이리저리 관망하다.'에서 '보다'의 뜻이 나왔다.

• 비슷한 한자 • 勸 권하다 권

예시 觀察 보다 관 살피다 찰 >> 사물을 자세히 봄

0431

날다 비

飞 ※ 새가 날개를 펴고 나는 모양에서, '날다'의 뜻이 생겼다.

• 비슷한 한자 • 飜 옮기다 번

예시 飛翔 날다 비 날다 상 >> 날아오름

名句 감상

伏久者 飛必高 開先者 謝獨早 知此 可以免蹭蹬之憂 可以消躁急之念 (『菜根譚』後集) 오래 엎드렸던 새는 반드시 높이 날고, 먼저 핀 꽃은 홀로 빨리 시든다. 이것을 알면 헛디딜 근심을 면할 수 있고, 조급한 생각을 없앨 수 있다.

0432

놀라다 경

惊 ※ 敬공경하다 경: 音 + 馬말 마로, 敬은 회초리 앞에서 부들부들 떨고 있는 모양이다. 둘이 합쳐 '말이 회초리 앞에서 부들부들 떨고 있다.'에서 '놀라다'의 뜻이 생겼다.

• 비슷한 한자 • 警 경계하다 경

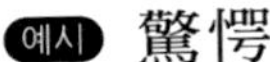

예시 驚愕 놀라다 경 놀라다 악 >> 깜짝 놀람

0433

그림 도

图 ※ 囗에워싸다 위 + 啚두메 비로, 囗는 땅을 뜻하고 啚는 '밭을 경계로 나눈다.'는 뜻이다. 둘이 합쳐 '토지를 경계로 그려놓은 도면'에서 '그리다, 꾀하다'의 뜻이 생겼다.

• 비슷한 한자 • 圓 둥글다 원

예시 圖畵 그림 도 그림 화 >> 그림

圖謀 꾀하다 도 꾀하다 모 >> 꾀함

0434

베끼다 사

写 ※ 宀집 면 + 舃신발 석: 音으로, 宀은 집의 상형에서 '덮다'의 뜻이고 舃은 본래 까치의 상형이었으나 '깔다'의 뜻이 되었다. 둘이 합쳐 '실물을 밑에 깔고 그 위에 종이 따위를 덧씌워 베끼다.'에서 '베끼다'의 뜻이 나왔다.

• 비슷한 한자 • 瀉 쏟다 사

예시 寫本 베끼다 사 책 본 >> 베낀 책

0435

날짐승 금

禽 今이제 금: 音+畢마치다 필로, 今은 삼키고 있는 모양이고 畢은 그물의 상형이다. 둘이 합쳐 '그물에 걸린 새'에서 '날아다니는 짐승, 사로잡다'의 뜻이 생겼다.

비슷한 한자 离 도깨비 리

예시 禽困覆車

날짐승 금 곤란하다 곤 엎다 복 수레 거 >> 새도 곤경에 빠지면 수레를 엎는다는 뜻으로, 弱者도 死境에 이르면 큰 힘을 낸다는 비유

0436

길짐승 수

兽 單홑 단+犬개 견으로, 單은 짐승을 잡는 활의 상형이고 犬은 개의 상형이다. 둘이 합쳐 '개와 활을 써서 사냥을 하다.'에서 사냥해서 잡은 '짐승'의 뜻이 생겼다.

일설에는 犬자 옆의 글자는 덫의 상형으로, 사냥을 할 때에 덫을 만들어 놓고 그쪽으로 짐승을 몰아 덫에 걸리게 한 다음 사람들이나 개가 마지막에 포획하는 방법에서 '덫에 걸린 짐승을 개가 잡다.'의 의미라고도 한다.

예시 人面獸心

사람 인 낯 면 짐승 수 마음 심 >> 사람의 얼굴이나 짐승의 마음이란 뜻으로, 행동이 흉악한 사람을 욕하는 말

0437

그림 화
긋다 획

画 붓을 손에 들고 교차하는 선의 도형을 그리는 모양을 본뜬 것에서, '그리다, 긋다, 그림'의 뜻이 생겼다.

비슷한 한자 晝 낮 주

예시 畵中之餠 그림 화 가운데 중 어조사 지 떡 병 >> 그림 속의 떡
畵順 긋다 획 순서 순 >> 긋는 순서

채색 채

彩 糸실 사＋采따다 채: 音로, 采는 나무에서 손으로 열매를 따서 모으는 모양이다. 둘이 합쳐 '여러 가지 실을 따서 모으다.'에서 '채색'의 뜻이 생겼다.

• 비슷한 한자 • 採 캐다 채

名句 감상

服文綵 帶利劍 厭飮食 財貨有餘 是謂盜夸 非道也哉『老子』 53장 오색 비단옷을 입고, 날카로운 칼을 차고, 음식을 물리도록 먹고, 재물이 남아도는 것을 '도둑의 과시'라고 하니, 이런 것은 도가 아니로다!

0439

신선 선

仙 亻사람 인 옆의 글자는 두 사람이 손을 뻗쳐 무엇인가를 옮기고 있는 모양이다. 둘이 합쳐 '사람을 俗界에서 산으로 옮기는 모양'으로 原字는 僊이다. 뒤에 '산에 사는 사람'이라는 뜻으로 亻+山을 합쳐 '신선'의 뜻이 나왔다.

예시 仙藥

신선 선 약 약 >> 신선이 되는 약

名句 감상

一日淸閑 一日仙(『明心寶鑑』 省心) 하루라도 (마음이) 맑고 한가로우면, 그 하루는 신선이 되는 것이다.

0440

신령 령

灵 霝비 내리다 령: 音+巫무당 무로, 霝은 기도하는 말을 늘어놓아 비를 비는 모양이고, 巫는 神을 제사 지내는 장막 속에서 사람이 양손으로 祭具를 받드는 모양이다. 둘이 합쳐 '비를 잘 내리게 하는 영험한 무당'에서 '신령하다, 영혼'의 뜻이 나왔다.

예시 靈魂

영혼 령 넋 혼 >> 넋

0441

셋째 천간 병

丙 다리가 내뻗친 상의 모양을 본뜬 것에서, 假借하여 十干의 셋째로 쓰인다.

비슷한 한자 內 안 내

예시 丙科 셋째 병 과거 과 >> 과거 시험 성적의 셋째 등급

0442

집 사

舍 余나 여: 音+口입 구로, 余는 기둥이 지붕을 떠받치고 있는 모양이다. 둘이 합쳐 '지붕 아래에서 입으로 천천히 숨을 쉬면서 쉬다.'에서 '집, 두다'의 뜻이 생겼다.

예시 舍監 집 사 감독하다 감 >> 집에서 감독하는 사람

名句 감상

財積而無用 服膺而不舍 滿心戚醮 求益而不止 可謂憂矣(『莊子』 雜篇, 盜跖) 재물이 쌓여 쓸 수가 없는데도, (재산 모으는 일을) 잠시도 잊지 않고 쉬지 않는다. 마음에 근심이 가득 찼는데도, 더 구하며 그치지 않으니, (스스로) 걱정을 (만드는 것)이라 말할 수 있다.

0443

곁 방

傍 亻+旁곁 방: 音으로, 旁은 좌우로 펼쳐진 부분에서 곁이란 뜻이다. 둘이 합쳐 '곁에 있는 사람'에서 '곁, 의지하다'의 뜻이 생겼다.

• 비슷한 한자 • 榜 패 방

예시 傍若無人 곁 방 같다 약 없다 무 사람 인 >> 옆에 사람이 없는 것 같다는 뜻으로, 언행에 거리낌이 없음을 이름

0444

열다 계

啓 ◎ 戶지게문 호＋攵두드리다 복＋口입 구로, 戶와 攵은 손으로 문을 여는 모양을 본뜬 것이다. 셋이 합쳐 '입을 열다'에서 '열다'의 뜻이 생겼다.

예시 啓發 열다 계 펴다 발 >> 열어서 폄

名句 감상

子曰 不憤不啓 不悱不發 擧一隅 不以三隅反 則不復也(『論語』 述而) 孔子께서 말씀하시길 "발분해하지 않으면 열어주지 않으며, 애태워하지 않으면 말해 주지 않는다. 한 모퉁이를 들어주었는데, 세 모퉁이를 돌이키지 못하면 다시(더 일러주지) 않아야 한다." 하셨다(憤: 발분하다 분 悱: 말 나오지 아니하다 비 隅: 모퉁이 우).

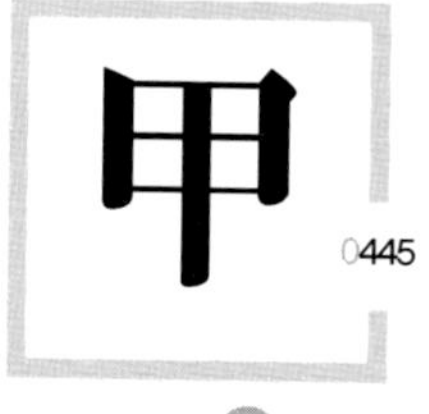

0445

으뜸 갑

甲 ◎ 거북의 등딱지의 상형으로, '껍데기'의 뜻이 생겼다.

◎ 일설에는 싹이 깨진 껍질을 머리에 이고 흙에서 나오는 모양으로, 씨앗을 보호하는 껍질이라는 의미에서 '갑옷'의 의미가 파생되었고, 처음으로 싹이 트여 나온다는 뜻에서 '시작, 처음'의 의미가 나왔다고도 한다.

• 비슷한 한자 • 申 펴다 신 田 밭 전 由 말미암다 유

예시 甲富 으뜸 갑 부자 부 >> 최고 부자

0446

휘장 장

帳 ⊕ 巾헝겊 건 + 長길다 장: 音으로, 巾은 헝겊에 끈을 달아 허리띠에 찔러 넣은 모양이고 長은 길게 드리운 머리카락의 상형이다. 둘이 합쳐 '길게 드리운 헝겊'에서 '휘장'의 뜻이 생겼다.

• 비슷한 한자 • 悵 한탄하다 창

예시 帳幕 휘장 장 장막 막 >> 둘러친 물건

0447

마주보다 대

対 ⊕ 業종다는 널 업 + 寸마디 촌으로, 業은 종을 매달아 놓은 현가장치로 두 개의 기둥을 나란히 놓고 그 위에 널을 얹은 모양이고 寸은 손의 모양으로 '마주보다'의 뜻이다. 둘이 합쳐 '두 기둥이 마주보고 나란히 서 있다.'에서 '마주보다, 대답하다'의 뜻이 생겼다.

예시 對抗 마주보다 대 겨루다 항 >> 마주보고 겨룸

對答 대답하다 대 대답하다 답 >> 대답함

0448

기둥 영

楹 ⊕ 木 + 盈차다 영: 音으로, 盈은 그릇에 음식이 가득 담긴 모양이다. 둘이 합쳐 '천장과 바닥과의 사이에 나무로 가득 세운 기둥'에서 '기둥'의 뜻이 나왔다.

0449

방자하다 사

肆 長길다 장＋聿붓 율에서, 長은 긴 머리카락의 상형이고 聿은 대나무 막대기의 끝을 짓이기면 부드러운 섬유질이 남는데 붓이 만들어지기 전에는 이것을 가지고 붓처럼 사용하였다. 둘이 합쳐 '대나무 붓의 섬유처럼 산발한 머리모양'에서 '늘어놓다, 방자하다'의 뜻이 나왔다.

0450

자리 연

筵 竹＋延늘이다 연: 音으로, 延은 똑바로 뻗은 길을 가는 모양에서 '펴다'의 뜻이다. 둘이 합쳐 '대나무를 펴서 깔다.'에서 '대로 엮은 자리, 잔치'의 뜻이 생겼다.

• 비슷한 한자 • 筳 가는대 정

예시 經筵

경서 경 자리 연 >> 임금 앞에서 經書를 강론하는 자리

0451

베풀다 설

设 言말씀 언＋殳몽둥이 수로, 言은 본래 쐐기의 모양이고 殳는 손에 몽둥이를 들고 때리는 모양이다. 둘이 합쳐 '몽둥이로 쐐기를 박다.'에서 '설치하다, 설령'의 뜻이 생겼다.

• 비슷한 한자 • 役 부리다 역

예시 建設

세우다 건 세우다 설 >> 세움

假設

설령 가 설령 설 >> 설령

0452

자리 석

席 : 庶여러 서: 音+巾헝겊 건으로, 庶는 지붕 아래 깔려 있는 모양이고 巾은 방석의 가장자리를 천으로 마감한 것이다. 둘이 합쳐 '밑에 깔고 있는 천으로 마감한 자리'에서 '자리, 깔다'의 뜻이 생겼다.

• 비슷한 한자 • 度 법도 도

예시 席卷 자리 석 말다 권 >> 자리를 마는 것과 같이 힘들이지 않고 모조리 빼앗음

席藁待罪 깔다 석 거적 고 기다리다 대 죄 죄 >> 거적을 깔고 처벌을 기다림

☼ 筵과 席은 어떻게 다를까요?

筵은 넓게 깔아놓은 자리이고, 席은 그 위에 다시 깐 방석이다.

0453

북 고

鼓 : 왼쪽의 글자는 북의 상형이고 오른쪽의 攴치다 복은 손에 채를 잡고 있는 모양이다. 둘이 합쳐 '손에 채를 잡고 북을 치는 모양'에서, '북, 치다, 부추기다'의 뜻이 생겼다.

예시 鼓盆 치다 고 동이 분 >> 동이를 치다는 뜻인데, 莊子가 아내가 죽었을 때 술동이를 두드리며 노래를 불렀다는 故事에서 아내의 죽음에 비유

鼓舞 부추기다 고 춤추다 무 >> 부추겨 춤추게 함

0454

비파 슬

瑟 대전은 비파의 상형이고, 소전은 琴거문고 금＋必반드시 필로 琴은 거문고의 상형이고 必은 장식끈으로 무기에 빈틈없이 감아 붙인 자루에서 '빈틈없이 붙어 있다.'의 뜻이다. 둘이 합쳐 '줄이 빽빽이 붙어 있는 거문고'로 줄의 수가 많은 거문고인 '비파'의 뜻이 생겼다.

예시 琴瑟

거문고 금 비파 슬 >> 거문고와 비파로 부부 사이를 뜻함

0455

불다 취

• 비슷한 한자 •

次 버금 차

吹 口입 구＋欠하품 흠으로, 欠은 입을 크게 벌린 사람의 상형이다. 둘이 합쳐 '입을 크게 벌리고 있는 모양'에서, '불다'의 뜻이 나왔다. 일설에는 대전에서 欠의 옆 글자는 구멍이 뚫린 악기의 상형이므로, 둘이 합쳐 '입을 크게 벌리고 악기를 불다.'에서 '불다'의 뜻이 나왔다고도 한다.

예시 鼓吹

치다 고 불다 취 >> 북을 치고 피리를 불며 士氣를 북돋움

0456

생황 생

笙 竹＋生낳다 생: 音으로, 生은 흙에서 싹이 돋아 나오는 모양이다. 둘이 합쳐 '대나무관이 가지런히 나 있는 모양'으로 13개의 관이 있는 피리인 '생황'의 뜻이 생겼다.

0457

오르다 승

升 阜언덕 부＋升오르다 승: 音＋土흙 토로, 阜는 층이 진 흙산의 모양이고 升은 국자로 술을 떠올리는 모양이다. 셋이 합쳐 '흙으로 쌓인 언덕을 오르다.'에서 '오르다'의 뜻이 생겼다.

• 비슷한 한자 • 陛 섬돌 폐

예시 陞進 오르다 승 나가다 진 >> 지위가 오름

階

0458

층계 계

阶 阜언덕 부＋皆모두 개: 音로, 皆는 사람이 나란히 늘어서서 목소리를 맞추어 말하는 모양이다. 둘이 합쳐 '나란히 늘어선 층층대'에서 '층계, 층, 벼슬차례'의 뜻이 생겼다.

• 비슷한 한자 • 偕 함께 해

예시 段階 등급 단 층계 계 >> 층계

階級 벼슬차례 계 등급 급 >> 벼슬의 등급

0459

들이다 납

纳 糸실 사＋內안 내: 音로, 內는 스며드는 모양이다. 둘이 합쳐 '실에 물기가 스며들다.'에서 '들이다, 바치다'의 뜻이 생겼다.

예시 納涼 들이다 납 서늘하다 량 >> '서늘함을 거두어들이다'에서, 서늘함을 맛봄

納稅 바치다 납 세금 세 >> 세금을 바침

名句 감상

瓜田不納履　李下不整冠(『推句』) 오이밭에서는 신발을 고쳐 신지 않고, 오얏나무 아래에서는 갓을 바로 쓰지 않는다.

陛 0460

섬돌 폐

예시 陛下

陛 阜언덕 부 + 坒섬돌 비: 音로, 阜는 층이 진 흙산의 모양이고 坒는 흙을 계속하여 쌓아 놓은 모양이다. 둘이 합쳐 '나란히 연이어 쌓여 있는 섬돌'에서 특히 '궁전의 층계'의 뜻이 생겼다.

섬돌 폐 아래 하 >> 섬돌 아래로, 秦始皇 이후에는 오로지 天子의 존칭으로 쓰였는데, 직접 천자를 지칭함을 피하고 섬돌 밑에 선 호위병을 부르는 뜻에서 생김

弁 0461

고깔 변

弁 양손으로 윗부분의 갓을 바쳐 쓰는 모양에서, '고깔'의 뜻이 생겼다.

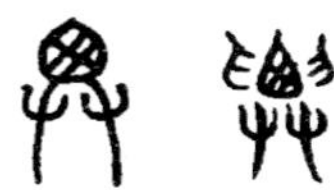

• 비슷한 한자 • 弃 棄의 古字

0462

구르다 전

转 車수레 거 + 專오로지 전: 音으로, 專은 손으로 실패를 쥐고 감고 있는 모양이다. 둘이 합쳐 '수레가 구르다.'에서 '구르다, 바꾸다'의 뜻이 생겼다.

• 비슷한 한자 • 傳 전하다 전

예시 轉禍爲福 바꾸다 전 재앙 화 되다 위 복 복 >> 재앙을 바꾸어서 복이 되게 함

0463

의심하다 의

疑 사람이 갈림길을 만나 지팡이를 세워 놓고 생각을 굴리면서 서 있는 모양에서, '의심하다'의 뜻이 생겼다.

일설에는 匕숟가락 비 + 矢화살 시 + 子아들 자 + 止그치다 지로, 왼쪽의 글자는 화살矢이 목표를 정하지 못하고 이리저리 변화함匕을 상징하고 오른쪽 글자는 어린아이子가 잘 걷지 못해서 조금 가다가 멈춤止에서 아직 결정하지 못하고 주저함을 상징한다. 여기에서 '주저하면서 결정하지 못하다'의 의미로부터 '의심하다'의 뜻이 파생되었다고도 한다.

• 비슷한 한자 • 凝 엉기다 응

예시 疑問 의심하다 의 묻다 문 >> 의심하여 물음

0464

별 성

星 晶맑다 정 + 生낳다 생: 音으로, 晶은 여러 별의 상형이고 生은 싹이 돋아나는 모양이다. 둘이 합쳐 '청명한 빛을 발하는 별'에서 '별'의 뜻이 생겼다.

• 비슷한 한자 • 惺 깨닫다 성

예시 星火

별 성 불 화 >> 유성의 빛으로, 일이 대단히 급함을 비유

0465

오른쪽 우

右 대전의 글자는 오른손의 상형이고, 소전은 口입 구를 덧붙여 오른쪽임을 표시한 것이다.

일설에는 又또 우: 音 + 口입 구로, 又는 오른손의 상형이고 口는 기도하는 말이다. 둘이 합쳐 '신이 손을 뻗쳐 사람을 도움'에서 原字는 祐돕다 우이며, '오른쪽'의 뜻도 파생되었다고도 한다.

• 비슷한 한자 • 古 옛 고

예시 右往左往

오른쪽 우 가다 왕 왼쪽 좌 가다 왕 >> 이리저리 왔다 갔다 함

0466

통하다 통

通 辶쉬엄쉬엄 가다 착 + 甬길 용: 音으로, 辵은 갈림길을 가는 모양이고 甬은 양쪽으로 담을 끼고 뚫려 있는 길이다. 둘이 합쳐 '도로가 막히지 않고 뚫려 있는 길'에서, '통하다, 온통'의 뜻이 생겼다.

• 비슷한 한자 • 痛 아프다 통

예시 貫通

꿰다 관 통하다 통 >> 꿰뚫음

通常

온통 통 항상 상 >> 보통임

0467

넓다 광

廣 ⓐ 广집 엄 + 黃누렇다 황: 音으로, 黃은 불화살 모양으로 밝은 불빛의 의미이다. 둘이 합쳐 '지붕만 있고 사방 벽이 없어서 밝은 빛이 들어오는 큰집 안의 넓은 공간'에서 '넓다'의 뜻이 생겼다.

• 비슷한 한자 • 壙 뫼구덩이 광

예시 廣告 넓다 광 알리다 고 >> 널리 알림

재미있는 수수께끼

☼ 庫滿黃金는?

곳간에 황금이 가득하다는 것이니, 庫의 广에 黃金의 黃을 합치면 廣이 정답이다.

0468

안 내

• 비슷한 한자 •

肉 고기 육

內 ⓐ 방으로 들어가는 문이나 입구의 상형으로 '입구를 통하여 안으로 들어가다.'에서 '안'의 뜻이 생겼다.

ⓑ 일설에는 冂비다 경 + 入들다 입: 音으로, 冂은 집의 상형이고 入은 들어가는 모양이다. 둘이 합쳐 '집에 들어가다.'의 뜻이 생겼다고도 한다.

예시 國內 나라 국 안 내 >> 나라 안

재미있는 수수께끼

☼ 內中有人은?

내면에 사람에 있다는 것이니, 內에서 人을 넣으면 肉이 정답이다.

0469

왼쪽 좌

左 대전은 왼쪽 손의 상형이고, 소전은 工장인 공을 덧붙여 의미를 강화시켰다.

일설에는 工이 공구를 뜻해, '공구를 쥐고 있는 왼손'에서 '왼쪽'의 뜻이 생겼다고 보기도 한다.

• 비슷한 한자 • 佐 돕다 좌

예시 左思右考 왼쪽 좌 생각하다 사 오른쪽 우 상고하다 고 >> 이리저리 생각함

0470

통하다 달

达 辶쉬엄쉬엄 걷다 착＋羍양 새끼 낳다 달: 音로, 辵은 갈림길을 가는 모양이고 羍은 활달하게 뛰어다니는 새끼 양이다. 둘이 합쳐 '활달하게 나아가다'에서 '통하다, 이르다, 달하다'의 뜻이 생겼다.

• 비슷한 한자 • 撻 매질하다 달

예시

達筆 통하다 달 붓 필 >> 통달한 글씨로, 잘 쓰는 글씨

到達 이르다 도 이르다 달 >> 이름

0471

받들다 승

承 두 손으로 받들어 올려 물건을 바치거나 받는 모양을 본뜬 것에서, '받들다, 받다, 잇다'의 뜻이 생겼다.

비슷한 한자 丞 돕다 승, 구하다 증

예시 承繼 잇다 승 잇다 계 >> 이음

0472

밝다 명

明 해와 달을 합하여 '밝다'의 뜻이 나왔다.

일설에는 囧밝다 경 + 月달 월로, 囧은 창문을 본뜬 것이다. 둘이 합쳐 '창문을 비추는 달'에서 '밝다'는 뜻이 생겼다고도 한다.

비슷한 한자 朋 벗 붕

예시 明若觀火 밝다 명 같다 약 보다 관 불 화 >> 밝기가 불을 보는 것과 같음

0473

이미 기

既 皀하인 조 + 旡목메다 기로, 皀는 식기에 담은 맛있는 음식의 상형이고 旡는 외면하는 사람의 상형이다. 둘이 합쳐 '맛있는 음식을 다 먹고 외면하는 사람의 모양'에서 '다하다'의 뜻이 나왔고, 파생하여 '이미'의 뜻이 생겼다.

예시 既決 이미 기 결정하다 결 >> 이미 결정함

0474

모이다 집

集 새가 나무 위에 모여 있는 모양에서, '모이다'의 뜻이 생겼다.

• 비슷한 한자 • 隼 송골매 준

예시 集會 모이다 집 모이다 회 >> 모임

0475

무덤 분

坟 土흙 토 + 賁꾸미다 분: 音으로, 賁은 다양한 색으로 꾸민 조개이다. 둘이 합쳐 '아름답게 꾸민 흙'에서, '무덤'의 뜻이 생겼다.

• 비슷한 한자 • 噴 뿜다 분

예시 墳墓 무덤 분 무덤 묘 >> 무덤

0476

책 전

典 받침대 위에 책이 올려져 있는 모양에서, '책, 법, 바르다'의 뜻이 생겼다.

• 비슷한 한자 • 曲 노래 곡

예시 典籍 책 전 문서 적 >> 책

典範 법 전 법 범 >> 모범

0477

또한 역

亦 사람의 겨드랑이에 점을 더하여 겨드랑이의 뜻이었으나, 假借하여 '또한'의 뜻이 나왔다.

• 비슷한 한자 • 赤 붉다 적

名句 감상

慕而學之 則雖不得其實 亦庶幾矣(李奎報, 『東國李相國集』) 사모하여 그것을 배우면 비록 그 실상을 얻지는 못한다 하더라도, 또한 거기에 가깝게는 될 것이다.

聚

0478

모이다 취

聚 取취하다 취: 音 아래에 人사람 인이 3개가 나란히 있는 모양으로, 取는 전쟁에서 죽인 적의 왼쪽 귀를 베어내어 목 대신 모았던 데서 '잡다'의 뜻이다. 둘이 합쳐 '많은 사람을 잡아 모으다.'에서 '모이다, 모으다, 마을'의 뜻이 생겼다.

예시
- 聚散 모이다 취 흩어지다 산 >> 모임과 흩어짐
- 聚落 마을 취 마을 락 >> 마을

群

0479

무리 군

群 君임금 군: 音 + 羊양 양으로, 君은 신의 일을 주관하는 족장이 입으로 축문을 말하는 모양에서 '무리를 모으다.'의 뜻이다. 둘이 합쳐 '무리진 양떼'에서 '무리'의 뜻이 나왔다.

• 비슷한 한자 • 郡 고을 군

예시 群衆 무리 군 무리 중 >> 무리

0480

꽃 영

英 艹풀 초＋央가운데 앙: 音으로, 央은 목에 칼을 씌운 사람의 모양에서 사람의 목이 채운 칼 속에 있어 중심을 뜻한다. 둘이 합쳐 '풀에서 가장 중심적인 것'에서 '꽃, 빼어나다, 영웅'의 뜻이 나왔다.

예시 英材 빼어나다 영 재주 재 >> 빼어난 재주

名句 감상

英雄豪傑有建功於世者 多不能保其終(鄭道傳, 『三峰集』) 영웅·호걸로 세상에 공을 세운 사람 중에 그 끝을 보전할 수 없었던 사람이 많다.

0481

막다 두

杜 木＋土흙 토: 音로, '쌓은 흙과 나무로 막다.'에서 '막다'의 뜻이 생겼다.

• 비슷한 한자 • 杠 다리 강

예시 杜門不出 막다 두 문 문 아니다 불 나가다 출 >> 문을 막고 나가지 않음

0482

짚 고

稿 高높다 고: 音＋禾벼 화로, 高는 높고 큰 문 위의 높은 누다락의 모양을 본뜬 것이다. 둘이 합쳐 '볍씨에서 싹이 나와 높이 자라기 시작하는 풀'에서 '초고, 짚'의 뜻이 생겼다. 요즘은 稿 자로 많이 쓴다.

• 비슷한 한자 • 藁 稾의 俗字

예시 原稿 근원 원 초고 고 >> 초벌로 쓴 글

0483

술잔 종

钟 金쇠 금＋重무겁다 중: 音으로, 重은 주머니가 무게에 처진 모양이다. 둘이 합쳐 '금속제의 무거운 술잔'의 뜻이 생겼다. 뒤에 鐘쇠북 종과 통용되었다.

• 비슷한 한자 • 踵 발꿈치 종

名句 감상

酒逢知己千鍾少 話不投機一句多(『明心寶鑑』 言語) 술은 자기를 알아주는 사람을 만나면 천 잔도 적고, 말은 뜻이 맞지 않으면 한마디도 많다.

0484

종 례

隶 柰능금 내＋隶미치다 이로, 柰는 제사에 바치는 나무이며 隶는 손이 꼬리를 잡으려고 뒤에서 다가가는 모양이다. 둘이 합쳐 '손으로 잡아서 제사에 바치다.'에서 '종, 죄인'의 뜻이 생겼다.

예시 奴隷 종노 종 례(예) >> 종

0485
옻나무 칠

漆 氵물 수+桼옻 칠로, 桼은 나무에 흠집을 내어 수액을 채취하는 모양이다. 본래 桼자가 옻의 뜻이었는데, 뒤에 氵를 가미하여 '옻나무, 옻칠하다'의 뜻을 강화하였다. 옻은 검어서 뒤에 '검다'라는 뜻도 파생되었다.

• 비슷한 한자 • 膝 무릎 슬

예시 漆器 옻칠하다 칠 그릇 기 >> 옻칠한 그릇
漆黑 검다 칠 검다 흑 >> 검음

0486
글 서

书 聿붓 율+者사람 자: 音로, 聿은 손으로 붓을 잡고 있는 모양이고 者는 섶을 끌어모은 모양을 본뜬 것이다. 둘이 합쳐 '사물을 끌어모아 붓으로 적다.'에서 '쓰다, 글, 책, 편지'의 뜻이 나왔다.

• 비슷한 한자 • 晝 낮 주

예시 書冊 책 서 책 책 >> 책
書信 편지 서 편지 신 >> 편지
書名 쓰다 서 이름 명 >> 이름을 씀

벽 벽

예시 壁畵

壁 辟죄주다 벽: 音＋土로, 辟은 바늘로 상처를 내어 웅크린 사람의 상형으로 '죄주다'의 뜻이다. 둘이 합쳐 '죄주기 위해 흙으로 만든 벽'에서 '벽'의 뜻이 나왔다.

• 비슷한 한자 • 璧 옥 벽

벽 벽 그림 화 >> 벽에 그린 그림

경서 경

예시 經過
經世濟民

经 糸실 사＋巠곧은물결 경: 音으로, 巠은 베를 짤 때 날실을 본뜬 모양이다. 여기에 糸를 덧붙여 '날실'의 뜻이 생겼고, 뒤에 '지나다, 다스리다, 경서'의 뜻이 파생되었다.

• 비슷한 한자 • 輕 가볍다 경

지나다 경 지나다 과 >> 지나감

다스리다 경 세상 세 구제하다 제 백성 민 >> 세상을 다스려 백성을 구제함

곳집 부

예시 政府

府 广집 엄＋付부치다 부: 音로, 广은 지붕의 상형이고 付는 사람에게 물건을 부쳐주는 모양이다. 둘이 합쳐 '중요한 서류를 부쳐서 간수해 두는 곳'에서 '곳집, 관청'의 뜻이 생겼다.

• 비슷한 한자 • 腐 썩다 부

정사 정 관청 부 >> 정치하는 관청

0490

그물 라

罗 罒그물 망+維끈 유로, 罒은 그물의 상형이고 維는 끈으로 새를 잡아매는 모양이다. 둘이 합쳐 '새를 잡기 위해 펼쳐 놓은 그물'에서 '그물, 늘어서다'의 뜻이 생겼다.

예시 羅列 늘어서다 라 늘어서다 렬(열) >> 늘어섬

0491

장수 장

将 爿조각 장: 音+肉고기 육+寸마디 촌으로, 爿은 긴 조리대를 본뜬 모양이고 肉은 고기를 잘라놓은 모양이며 寸은 손의 상형이다. 셋이 합쳐 '손으로 조리한 고리를 바치는 것'에서 '고기를 바치는 사람, 즉 통솔자, 장수'의 뜻이 생겼다. 뒤에 '장차, 나아가다'의 뜻도 파생되었다.

• 비슷한 한자 • 奬 권면하다 장

예시

將軍 장수 장 군대 군 >> 군대의 우두머리

將來 장차 장 오다 래 >> 장차 옴

日就月將 날 일 나아가다 취 달 월 나아가다 장 >> 날로 달로 나아짐

0492

서로 상

相 木나무 목+目눈 목으로, '목수가 나무를 베기 전에 재목으로 쓸 수 있는지를 가늠해 보다.'에서 '보다'의 뜻이 나왔다.

일설에는 '눈이 먼 사람이 지팡이에 의지해서 길을 가다.'에서 '도와주다, 서로'의 뜻이 생겼다고도 한다.

• 비슷한 한자 • 想 생각하다 상 箱 상자 상

예시 相剋 서로 상 이기다 극 >> 서로 이기려고 함

觀相 보다 관 보다 상 >> 서로 이기려고 함

0493

길 로

路 ※ 足발 족 + 各각각 각: 音으로, 各은 아래로 향한 발과 기도하는 입에서 신령이 내려오기를 비는 모양에서 '이르다'의 뜻이다. 둘이 합쳐 '발이 어느 곳에 이르다.'에서 '길'의 뜻이 생겼다.

• 비슷한 한자 • 跲 넘어지다 겁

예시 路柳墻花 길 로 버들 류 담장 장 꽃 화 >> 길가의 버들과 담장의 꽃으로, 이것은 누구나 꺾을 수 있기 때문에 기생을 일컬음

0494

끼다 협

夾 ※ 扌손 수 + 夾끼다 협: 音으로, 夾은 팔을 벌리고 선 사람의 양쪽 겨드랑이를 좌우에서 손으로 끼는 모양을 본떠 '끼다'의 뜻이다. 둘이 합쳐 '손으로 끼다.'의 뜻이 생겼다.

• 비슷한 한자 • 俠 호협하다 협

예시 挾攻 끼다 협 치다 공 >> 좌우에서 끼고 공격함

名句 감상

不挾長 不挾貴 不挾兄弟而友 友也者 友其德也 不可以有挾也(『孟子』 萬章 下)어른을 의지하지 않고, 귀함을 의지하지 않으며, 형제를 의지하지 않고 벗하여야 한다. 벗이란 그 덕을 벗하는 것이지, 의지하는 것이 있어서는 안 된다.

槐 0495

홰나무 괴

槐 木＋鬼귀신 귀: 音로, 鬼는 무시무시한 머리를 한 사람의 상형으로 둥근 덩어리의 뜻이다. 둘이 합쳐 '나무줄기가 굽어져 옹두리가 둥글게 생긴 나무'에서 '홰나무'의 뜻이 생겼다.

• 비슷한 한자 • 塊 흙덩어리 괴

卿 0496

벼슬 경

卿 두 사람이 음식을 사이에 두고 마주 보고 있는 모양이다. 이것은 왕이 베푼 饗宴으로, 그러한 식사 장소에 참석한 사람의 신분은 높은 관리였으므로, '벼슬'의 뜻이 생겼다.

• 비슷한 한자 • 鄕 시골 향

예시 公卿 공작 공 벼슬 경 >> 三公과 九卿. 전하여 高位高官

0497

지게문 호

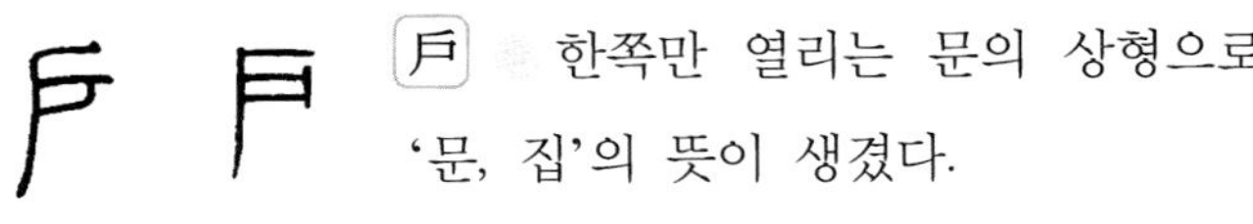

戶 한쪽만 열리는 문의 상형으로, '문, 집'의 뜻이 생겼다.

• 비슷한 한자 • 尸 주검 시

 戶主

집 호 주인 주 >> 집의 주체가 되는 사람

名句 감상

鑿戶牖以爲室 當其無 有室之用 故有之以爲利 無之以爲用(『老子』 11장) 창을 뚫어 집을 만드는 데 마땅히 그 無 때문에 집의 쓰임이 있다. 그러므로 有가 이로운 까닭은 無가 쓰임이 되기 때문이다(鑿: 뚫다 착 牖: 들창 유).

0498

봉하다 봉

封 땅 위에 식물을 손으로 심는 모양으로, 고대에 천자의 社에 흙을 쌓아 봉분을 만들어 놓고 제후에게 작위를 주어 땅을 떼어줄 때에는 이 봉분의 흙을 퍼다가 제후의 社에 작은 봉분을 만드는 것에서 '흙더미를 쌓다, 봉하다'의 뜻이 생겼다.

• 비슷한 한자 •

卦 점괘 괘

예시 封鎖

봉하다 봉 잠그다 쇄 >> 봉하여 잠금

0499

여덟 팔

八 : 둘로 나뉘어져 있는 모양을 본떠 '나뉘다'의 뜻이었으나, 假借하여 '여덟'의 뜻이 되었다.

• 비슷한 한자 • 分 나누다 분 人 사람 인 入 들어가다 입

예시 望八 바라보다 망 여덟 팔 >> 여든 살을 바라보는 나이로, 일흔한 살

0500

매달다 현

县 : 木+糸실 사+目눈 목으로, '목을 베어 나무에 끈으로 거꾸로 건 모양'에서 '걸다, 매달다'의 뜻이 생겼고, 파생하여 '고을'이란 뜻이 나왔다.

• 비슷한 한자 • 懸 매달다 현

名句 감상

得者時也 失者順也 安時而處順 哀樂不能入也 此古之所謂縣解也 而不能自解者 物有結之(『莊子』 內篇, 大宗師) (인간이 삶을) 얻고 있는 것은 한때이며, (그 삶을) 잃는 것은 (시간의 흐름을) 따르는 것이다. 시간에 편안하고 따름에 처하면 슬픔과 기쁨이 (마음으로) 들어올 수 없을 것이다. 이것이 옛날 말하자면 '고통으로부터의 해방'이라는 것이다. 그런데 (고통을) 스스로 해결할 수 없는 것은 사물이 그를 묶고 있기 때문이다(사물의 집착에서 벗어나지 못하기 때문이다).

0501

집 가

• 비슷한 한자 •

豪 굳세다 호

家 宀집 면＋豕돼지 시로, 豕는 돼지의 상형이다. 둘이 합쳐 '집 위에는 사람이 살고 아래에는 돼지가 사는 모양'에서 '집'의 뜻이 생겼다. 돼지가 아래에 산 것은 사람을 해치는 뱀이 집으로 들어오자, 돼지가 그 뱀을 잡아먹는 것을 보았기 때문이다.

일설에는 豕는 희생물로 쓰인 돼지로, 돼지 따위 희생을 올리는 집 안의 신성한 곳이란 의미를 지녔다고도 한다.

예시 家和萬事成

집 가 화목하다 화 일만 만 일 사 이루다 성 >> 집이 화목해야 모든 일이 잘 이루어짐

0502

넉넉하다 급

給 糸실 사＋合합하다 합: 音으로, 合은 그릇에 뚜껑을 덮는 모양이다. 둘이 합쳐 '실을 자아 뽑을 때 끊어진 실을 재빨리 이어 합치다.'에서 '보태다, 대다, 넉넉하다'의 뜻이 나왔다.

• 비슷한 한자 • 紿 속이다 태

예시 給與

주다 급 주다 여 >> 줌

0503

일천 천

千 人＋一한 일로, '많은 사람'에서 '일천'의 뜻이 나왔다.

• 비슷한 한자 • 干 방패 간

예시 千慮一失

일천 천 생각하다 려 한 일 잃다 실 >> 많은 생각 가운데도 한 번의 실수는 있다는 것에서, 지혜로운 사람이라도 많은 생각 가운데 잘못 생각하는 것이 있음을 의미

0504

군사 병

兵 두 손으로 도끼를 들고 있는 모양으로, '무기, 군사'의 뜻이 생겼다.

• 비슷한 한자 • 共 함께 공

군사 병 선비 사 >> 군사

名句 감상

兵莫憯于志 鏌鎁爲下(『莊子』 雜篇, 庚桑楚) 병기 중에 마음보다 더 잔혹한 것은 없으니, 막아도 (그것과 비교하면) 아래가 된다.

0505

높다 고

高 성문 위에 높은 누각을 본뜬 것에서, '높다'의 뜻이 나왔다.

• 비슷한 한자 • 槁 마르다 고

예시 高低

높다 고 낮다 저 >> 높고 낮음

名句 감상

高山之巓無美木(『說苑』) 높은 산의 꼭대기에는 아름다운 나무가 없다(높은 자리에 있는 사람은 여러 사람들에게 비난을 받아 美名을 남기기 어렵다는 뜻).

0506

갓 관

冠 冖덮다 멱+元으뜸 원: 音+寸마디 촌으로, 冖은 덮개를 덮은 모양이고 元은 갓을 쓴 사람의 상형이고 寸은 손의 상형이다. 셋이 합쳐 '갓을 손으로 쥐어서 머리에 얹다.'에서 '갓'의 뜻이 생겼다.

예시 冠禮 갓 관 예도 례 >> 갓을 쓰는 예로, 20세가 되었을 때 처음으로 갓을 쓰고 어른이 되는 예식

0507

모시다 배

陪 층이 진 흙산의 모양인 阜언덕 부 옆의 글자는 포개져 있는 모양이다. 둘이 합쳐 '포개져 있는 언덕'에서 '더하다'의 뜻이었으나, 파생되어 '모시다'의 뜻도 나왔다.

• 비슷한 한자 • 倍 곱 배

예시 陪審員 모시다 배 살피다 심 인원 원 >> 배심에 참여한 인원

0508

손수레 련

[輦] 여러 명의 장정들이 열을 지어서 끄는 수레에서, '손수레'의 뜻이 생겼다.

• 비슷한 한자 • 輩 무리 배

0509

몰다 구

[驱] 馬 + 區구별하다 구: 音으로, 區는 여러 물건을 구획 지어 갈라놓은 것이다. 둘이 합쳐 '말을 구분하기 위해 채찍으로 때려 몰다.'에서 '몰다'의 뜻이 생겼다.

• 비슷한 한자 • 軀 몸 구

예시 先驅者

먼저 선 몰다 구 사람 자 >> 먼저 몰고 가는 사람

0510

바퀴통 곡

[轂] 양손으로 수레바퀴에 무엇인가를 넣는 모양에서, '바퀴통'의 뜻이 생겼다.

• 비슷한 한자 • 觳 뿔잔 곡

0511

떨치다 진

[振] 扌손 수 + 辰별이름 진: 音으로, 辰은 조개가 껍데기에서 발을 내밀고 있는 모양이다. 고대에는 호미 대신 조개껍질로 풀을 뽑았다. 둘이 합쳐 '손으로 뽑아내다.'에서 '거두다, 건지다, 떨

치다'의 뜻이 나왔다.

•비슷한 한자• 賑 구휼하다 진

예시 振興 떨치다 진 일으키다 흥 >> 떨쳐 일으킴

0512

갓끈 영

纓 糸+嬰두르다 영: 音으로, 嬰은 여자의 몸에 목걸이를 두른 모양이다. 둘이 합쳐 '두르고 있는 끈'에서 '갓끈'의 뜻이 나왔다.

•비슷한 한자• 瓔 옥돌 영

0513

세상 세

世 十열 십자를 3개 합친 모양으로, 30의 뜻에서 '오랜 시간의 흐름, 즉 세상, 대'의 뜻이 생겼다.

•비슷한 한자• 泄 새다 설

예시 世襲 대 세 물려받다 습 >> 대를 이어 물려받음

재미있는 漢詩이야기

조선 正祖 때 정승을 지낸 李書九가 은퇴해 시골에서 낚시를 하고 있자니, 한 젊은 선비가 초라한 행색인 이서구를 모르고 강을 업어서 건너 달라고 했다. 이서구는 아무 말 없이 그 선비를 건너 주고 그 젊은이에게 다음과 같은 시를 적어주었다.

吾看世시옷, 是非在미음. 歸家修리을, 不然點디귿

그 선비는 한참을 읽어 보고서 이서구에게 사죄했다고 한다. 시의 내용인즉 시옷은 人자요 미음은 口자며 리을은 己이고 디귿에다 점을 찍으면 亡이 된다. 시를 해석해 보면, '내가 세상 사람을 보니, 시비가 입에 있더라. 집에 돌아가 자신을 더 수양해라, 그렇지 않으면 망할 것이다.'라는 것이었다.

祿 0514

녹 록

[禄] 우물의 도르래 언저리에 물이 넘쳐흐르면서 물이 길어 오르는 모양을 본뜬 것으로, 물이 길어 오르는 것에서 '행복'의 뜻이 나왔고, 파생하여 '벼슬아치의 봉급'의 뜻도 나왔다.

비슷한 한자 綠 초록빛 록

名句 감상

天不生無祿之人 地不長無名之草(『明心寶鑑』 省心) 하늘은 녹이 없는 사람을 낳지 않고, 땅은 이름 없는 풀을 자라게 하지 않는다.

0515

사치하다 치

예시 奢侈

侈 亻＋多많다 다: 音로, 多는 고기가 많은 모양이다. 둘이 합쳐 '사람이 양팔을 벌려 많이 차지하다.'에서 '벌리다, 사치하다'의 뜻이 생겼다.

• 비슷한 한자 • 移 옮기다 이

사치하다 사 사치하다 치 >> 사치함

0516

넉넉하다 부

富 宀집 면＋畐차다 복: 音으로, 畐은 불룩한 술통을 본뜬 것이다. 둘이 합쳐 '사당이나 집에서 불룩한 술통처럼 풍부해질 것을 기원하는 모양'에서 '넉넉하다, 부자'의 뜻이 생겼다.

• 비슷한 한자 • 副 버금 부

예시 富則多事

넉넉하다 부 그러면 즉 많다 다 일 사 >> 재산이 많으면 일이 많아짐

0517

수레 거

차 차

车 수레의 모양을 본뜬 것에서, '수레'의 뜻이 나왔다.

• 비슷한 한자 • 東 동쪽 동

예시 車馬 수레 거 말 마 >> 수레와 말

下車 내리다 하 차 차 >> 차에서 내림

0518

타다 가

[駕] 加더하다 가: 音＋馬말 마로, '수레를 말에 붙이다.'에서 '멍에를 씌우다, 타다'의 뜻이 생겼다.

• 비슷한 한자 • 篤 도탑다 독

예시 駑馬十駕 둔하다 노 말 마 열 십 멍에 씌우다 가 >> '둔한 말에 열 번 멍에를 씌우다'에서, 둔한 재주라도 힘쓰면 재주 있는 사람을 따를 수 있다는 말

0519

살찌다 비

[肥] 月고기 육＋巴땅이름 파로, 巴는 뚱뚱한 사람의 상형이다. 둘이 합쳐 '몸이 살찌다.'의 뜻이 생겼다.

• 비슷한 한자 • 把 잡다 파

예시 肥滿 살찌다 비 가득 차다 만 >> 살이 쪄서 풍만함

名句 감상

人瘦尙可肥 士俗不可醫(蘇軾, 「綠筠軒」) 사람의 야윔은 여전히 살찔 수 있으나, 선비의 속됨은 고칠 수 없다네.

0520

가볍다 경

轻 ※ 車수레 거 + 巠지하수 경: 音으로, 巠은 베를 짤 때 날실을 본뜬 모양으로 베틀에 날실만 세로로 재워 넣고 씨실은 아직 비어 있는 모양이다. 둘이 합쳐 '수레가 비어 있다.'에서 '가볍다, 가볍게 여기다'의 뜻이 생겼다.

• 비슷한 한자 • 脛 정강이 경

예시 輕薄 가볍다 경 엷다 박 >> 행동이 가볍고 진실성이 적음
輕蔑 가볍게 여기다 경 업신여기다 멸 >> 가볍고 업신여김

0521

꾀 책

策 ※ 竹대나무 죽 + 朿가시 자: 音로, 朿는 가시를 본뜬 것이다. 둘이 합쳐 '찌르는 대나무'에서 '회초리, 채찍'의 뜻이 나왔고, 막대기는 계산할 때 사용하는 도구로 쓰이므로 '하나하나 세다.'에서 '꾀'의 뜻이 생겼다.

• 비슷한 한자 • 棘 가시 극

예시 策略 꾀 책 꾀 략 >> 꾀

0522

공 공

功 ※ 工장인 공: 音 + 力힘 력으로, 工은 도끼나 곱자의 모양이다. 둘이 합쳐 '연장을 들고 힘을 들여 일하다.'에서 '공적, 보람, 일'의 뜻이 생겼다.

• 비슷한 한자 • 攻 치다 공

예시 功虧一簣 공 공 무너지다 휴 한 일 삼태기 궤 >> 공은 한 삼태기에서 무너진다는 것으로, 九仞이 되는 높은 산을 쌓는데 한 삼태기의 흙만 더 올려 쌓으면 다 될 것을 그만둔다는 뜻으로, 거의 성취한 일을 중지하여 그동안의 수고가 아무 보람 없이 됨을 이름

0523

무성하다 무

茂 艹풀 초+戊창 무: 音로, 戊는 창날과 도끼날을 단 창의 모양이다. 둘이 합쳐 '풀이 창을 빼곡히 세워놓은 것처럼 무성하다.'에서 '무성하다, 빼어나다'의 뜻이 생겼다.

• 비슷한 한자 • 成 이루다 성

예시 松茂栢悅 소나무 송 무성하다 무 잣나무 백 기뻐하다 열 >> 소나무가 무성하니 잣나무가 기뻐하다는 말로, 가까운 사람이 잘되었을 때 진정으로 기뻐함을 이름

0524

열매 실

实 宀집 면+貫꿰다 관으로, 貫은 조개를 꿰어 놓은 모양이다. 둘이 합쳐 '주렁주렁 꿴 돈으로 집을 채우다.'에서 '채우다, 열매, 참'의 뜻이 생겼다.

• 비슷한 한자 • 賓 손님 빈

예시 以實直告 써 이 참 실 곧다 직 알리다 고 >> 사실 그대로를 고함

名句 감상

虛則知實之情 靜則知動之正(『韓非子』) (마음을) 비우면 실제의 실상을 알 수 있고, (마음이) 고요하면 행동의 바름을 알 수 있다.

0525

굴레 륵

勒 革가죽 혁＋力힘 력: 音으로, 革은 머리부터 꼬리까지 벗긴 짐승의 가죽을 본뜬 것이고 力은 팔에 힘이 들어간 모양이다. 둘이 합쳐 '힘을 들여 말의 움직임을 억누를 수 있는 가죽'에서 '굴레'의 뜻이 생겼다.

• 비슷한 한자 • 勅 조서 칙

0526

비석 비

碑 石＋卑낮다 비: 音로, 卑는 둥근 술통에 손을 댄 모양으로, 일상생활에 가지고 다니기에 편리한 술그릇인 통이어서 제사 때 쓰는 그릇에 비해 천하게 여겼다. 둘이 합쳐 '낮게 세운 돌'인데, 희생을 매어 두는 데 쓰는 돌이었으나 뒤에 글자를 새겨 놓는 비석으로 쓰여 '비석'의 뜻이 나왔다.

• 비슷한 한자 • 婢 여종 비

예시 碑文 — 비석 비 글월 문 >> 비석에 새겨진 글

0527

새기다 각

刻 亥돼지 해: 音＋刂칼 도로, 亥는 힘 센 멧돼지의 상형이다. 둘이 합쳐 '칼에 힘을 주어 새기다'에서 '새기다, 시간'의 뜻이 생겼다.

예시 刻骨難忘 — 새기다 각 뼈 골 어렵다 난 잊다 망 >> 뼈에 새겨 잊지 않겠음

寸刻 — 마디 촌 시간 각 >> 짧은 시간

0528

새기다 명

銘 金쇠 금+名이름 명: 音으로, 金은 땅속에 금속이 있는 모양이고 名은 캄캄한 밤중에 상대방에게 자기 이름을 밝힌다는 뜻이다. 둘이 합쳐 '금속에 새겨서 밝히다.'에서 '새기다'의 뜻이 생겼다.

• 비슷한 한자 • 酩 술 취하다 명

예시 銘心 새기다 명 마음 심 >> 마음에 새김

0529

물이름 반

돌살촉 파

磻 石+番번 번: 音으로, 番은 논밭에 씨를 뿌리는 모양이다. 둘이 합쳐 '돌을 화살에 매달아 뿌리다.'에서 '돌로 된 살촉'이었으며, 뒤에 '물이름'으로 파생되었다.

• 비슷한 한자 • 瀋 즙 심

0530

시내 계

溪 氵물 수+奚종 해: 音로, 奚는 손으로 끈을 사람에게 묶은 모양이다. 둘이 합쳐 '끈이 계속 이어지듯 물이 계속 흘러가다.'에서 '시냇물'의 뜻이 생겼다.

• 비슷한 한자 • 谿 溪와 同字

예시 溪谷 시내 계 골 곡 >> 산골짜기

伊 0531

저 이

伊 亻+尹다스리다 윤: 音으로, 尹은 오른손에 채찍을 들고 있는 모양이다. 둘이 합쳐 '손에 채찍을 들고 다스리는 사람'이었으나, 뒤에 假借하여 '저, 성'의 뜻이 생겼다.

• 비슷한 한자 • 伋 생각하다 급

예시 伊呂 성 이 성 려 >> 殷나라의 名相인 伊尹과 周나라의 名相인 呂尙

尹 0532

다스리다 윤

尹 오른손에 채찍을 들고 있는 모양에서, '다스리다, 벼슬'의 뜻이 생겼다.

• 비슷한 한자 • 君 임금 군

佐 0533

돕다 좌

佐 亻+左왼쪽 좌: 音로, 左는 공구를 쥔 왼손으로 좌우의 손이 서로 돕는 데서 '돕다'의 뜻이다. 왼쪽의 뜻인 左와 구별하기 위해 亻을 덧붙였다.

• 비슷한 한자 • 佑 돕다 우

예시 輔佐 도울 보 돕다 좌 >> 도움

0534

때 시

时 日해 일＋寺절 사: 音로, 寺는 之가다 지와 手손 수로 '손을 움직이다'의 뜻이다. 둘이 합쳐 '움직이는 해'에서 '때, 때맞추다, 때때로'의 뜻이 생겼다.

• 비슷한 한자 • 侍 모시다 시

예시 時不再來 때 시 아니다 불 다시 재 오다 래 >> 간 때는 다시 오지 않음

時時 때때로 시 때때로 시 >> 때때로

웃긴 수수께끼

☼ 수세식 변소를 한자로 하면?

多弗有時(WC)

0535

언덕 아

阿 阜언덕 부＋可옳다 가: 音로, 阜는 층이 진 흙산의 모양이고 可는 입김이 구부러져 올라가는 모양이다. 둘이 합쳐 '구부러진 언덕'에서 '언덕, 아첨하다'의 뜻이 생겼다.

• 비슷한 한자 • 柯 줄기 가

예시 阿諂 아첨하다 아 아첨하다 첨 >> 아첨

0536

저울대 형

衡 行가다 행: 音＋角뿔 각＋大크다 대로, 角은 뿔의 상형으로 소는 뿔로 사람을 잘 들이받기 때문에 위험을 방지하기 위해서 옛날에는 소의 머리 위에 가로로 나무 막대기를 덧대었는데

大가 그 모양이다. 行은 십자로를 본뜬 것인데 가로로 덧댄 나무 막대와 쇠머리가 十열 십 자 모양을 형성하기 때문에 이것을 표상한 것이다. 셋이 합쳐 '가로나무, 저울대, 평형을 이루다'의 뜻이 나왔다.

• 비슷한 한자 •

衝 부딪치다 충

예시 平衡

평평하다 평 평형 이루다 평 >> 치우치지 않고 평평함

0537

가리다 엄

奄 大+申펴다 신으로, 大는 큰 사람의 상형이고 申은 번개의 형상을 본뜬 것이다. 둘이 합쳐 '번개가 사람의 머리 위를 덮다.'에서 '덮다'의 뜻이 생겼다.

일설에는 大는 그릇을 덮는 뚜껑 모양으로, '밖으로 드러나 펼쳐지지 않도록 덮어씌우다.'에서 '덮다'의 뜻이 나왔다고도 한다.

• 비슷한 한자 •

掩 奄과 同字

0538

집 택 댁

宅 宀집 면+乇싹트다 탁: 音으로, 乇은 싹이 껍질을 뚫고 나오는 모양이다. 둘이 합쳐 '땅에서 구멍을 터서 집을 만들다.'로, 원시시대에 구멍을 파서 집을 만들던 방법에서 만들어진 글자이다.

• 비슷한 한자 • 㡯 他의 古字

예시 古宅

옛 고 집 택 >> 오래된 집

宅內

집 댁 안 내 >> 집 안

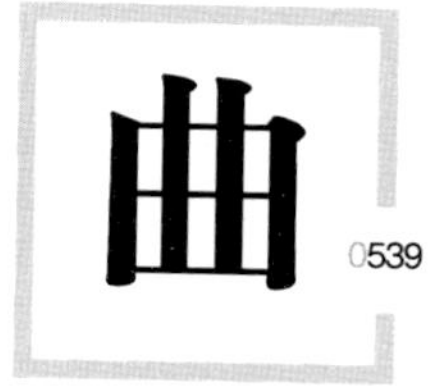

0539

굽다 곡

曲 나무나 대나무를 둥글게 엮어 만든 그릇을 본뜬 것으로, '굽다, 자세하다, 가락'의 뜻이 생겼다.

• 비슷한 한자 • 由 말미암다 유 典 책 전

예시 曲線 굽다 곡 줄 선 >> 굽은 선

歌曲 노래 가 가락 곡 >> 노래

0540

언덕 부

阜 층이 진 흙으로 된 산의 모양을 본떠 '언덕, 크다'의 뜻이 생겼다.

0541

작다 미

微 彳조금 걷다 척+耑끝 단+攴치다 복으로, 彳은 行의 왼쪽 절반으로 길을 가는 모양이고 耑은 수분을 얻고 식물이 뿌리를 뻗고 싹이 튼 모양으로 처음을 뜻한다. 셋이 합쳐 '손느로 치며 가장 앞서 가서 남의 눈에 띄지 않다.'에서 '희미하다, 숨다, 작다'의 뜻이 생겼다.

• 비슷한 한자 • 徵 부르다 징

예시 微熱 작다 미 뜨겁다 열 >> 대단치 아니한 열

微明 희미하다 미 밝다 명 >> 희미하게 밝음

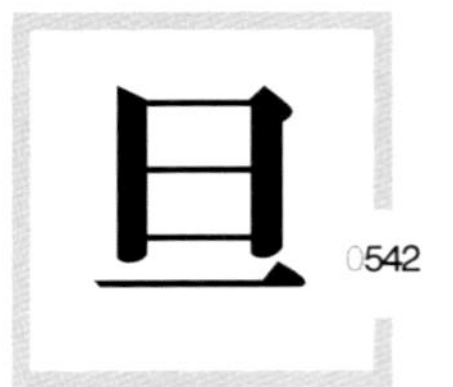

0542

아침 단

旦 ☞ 日해 일+一한 일로, 一은 지평선을 뜻한다. 둘이 합쳐 '지평선 위로 나타난 해'에서 '아침, 밝다'의 뜻이 생겼다.

• 비슷한 한자 • 亘 요구하다 선

예시 元旦 으뜸 원 아침 단 >> 설날 아침

名句 감상

孔子曰 凡人心險於山川 難於知天 天猶有春夏秋冬旦暮之期 人者厚貌深情(『莊子』 雜篇, 列御寇) 공자가 말하기를 "무릇 사람의 마음은 산천보다 위험하며, 하늘을 아는 것보다 어렵다. 하늘은 오히려 봄·여름·가을·겨울·아침·저녁의 기약이 있으나, 인간은 용모를 두터이 하고 마음을 깊이 (감추어) 둔다." 하였다.

0543

누구 숙

孰 ☞ 여자가 냄비에 손을 가져가 음식을 끓여 익히는 모양에서 熟이 原字로, '익히다'의 뜻이 생겼다. 뒤에 假借하여 '누구'의 뜻이 나왔다.

• 비슷한 한자 • 塾 글방 숙

名句 감상

事孰爲大 事親爲大 守孰爲大 守身爲大(『孟子』 離婁 上) 섬기는 것 중에 무엇이 가장 큰 것인가? 어버이를 섬기는 것이 가장 큰 것이다. 지키는 것 중에 무엇이 가장 큰 것인가? 자신을 지키는 것이 가장 큰 것이다.

0544

경영하다 영

營 熒빛나다 형: 音 + 宮담 궁으로, 사방으로 빛이 퍼지고 사방으로 집을 둘러싸고 있는 구조물의 뜻이다. 이런 구조물을 만들려면 철저한 준비와 계획에 의해 진행되어야 하므로, '다스리다, 경영하다'의 뜻이 생겼다.

• 비슷한 한자 • 塋 무덤 영

예시 經營

경영하다 경 경영하다 영 >> 경영함

0545

굳세다 환

桓 木 + 亘돌다 선: 音으로, 亘은 도는 모양을 본뜬 것이다. 둘이 합쳐 '건물 네 구석에 둘러 세운 나무'로, 고대 십 리마다 세워두는 '역참'이었는데, 파생되어 '굳세다'의 뜻이 나왔다.

• 비슷한 한자 • 栢 잣나무 백

0546

공변되다 공

公 八 + 口로, 八은 통로의 상형이고 口는 어떤 특정한 장소를 나타낸다. 둘이 합쳐 '통로가 있는 장소'에서 '제사를 지내는 광장, 즉 공공'의 뜻이 나왔다.

• 비슷한 한자 • 分 나누다 분

예시 公私

공변되다 공 사사롭다 사 >> 공적인 것과 사적인 것

0547

바로잡다 광

• 비슷한 한자 •

匠 장인 장

匡 匚상자 방＋王임금 왕: 音으로, 匚은 네모난 상자의 모양을 본뜬 것이고 王은 큰 도끼의 상형에서 넓다는 뜻이다. 둘이 합쳐 '속이 넓은 네모난 상자'의 뜻이었으며, '상자를 만들기 위하여 구부리거나 곧게 펴서 모양을 바로잡는다.'는 뜻에서 '바로잡다'의 뜻도 파생되었다.

0548

합하다 합

合 亼모으다 집＋口입 구로, 亼은 뚜껑의 상형이고 口는 그릇 몸체의 상형이다. 둘이 합쳐 '그릇에 뚜껑을 덮다.'에서 '합하다, 맞다'의 뜻이 생겼다.

• 비슷한 한자 • 答 대답하다 답

예시 合掌 합하다 합 손바닥 장 >> 손바닥을 합함

재미있는 破字이야기

曹操가 어떤 사람에게 우유를 한 잔 선물로 받고 맛을 본 후에 여러 사람들에게 合 자를 써서 주었는데, 아무도 그 뜻을 몰랐으나 楊脩만이 맛을 보았다. 사람들이 먹은 이유를 물으니, 合을 파자하면 人＋一＋口로 '사람마다 한 모금씩'이란 뜻이라 풀어주었다고 한다.

0549

건네다 제

济 ◈ 氵물 수＋齊가지런하다 제: 音로, 齊는 곡물의 이삭이 자라서 가지런하게 뻗어 나가는 모양을 본뜬 것이다. 둘이 합쳐 '물로 뻗어 나가다.'에서 '강을 건너다, 구제하다'의 뜻이 생겼다.

• 비슷한 한자 • 劑 약재 제

예시 救濟

구원하다 구 구제하다 제 >> 구원함

0550

약하다 약

弱 ◈ 弓활 궁＋彡긴 머리 삼이 두 개 겹친 것으로, 弓은 활의 상형이고 彡은 길게 자란 머리의 상형이다. 둘이 합쳐 '활처럼 부드럽게 잘 휘다.'에서 '약하다, 어리다'의 뜻이 나왔다.

• 비슷한 한자 • 溺 빠지다 닉, 오줌 뇨

예시 弱骨

약하다 약 뼈 골 >> 약한 뼈로, 몸이 약한 사람

老弱

늙다 로 어리다 약 >> 늙고 어림

0551

돕다 부

扶 ◈ 扌손 수＋夫남편 부: 音로, 夫는 머리에 갓을 쓴 다 큰 사람이다. 둘이 합쳐 '다 큰 사람이 손을 뻗어 돕다.'에서 '돕다, 붙들다'의 뜻이 생겼다.

• 비슷한 한자 • 芙 부용 부

예시 扶助

돕다 부 돕다 조 >> 도움

0552

기울다 경

傾 ⊙ 亻+頃기울다 경: 音으로, 頃은 사람의 머리가 삐딱하게 기운 모양이다. 둘이 합쳐 '사람이 삐딱하게 기울다.'에서 '기울다'의 뜻이 생겼다.

예시 **傾國之色** 기울다 경 나라 국 어조사 지 여자 색 >> 나라를 기울일 만한 여자로, 절세미인을 뜻함

名句 감상

譬如厚石 風不能移 智者意重 毁譽不傾(『法句經』 明哲品) 비유하자면 단단한 돌은 바람이 옮기지 못하는 것같이, 지혜로운 자는 뜻이 무거워 비방과 칭찬에 기울어지지 않는다.

0553

비단 기

绮 ⊙ 糸실 사+奇기이하다 기: 音로, 奇는 두 팔을 벌리고 갈고리 모양으로 구부러져 있는 모양이다. 둘이 합쳐 '기이한 무늬의 비단'의 뜻이 나왔다.

• 비슷한 한자 • **騎** 말 타다 기

예시 **綺羅星** 비단 기 비단 라 별 성 >> 반짝이는 수많은 별로, 위세 있거나 훌륭한 사람

0554

돌다 회

回 급류가 깊은 못으로 합류할 때 물이 세차게 감아 도는 것을 그린 모양에서, '돌다, 횟수'의 뜻이 생겼다.

•비슷한 한자• 廻 回와 同字

예시 回歸 돌다 회 돌아오다 귀 >> 도로 돌아옴

一回 한 일 횟수 회 >> 첫 회

0555

물이름 한

汉 氵물 수＋堇진흙 근: 音으로, 강이름을 나타낸다.

예시 漢陽 물이름 한 북쪽 양 >> 한수 북쪽

0556

은혜 혜

惠 叀오로지 전＋心으로, 心자의 위는 叀의 생략형으로 실을 감는 실패의 상형이며 하나의 축에 감아 마음을 집중시킨다는 뜻이다. 둘이 합쳐 '한결같이 마음을 집중시키다.'에서 '은혜를 베풀다, 은혜'의 뜻이 생겼다.

•비슷한 한자• 思 생각하다 사

예시 惠澤 은혜 혜 은덕 택 >> 은혜와 은덕

說 0557

말씀 설
기뻐하다 열
달래다 세

说 言말씀 언＋兌기뻐하다 태: 音로, 兌는 八분산하다 팔＋兄기도하다 형으로 기도함으로써 맺힌 기분이 분산되어 기뻐함을 뜻한다. 둘이 합쳐 '맺힌 것이 말로 하나하나 풀리다.'에서 '말씀, 달래다, 기쁘다'의 뜻이 생겼다.

• 비슷한 한자 • 悅 기쁘다 열

예시
說明 말씀 설 밝히다 명 >> 말하여 밝힘
遊說 돌아다니다 유 달래다 세 >> 돌아다니며 달램
喜說 기쁘다 희 기뻐하다 열 >> 기뻐함

感 0558

느끼다 감

感 咸다 함: 音＋心으로, 咸은 큰 도끼의 위압 앞에서 입으로 목소리를 한껏 내지르는 모양이다. 둘이 합쳐 '마음이 큰 자극 앞에서 움직이다.'에서 '느끼다, 감동'의 뜻이 생겼다.

• 비슷한 한자 • 憾 섭섭하다 감

예시
感覺 느끼다 감 느끼다 각 >> 느낌

武 0559

굳세다 무

武 戈창 과＋止그치다 지로, 戈는 손잡이가 달린 창의 상형이고 止는 발을 본뜬 모양으로 '가다'의 뜻이다. 둘이 합쳐 '무사가 창을 어깨에 메고 보무도 당당히 걸어가는 모양'을 그린 것에서 '굳세다, 무사'의 뜻이 생겼다.

예시 文武 글월 문 무사 무 >> 문인과 무사

名句 감상

善爲士者不武 善戰者不怒 善勝敵者不與 善用人者爲之下 是謂不爭之德 是謂用人之力(『老子』 68장) 무사 노릇을 잘하는 자는 힘을 뽐내지 않고, 싸움을 잘하는 자는 화내지 않고, 적을 잘 이기는 자는 싸우지 않고, 사람을 잘 쓰는 자는 그보다 낮춘다. 이를 다투지 않는 덕이라 하고, 이를 사람을 쓰는 힘이라 한다(與 = 爭 下: 낮추다 하).

丁 0560

고무래 정

丁 못이나 고무래의 모양을 본뜬 것으로, 못은 단단한 것도 뚫을 수 있으므로 '장정, 일꾼'의 뜻이 파생되었다.

비슷한 한자 于 어조사 우

예시 目不識丁 눈 목 아니다 불 알다 식 고무래 정 >> 눈으로 고무래를 보고도 고무래 정자를 모름

俊 0561

뛰어나다 준

俊 亻과 빠른 모습을 나타내는 글자音가 결합된 자로, '민첩한 사람'의 뜻이 나왔다.

비슷한 한자 竣 마치다 준

예시 俊秀 뛰어나다 준 빼어나다 수 >> 뛰어남

0562

베다 예

[乂] 풀을 베는 가위의 모양에서 '베다, 다스리다'의 뜻이 나왔다.

• 비슷한 한자 • 又 또 우

0563

빽빽하다 밀

[密] 宓조용하다 밀: 音 + 山으로, 宓은 문이 닫혀 있는 집의 상형으로 조용하다는 뜻이다. 둘이 합쳐 '조용한 산'에서, 산중에서 매우 조용한 곳은 산이 빽빽이 들어선 첩첩산중이므로 '빽빽하다, 조용하다, 몰래'의 뜻이 파생되었다.

• 비슷한 한자 • 蜜 꿀 밀

예시 密林 빽빽하다 밀 수풀 림 >> 빽빽한 숲

密告 몰래 밀 알리다 고 >> 몰래 알림

0564

말라 물

[勿] 활시위를 튕겨서 상서롭지 못한 것을 떨쳐버리는 모양인데, 假借하여 '말라'의 뜻이 생겼다.

일설에는 손에 깃발을 들고 있는 모양인데, 이것은 노역을 감독하거나 지휘하는 사람이 손에 깃발을 들고 흔들어서 일꾼들을 독려한다는 뜻에서 '부지런히 일하다'의 뜻이 나왔다고도 한다.

• 비슷한 한자 • 勻 고르다 균

名句 감상

無道人之短 無說己之長 施人愼勿念 受施愼勿忘『文選』 남의 단점을 말하지 말고, 자기의 장점을 말하지 말라. 남에게 베풀었으면 삼가 생각하지 말고, 베풂을 받았으면 삼가 잊지 말라.

0565

많다 다

• 비슷한 한자 •

侈 사치하다 치

多 夕저녁 석+夕으로, 夕은 잘라놓은 고기의 상형이므로, '잘라놓은 고기가 많다.'의 뜻이 생겼다.

일설에는 夕을 저녁에 반쯤 나온 달로 보고, 저녁을 하루가 끝나는 기준 시간으로 간주하여 '줄줄이 이어져 있는 많은 나날들'에서 '많다'의 뜻이 생겼다고도 한다.

예시 多少 많다 다 적다 소 >> 많고 적음

웃긴 수수께끼

오늘도 다 가고 내일도 다 간 자는? 多(저녁 夕이 계속되니까)

0566

선비 사

士 큰 도끼의 상형으로, '큰 도끼를 가질 만한 남자'의 뜻에서 '미혼의 남성'의 뜻이 생겼다.

일설에는 男根을 상징하는 막대기에 장식을 달아 땅

위에 세워 놓은 나무 막대기 모양에서 '아직 장가들지 않은 남자'의 뜻이 생겼다고도 한다.

• 비슷한 한자 • 土 흙 토

예시 義士 의롭다 의 선비 사 >> 의로운 선비

0567 寔 진실로 식

寔 宀집 면+是옳다 시: 音로, 是는 곧고 긴 숟가락에서 바르다의 뜻이 파생되었다. 둘이 합쳐 '집 안에 무엇을 바르게 두다.'의 뜻에서 파생되어 '진실로'의 뜻이 생겼다.

• 비슷한 한자 • 提 끌다 제

0568 寧 편안하다 녕

宁 宀집 면+心+皿그릇 명으로, 皿은 그릇을 본뜬 것이다. 셋이 합쳐 '집에서 물쟁반을 놓고 신에게 發願하여 마음을 편안하게 함'을 뜻하는 것에서 '편안하다'의 뜻이 생겼고, 파생하여 '차라리, 어찌'의 뜻도 나왔다.

• 비슷한 한자 • 寗 寧과 同字

예시 安寧 편안하다 안 편안하다 녕 >> 편안함

0569 晉 진나라 진

晋 두 개의 화살을 촉이 밑으로 오게 하여 아래에 있는 箭筒 속에 넣는 모양으로, '끼우다, 나아가다'의 뜻이었으나, 뒤에 가차되어 '나라이름'으로 쓰였다.

• 비슷한 한자 • 普 넓다 보

0570

초나라 초

楚 林수풀 림 + 疋발 소: 音로, 林은 숲의 모형이고 疋는 발을 본뜬 것에서 자극이 있는 것을 뜻하였다. 둘이 합쳐 '자극이 있는 나무', 즉 '가시나무, 아프다'의 뜻이 생겼고, 파생되어 '나라 이름'으로도 쓰였다.

비슷한 한자 礎 주춧돌 초

예시 苦楚 아프다 고 아프다 초 >> 아픔

0571

고치다 경
다시 갱

更 丙빛나다 병 + 攴치다 복으로, 丙은 다리가 내뻗친 상의 상형이고 攴은 손에 막대기를 잡고 있는 모양이다. 둘이 합쳐 '두 개의 상다리를 손으로 쳐서 단단하게 하다.'에서 '고치다, 다시'의 뜻이 생겼다.

비슷한 한자 吏 관리 리

예시 更迭 고치다 경 교대하다 질 >> 고쳐서 바꿈
更生 다시 갱 살다 생 >> 다시 삶

0572

두목 패

霸 月달 월과 나머지 글자인 '희다'의 뜻을 가진 글자音가 결합된 것으로, 초승달로 처음 생기려 하거나 보름달에서 처음 이지러지려 할 때 희미하게 보이는 달에서, '우두머리'의 뜻이 생겼다.

예시 霸氣 두목 패 기운 기 >> 패자가 되려는 기상

0573

조나라 조

趙 ※ 走달리다 주＋肖쇠하다 소: 音로, 走는 달리면서 남기는 발자국의 상형이고 肖는 骨肉 속의 어리고 작은 것이다. 둘이 합쳐 '나아감이 더디다.'에서 파생되어 '나라이름'으로 쓰인다.

0574

위나라 위

魏 ※ 委맡기다 위: 音＋鬼귀신 귀로, 委는 나긋나긋한 여성을 뜻하는데 音을 나타내기 위해 덧붙인 것이며 鬼는 무시무시한 머리를 한 사람의 형상이다. 本字는 巍높다 외였으나, 파생되어 '나라이름'으로 쓰인다.

0575

곤하다 곤

因 인하다 인

困 ※ 木＋口에워싸다 위로, 나무가 울타리 안에 있어 자라지 못해 '곤란하다'의 뜻이 생겼다.

※ 일설에는 口는 대문을 뜻하고 木은 대문의 문지방을 뜻한다. 문지방이란 밖에서 들어오는 사람이나 안에서 밖으로 나가는 사람을 일단 멈추게 하는 일종의 바리케이드여서 '출입 시에 일단 멈춰야 하는 안팎의 한계선'이란 뜻이 나왔다고도 한다.

예시 困難

곤하다 곤 어렵다 란 >> 어려움

0576

가로 횡

橫 木+黃누렇다 황: 音으로, 黃은 사람이 허리에 찬 옥의 형상에서 옆의 뜻을 나타낸다. 둘이 합쳐 '옆으로 된 나무'에서 '가로, 가로지르다, 뜻밖의'의 뜻이 생겼다.

• 비슷한 한자 • 曠 밝다 광

예시 橫說竪說 가로 횡 말씀 설 세로 수 말씀 설 >> 자유자재로 설명함

橫財 뜻밖의 횡 재물 재 >> 뜻밖의 재물

0577

빌다 가

假 亻+叚빌리다 가: 音로, 叚는 절벽 아래에서 손으로 돌을 채취하는 모양이다. 둘이 합쳐 '사람이 돌을 취하다.'에서 '빌리다, 잠시'의 뜻이 생겼다.

• 비슷한 한자 • 暇 틈 가

예시 假借 빌리다 가 빌리다 차 >> 빌림

假橋 잠시 가 다리 교 >> 임시로 놓은 다리

0578

길 도

途 辶쉬엄쉬엄 가다 착+余나 여: 音로, 辵은 갈림길을 가는 모양이고 余는 끝이 날카로운 除草具를 나타낸 모양으로 '자유로이 뻗다.'의 뜻이다. 둘이 합쳐 '쭉 뻗어 있는 길'의 뜻이 나왔다.

• 비슷한 한자 • 徐 천천히 서

예시 途中 길 도 가운데 중 >> 길 가운데

멸하다 멸

灭 氵물 수에 火불 화+戌개 술이 결합된 자音로, 戌은 '창으로 찔러서 다하다.'는 뜻에서 둘이 합쳐 '불이 꺼지다.'의 뜻이다. 셋이 합쳐 '물이 다하다.'에서 '멸하다, 꺼지다'의 뜻이 생겼다.

예시 滅門 멸하다 멸 가문 문 >> 가문을 멸함

名句 감상

燈火將滅更光(『法滅盡經』) 등잔불은 장차 꺼지려고 할 때, 더욱 빛난다(모든 일은 멸망하려 할 때에는 잠시 성대해진다는 의미).

발톱자국 괵

虢 虎호랑이 호는 호랑이의 상형이고, 앞의 글자는 손으로 무엇을 잡는 모양이다. 둘이 합쳐 '호랑이가 발톱을 세워 물건을 잡다.'의 뜻이 생겼고, 파생되어 '나라이름'으로도 쓰였다.

밟다 천

践 足발 족+戔해치다 잔: 音으로, 戔은 창으로 거듭 찍어서 갈가리 찢는 모양이다. 둘이 합쳐 '발로 밟아서 해치다.'에서 '해치다, 밟다'의 뜻이 생겼다.

•비슷한 한자• 賤 천하다 천

예시 實踐 실제로 실 밟다 천 >> 실제로 밟음

0582

흙 토

• 비슷한 한자 •

士 선비 사

土 土 [土] 토지신을 제사 지내기 위하여 기둥꼴로 굳힌 흙의 모양을 본떠, '흙'의 뜻이 생겼다.

일설에는 지면 위에 돌출된 작은 흙더미를 본떠서 생긴 것이라고도 한다.

일설에는 땅이 식물을 위로 토해내는 모양을 그린 글자로 보기도 한다.

예시 土積成山

흙 토 쌓다 적 이루다 성 산 산 >> 조그마한 흙이 쌓여 산은 이룸

재미있는 對句이야기

옛날 글공부를 하던 두 사람이 심심하여 對句를 겨뤄보기로 했다. 먼저 한 사람이 '朱土不近黑(주토불근흑: 붉은 흙은 검은색에 가깝네)'라고 하니, 다른 사람이 한참을 고민하다가 對句하기를 '紅柿勿隱甘(홍시물은감: 붉은 감은 단맛을 감추지 않네)'라고 하여, 音과 訓을 이용하여 對句한 것으로, 朱土는 붉은 흙(훈을 풀이)이니 不近黑(음을 풀이), 紅柿는 붉은 감(훈을 풀이)이나 勿隱甘으로 對句한 것이다.

0583

모이다 회

会 아랫부분은 시루에 찔 음식이고 윗부분은 뚜껑을 덮어놓은 모양이다. '시루에 뚜껑을 덮는다.'는 것은 시루와 뚜껑이 위아래로 합친다는 뜻이므로, '합치다, 모으다'의 뜻이 파생되었다.

• 비슷한 한자 • 曾 일찍 증

예시 會者定離

만나다 회 사람 자 반드시 정 떠나다 리 >> 만난 사람은 반드시 이별함

0584

맹세 맹

盟 明밝다 명:音 + 皿그릇 명으로, 明은 神을 뜻한다. 옛날에 제후들 간에 맹약을 맺을 때에는 희생의 피를 그릇에 담아 손가락으로 피를 찍어서 입술 주위에 바른 다음 신에게 맹세의 내용을 고하였다. 그러므로 '그릇의 피를 입에 바른 후 신에게 고하여 맹세하다.'의 뜻이 생겼다.

• 비슷한 한자 •

盈 가득 차다 영

예시 盟約

맹세하다 맹 약속하다 약 >> 맹세하여 약속함

0585

어찌 하

何 사람이 멜대를 어깨에 멘 모양을 본뜬 것으로, 原字는 荷메다 하이며, 假借하여 '어찌'의 뜻이 생겼다.

• 비슷한 한자 • 伺 엿보다 사

예시 何時

어느 하 때 시 >> 어느 때

名句 감상

內省不疚 何恤人言(『後漢書』) 안으로 반성해서 꺼림칙하지 않는다면, 어찌 남의 말에 근심할 필요가 있겠는가?

遵 0586

따르다 준

遵 ⊕ 辶 쉬엄쉬엄 걷다 착 + 尊 높다 존: 音으로, 辵은 갈림길을 가는 모양이고 尊은 두 손으로 술통을 받들어 존경함을 뜻한다. 둘이 합쳐 '받들며 따라가다'의 뜻이 생겼다.

• 비슷한 한자 • 樽 술그릇 준

예시 遵守

따르다 준 지키다 수 >> 좇아 지킴

約 0587

묶다 약

約 ⊕ 糸 실 사 + 勺 잔 작: 音으로, 勺은 국을 뜨는 작은 국자모양이다. 둘이 합쳐 '실로 묶어서 작게 만들다.'에서 '묶다, 약속, 검소하다'의 뜻이 생겼다.

예시 約束

묶다 약 묶다 속 >> 묶음

節約

조절하다 절 검소하다 약 >> 조절하여 검소함

0588

법 법

• 비슷한 한자 •

刦 으르다 겁

法 法자의 古字는 灋로, 氵옆에 있는 자는 해태의 상형이다. 해태는 사악한 자나 정직하지 않은 자를 골라내서 들이받고 사는 상상의 동물로, 옛날부터 斥邪와 공정한 법의 집행을 상징하기 위하여 성문과 궐문 앞에 조각상을 세워두었다. 氵는 '물처럼 공평하게 집행한다.'는 의미로 쓰였다. 둘이 합쳐 '물처럼 공평하게 법을 집행하여 사악한 자를 집어내다.'의 뜻이 생겼다.

예시 法久弊生 법 법 오래다 구 폐해 폐 낳다 생 >> 좋은 법도 오래되면 폐해가 생김

0589

나라이름 한

• 비슷한 한자 •

偉 뛰어나다 위

韩 倝줄기 간: 音의 생략형 + 韋가죽 위로, 倝은 잘 자란 나무줄기며 韋는 나무 막대에 변형이 일어나지 않도록 그 둘레에 가죽을 둘러 감은 모양이다. 둘이 합쳐 '우물에 빠지지 않도록 샘 둘레에 쳐놓은 우물난간'의 뜻이며, 파생되어 '나라이름'의 뜻도 생겼다.

예시 韓國 나라이름 한 나라 국 >> 대한민국의 준말

0590

해지다 폐

弊 敝해지다 폐: 音+廾들다 공으로, 敝는 해진 옷이고 廾은 양손을 받드는 모양이다. 둘이 합쳐 '해진 옷을 두 손으로 들고 있는 모양'에서 '해지다, 폐해'의 뜻이 생겼다.

• 비슷한 한자 • 幣 폐백 폐 斃 넘어지다 폐

예시 弊習 폐해 폐 풍습 습 >> 폐해가 많은 풍속

0591

번거롭다 번

烦 火불 화+頁머리 혈로, '머리에 불 같은 열이 나다.'에서 '번민하다, 번거롭다'의 뜻이 생겼다.

• 비슷한 한자 • 須 모름지기 수

예시 煩惱 번거롭다 번 뇌 뇌 >> 뇌를 어지럽게 함

名句 감상

禮煩則亂(『書經』) 예의가 너무 번잡하면 혼란해진다.

0592

형벌 형

刑 幵평탄하다 견: 音+刂칼 도로, 幵은 두 개의 장대를 세워놓은 모양이다. 둘이 합쳐 '장대나 칼을 세워놓다.'에서 '형벌'의 뜻이 생겼다.

• 비슷한 한자 • 形 모양 형

예시 刑法 형벌 형 법 법 >> 범죄를 처벌하는 규정

0593

일어서다 기

• 비슷한 한자 •

赴 다다르다 부

예시 起死回生

起 走달리다 주 + 己몸 기: 音로, 走는 굽히는 모양이고 己는 무릎을 꿇은 모양이다. 둘이 합쳐 '사람이 조심하여 무릎을 꿇었다가 일어서다.'에서 '일어나다'의 뜻이 생겼다.

일설에는 走 + 已그치다 이로 보아, '가다가 멈춰 서다.'의 뜻인데, 멈춰 선 상태는 일어선 상태와 같으므로 '일어서다'가 파생되었다고 한다.

일어서다 기 죽다 사 돌아오다 회 살다 생 >> 죽음에서 일어나 삶으로 돌아옴

0594

자르다 전

翦 前앞 전: 音 + 羽깃 우로, 前은 '칼로 베고 나아가다, 가지런히 자르다.'의 뜻이고 羽는 새의 양 날개의 상형이다. 둘이 합쳐 '깎은 것처럼 가지런히 난 솜털'에서 '털을 깎다.'의 뜻이 파생되었다.

• 비슷한 한자 • 剪 가위, 베다 전

예시 翦髮易書

자르다 전 머리털 발 바꾸다 역 책 서 >> 元나라 陳祐의 어머니가 머리카락을 잘라 팔아 가지고 책을 사서 그 아들에게 읽혔다는 故事

0595

자못 파

頗 皮가죽 피: 音 + 頁머리 혈로, 皮는 波의 생략형으로 '파도처럼 흔들려 기울다.'의 뜻이다. 둘이 합쳐 '머리가 기울다.'에서 '치우치다, 자못'의 뜻이 생겼다.

• 비슷한 한자 • 波 물결 파

예시 頗多 자못 파 많다 다 >> 상당히 많음

0596

기르다 목

牧 ◎ 牛소 우＋攵치다 복으로, '소를 채찍으로 치다.'에서 '소를 기르다, 다스리다, 목장'의 뜻이 생겼다.

• 비슷한 한자 • 物 만물 물

예시 牧童 기르다 목 아이 동 >> 소를 기르는 아이

0597

쓰다 용

用 ◎ 나무로 만든 원형 용기의 상형으로, 原字는 桶통 통이다. 파생되어 '쓰다'의 뜻이 생겼다.

◎ 일설에는 鐘의 상형으로, '종의 꼭지를 잡고 들어 올리다.'에서 '끌어 쓰다'의 뜻이 파생되었다고도 한다.

• 비슷한 한자 • 甫 크다 보

예시 任用 맡기다 임 쓰다 용 >> 맡겨 씀

재미있는 수수께끼

☼ 周而不全은?

둘레가 온전하지 못하다는 것이니, 周가 온전치 못해 口를 빼면 用이 정답이다.

0598

군사 군

軍 冖덮다 멱＋車수레 거로, 冖은 덮개의 모양이다. 둘이 합쳐 '전차를 포위하다.'에서 '군사의 집단'의 뜻이 생겼다.

• 비슷한 한자 • 揮 휘두르다 휘

예시 軍氣 군사 군 기운 기 >> 군사의 기운

0599

가장 최

最 冒두건 모＋取취하다 취로, 冒는 두건의 상형이고 取는 옛날 전쟁에서 죽인 적의 왼쪽 귀를 베어내어 목 대신 모았던 것에서 '취하다'의 뜻이다. 둘이 합쳐 '두건을 손끝으로 집어 올리는 모양'에서 '모으다'의 뜻이 생겼고, '가장'의 뜻이 파생되었다.

• 비슷한 한자 •

撮 집다 촬

예시 最後 가장 최 뒤 후 >> 가장 뒤

名句 감상

多言多慮 最害心術(『擊蒙要訣』 持身) 말을 많이 하고 생각을 많이 하는 것이 가장 마음에 해롭다.

0600
자세하다 정

精 : 米쌀 미 + 靑푸르다 청: 音으로, 米는 이삭의 가지와 열매를 상형한 것이고 靑은 푸른 풀빛의 맑은 색깔이다. 둘이 합쳐 '껍질을 벗겨낸 맑은 쌀'에서 '벗긴 쌀, 깨끗하다, 자세하다'의 뜻이 생겼다.

• 비슷한 한자 • 請 청하다 청

예시 精密 자세하다 정 꼼꼼하다 밀 >> 자세하고 꼼꼼함

0601
펴다 선

宣 : 宀집 면 + 亘구하다 선: 音으로, 亘은 선회하는 모양을 본뜬 것이다. 둘이 합쳐 '담으로 둘러싸인 큰 집'에서 '널리 은덕을 베풀다, 널리 알리다'의 뜻이 생겼다.

• 비슷한 한자 • 宜 마땅하다 의

예시 宣傳 펴다 선 전하다 전 >> 널리 알려서 전함

0602
위엄 위

威 : 女 + 戉도끼 월로, 戉은 큰 도끼의 상형이다. 둘이 합쳐 '도끼로 여자를 위협하는 모양'에서 '으르다, 위엄'의 뜻이 생겼다.

• 비슷한 한자 • 成 이루다 성

예시 威而不猛 위엄 위 말 잇다 이 아니다 불 사납다 맹 >> 위엄은 있으나 사납지 아니함

0603

모래 사

沙 氵+少적다 소로, '물속의 작은 돌'에서 '모래'의 뜻이 나왔다.

일설에는 '물이 적어지면 보이는 것'에서 '모래'의 뜻이 나왔다고도 한다.

•비슷한 한자• 砂 沙와 同字

예시 沙丘 모래 사 언덕 구 >> 모래로 이룬 언덕

名句 감상

山高松下立 江深沙上流(『推句』) 산이 높아도 소나무 아래에 서 있고, 강이 깊어도 모래 위로 흐른다.

0604

사막 막

漠 氵+莫없다 막: 音으로, 莫은 태양이 초원에서 지는 모양으로 '없다'의 뜻이다. 둘이 합쳐 '물이 없는 곳'에서 '사막, 넓다'의 뜻이 생겼다.

•비슷한 한자• 漢 한나라 한

예시 漠漠 넓다 막 넓다 막 >> 끝이 없이 넓음

0605

달리다 치

馳 馬말 마+也어조사 야: 音로, 也는 여자의 생식기를 본뜬 것이다. 둘이 합쳐 '망아지가 어미에게로 달려가다.'에서 '달리다'의 뜻이 생겼다.

•비슷한 한자• 池 못 지

名句 감상

自老視少 可以消奔馳角逐之心 自瘁視榮 可以絶紛華靡麗之念(『菜根譚』 後集) 늙음으로부터 젊음을 견주어보면 바삐 달리고 다투고자 하던 마음을 녹일 수 있고, 영락함으로부터 영화를 견주어보면 번화하고 화려하고자 하는 생각을 끊을 수 있다.

譽 0606

기리다 예

誉 與더불다 여: 音+言으로, 與는 손을 한데 모아 물건을 들어 올리는 모양이다. 둘이 합쳐 '말로써 사람을 들어 올리다.'에서 '기리다, 명예'의 뜻이 생겼다.

• 비슷한 한자 • 擧 들다 거

예시 名譽 명예 명 명예 예 >> 명예

丹 0607

붉다 단

丹 丹沙를 채굴하는 우물을 본뜬 것으로, '붉은 빛'의 뜻이 생겼다.

• 비슷한 한자 • 舟 배 주

예시 丹靑 붉다 단 푸르다 청 >> 붉은 빛과 푸른빛으로, 채색하여 그린 그림

青

0608

푸르다 청

[青] 生낳다 생: 音 + 丹붉다 단으로, 生은 땅에서 싹이 돋아나는 모양이고 丹은 채굴하는 우물을 본뜬 것이다. 둘이 합쳐 '푸른빛이 나오다.'에서 '푸르다, 푸른빛'의 뜻이 생겼다.

• 비슷한 한자 • 毒 독 독

예시 **青出於藍** 푸른빛 청 나오다 출 어조사 어 쪽풀 람 >> 푸른색은 쪽풀에서 나온다는 것으로, 제자가 스승보다 나음의 비유

재미있는 破字이야기

옛날 예쁜 규수를 사랑하던 남자가 그 여자에게 다음과 같은 편지를 보냈다.

青籍(청적)

그 여자가 곰곰이 생각해 보니, 青은 十二月의 파자요, 籍은 竹 + 耒(來의 약자) + 昔(卄 + 一 + 日)의 파자였다. 이를 합하면, '12월 21일 대나무 숲으로 오시오.'였다. 여자가 그날 대나무 숲으로 가니, 남자가 기다리고 있기에 부끄러워 말은 못하고 다음과 같은 글을 남기고 도망가 버렸다.

四線下口牛頭不出

남자가 그 뜻을 풀어보니, 네(四) 선(線) 아래(下)에 입 구(口)자는 言자요, 소(牛) 머리(頭)가 나오지 않은(不出)자는 午자니, 둘이 합쳐 許(허락하다 허)자였다. 그래서 두 남녀는 서로의 마음을 알고서 결혼하여 행복하게 살았답니다.

0609

아홉 구

九 굴곡되어 끝나는 모양을 본뜬 것에서, 수가 다하여 끝나는 '아홉'의 뜻이 생겼다.

일설에는 구부러진 팔뚝을 펴서 물건을 취하는 모양에서, '구부려서 얽어 감다.'에서 '모으다'의 뜻이었으나, 뒤에 假借하여 '아홉'의 뜻이 생겼다고도 한다.

• 비슷한 한자 • 力 힘 력

예시 重九日 겹치다 중 아홉 구 날 일 >> 9가 겹친 날로, 음력 9월 9일

0610

마을 주

州 강물이 흘러가는 가운데 둘러싸인 땅, 즉 모래톱의 상형에서 '모래톱, 마을'의 뜻이 생겼다.

• 비슷한 한자 • 川 내 천

0611

우임금 우

禹 虫벌레 충 + 九아홉 구로, 九는 구부러진 모양이다. 둘이 합쳐 '벌레가 구불구불 기어가는 모양'에서 '느릿느릿 가다'라는 뜻이 생겼고, 뒤에 聖王의 뜻으로 쓰였다.

名句 감상

禹惡旨酒而好善言 湯執中 立賢無方 文王視民如傷 望道而未之見 武王不泄邇 不忘遠(『孟子』離婁 下) 우임금은 맛있는 술을 싫어하고 선한 말을 좋아했으며, 탕임금은 중용을 지키시고 현명한 이를 세울 때 출신을 따지지 않았으며, 문왕은 백성을 보기를 다친 사람과 같이하였고 (이미 도에 이르렀는데도) 도를 바라보며 아직 그것을 못 본 듯하였으며, 무왕은 가까이 있는 사람을 업신여기지 않고 멀리 있는 사람을 잊지 않았다.

跡 0612

자취 적

迹 足발 족＋亦또한 역: 音으로, 亦은 본래 사람의 양쪽 겨드랑이에 점을 더하여 겨드랑이의 뜻이었으나 여기서는 체취를 뜻한다. 둘이 합쳐 '발의 체취'에서 '발자취'의 뜻이 생겼다.

• 비슷한 한자 • 迹 자취 적

예시 追跡 쫓다 추 자취 적 >> 자취를 쫓아감

百 0613

일백 백

百 一한 일＋白희다 백: 音으로, 白은 넓다의 뜻이다. 둘이 합쳐 '일에서 시작하여 가장 넓은 수'에서 '일백'의 뜻이 생겼다.

• 비슷한 한자 • 陌 길 맥

예시 百聞不如一見 일백 백 듣다 문 아니다 불 같다 여 한 일 보다 견 >> 백 번 듣는 것이 한 번 보는 것만 못함

0614

고을 군

郡 君임금 군: 音+阝고을 읍으로, 君은 群의 생략자로 무리를 뜻하고 邑은 사람이 무리지어 편안히 사는 마을을 뜻한다. 둘이 합쳐 '마을의 무리'에서 '고을'의 뜻이 생겼다.

• 비슷한 한자 • 部 마을 부

예시 郡廳 고을 군 관청 청 >> 군의 관청

0615

진나라 진

秦 볏단을 땅에 펴놓고 두 손으로 도리깨를 쥐고 타작하는 모양에서 '벼 이름'이었으나, 뒤이어 '나라이름'으로 파생되었다.

• 비슷한 한자 • 奏 아뢰다 주

0616

어우르다 병

幷 어깨를 나란히 하고 함께 가는 모양을 본뜬 것이다.

• 비슷한 한자 • 並 나란히 서다 병=竝

예시 幷合 어우르다 병 합하다 합 >> 아울러 하나로 만듦

0617

큰 산 악

岳 山＋獄감옥 옥: 音으로, 獄은 개 두 마리를 두고 달아나지 못하도록 위압감을 주는 곳이란 뜻이다. 둘이 합쳐 '사람을 위압하는 험준한 산'에서 '높고 큰 산'의 뜻이 나왔다.

예시 嶽丈

큰 산 악 어른 장 >> 嶽은 泰山이고, 그 꼭대기에 丈人峯이 있는 데서 아내의 친정아버지인 丈人을 이름

0618

근본 종

宗 宀집 면＋示보다 시로, 示는 祭壇의 상형이다. 둘이 합쳐 '집에 차려진 제단'에서 '조상, 사당, 마루근본'의 뜻이 생겼다.

• 비슷한 한자 • 宋 송나라 송

예시 宗家

근본 종 집 가 >> 큰 집

0619

항상 항

恒 忄마음 심＋亘건너다 긍: 音으로, 亘은 달이 하늘의 한쪽에서 다른 한쪽으로 건너감을 뜻한다. 둘이 합쳐 '마음이 언제나 한쪽에서 다른 한쪽으로 변함없이 건너가다.'에서 '항상'의 뜻이 생겼다.

• 비슷한 한자 • 恂 두려워하다 순

예시 恒久

항상 항 오래다 구 >> 항상 오래감

0620

대산 대

岱 代대신하다 대: 音+山으로, 代는 사람이 큰 말뚝을 교차시키는 의미이다. 둘이 합쳐 '큰 산'의 뜻이 생겼다.

•비슷한 한자• 垈 터 대

예시 岱山

대산 대 산 산 >> =泰山

0621

봉선 선

禅 示보다 시+單홀 단: 音으로, 示는 祭壇의 상형이고 單은 끝이 두 갈개진 사냥 도구인 활의 상형이다. 둘이 합쳐 '사냥하기 전에 제단에서 제사 지내는 모양'에서, '땅을 판판하게 닦고 신에게 제사 지내는 封禪, 선'의 뜻이 생겼다.

일설에는 單이 壇과 통해 평탄한 臺地를 뜻하므로, '壇을 설치하고 하늘에 제사하다.'의 뜻이 나왔다고도 한다.

•비슷한 한자• 禫 담제 담

예시 禪房

선 선 방 방 >> 좌선하는 방

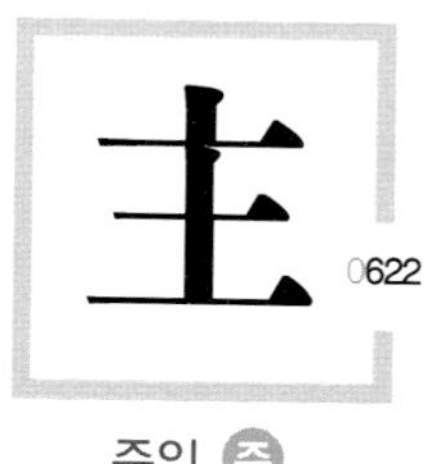

0622

주인 주

主 아래는 등잔의 모양이고 위의 점은 등불 모양에서 '등잔불'의 뜻이 생겼다. 밤에는 사람들이 등불을 중심으로 주위에 모여들기 때문에 이로부터 '주인, 임금'이란 뜻이 파생되었다.

•비슷한 한자• 王 임금 왕

예시 主客顚倒 주인 주 손님 객 뒤집히다 전 거꾸러지다 도 >> 주인과 손님의 자리가 바뀜

君主 임금 군 임금 주 >> 임금

名句 감상

主不可以怒而興師(『孫子兵法』) 임금은 (개인적) 노여움 때문에 군사를 일으켜서는 안 된다.

0623

이르다 운

云 구름이 뭉게뭉게 피어오르는 모양을 본뜬 것으로, 原字는 雲구름 운이며 가차하여 '이르다'의 뜻이 생겼다.

• 비슷한 한자 • 元 으뜸 원

名句 감상

詩云 鳶飛戾天 魚躍于淵 言其上下察也(『中庸』 12장) 『시경』에 이르기를 "솔개는 날아 하늘에 이르는데 물고기는 연못에서 뛰어논다." 하였으니, 상하에 이치가 드러남을 말한 것이다.

0624

정자 정

亭 高높다 고+丁못 정: 音으로, 高는 성문 위의 누각의 모양이다. 둘이 합쳐 '못을 박아 고정시키듯 머물러 쉬는 시설'에서 '정자, 여관'의 뜻이 생겼다.

• 비슷한 한자 • 停 멈추다 정 享 누리다 향

0625

기러기 안

雁 厂언덕 한: 音+亻+鳥새 조로, 厂은 낭떠러지의 모양이고 鳥는 새의 상형이다. 셋이 합쳐 '벼랑 밑의 사람 집에서 기르는 새'에서 '오리, 기러기'의 뜻이 생겼다.

• 비슷한 한자 • 贗 가짜 안

名句 감상

水底魚天邊鴈 高可射兮低可釣 惟有人心咫尺間 咫尺人心不可料(『明心寶鑑』 省心) 물 밑의 물고기와 하늘가의 기러기는 아무리 높아도 쏠 수 있고 아무리 낮아도 낚을 수 있다. 그러나 오직 사람의 마음은 지척 간에 있으나, 지척의 사람 마음은 헤아릴 수가 없다.

0626

문 문

门 양쪽으로 여닫을 수 있는 큰 문의 모양을 본뜬 것에서 '문, 지체'의 뜻이 생겼다.

• 비슷한 한자 • 們 들 문

예시 門前成市 문 문 앞 전 이루다 성 시장 시 >> 문 앞에 시장이 이루어짐

名門 이름나다 명 지체 문 >> 이름난 가문

0627

자줏빛 자

紫 此이 차: 音＋糸로, 此는 검다의 뜻이다. 둘이 합쳐 '검은 빛을 섞어 염색한 비단'에서 붉은 색에 검은 색을 섞으면 '자줏빛'이 되므로, 이 뜻이 생겼다.

비슷한 한자 些 적다 사

예시 紫禁城 자줏빛 자 대궐 금 성 성 >> 북경에 있는 황제의 성

0628

변방 새
막다 색

塞 나무를 격자로 엮고 손으로 흙을 가져다 막아서 장애물을 만든 모양에서 '막다, 요새, 변방'의 뜻이 생겼다.

비슷한 한자 寒 춥다 한

예시 塞翁之馬 변방 새 늙은이 옹 어조사 지 말 마 >> 변방 늙은이의 말로, 인생의 吉凶禍福이 無常하여 예측할 수 없음을 이름

塞責 막다 색 책임 책 >> 책임을 다함

0629

닭 계

鸡 奚종 해: 音＋鳥새 조로, 奚는 끈을 매어 부리는 사람의 형상이다. 둘이 합쳐 '사람이 매어 두는 새'에서 '닭'의 뜻이 생겼다.

일설에는 奚는 종으로, '시간을 헤아려 알려주는 노복과 같은 새'에서 나왔다고도 한다.

비슷한 한자 雞 鷄의 本字

예시 群鷄一鶴 무리 군 닭 계 한 일 학 학 >> 여러 마리 닭 가운데 한 마리 학

0630

밭 전

田 구획된 사냥터나 동서와 남북으로 밭이랑과 밭둑을 만든 경작지의 모양에서 '밭, 사냥하다'의 뜻이 생겼다.

• 비슷한 한자 • 甲으뜸 갑 申펴다 신 由말미암다 유

예시 田畓 밭 전 논 답 >> 밭과 논

名句 감상

大廈千間 夜臥八尺 良田萬頃 日食二升(『明心寶鑑』 省心) 큰 집이 천 칸이라도 밤에 눕는 곳은 8자뿐이요, 좋은 밭이 만 이랑이라도 하루에 먹는 것은 2되뿐이다(廈: 큰집 하 間: 칸 간 升: 되 승).

0631

붉다 적

赤 大크다 대＋火불 화로, '불이 활활 타다.'에서 '붉은색'의 뜻이 파생되었다.

• 비슷한 한자 • 亦 또한 역

예시 赤血球 붉다 적 피 혈 동근물체 구 >> 피를 붉게 하는 세포

名句 감상

大人者 不失其赤子之心者也(『孟子』 離婁 下) 대인은 어린아이의 마음을 잃지 않는 자이다.

0632

성 성

예시 城郭

城 土+成이루다 성: 音으로, 成은 '큰 도끼로 적을 평정하다.'의 뜻이다. 둘이 합쳐 '적을 평정하고 흙을 쌓은 것'에서 '성을 쌓다, 성'의 뜻이 생겼다.

•비슷한 한자• 晟 밝다 성

성 성 외성 곽 >> 內城과 外城

0633

형 곤

昆 발이 많은 벌레의 상형에서 '벌레, 많다, 자손, 형'의 뜻이 파생되었다.

•비슷한 한자• 昇 오르다 승

예시 昆蟲 많다 곤 벌레 충 >> 많은 벌레

昆弟 형 곤 아우 제 >> =兄弟

0634

못 지

•비슷한 한자•

地 땅 지

池 氵+也어조사 야: 音로, 也는 뱀의 머리 모양으로 꾸불꾸불하다는 뜻이다. 둘이 합쳐 '꾸불꾸불한 모양의 물웅덩이'에서, '물이 괸 연못'의 뜻이 나왔다.

일설에는 也가 여성의 생식기를 본뜬 것으로, '물이 괴어 있는 못'의 뜻이 생겼다고도 한다.

예시 池魚之殃

못 지 물고기 어 어조사 지 재앙 앙 >> 못에 사는 물고기의 재앙으로, 楚나라의 城門에 불이 나서 옆에 있는 못의 물로 불을 껐기 때문에 물이 말라서 그 못에 있던 물고기가 모두 죽었다는 고사에서 나온 말로, 자신과 관계가 없는데 재앙을 받음을 이름

0635

비석 갈

碣 石+曷어찌 갈: 音로, 曷은 '祝文을 높이 들어 행복을 빌다.'는 뜻이다. 둘이 합쳐 '높이 들어 올린 돌'에서 '비석'의 뜻이 나왔다.

• 비슷한 한자 • 渴 목마르다 갈

0636

돌 석

石 언덕 밑에 뒹굴고 있는 작은 돌덩이를 본뜬 것이다.

• 비슷한 한자 • 右 오른쪽 우

예시 一石二鳥

한 일 돌 석 둘 이 새 조 >> 하나의 돌로 두 마리의 새를 잡음

名句 감상

譬如厚石 風不能移 智者意重 毁譽不傾(『法句經』 明哲品) 비유하자면 단단한 돌은 바람이 옮기지 못하는 것같이, 지혜로운 자는 뜻이 무거워 비방과 칭찬에 기울어지지 않는다.

0637

크다 거

鉅 金쇠 금＋巨크다 거: 音로, 金은 금속이 땅속에 있는 모양이고 巨는 손잡이가 있는 큰 자의 상형이다. 둘이 합쳐 '단단하고 큰 금속'에서 '크다, 강하다'의 뜻이 생겼다.

• 비슷한 한자 • 鋸 톱 거

예시 鉅儒 크다 거 선비 유 >> 큰 선비

0638

들 야

野 里마을 리＋予주다 여: 音로, 里는 농토와 토지 신의 사당이 있는 마을의 뜻이고 予는 베틀의 씨실을 자유로이 왔다 갔다 하게 하기 위한 제구의 북을 본뜬 모양에서 넓고 활달하다는 뜻이다. 둘이 합쳐 '넓은 마을'에서 '들, 성 밖'의 뜻이 생겼다.

예시 野生 들 야 살다 생 >> 들에서 삶

名句 감상

踏雪野中去 不須胡亂行 今日我行跡 遂作後人程(西山大師, 「踏雪」)
눈을 밟으며 들길을 갈 때, 모름지기 멋대로 가지 말라. 오늘 내 발자취가 마침내 뒷사람의 길이 되나니.

0639

골 동

꿰뚫다 통

洞 氵+同같다 동: 音으로, 同은 몸체와 뚜껑이 잘 맞도록 만들어진 속이 빈 통의 상형이다. 둘이 합쳐 '물이 빠져나가 비어 있는 곳'에서 '깊은 구멍, 깊다, 비다'의 뜻이 생겼다. 뒤에 '꿰뚫다'의 뜻도 파생되었다.

• 비슷한 한자 • 桐 오동나무 동

예시 洞窟 깊은 구멍 동 굴 굴 >> 깊은 굴

洞察 꿰뚫다 통 살피다 찰 >> 꿰뚫어 살핌

0640

뜰 정

庭 广집 엄+廷조정 정: 音으로, 廷은 계단 앞에 튀어나온 뜰의 상형이다. 둘이 합쳐 '집 앞의 뜰'의 뜻이 생겼다.

• 비슷한 한자 • 挺 뽑다 정

예시 庭園 뜰 정 뜰 원 >> 동산

0641

비다 광

旷 日해 일+廣넓다 광: 音으로, 廣은 크고 넓은 지붕이다. 둘이 합쳐 '넓은 공간에 빛이 꽉 차다.'에서 '비다, 밝다, 넓다'의 뜻이 생겼다.

• 비슷한 한자 • 鑛 쇳돌 광

예시 曠野 넓다 광 들 야 >> 넓은 들

0642

멀다 원

远 辶쉬엄쉬엄 걷다 착＋袁긴 옷 원: 音으로, 辵은 갈림길을 가는 모양이고 袁은 '옷 속에 구슬을 넣어 여행길의 안전을 빌다.'에서 '멀어지다'의 뜻이다. 둘이 합쳐 '긴 옷처럼 먼 길을 걸어가다.'에서 '멀다'의 뜻이 생겼다.

• 비슷한 한자 • 園 동산 원

예시 遠交近攻

멀다 원 사귀다 교 가깝다 근 치다 공 >> 먼 나라는 사귀고 가까운 나라는 침

0643

솜 면

绵 糸실 사＋帛비단 백: 音으로, 糸는 꼰 실의 상형에서 '잇다'는 뜻이고 帛은 흰 비단의 뜻이다. 둘이 합쳐 '비단 짜는 명주실을 잇다.'에서 '연잇다, 명주, 솜'의 뜻이 생겼다.

• 비슷한 한자 • 錦 비단 금

예시 綿綿

잇다 면 잇다 면 >> 계속 이어진 모양

0644

멀다 막

邈 辶쉬엄쉬엄 걷다 착＋貌모사하다 막: 音으로, 辵은 갈림길을 가는 모양이고 貌는 사람의 겉모습을 뜻한다. 둘이 합쳐 '걸어가서 모습이 희미하다.'의 뜻에서 '아득하다'의 뜻이 생겼다.

• 비슷한 한자 • 藐 邈과 同字

0645

바위 암

岩 山+嚴엄하다 엄: 音으로, 嚴은 엄한 모양이다. 둘이 합쳐 '가까이하기 힘든 산'에서 '가파르다, 바위'의 뜻이 생겼다.

• 비슷한 한자 • 孍 예쁘다 엄

예시 巖壁 바위 암 벽 벽 >> 바위로 된 벽

0646

산굴 수

岫 山+由말미암다 유: 音로, 由는 바닥이 깊은 술단지의 상형이다. 둘이 합쳐 '술단지처럼 깊은 산의 동굴'에서 '산굴'의 뜻이 생겼다.

• 비슷한 한자 • 油 기름 유

名句 감상

孤雲出岫 去留一無所係 郎鏡懸空 靜躁兩不相干(『菜根譚』 後集) 외로운 구름은 산봉우리에서 나와, 가고 머무름에 전혀 매임이 없고, 밝은 달은 하늘에 매달려, 고요하고 시끄러움 둘 다 서로 상관하지 않는다.

0647

어둡다 묘

杳 木+日해 일로, '해가 나무 밑으로 지다.'에서 '어둡다, 아득하다'의 뜻이 생겼다.

• 비슷한 한자 • 昔 옛 석

예시 杳然 아득하다 묘 의태어 연 >> 아득한 모양

0648

어둡다 명

冥 冖덮다 멱: 音＋日해 일＋六으로, 冖은 덮개의 모양이고 六은 집의 상형이다. 셋이 합쳐 '집 안에 해를 덮어 주는 모양'에서 '어둡다, 밤, 저승'의 뜻이 생겼다.

• 비슷한 한자 • 溟 바다 명

예시 冥福 저승 명 복 복 >> 저승에서 받는 복

0649

다스리다 치

治 氵＋台기뻐하다 이: 音로, 台는 쟁기질하는 모양을 본뜬 것으로 다스리다의 뜻이다. 둘이 합쳐 '물을 다스리다.'의 뜻이 생겼다.

• 비슷한 한자 • 冶 대장장이 야

예시 治安 다스리다 치 편안하다 안 >> 잘 다스려 편안함

名句 감상

待客不得不豊 治家不得不儉(『明心寶鑑』 治家) 손님을 접대하는 데는 풍성하지 않을 수 없으며, 집안을 다스림에는 검소하지 않을 수 없다.

0650

뿌리 본

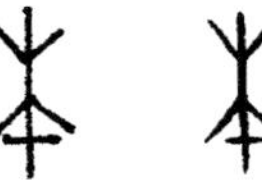

本 나무 밑동 뿌리 부분을 표시한 형태로 '뿌리, 근본'의 뜻이 생겼다.

• 비슷한 한자 • 木 나무 목 末 끝 말 休 쉬다 휴

예시 本末 뿌리 본 끝 말 >> 처음과 끝

0651

어조사 어
감탄사 오

於 烏까마귀 오의 古字로, 본래 까마귀의 울음소리였으나 뒤에 감탄사 '아!'로 쓰이고, 가차하여 '어조사'의 뜻이 되었다.

• 비슷한 한자 • 放 놓다 방

名句 감상

大學之道 在明明德 在親民 在止於至善(『大學』) 『대학』의 도는 밝은 덕을 밝힘에 있으며, 백성을 새롭게 함에 있으며, 지극한 선에 그침에 있다.

0652

농사 농

农 臼절구 구＋田밭 전＋辰때 신으로, 臼는 양손을 그림 모양이고 辰은 조개가 껍데기에서 발을 내밀고 있는 모양으로 고대에는 조개껍질로 풀을 제거했다. 셋이 합쳐 '양손으로 조개껍데기를 잡고 풀을 뽑는 모양'에서 '농사'의 뜻이 생겼다.

• 비슷한 한자 • 濃 짙다 농

예시 農者天下之大本 농사 농 것 자 하늘 천 아래 하 어조사 지 크다 대 근본 본 >>
농사가 천하의 큰 근본임

0653

힘쓰다 무

务 矛창 모＋攵치다 복＋力힘 력으로, 矛는 뾰족한 쇠를 긴 나무 자루에 박은 창이고 攵은 손에 막대기 같은 것을 들고 있는 모양

이다. 셋이 합쳐 '창으로 힘 있게 치다.'에서 '곤란에 맞서 힘쓰다.'의 뜻이 생겼다.

• 비슷한 한자 • 矜 불쌍히 여기다 긍

名句 감상

不好責彼 務自省身 如有知此 永滅無患(『法句經』 雙要品) 남을 책망하기를 좋아하지 말고, 스스로 자신을 살피기를 힘써라. 만약 이것을 안다면, 영원히(번뇌를) 없애서 근심이 없을 것이다.

0654

이 자

茲 艹풀 초＋絲실 사: 音의 생략형으로, 絲는 두 가닥의 실이다. 둘이 합쳐 '풀이 우거지다.'에서 '불어나다'의 뜻이 나왔고, '이'의 뜻이 파생되었다.

• 비슷한 한자 • 滋 더욱 자

0655

심다 가

稼 禾벼 화＋嫁시집가다 가: 音의 생략형으로, 모판에 모를 심었다가 옮겨 심는 것이 여자가 친정집에서 자라다가 시집으로 가는 것과 같아서 '모를 앞으로 자라야 할 논에다 옮겨 심다.'에서 '심다, 농사'의 뜻이 생겼다.

예시 稼穡 심다 가 거두다 색 >> 심고 거둠

0656

거두다 색

穡 대전의 嗇은 위에 보리와 아래의 창고의 모양을 본뜬 것으로, '보리를 수확하여 창고에 넣다.'의 뜻이었다. 소전은 禾벼 화+嗇거두다 색으로, '벼를 수확하다'의 뜻에서 '거두다, 농사'의 뜻이 생겼다.

• 비슷한 한자 • 牆 담 장

0657

착하다 숙

俶 亻+叔아저씨 숙: 音으로, 叔은 가지에 붙어 있는 콩을 손으로 줍는다는 뜻이다. 둘이 합쳐 '가지런히 정리된 사람'에서 '착하다'의 뜻이 생겼다.

• 비슷한 한자 • 淑 착하다 숙

0658

싣다 재

載 수레 위에 화물을 싣고 또 이 화물을 지키기 위해 창을 높이 꽂은 모양에서 '싣다, 해'의 뜻이 생겼다.

• 비슷한 한자 • 栽 심다 재 哉 어조사 재

예시 記載 기록하다 기 싣다 재 >> 기록하여 실음

千載一遇 일천 천 해 재 한 일 만나다 우 >> 천 년에 한 번 만남

0659

남쪽 남

• 비슷한 한자 •

婻 오라비 남

南 ※ 위의 풀과 아래의 바람과 들어가다가 결합되어 '봄이 되어 살그머니 스며들어 초목이 싹트도록 촉구하는 남풍'에서 '남쪽'의 뜻이 생겼다.

※ 일설에는 고대 남방의 소수민족이 쓰던 악기의 상형에서 '남쪽'의 뜻이 나왔다고도 한다.

예시 **南橘北枳** 남쪽 남 귤 귤 북쪽 북 탱자 지 >> 남쪽의 귤을 북쪽에 심으면 탱자가 된다는 것으로, 환경에 따라 기질이 변함을 이름

재미있는 破字 이야기

어떤 사람이 장가드는 날 신방에 들어 신부에게 나이를 물으니, 신부가 '南山有田邊土落古木有鳩鳥先飛'라 대답했다. 풀이해 보니, 南山有田邊土落(남산에 밭이 있는데 가의 흙이 떨어져 나갔다: 田→十) 古木有鳩鳥先飛(고목에 비둘기가 앉아 있다가 새만 먼저 날아갔다: 鳩→九)였다. 그래서 신랑이 '爾年十九歲', 즉 '당신의 나이가 19세군요'라고 했는데, 音으로 읽으면 '이년이 19살이네'가 된다.

0660

이랑 무 묘

• 비슷한 한자 •

畋 사냥하다 전

亩 每늘 매: 音＋田밭 전으로, 每는 젖통이 있는 여성의 상형이다. 둘이 합쳐 '논밭 안의 젖통과 같이 불룩한 것'에서 '이랑, 두둑'의 뜻이 생겼다.

일설에는 田＋十열 십＋久오래다 구로, 十은 밭과 밭 사이의 경계가 만나는 곳을 가리키고 久는 사람이 가지 않고 서 있는 모양이다. 셋이 합쳐 '사람이 경계선에 서서 밭의 넓이를 재다.'의 뜻에서 '이랑'의 뜻이 생겼다고도 한다.

0661

나 아

我 날끝이 들쭉날쭉한 창의 모양을 형상화한 것, 또는 창에다 장식 술을 달아 늘어뜨린 모양을 본뜬 것인데, 가차하여 '나, 우리'의 뜻이 나왔다.

• 비슷한 한자 • 俄 잠시 아

예시 我執 나 아 잡다 집 >> 我見에 집착함

名句 감상

愚曚愚極 自謂我智 愚而勝智 是謂極愚(『法句經』 愚闇品) 매우 어리석어 어리석음이 지극하나, 스스로 나는 지혜롭다고 말한다. 어리석으면서 지혜를 이기려는 것, 이것을 지극히 어리석다고 말한다.

0662

재주 예

艺 사람이 무릎을 꿇고 앉아서 식물을 심는 모양에서 '심다, 재주'의 뜻이 생겼다.

• 비슷한 한자 • 芸 김매다 운

예시 藝能 재주 예 재능 능 >> 예술과 기능

名句 감상

黃金滿籯 不如教子一經 賜子千金 不如教子一藝(『明心寶鑑』 訓子) 황금이 바구니에 가득 찬 것이 자식에게 하나의 경전을 가르치는 것만 못하고, 자식에게 천금을 물려주는 것이 자식에게 하나의 재주를 가르치는 것만 못 하다.

0663

기장 서

黍 禾벼 화 + 水로, 禾는 이삭 끝이 줄기 끝에 늘어진 모양이고 여기서의 水는 술을 뜻한다. 둘이 합쳐 '술을 빚는 데 쓰는 곡식'에서 '기장'의 뜻이 나왔다.

• 비슷한 한자 • 黎 무렵 려

0664

기장 직

稷 禾의 오른쪽 글자는 농부가 쟁기를 쥐고 천천히 나아가는 모양이다. 둘이 합쳐 '쟁기를 갈아 짓는 농사'에서 '기장, 곡식신'의 뜻이 생겼다.

•비슷한 한자• 禝 사람이름 직

예시 社稷 땅신 사 곡식신 직 >> 땅신과 곡식신으로, 국가의 의미

0665

구실 **세**

稅 禾벼 화 + 兌기뻐하다 태: 音로, 禾는 이삭 끝이 줄기 끝에 늘어진 모양이고 兌는 '기도하여 맺힌 기분이 풀어지다.'의 뜻이다. 둘이 합쳐 '벼가 풀어져 빠져나가다.'에서 '구실'의 뜻이 생겼다.

•비슷한 한자• 脫 벗다 탈

예시 稅金 구실 세 돈 금 >> 조세로 내는 돈

0666

익다 **숙**

熟 孰누구 숙: 音 + 灬불 화로, 孰은 여자가 냄비에 손을 가져가 음식을 끓여 익히는 모양이고 灬는 타오르는 불꽃의 상형이다. 둘이 합쳐 '불로 익히다.'의 뜻이 생겼다.

•비슷한 한자• 塾 글방 숙

예시 熟眠 익다 숙 자다 면 >> 깊이 잠이 듦

0667

공물 **공**

贡 工장인 공: 音 + 貝조개 패로, 工은 공구를 본뜬 모양에서 '힘을 들여 생산물을 만들다.'는 뜻이다. 둘이 합쳐 '힘들여 만들어 윗사람에게 바치다.'에서 '바치다, 공물'의 뜻이 생겼다.

•비슷한 한자• 員 인원 원

예시 貢獻 공물 공 드리다 헌 >> 공물을 나라에 바침

0668

새롭다 신

新 辛맵다 신: 音＋木＋斤도끼 근으로, 辛은 본래 문신을 하기 위한 바늘의 모양인데 '베다'의 뜻이 있고 斤은 도끼의 상형이다. 셋이 합쳐 '도끼로 나무를 베다.'에서 도끼로 나무를 자르면 신선한 새로운 면이 드러나므로 '새롭다'는 뜻이 파생되었다.

• 비슷한 한자 •

薪 땔나무 신

예시 新曲 새롭다 신 노래 곡 >> 새로 지은 노래

名句 감상

苟日新 日日新 又日新(『大學』) 진실로 어느 날에 새로워졌거든 나날이 새롭게 하고 또 날로 새롭게 하라.

0669

권하다 권

劝 雚물새 관: 音＋力으로, 雚은 크고 힘 센 물새의 상형이다. 둘이 합쳐 '힘껏 하라고 힘을 보태주다.'에서 '권하다'의 뜻이 생겼다.

• 비슷한 한자 • 觀 보다 관

예시 勸奬 권하다 권 권면하다 장 >> 장려함

0670

상주다 상

賞 尙항상 상: 音＋貝조개 패로, 尙은 집에 신의 기운이 내리도록 비는 모양이다. 둘이 합쳐 '돈이 내리도록 빌다.'에서 '상주다, 칭찬하다, 즐기다'의 뜻이 생겼다.

• 비슷한 한자 • 償 갚다 상

예시 賞罰 상상 벌벌 >> 상과 벌

賞春客 즐기다 상 봄 춘 나그네 객 >> 봄을 감상하는 사람

0671

물리치다 출

黜 黑검다 흑＋出나가다 출: 音로, 黑은 아래쪽의 불로 위가 검댕이가 찬 모양으로 얼굴에 刺字를 한 모양이고 出은 발이 움푹 팬 곳에서 나오는 모양이다. 둘이 합쳐 '벌을 주어 물리치다, 떨어뜨리다.'의 뜻이 생겼다.

• 비슷한 한자 • 詘 말 막히다 굴

예시 黜敎 물리치다 출 종교 교 >> 종교에서 내침

0672

올리다 척

陟 阜언덕 부＋步걷다 보로, 阜는 층이 진 흙산의 모양이고 步는 좌우의 발의 상형이다. 둘이 합쳐 '층이 진 언덕을 오르다.'에서 '오르다, 올리다'의 뜻이 생겼다.

• 비슷한 한자 • 涉 건너다 섭

예시 進陟 나아가다 진 오르다 척 >> 나아가 오름

0673

맏 맹

孟 子아들 자 + 皿그릇 명: 音으로, 皿은 그릇의 형상이다. 둘이 합쳐 '그릇에 제물을 담아 바침으로써 아이에게 신의 보살핌을 따르기를 축원하는 형상'이다. 대를 잇는 자손이 맏이였기 때문에 '맏'의 뜻이 생겼다.

• 비슷한 한자 • 盂 사발 우

예시 孟冬 맏 맹 겨울 동 >> 첫겨울

0674

가기 힘들다 가

軻 車수레 거 + 可옳다 가: 音로, 可는 '갈고리의 모양으로 굽다.'의 뜻이다. 둘이 합쳐 '굽은 수레'에서 '수레가 나아가기 힘들다.'의 뜻이 생겼다.

• 비슷한 한자 • 訶 꾸짖다 가

0675

도탑다 돈

敦 享누리다 향: 音 + 攵치다 복으로, 享은 위의 두툼한 토기와 아래의 양의 형상으로 양고기를 오랜 시간 삶기 위한 두툼한 질그릇이다. 둘이 합쳐 '두터운 그릇을 손으로 치다.'에서 '도탑다'의 뜻이 생겼다.

• 비슷한 한자 • 郭 외성 곽

예시 敦義門 도탑다 돈 의롭다 의 문 문 >> 의로움을 도탑게 하는 문으로, 서대문의 별칭

0676

희다 소

素 主주인 주: 音 + 糸실 사로, 主는 垂드리우다 수의 변형이다. 垂는 아래로 드리운 모양으로 '처음 시작하다.'의 뜻이다. 둘이 합쳐 '처음 짜내어서 아직 무늬를 넣지 않은 순수한 흰 비단'에서 '희다, 본디, 바탕'의 뜻이 생겼다.

• 비슷한 한자 • 索 찾다 색

예시 素服 희다 소 옷 복 >> 흰 옷

素質 바탕 소 바탕 질 >> 본바탕

0677

사관 사

史 손으로 신에 대한 축문을 적어 나뭇가지 따위에 붙들어 매어두는 형상에서, '제사에 종사하는 사람'의 뜻이 생겼고, '천자의 언행을 기록하는 벼슬아치, 역사'의 뜻도 파생되었다.

• 비슷한 한자 • 吏 벼슬아치 리

예시 史蹟 역사 사 자취 적 >> 역사의 발자취

0678

물고기 어

魚 물고기의 모양을 본뜬 것이다.

• 비슷한 한자 • 漁 고기 잡다 어

예시 魚頭肉尾 물고기 어 머리 두 고기 육 꼬리 미 >> 물고기는 대가리, 고기는 꼬리가 맛있음

名句 감상

毛嬙麗姬 人之所美也 魚見之深入 鳥見之高飛 麋鹿見之決驟(『莊子』 內篇, 齊物) 모장과 여희는 사람들이 아름다워하는 사람이다. 그런데 물고기가 그들을 보면 깊이 들어가고, 새가 그들을 보면 높이 날아가며, 순록이 그들을 보면 빨리 달아난다(毛嬙: 越王의 愛姬로 미인임 麗姬: 春秋時代 晋나라 憲公의 부인).

0679

잡다 병

秉 禾벼 화+又또 우로, 禾는 이삭 끝이 줄기 끝에 늘어진 모양이고 又는 오른손의 형상이다. 둘이 합쳐 '벼를 베기 위해 오른손으로 벼를 한 움큼 쥐다.'에서 '잡다'의 뜻이 생겼다.

• 비슷한 한자 • 兼 아우르다 겸

예시 秉權 잡다 병 권세 권 >> 권세를 잡음

0680

곧다 직

直 十열 십+目으로, '열 사람의 눈이 보니 피할 수가 없다.'는 뜻에서 '똑바로 쳐다보다, 곧다'의 뜻이 생겼다.

• 비슷한 한자 • 眞 참 진

예시 直線 곧다 직 줄 선 >> 곧은 선

名句 감상

內直而外曲(『莊子』內篇, 人間世) 안(마음)은 바르게 하면서 밖(행위)은 굽힌다(세상 사람들과 맞추다).

庶 0681

많다 서

• 비슷한 한자 •

席 자리 석

예시 庶民 庶子

庶 广집 엄＋光빛 광으로, 光은 화톳불로 야간에 사람들이 모여 작업할 때 켜놓는 불이다. 둘이 합쳐 '야간에 지붕 아래에서 여러 사람들이 모여 작업을 하다.'에서 '많다, 무리, 서자'의 뜻이 생겼다.

일설에는 집 안을 불로 그슬려 해충을 제거하는 모양을 본뜬 것이라고도 한다.

무리 서 백성 민 >> 무리 백성으로, 보통 사람

서자 서 접미사 자 >> 첩의 몸에서 난 아들

幾 0682

빌미 기

예시 幾微

几 幽어둡다 유＋戍지키다 수로, '군인이 어두워 잘 보이지 않는 곳에서 지키다.'의 뜻인데, 어두운 곳에서 자그마한 조짐이라도 놓치면 그것이 나중에 큰 재앙으로 이어지므로 '기미, 위태롭다, 거의'의 뜻이 파생되었다.

• 비슷한 한자 • 畿 경기 기

빌미 기 작다 미 >> 작은 조짐

名句 감상

慕而學之 則雖不得其實 亦庶幾矣(李奎報, 『東國李相國集』) 사모하여 그것을 배우면 비록 그 실상을 얻지는 못한다 하더라도, 또한 거기에 가깝게는 될 것이다.

0683

가운데 중

中 : 어떤 것을 하나의 선으로 꿰뚫어 놓은 모양에서 '가운데, 마음, 맞다'의 뜻이 생겼다.

• 비슷한 한자 • 串 꿰미 천, 곶 곶

예시 中指 가운데 중 손가락 지 >> 가운뎃손가락

百發百中 일백 백 쏘다 발 일백 백 맞다 중 >> 백 번 쏘아 다 맞춤

0684

범상하다 용

庸 : 庚고치다 경+用쓰다 용: 音으로, 庚은 절굿공이를 두 손으로 들어 올리는 형상이고 用은 종의 상형으로 '종의 꼭지를 잡고 들어 올려 쓰다.'의 뜻이다. 둘이 합쳐 '종이나 절굿공이를 들어 올려 사용하다.'에서 '쓰다, 보통이다'의 뜻이 생겼다.

• 비슷한 한자 • 康 편안하다 강

名句 감상

子曰 天下國家可均也 爵祿可辭也 白刃可蹈也 中庸不可能也(『中庸』 9장) 孔子께서 말씀하시길 "천하와 국가는 평등하게 다스릴 수 있으며, 벼슬과 봉록은 사양할 수 있으며, 흰 칼날은 밟을 수 있으나, 중용은 능할 수 없다." 하셨다.

0685

수고롭다 로

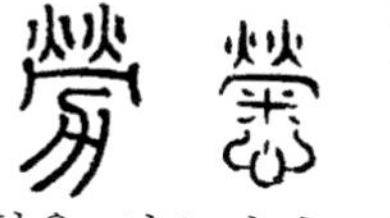

劳 熒등불 형+力으로, 熒은 홰를 엮어 세운 화톳불로, 화톳불이 타듯이 힘을 연소시켜 '피로하다'의 뜻이 생겼다.

일설에는 宀집 면의 위는 불이 활활 타오르는 모양이고, 아래는 사람들이 열심히 불을 끄고 있는 모양으로, '집에 불이 나서 사람들이 부지런히 불을 끄는 작업을 하는 모양'을 형상화한 것이라고도 한다.

• 비슷한 한자 •
榮 영화 영

예시 勞使 수고롭다 로 쓰다 사 >> 노동자와 사용자

0686

겸손하다 겸

谦 言+兼겸하다 겸: 音으로, 兼은 양손으로 나란히 서 있는 벼를 합쳐서 쥐는 모양이다. 둘이 합쳐 '말을 쥐어서 단정히 하다.'에서 '삼가다, 겸손하다, 사양하다'의 뜻이 생겼다.

• 비슷한 한자 • 慊 마음에 차지 않다 겸

예시 謙讓 겸손하다 겸 사양하다 양 >> 겸손하고 사양함

0687

삼가다 근

謹 ⊛ 言＋堇진흙 근: 音으로, 堇은 끈적한 노란 진흙으로 잘 흩어지지 않는다. 둘이 합쳐 '말을 흩어지지 않고 차분히 하다.'에서 '삼가다'의 뜻이 생겼다.

• 비슷한 한자 • 僅 겨우 근

예시 謹呈 삼가다 근 드리다 정 >> 삼가 드림

0688

삼가다 칙

敕 ⊛ 束묶다 속＋力힘 력으로, '해이해지지 않도록 스스로를 힘써 묶다.'에서 '삼가다, 조서'의 뜻이 생겼다.

• 비슷한 한자 • 勍 강하다 경

예시 勅書 조서 칙 글 서 >> 帝王의 宣旨를 적은 문서

0689

듣다 령

聆 ⊛ 耳＋令명령하다 령: 音으로, 令은 관을 쓰고 무릎을 꿇어 신의 뜻을 듣는 모양이다. 둘이 합쳐 '귀로 듣다'에서 '듣다, 깨닫다'의 뜻이 생겼다.

• 비슷한 한자 • 鈴 방울 령

0690

소리 음

音 言의 口에 선을 하나 더 그은 형태로, 악기나 나무 등에서 나는 소리를 뜻한다.

• 비슷한 한자 • 章 문채 장

예시 空谷足音

비다 공 골짜기 곡 발 족 소리 음 >> 빈 골짜기에서 사람을 만난 기쁨. 전하여 자기와 같은 의견이나 학설을 들었을 때의 기쁨에 비유

0691

살피다 찰

察 宀집 면+祭제사 제: 音로, 祭는 제단 위에 음식을 차려 놓은 모양이다. 둘이 합쳐 '집 안에서 제사를 지내는 형상'에서, '신의 뜻을 분명히 살피다.'의 뜻이 생겼다.

• 비슷한 한자 • 擦 비비다 찰

예시 觀察

보다 관 살피다 찰 >> 보고서 살핌

名句 감상

逐鹿而不見山 攫金而不見人 察秋毫而不見轝薪 心有所專 而目不暇他及也(李齊賢, 『益齋集』) 사슴을 쫓아가면 산을 보지 못하고, 금을 움켜쥘 때는 사람도 보이지 않고, 아주 작은 것을 살피면서도 수레의 나뭇짐을 보지 못하니, 이것은 마음에 쏠리는 것이 있어 눈이 다른 데를 볼 겨를이 없기 때문이다.

理 0692

다스리다 리

理 玉옥 옥 + 里마을 리: 音로, 里는 땅 위에 그은 정리된 농토의 상형으로 줄을 뜻한다. 둘이 합쳐 '옥의 줄무늬가 아름답게 보이도록 갈다.'에서 '옥을 다스리다, 이치'의 뜻이 생겼다.

• 비슷한 한자 • 狸 너구리 리

예시 天理 하늘 천 이치 리 >> 하늘의 이치

處理 처리하다 처 다스리다 리 >> 처리하여 다스림

鑑 0693

거울 감

鉴 金쇠 금 + 監보다 감: 音으로, 監은 사람이 물이 들어 있는 동이를 들여다보는 모양이다. 둘이 합쳐 '금속으로 된 것을 들여다보다.'에서 '거울, 보다'의 뜻이 생겼다.

• 비슷한 한자 • 濫 넘치다 람

예시 龜鑑 거북이 귀 거울 감 >> 본보기. 거북이는 吉凶을 알고, 거울은 姸醜를 분별하게 함

鑑別 보다 감 분별하다 별 >> 보고서 분별함

貌 0694

모양 모

貌 豸벌레 치 + 皃모양 모: 音로, 皃는 사람의 형상을 본뜬 것이며 貌의 原字다. 豸는 몸을 웅크리고 등을 굽혀 먹이를 덮치려고 노리는 모양이나 여기서는 무늬의 의미를 강화시켜 주기 위해 결합된 것으로, 둘이 합쳐 '사람의 모양'의 뜻이 생겼다.

• 비슷한 한자 • 邈 멀다 막

예시 美貌 아름답다 미 모양 모 >> 아름다운 모양

0695

나누다 변

辨 두 개의 辛맵다 신은 두 사람의 죄인이 송사하여 다투는 모양이다. 이것을 '칼 자르듯이 죄를 판명하다.'에서 '나누다, 밝히다'의 뜻이 생겼다.

일설에는 辛은 문신을 하기 위한 바늘의 상형으로, '두 개의 바늘과 칼로 나누다.'에서 뜻이 나왔다고도 한다.

• 비슷한 한자 •

辯 말 잘하다 변
辦 힘쓰다 판

예시 辨別力 나누다 변 분별하다 별 힘 력 >> 변별하는 힘

0696

빛 색

色 무릎을 꿇은 여성을 뒤에서 남성이 껴안아 性交하는 모양을 본뜬 것에서 '아름다운 낯빛, 여자'의 뜻이 생겼다.

• 비슷한 한자 • 包 싸다 포 邑 고을 읍

예시 色盲 빛 색 눈멀다 맹 >> 빛을 구별 못 하는 것

好色漢 좋아하다 호 여자 색 놈 한 >> 여자를 밝히는 놈

0697

주다 이

貽 貝조개 패 + 台기뻐하다 이: 音로, 台는 대지에 쟁기질하여 흙을 부드럽게 푸는 것에서 '마음이 풀어져 기뻐하다.'의 뜻이다. 둘이 합쳐 '재물을 주고받으며 기뻐하다.'에서 '주다, 끼치다'의 뜻이 생겼다.

• 비슷한 한자 • 貼 붙다 첩

웃긴 수수께끼

키가 작은 자는? 只(입 아래 발이 달려 있어서)

키가 더 작은 자는? 貝(눈 아래 발이 달려 있어서)

키가 제일 작은 자는? 穴(갓 아래 발이 달려 있어서)

0698

그 궐

厥 깎아지른 듯한 낭떠러지를 본뜬 厂언덕 한 안의 글자는 사람이 입을 크게 벌리어 기침하는 모양이다. 둘이 합쳐 '깎아지른 벼랑에서 입을 크게 벌리듯이 돌을 파다.'에서 '파다'의 뜻이었으나, '그'라는 뜻으로 파생되기도 했다.

일설에는 돌쇠뇌에 올려놓고 쏘는 탄환의 일종인 飛石이라고도 한다.

비슷한 한자

劂 새김칼 궐

名句 감상

書曰 若藥不瞑眩 厥疾不瘳(『孟子』 滕文公 上) 『서경』에 이르기를 "만약 약이 눈을 어지럽게 만들지 않는다면 그 병은 낫지 않는다." 하였다.

0699

아름답다 가

嘉 喜기쁘다 희 + 加더하다 가: 音로, 喜는 끈으로 타악기를 걸어두고 기도하는 말의 형상이고 加는 힘을 더하는 모양이다. 둘이 합쳐 '음악을 연주하여 맑고 아름답게 하다.'에서 '아름답다, 기리다, 경사스럽다'는 뜻이 생겼다.

비슷한 한자 熹 기뻐하다 희

예시 嘉禮

경사스럽다 가 예도 례 >> 경사스러운 예로, 婚禮를 이름

0700

꾀 유

猷 酋오래되다 추: 音＋犬개 견으로, 酋는 술그릇 속의 술이 향기를 내뿜어 주둥이에서 넘쳐 나오는 모양을 본떠 '오래된 술'의 의미이다. 둘이 합쳐 '오래 살아서 老獪해진 노인처럼 지혜로운 짐승의 일종'에서 '꾀하다, 꾀'의 뜻이 생겼다.

• 비슷한 한자 • 猶 같다 유

0701

힘쓰다 면

勉 免벗어나다 면: 音＋力으로, 免은 사타구니 사이로 아이를 낳는 형상이고 力은 굳센 팔의 상형이다. 둘이 합쳐 '힘주어 빼내다.'에서 '힘쓰다, 권면하다'의 뜻이 생겼다.

• 비슷한 한자 • 逸 잃다 일

예시 勉學 힘쓰다 면 배우다 학 >> 배움에 힘씀

0702

그 기

其 곡식을 까부는 키의 상형으로 箕키 기가 原字인데, 뒤에 假借하여 '그'의 뜻이 생겼다.

• 비슷한 한자 • 具 갖추다 구

名句 감상

志士不忘在溝壑 勇士不忘喪其元(『孟子』滕文公 下) 뜻이 있는 선비는 구렁텅이에 처해질 것을 잊지 않고, 용기 있는 선비는 그 머리를 잃을 것을 잊지 않는다.

0703 공경하다 지

祗 示보다 시+氐근본 저: 音로, 示는 祭壇의 상형이고 氐는 예리한 날붙이 밑에 평평한 숫돌의 형상으로 칼날을 바닥에 대는 모양에서 '낮추다, 삼가다'의 뜻이다. 둘이 합쳐 '더욱 삼가다.'의 뜻이 생겼다.

• 비슷한 한자 • 祇 땅귀신 기, 다만 지

0704 심다 식

植 木+直곧다 직: 音으로, 直은 '똑바로 쳐다보다.'의 뜻이다. 둘이 합쳐 '똑바로 선 나무'에서 '세우다, 심다'의 뜻이 생겼다.

• 비슷한 한자 • 稙 올벼 직

예시 植樹 심다 식 나무 수 >> 나무를 심음

0705

살피다 성
덜다 생

• 비슷한 한자 •
盾 방패 순

예시 省察
省略

省 生낳다 생: 音+目으로, 生은 풀이 막 돋아나 맑다는 뜻이다. 둘이 합쳐 '자세히 보다'의 뜻이 생겼다.

일설에는 少적다 소+目으로, '눈이 가려져서 잘 보이지 않다.'에서 잘 보이지 않는 것을 보려고 애를 쓰게 되므로 '성찰하다'의 뜻이 생겼고, 눈이 가려져서 보이는 부분이 적으므로 '덜다'의 뜻이 파생되었다고도 한다.

살피다 성 살피다 찰 >> 살펴봄
덜다 생 덜다 략 >> 덞

0706

몸 궁

예시 躬行

躬 身몸 신+呂등뼈 려로, 身은 아이를 밴 모양이고 呂는 등뼈의 상형으로 이리저리 굽힐 수 있는 역할이다. 둘이 합쳐 '펼 수도 있고 구부릴 수도 있는 몸'에서 '몸, 몸소'의 뜻이 생겼다.

• 비슷한 한자 • 窮 궁구하다 궁

몸소 궁 행하다 행 >> 몸소 행함

0707

나무라다 기

예시 譏察

讥 言+幾빌미 기: 音로, 幾는 자잘한 실과 창을 들고 있는 사람의 상형이다. 둘이 합쳐 '자잘하게 남의 결점을 찾아 말하다.'에서 '나무라다, 조사하다'의 뜻이 생겼다.

• 비슷한 한자 • 饑 굶주리다 기

조사하다 기 살피다 찰 >> 조사하여 살핌

0708

경계하다 계

예시 誡嚴

誡 言＋戒경계하다 계: 音로, 戒는 양손에 창을 들고 경계하는 모습을 본뜬 것이다. 둘이 합쳐 '말로 훈계하다.'에서 '경계하다, 경계'의 뜻이 생겼다.

•비슷한 한자• 械 형틀 계

경계하다 계 엄하다 엄 >> (적의 공격에 대비해) 엄하게 경계함

0709

총애 총

예시 寵愛

宠 宀집 면＋龍용 룡으로, 龍은 뱀을 본뜬 것으로 존귀한 사람을 상징하는 동물이다. 둘이 합쳐 '존귀한 분이 머무르는 자리'에서 '숭상하다, 영화, 총애'의 뜻이 생겼다.

•비슷한 한자• 龐 크다 방

총애하다 총 사랑하다 애 >> 특별히 사랑함

0710

더하다 증

예시 增加

增 土＋曾더하다 증: 音으로, 曾은 불을 가해 시루와 덮개를 찌고 있는 형상에서 '포개 있다'는 뜻이다. 둘이 합쳐 '흙을 포개어 쌓다.'에서 '더하다'의 뜻이 생겼다.

•비슷한 한자• 憎 미워하다 증

더하다 증 더하다 가 >> 더함

0711
겨루다 항

抗 ㉠ 扌손 수+亢목 항: 音으로, 亢은 人 모양으로 속이 비고 솟아오른 경동맥의 모양을 본뜬 것으로 목덜미로 쓰인다. 둘이 합쳐 '목덜미까지 손을 높이 들다.'에서 '들어 올리다, 겨루다'의 뜻이 생겼다.

• 비슷한 한자 • 坑 구덩이 갱

예시 抗爭

겨루다 항 다투다 쟁 >> 대항하여 다툼

0712
다하다 극

极 ㉠ 木+亟빠르다 극: 音으로, 亟은 손으로 민첩하게 실을 이어서 실을 가지런히 정리하는 기구二에 올려놓은 모양인데, 이 모양이 대들보에 서까래가 얽혀 있는 모습과 같다. 둘이 합쳐 '집의 가장 높은 곳에 위치하고 있는 나무로 된 대들보'에서 '용마루, 끝, 다하다, 극진하다'의 뜻이 생겼다.

• 비슷한 한자 • 殛 죄주다 극

예시 南極

남쪽 남 끝 극 >> 남쪽 끝

極盛則敗

극진하다 극 성대하다 성 그러면 즉 패하다 패 >> 너무 성하면 패함

0713
위태하다 태

殆 ㉠ 歹앙상한 뼈 알+台별 태: 音로, 歹은 살이 깎여 없어진 사람 시체의 상형이고 台는 쟁기질하여 흙을 부드럽게 풀어주는 것에서 '조짐'을 뜻한다. 둘이 합쳐 '죽음의 조짐'에서 '위태롭다'의 뜻이 생겼다.

비슷한 한자 胎 아이 배다 태

예시 知止不殆

알다 지 그치다 지 아니다 불 위태하다 태 >> 그칠 줄을 알면 위태롭지 않음

辱 0714

욕보이다 욕

辱 辰때 신 + 寸마디 촌으로, 辰은 조개가 껍데기에서 발을 내밀고 있는 모양이고 寸은 오른손의 상형이다. 조개껍데기는 농기구가 발달하지 않은 옛날에는 김을 맬 때 호미 대용으로 사용했으므로, 이것을 가지고 김을 매면 자연히 옷과 몸에 흙이 묻어 쉽게 더러워졌다. 둘이 합쳐 '손에 조개껍데기를 들고 김을 매서 옷이 더러워지다.'에서 '욕보이다'의 뜻이 생겼다.

비슷한 한자 褥 요 욕

예시 知足不辱

알다 지 만족 족 아니다 불 욕보이다 욕 >> 만족을 알면 욕되지 않음

近 0715

가깝다 근

近 辶쉬엄쉬엄 가다 착 + 斤도끼 근: 音으로, 辵은 갈림길을 가는 모양이고 斤은 구부러진 자루 끝에 날을 단 자귀 모양을 본뜬 것으로 사물을 작게 만드는 것이다. 둘이 합쳐 '거리나 시간을 작게 하다.'에서 '가깝다, 요사이'의 뜻이 생겼다.

비슷한 한자 芹 미나리 근

예시 近郊

가깝다 근 성 밖 교 >> 가까운 성 밖

近者

요사이 근 접미사 자 >> 요사이

0716

부끄럽다 치

恥 耳귀 이: 音＋心으로, '부끄러워서 귀가 빨개지다.'에서 '부끄럽다'의 뜻이 생겼다.

• 비슷한 한자 • 取 취하다 취

예시 羞恥 부끄럽다 수 부끄럽다 치 >> 부끄러움

名句 감상

知足常足 終身不辱 知止常止 終身無恥(『明心寶鑑』 安分) 만족을 알고 항상 만족하면 죽을 때까지 욕되지 않을 것이요, 그칠 줄 알아서 항상 그치면 죽을 때까지 부끄러울 일이 없을 것이다.

0717

수풀 림

林 나무가 많이 늘어선 모양을 본뜬 것이다.

• 비슷한 한자 • 森 빽빽하다 삼

예시 林中不賣薪 수풀 림 가운데 중 아니다 불 팔다 매 땔나무 신 >> 숲 속에서는 장작이 팔리지 않는다는 뜻으로, 사물은 필요한 장소가 아니면 찾는 사람이 없음을 이르는 말

언덕 고

皐 白은 鼻코 비의 생략형이고 大와 十은 나가는 모양이다. 둘이 합쳐 '코에서 기운이 빠르게 나가는 모양'에서 '높은 데 올라가 죽은 사람의 영혼을 길게 부르다.'의 뜻이 생겼다. 이로부터 '언덕, 높은 곳'의 뜻이 파생되었다.

• 비슷한 한자 • 槹 두레박 고

다행 행

幸 쇠고랑에서 벗어난 모양을 본뜬 것에서 '다행, 요행'의 뜻이 생겼다.

• 비슷한 한자 • 辛 맵다 신

예시 幸運 다행 행 운수 운 >> 좋은 운수

재미있는 수수께끼

☼ 幸之不幸는?

행복한 듯하나 불행하다는 것이니, 幸에서 좌우로 날개를 펼치고 한창 날아오르려고 하는 순간 양 날개가 부러지는 모양이므로, 南이 정답이다.

0720

곧 즉

即 ※ 皀알곡 급+卩병부 절로, 皀은 고봉으로 담은 음식물의 상형이고 卩은 무릎을 꿇은 사람의 상형이다. 둘이 합쳐 '사람이 밥 먹는 자리에 나아가 무릎을 꿇고 금방 음식을 먹으려고 하는 모양'에서 '나아가다, 곧'의 뜻이 생겼다.

• 비슷한 한자 • 卿 벼슬 경

예시 卽決 곧 즉 결정하다 결 >> 즉시 처결함

卽位 나아가다 즉 자리 위 >> 자리에 나아감

0721

둘 량

兩 ※ 저울의 두 개 추의 상형이다. 일설에는 표주박을 반으로 쪼갠 모양이라고도 한다.

• 비슷한 한자 • 倆 재주 량

예시 兩手執餠 둘 량 손 수 잡다 집 떡 병 >> 양손에 떡을 잡다는 뜻에서, 가지기도 어렵고 버리기도 어려운 경우를 이르는 말

名句 감상

目不兩視而明(『荀子』) 눈은 양쪽으로 보지 않기 때문에 밝게 보이는 것이다.

疏 0722

성글다 소

疏 ◈ 疋발 소는 발의 모양이고 옆의 글자는 양수를 따라 아이가 나오는 모양이다. 둘이 합쳐 '발처럼 두 갈래로 갈려서 흐름이 통하다.'에서 '트이다, 멀어지다, 성글다'의 뜻이 생겼다.

• 비슷한 한자 • 疎 疏의 俗字

예시 疏通 트이다 소 통하다 통 >> 트여서 통함

疏遠 성글다 소 멀다 원 >> 오래 만나지 아니함

見 0723

보다 견

나타나다 현

见 ◈ 사람 위에 큰 눈을 두어 '무엇을 명확히 보다.'에서 '보다, 견해, 나타나다'의 뜻이 생겼다.

• 비슷한 한자 • 貝 조개 패

예시 見物生心 보다 견 만물 물 낳다 생 마음 심 >> 물건을 보면 가지고 싶은 욕심이 생김

偏見 치우치다 편 견해 견 >> 치우친 견해

名句 감상

讀書百遍義自見(『朱子全書』) 책을 백 번 읽으면, 뜻은 저절로 들어난다.

0724

기계 기

[机] 木+幾거의 기: 音로, 幾는 자잘한 실과 창을 들고 있는 사람의 상형이다. 둘이 합쳐 '나무로 된 세밀한 장치'에서 '틀, 베틀, 기계'의 뜻이 생겼다.

비슷한 한자 璣 구슬 기

예시 機關 기계 기 기관 관 >> 장치

0725

풀다 해

[解] 角뿔 각+刀칼 도+牛소 우로, 角은 뿔의 상형이고 牛는 소머리의 상형이다. 셋이 합쳐 '칼로 소의 뿔과 고기를 가르다.'에서 '가르다, 풀다, 흩어지다'의 뜻이 생겼다.

비슷한 한자 懈 게으르다 해 邂 만나다 해

예시 解渴 풀다 해 목마르다 갈 >> 목마른 것을 풂

解散 흩어지다 해 흩어지다 산 >> 흩어짐

0726

끈 조

[组] 糸실 사+且또 차: 音로, 且는 받침 위에 신에게 바칠 희생을 겹쳐 쌓은 모양이다. 둘이 합쳐 '실을 겹쳐 쌓다.'에서 '짜다, 끈'의 뜻이 생겼다.

비슷한 한자 租 구실 조 祖 할아버지 조

예시 組織 짜다 조 짜다 직 >> 끈을 꼬고 베를 짬

누구 수

谁 言＋隹새 추: 音로, 隹는 본래 꼬리가 짧고 동통한 새의 형상인데 여기서는 새소리의 뜻을 나타낸다. 둘이 합쳐 '누구냐고 묻는 소리'에서 '누구'의 뜻이 생겼다.

• 비슷한 한자 • 詐 속이다 사

예시 **誰知烏之雌雄** 누구 수 알다 지 까마귀 오 어조사 지 암컷 자 수컷 웅 >> '누가 까마귀의 암컷과 수컷을 알겠는가?'라는 뜻으로, 是非나 善惡을 구별할 수 없음을 이름

名句 감상

人非聖賢 誰能無過 過而能悔 卽當圖所以改之者 乃終至於無過之道也 (張顯光,『旅軒集』) 사람이 성현이 아니고서야, 누구인들 잘못이 없을 수 있겠는가? 잘못하더라도 뉘우쳐서, 곧 마땅히 그것을 고칠 방법을 꾀하는 것이 바로 마침내 잘못이 없는 경지에 이를 수 있는 길이다.

닥치다 핍

逼 辶달리다 착＋畐가득 차다 복: 音으로, 辵은 갈림길을 가는 모양이고 畐은 가득찬 술항아리의 상형이다. 둘이 합쳐 '최고의 속도로 달리게 하다.'에서 '핍박하다, 닥치다'의 뜻이 생겼다.

• 비슷한 한자 • 福 복 복

예시 **逼迫** 닥치다 핍 닥치다 박 >> 닥쳐옴

0729

끈 삭
찾다 색

索 宀집 면+糸실 사+廾두 손 들다 공으로, 廾은 두 손을 본뜬 모양이다. 셋이 합쳐 '집 안에서 풀의 줄기를 재료로 새끼를 꼬다.'에서 '꼬다, 끈'의 뜻이 생겼고, '새끼를 끌어당기듯 하다'에서 '찾다'의 뜻도 파생되었다.

• 비슷한 한자 • 素 희다 소

예시 摸索

더듬다 모 찾다 색 >> 더듬어 찾음

0730

살다 거

居 尸주검 시+古옛 고: 音로, 尸는 쪼그리거나 걸터앉은 사람을 본뜬 것이고 古는 단단한 투구의 상형이다. 둘이 합쳐 '단단한 것에 걸터앉다.'에서 '살다, 있다'의 뜻이 생겼다.

• 비슷한 한자 • 屈 굽히다 굴

예시 居處
居敬

살다 거 곳 처 >> 사는 곳

있다 거 삼가다 경 >> 항상 마음을 바르게 하여 품행을 닦음

0731

한가하다 한

闲 대전은 門+月달 월로, 문틈 사이로 달빛이 들어오는 형상으로 閒이 原字이다. 여기서 '틈, 한가하다'의 뜻이 생겼다. 소전은 門+木으로, '문 사이에 나무를 놓고 다른 데서부터의 침입을 막는 칸막이'에서 '막다, 닫다'의 뜻이 생겼다.

• 비슷한 한자 • 閫 문지방 곤

예시 閑散

한가하다 한 한산하다 산 >> 한가로움

名句 감상

安分身無辱 知機心自閑(『明心寶鑑』) 분수를 편안히 여기면 몸에 욕됨이 없고, 조짐을 알면 마음은 저절로 한가롭도다.

0732

곳 처

[处] 虍범의문채 호: 音＋処곳 처로, 虍는 본래 호랑이의 상형이나 여기서는 居와 통하여 '있다'의 뜻이고 処는 걸상에 걸터앉은 모습이다. 둘이 합쳐 '걸터앉아 있다.'에서 '머무르다, 곳, 결정하다'의 뜻이 생겼다.

• 비슷한 한자 • 虔 삼가다 건

예시 處世若大夢 머무르다 처 세상 세 같다 약 크다 대 꿈 몽 >> 세상을 살아가는 것이 큰 꿈을 꾸는 것과 같이 허망함을 이름

處暑 처리하다 처 더위 서 >> 더위를 처리함

0733

빠지다 침

[沈] 氵＋冘망설이다 유: 音로, 冘는 사람이 베개를 베고 누워 있는 모양을 본뜬 것이다. 둘이 합쳐 '물을 베고 누워 있다.'에서 '빠지다, 가라앉다'의 뜻이 생겼다.

• 비슷한 한자 • 汎 뜨다 범

예시 沈魚落雁 가라앉다 침 물고기 어 떨어지다 락 기러기 안 >> 미인을 보면 물고기는 부끄러워서 물속으로 들어가고 기러기는 부끄러워서 땅에 떨어진다는 뜻으로, 美人의 형용

0734

잠잠하다 묵

默 黑검다 흑: 音＋犬개 견으로, 黑은 아래에 불길이 올라 위가 검게 된 모양을 나타낸 것으로 '움직임이 없다'의 뜻이다. 둘이 합쳐 '개가 입을 다물고 사람을 따르다.'에서 '입 다물다, 잠잠하다'의 뜻이 생겼다.

• 비슷한 한자 • 點 점 점

예시 默言 잠잠하다 묵 말씀 언 >> 말하지 아니함

0735

고요하다 적

寂 宀집 면＋叔아저씨 숙: 音으로, 叔은 가지에 붙은 콩을 줍는 모양이다. 둘이 합쳐 '집에서 콩을 까다.'의 뜻인데, 콩 까는 일은 주로 밤에 하게 되므로, 바깥이 조용함에서 '고요하다'의 뜻이 생겼다.

일설에는 叔이 弔와 뜻이 통해 '슬프다'의 뜻이 되므로 '집 안이 슬프다, 조용하다, 열반'의 뜻이 생겼다고도 한다.

• 비슷한 한자 • 俶 비로소 숙

예시 寂寞 고요하다 적 쓸쓸하다 막 >> 고요하고 쓸쓸함

入寂 들어가다 입 열반 적 >> 열반에 들어감

0736

쓸쓸하다 료

寥 宀집 면＋翏날다 료: 音로, 翏는 양 날개와 꽁지깃을 연이어 날아가는 모양이다. 둘이 합쳐 '높이 날아 가버리다.'에서 '휑하다, 쓸쓸하다'의 뜻이 생겼다.

• 비슷한 한자 • 醪 막걸리 료

0737

구하다 구

求 찢어발긴 모피의 모양을 본뜬 것으로, 原字는 裘외투 구이다. 假借하여 '찾다'의 뜻이 나왔다.

•비슷한 한자• 救 구원하다 구

예시 求職 구하다 구 일 직 >> 일을 구함

名句 감상

同聲相應 同氣相求(『擊蒙要訣』 接人) 같은 소리는 서로 응하고, 같은 기운은 서로 찾는다.

0738

옛 고

古 단단한 투구의 상형으로, '오래되고 딱딱해지다.'에서 '오래되다, 옛'의 뜻이 생겼다.

일설에는 十열 십 + 口입 구로, 十은 많은 수를 뜻한다. 둘이 합쳐 '많은 사람의 입을 통해서 전해져 내려온 이야기'에서 '오래된 것'의 뜻이 나왔다고도 한다.

•비슷한 한자• 固 굳다 고

예시 古刹 옛 고 절 찰 >> 옛 절

0739

찾다 심

• 비슷한 한자 •

潯 물가 심

寻 左왼쪽 좌+右오른쪽 우+寸마디 촌+彡터럭 삼:音으로, 寸은 오른손의 상형이고 彡은 길게 흐르고 숱지고 윤기 나는 머리카락의 형상을 본뜬 것이다. 넷이 합쳐 '긴 머리카락을 양손으로 겹쳐가며 정돈하는 모양'에서 '정교하게 정리하다, 찾다'의 뜻이 생겼다.

名句 감상

邵康節先生曰 天聽寂無音 蒼蒼何處尋 非高亦非遠 都只在人心(『明心寶鑑』 天命) 소강절선생이 말하기를 "하늘의 들음은 고요하여 소리가 없으니, 푸른 어느 곳에서 찾을 것인가? 높이 있는 것도 아니요 멀리 있는 것도 아니요, 모두 다만 사람의 마음에 있다." 하였다(邵康節先生: 이름은 雍으로, 卜筮의 대가임).

0740

논하다 논

论 言+侖순서 세우다 륜: 音으로, 侖은 기록을 적은 대쪽을 차례로 모아둔 형상으로 '조리 있게 생각을 정리하다.'는 뜻이다. 둘이 합쳐 '조리 있게 말하다.'에서 '말하다, 논하다'의 뜻이 생겼다.

• 비슷한 한자 • 倫 인륜 륜 輪 바퀴 륜

예시 論說

논하다 논 말하다 설 >> 논하여 말하는 것으로, 사물의 이치를 들어 의견을 설명함

0741

흩어지다 산

散 : 竹대나무 죽＋肉고기 육＋攴치다 복으로, 肉은 잘라 놓은 고기 모양이고 攴은 손에 막대기를 들고 있는 모양이다. 셋이 합쳐 대나무의 속을 쳐서 껍질로부터 분리하는 모양에서, '뿔뿔이 흩어지게 하다, 한산하다.'의 뜻이 생겼다.

예시 集散 모이다 집 흩어지다 산 >> 모이고 흩어짐

散職 한산하다 산 직책 직 >> 한가한 직책

0742

생각하다 려

慮 : 虍범의문채 호＋思생각하다 사로, 虍는 호랑이의 머리 부분만 형상화한 것이고 思는 뇌로 생각하는 모양이다. 둘이 합쳐 '호랑이의 무늬처럼 아름답게 만들도록 도모하다.'에서 '생각하다, 근심'의 뜻이 생겼다.

비슷한 한자 : 虐 학대하다 학

예시 考慮 상고하다 고 생각하다 려 >> 생각하여 헤아림

0743

거닐다 소

逍 : 辶쉬엄쉬엄 가다 착＋肖닮다 초: 音로, 辵은 갈림길을 가는 모양이고 肖는 骨肉 속의 어리고 작은 자의 형상이다. 둘이 합쳐 '작은 보폭'에서 '슬슬 걷다'의 뜻이 생겼다.

비슷한 한자 : 削 깎다 삭

예시 逍遙 거닐다 소 거닐다 요 >> 거닒

0744

멀다 요

遙 ※ 辶쉬엄쉬엄 가다 착 + 䍃항아리 요: 音로, 辵은 갈림길을 가는 모양이고 䍃는 술항아리의 상형에서 '흔들리다'의 의미이다. 둘이 합쳐 '흔들거리며 목적도 없이 계속 걷는 모양'에서 '아득하다, 멀다, 거닐다'의 뜻이 생겼다.

• 비슷한 한자 • 搖 흔들리다 요

예시 遙遠

멀다 요 멀다 원 >> 아득히 멂

0745

기뻐하다 흔

欣 ※ 斤도끼 근: 音 + 欠하품 흠으로, 斤은 도끼의 상형이고 欠은 사람이 입을 벌리고 있는 모양을 본뜬 것이다. 둘이 합쳐 '도끼로 찍은 듯 입을 크게 벌리고 웃는 모양'에서 '기뻐하다'의 뜻이 생겼다.

• 비슷한 한자 • 訢 기뻐하다 흔

예시 欣快

기뻐하다 흔 상쾌하다 쾌 >> 기뻐하고 상쾌함

0746

아뢰다 주

奏 ※ 어떤 물건을 양손으로 받쳐 권하는 모양에서 '권하다, 아뢰다'의 뜻이 생겼다.

• 비슷한 한자 • 秦 나라이름 진

예시 奏請

아뢰다 주 청하다 청 >> 아뢰어 청함

累 0747

포개다 루

累 : 畾밭 사이 땅 뢰: 音 + 糸실 사로, 畾는 셋을 포개어 놓은 보루의 형상이다. 둘이 합쳐 '실을 차례로 겹쳐 포개다.'에서 '포개다, 층, 누 끼치다'의 뜻이 생겼다.

• 비슷한 한자 • 紊 어지럽히다 문

예시 累積 포개다 루 쌓다 적 >> 포개어 쌓음

名句 감상

合抱之木 生於毫末 九層之臺 起於累土 千里之行 始於足下(『老子』 64장) 한 아름의 나무도 털끝 같은 작은 싹에서 생겨나고, 9층의 대도 흙을 쌓음에서 일어나며, 천 리 길도 발아래에서 시작한다(合抱: 한 아름).

遣 0748

보내다 견

遣 : 辶쉬엄쉬엄 가다 착의 옆 글자는 양손으로 묶은 고기를 들고 있는 모양을 본뜬 것이다. 둘이 합쳐 '양손에 고기를 들고 원정을 가다.'에서 '보내다, 풀다'의 뜻이 생겼다.

• 비슷한 한자 • 遺 남기다 유

예시 派遣 가르다 파 보내다 견 >> 사방으로 갈라 보냄

慼 0749

근심하다 척

慼 : 戚근심하다 척: 音 + 心으로, 戚은 콩처럼 작은 도끼의 상형으로 '애통하고 근심하다'의 의미이다. 둘이 합쳐 '애통하고 근심하는 마음'에서 '근심'의 뜻이 생겼다.

• 비슷한 한자 • 慽 = 慼과 同字

0750

떠나다 사

謝 ◈ 言+射쏘다 사: 音로, 射는 활시위에 화살을 메기는 모양을 본뜬 것이다. 둘이 합쳐 '말을 쏘아 던지다'에서 '작별하고 떠나다, 끊다, 사양하다, 사례하다'의 뜻이 생겼다.

• 비슷한 한자 • 廨 사향노루 사

예시 謝絶 끊다 사 끊다 절 >> 끊음

謝恩會 사례하다 사 은혜 은 모임 회 >> 은혜를 사례하기 위한 모임

0751

기뻐하다 환

欢 ◈ 雚황새 관+欠하품 흠으로, 欠은 사람이 입을 벌리고 있는 모양이고 雚은 새가 지저귀는 모양이다. 둘이 합쳐 '기뻐서 소리를 지르다.'에서 '기뻐하다'의 뜻이 생겼다.

• 비슷한 한자 • 觀 보다 관

예시 歡喜 기뻐하다 환 기쁘다 희 >> 대단히 기뻐함

名句 감상

生女勿悲酸 生男勿喜歡(陳鴻, 「長恨歌傳」) 딸을 낳았다고 슬퍼하지 말고, 아들을 낳았다고 기뻐하지 말라(지금 세상은 楊貴妃를 보니 아들이나 딸이나 잘만 낳으면 똑같다).

부르다 초

招 扌손 수＋召부르다 소: 音로, 召는 받침 위에 술그릇을 놓고 그 위에 칼을 두 손으로 들고 있으면서 축문을 외면서 신을 부르는 의식을 나타낸 것이다. 둘이 합쳐 '손짓하여 부르다.'에서 '부르다'의 뜻이 생겼다.

• 비슷한 한자 • 超 뛰어넘다 초

예시 **招請** 부르다 초 청하다 청 >> 청하여 부름

도랑 거

渠 氵＋榘곱자 구: 音로, 榘는 곱자의 상형이다. 둘이 합쳐 '자를 대고 인공으로 만든 물도랑'의 뜻이 생겼다.

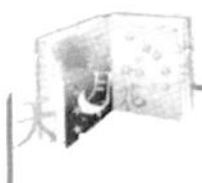

☼ 河와 渠는 어떻게 다를까요?

河는 자연적 하천을, 渠는 인공적 하천을 의미한다.

연꽃 하

荷 艹풀 초＋何어찌 하: 音로, 何는 사람이 멜대를 어깨에 멘 모양으로 荷의 原字이다. 둘이 합쳐 '메다, 짐, 연꽃'의 뜻이 생겼다.

예시 **荷重** 메다 하 무게 중 >> 메고 있는 무게

0755

과녁 적

• 비슷한 한자 •

芍 작약 작

예시 的中
目的
的確

的 日해 일 + 勺국자 작: 音으로, 勺은 물건을 떠내는 작은 국자의 모양이다. 둘이 합쳐 '많은 것 중에서 하나만을 떠올려서 두드러지게 한다.'에서 '밝다'의 뜻이 생겼다.

일설에는 白희다 백 + 勺작은 국자 작로, 흰 동그라미 판에 작은 목표점을 찍은 데서 '과녁, 목표, 확실하다'의 뜻이 나왔다고도 한다.

과녁 적 맞다 중 >> 과녁에 맞음

목표 목 목표 적 >> 목표

확실하다 적 확실하다 확 >> 확실함

0756

지나다 력

예시 經歷

历 止그치다 지는 발의 상형이고, 위의 글자는 집 안에 벼를 죽 줄지어 놓은 모양이다. 둘이 합쳐 '줄지어 놓은 벼 사이를 걷다.'에서 '다니다, 넘다, 지나다'의 뜻이 생겼다.

• 비슷한 한자 • 曆 책력 력

지나다 경 지나다 력 >> 지나옴

0757

동산 원

예시 庭園

园 囗에워싸다 위 + 袁옷 길 원: 音으로, 囗은 둘레를 에워싸고 있는 선이고 袁은 옷이 긴 모양이다. 둘이 합쳐 '담장 안에 긴 옷처럼 과일이 치렁치렁 열린 모양'에서 '동산, 능'의 뜻이 생겼다.

• 비슷한 한자 • 圜 두르다 환

뜰 정 동산 원 >> 뜰에 있는 동산

0758

풀 망

莽 茻뭇풀 망: 音＋犬개 견으로, 茻은 풀이 무성하게 자란 모양이다. 둘이 합쳐 '개가 몸을 숨길 정도의 풀덤불'에서 '풀, 거칠다'의 뜻이 생겼다.

• 비슷한 한자 • 莫 없다 막

0759

뽑다 추

抽 扌손 수＋由말미암다 유: 音로, 由는 바닥이 깊은 술단지이다. 둘이 합쳐 '깊은 단지에서 손으로 물건을 빼내다.'에서 '뽑다, 거두다'의 뜻이 생겼다.

일설에는 由는 留가 변형된 것으로, 留는 논밭 사이의 물의 흐름이 정지된 모양이다. 둘이 합쳐 '가만히 멈춰 있는 것을 손으로 끌어내다.'의 뜻이 나왔다고도 한다.

• 비슷한 한자 • 抻 펴다 신

예시 抽出 뽑다 추 나오다 출 >> 뽑아냄

0760

가지 조

条 攸바 유: 音＋木으로, 攸는 사람의 등에 물을 끼얹어 손으로 가볍게 두드리며 씻는 모양이다. 둘이 합쳐 '나무의 등줄기'에서 '작은 가지, 조목'의 뜻이 생겼다.

• 비슷한 한자 • 修 닦다 수

예시 條目 조목 조 조목 목 >> 여러 가닥으로 나눈 항목

0761

비파나무 비

枇 木＋比나란하다 비: 音로, 比는 사람이 나란히 누워 있는 모양이다. 둘이 합쳐 '가지가 죽 늘어선 나무'에서 '비파나무장미과에 속하는 常綠喬木'의 뜻이 나왔다.

• 비슷한 한자 • 批 치다 비

0762

비파나무 파

杷 木＋巴땅이름 파: 音로, 巴는 뱀이 땅바닥에 엎드린 모양을 형상화한 것이다. 둘이 합쳐 '가지가 꼬여 있는 나무'에서 '비파나무'의 뜻이 나왔다.

• 비슷한 한자 • 把 잡다 파

0763

저물다 만

晩 日해 일＋免벗어나다 면: 音으로, 免은 사타구니 사이로 아기를 낳는 사람을 본뜬 것이다. 둘이 합쳐 '햇빛이 지상으로부터 빠져나가 버린 때'에서 '해지다, 늦다, 저녁'의 뜻이 생겼다.

• 비슷한 한자 • 挽 당기다 만

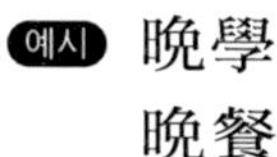

예시 晩學 늦다 만 배우다 학 >> 늦게 배움

晩餐 저녁 만 밥 찬 >> 저녁 식사

0764

비취색 취

翠 羽깃 우＋卒마치다 졸: 音로, 卒은 사람이 죽었을 때 덮는 의복의 모양이다. 둘이 합쳐 '새 깃털의 마지막 끝'에서 '새 꽁지살, 비취색'의 뜻이 생겼다.

• 비슷한 한자 • 猝 갑작스럽다 졸

예시 **翡翠** 비취옥 비 비취색 취 >> 비취새나 녹색의 보석

재미있는 破字이야기

옛날 사랑하던 연인이 결혼을 하게 되어 신랑이 신부 측에 예물이 어떤 것이 좋을지 몰라 다음과 같은 편지를 썼다.

皇頭帝足 刀頭巴足

신부가 곰곰이 생각해 보니, 皇頭帝足은 황의 머리에 제의 다리니 帛(비단 백)이요, 刀頭巴足은 머리는 칼이고 다리는 땅이름(巴)이니 色(빛 색)이니, 둘이 합쳐 帛色(비단 색)이었다. '무슨 색의 비단을 보낼까요?'라고 물은 것이었다. 그러자 신부도 대구하여 다음과 같은 글을 보냈다.

劉備哭 劉邦笑

신랑이 생각해 보니, 유비가 운 것(劉備哭)은 아우 關羽가 죽었을 때이고, 유방이 웃은 것(劉邦笑)은 項羽가 죽었을 때이니, 둘의 공통점은 羽 자와 卒 자로, 합치면 翠가 된다. 즉 비취색 비단을 좋아한다는 것이었다.

0765

벽오동나무 오

梧 木+吾나 오: 音로, 吾는 신의 계시인 口와 교차된 기구인 五가 합쳐진 모양이다. 둘이 합쳐 '교차된 형태의 나무'에서 뜻이 생겼다.

• 비슷한 한자 • 悟 깨닫다 오

예시 梧桐一葉

벽오동나무 오 오동나무 동 한 일 잎 엽 >> 벽오동나무의 잎이 하나 떨어지는 것을 보고 가을이 온 것을 안다는 말

0766

오동나무 동

桐 木+同같다 동: 音으로, 同은 원통 모양의 그릇의 상형이다. 둘이 합쳐 '나무로써 속이 통처럼 되어 있는 오동나무'의 뜻이 생겼다.

• 비슷한 한자 • 恫 아프다 통

0767

일찍 조

早 日해 일+甲으뜸 갑으로, 甲은 사람의 머리를 본뜬 것으로 十의 형태로 생략되었다. 둘이 합쳐 '사람의 머리 위에 태양이 뜨기 시작하는 이른 아침'에서 '새벽, 일찍'의 뜻이 생겼다.

• 비슷한 한자 • 旱 가물다 한

예시 早産

일찍 조 낳다 산 >> 일찍 낳음

名句 감상

觀朝夕之早晏 可以卜人家之興替(『明心寶鑑』 治家) 아침저녁이 이르고 늦음을 보면, 그 사람 집의 흥하고 망함을 점칠 수 있다.

凋

0768

시들다 조

凋 冫얼음 빙+周두루 주: 音로, 周는 종 따위의 器物에 조각이 온통 새겨져 있는 모양이다. 둘이 합쳐 '얼음이 온통 얼려지다.'에서 '시들다'의 뜻이 생겼다.

• 비슷한 한자 • 彫 새기다 조

陳

0769

늘어놓다 진

陈 대전은 陳+攴치다 복으로 이루어졌고, 소전의 陳은 阜언덕 부와 東동쪽 동으로 東은 주머니를 막대에 맨 모양이다. 둘이 합쳐 '막대에 맨 주머니를 쳐서 넓게 늘여 펴다.'에서 '늘어놓아 묵히다, 말하다'의 뜻이 생겼다.

• 비슷한 한자 • 陣 진 진

예시 陳列 늘어놓다 진 진열하다 렬(열) >> 죽 늘어섬

陳腐 묵다 진 썩다 부 >> 묵어서 썩음

0770

뿌리 근

根 : 木+艮머무르다 간: 音으로, 艮은 본래 사람의 눈을 강조한 모양을 형상화했으나 뒤에 '머무르다'의 뜻으로 쓰였다. 둘이 합쳐 '나무가 지상에 머무르다.'에서 '뿌리, 근본'의 뜻이 생겼다.

• 비슷한 한자 • 跟 발꿈치 근

예시 根幹 뿌리 근 줄기 간 >> 뿌리와 줄기

0771

맡기다 위

委 : 禾벼 화+女로, 禾는 이삭 끝이 보드랍게 처져 숙인 형상을 본뜬 것이다. 둘이 합쳐 '여자의 몸이 바람에 흔들리는 벼처럼 부드럽게 흔들리다.'에서 '바람에 맡기다, 굽다'의 뜻이 생겼다.

• 비슷한 한자 • 妾 첩 첩

예시 委託 맡기다 위 맡기다 탁 >> 맡김

0772

가리다 예

翳 : 羽깃 우의 위 글자는 무엇을 덮어 가리는 형상이다. 여기에 깃을 더하여 '깃으로 꾸민 수레의 일산'에서 '깃일산, 가리다, 흐리다'의 뜻이 생겼다.

• 비슷한 한자 • 蘙 우거지다 예

名句 감상

水不波則自定 鑑不翳則自明 故心無可淸 去其混之者而淸自現 樂不必尋 去其苦之者而樂自存(『菜根譚』 前集) 물은 물결만 일지 않으면 저절로 안정되고, 거울은 흐리지 않으면 저절로 밝다. 그러므로 마음은 깨끗해지기를 (요구함이) 없이도 그 흐린 것만 제거하면 맑음이 저절로 나타날 것이요, 즐거움은 반드시 찾지 않아도 그 괴로움만 제거하면 즐거움은 저절로 존재한다.

落 0773

떨어지다 락

落 艹풀 초＋洛물이름 락: 音으로, 洛은 氵＋各각각 각으로 신령이 내려오기를 비는 것에서 '이르다'의 뜻이다. 둘이 합쳐 '초목의 잎이 땅에 이르다.'에서 '떨어지다, 낙엽, 마을'의 뜻이 생겼다.

예시 落穽下石 떨어지다 락 함정 정 내리다 하 돌 석 >> 사람이 함정에 떨어졌는데 돌을 던진다는 뜻으로, 불난 데 부채질한다는 의미

村落 마을 촌 마을 락 >> 마을

葉 0774

잎 엽

叶 대전은 나무 위에 나뭇잎을 본뜬 것이고, 소전은 여기에 艹풀 초를 덧붙인 것이다.

• 비슷한 한자 • 棄 버리다 기

예시 一葉片舟 한 일 잎 엽 조각 편 배 주 >> 잎처럼 작은 배

名句 감상

少年易老學難成 一寸光陰不可輕 未覺池塘春草夢 階前梧葉已秋聲(朱子, 「偶成」) 소년은 늙기 쉽고 학문은 이루기 어려우니, 짧은 시간이라도 가볍게 여겨서는 안 된다. 아직 못의 봄꿈을 깨지도 못했는데, 계단 앞의 오동잎은 이미 가을 소리를 내네.

0775

회오리바람 표

飄 票훌쩍 날다 표: 音 + 風바람 풍으로, 票는 불 위에 양손으로 사람 시체의 머리 부분을 들어 올리는 모양에서 '불이 높이 날다'의 뜻이고 風은 바람을 받은 돛의 상형이다. 둘이 합쳐 '날아오르는 바람'에서 '회오리바람, 나부끼다'의 뜻이 생겼다.

• 비슷한 한자 •

漂 떠다니다 표

예시 飄風不終朝

회오리바람 표 바람 풍 아니다 부 마치다 종 아침 조 >> 회오리바람은 아침을 마치지 못한다는 뜻으로, 세력이 강대한 것은 빨리 衰함을 이름

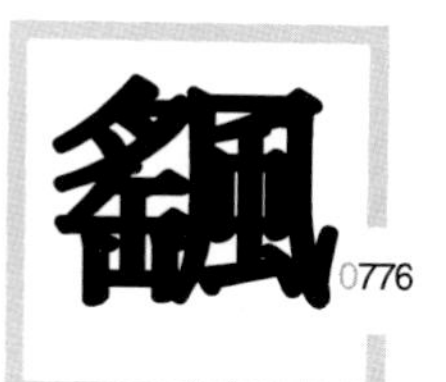

0776

날아오르다 요

颻 䍃항아리 요: 音 + 風바람 풍으로, 䍃는 술항아리를 본뜬 것이고 風은 바람을 받은 돛의 상형이다. 둘이 합쳐 '바람에 흔들리다.'에서 '흔들리다, 날아오르다'의 뜻이 생겼다.

• 비슷한 한자 • 謠 노래 요

0777

놀다 유

•비슷한 한자•

游 헤엄치다 유

游 ※ 辶 쉬엄쉬엄 가다 착 + 斿 깃발 유: 音으로, 辵은 갈림길을 가는 모양이고 斿는 깃대에 기가 드리운 모양을 본뜬 것에서 '깃발이 나부끼다'의 뜻이다. 둘이 합쳐 '깃발이 바람에 나부끼는 것처럼 정처 없이 길을 걷다.'에서 '노닐다'의 뜻이 생겼다.

※ 일설에는 游의 俗字로, '물속에서 깃발이 나부끼듯 헤엄치다.'의 뜻이 나왔다고도 한다.

예시 遊覽

놀다 유 보다 람 >> 돌아다니며 봄

0778

곤어 곤

鯤 ※ 魚 물고기 어 + 昆 형 곤: 音으로, 昆은 발이 많은 벌레의 상형에서 '형'의 뜻이 생겼다. 둘이 합쳐 '고기 중에 제일 큰 고기'에서 '상상의 큰 물고기'의 의미가 나왔다.

•비슷한 한자• 混 섞다 혼

예시 鯤鵬

곤어 곤 붕새 붕 >> 둘 다 상상의 큰 물고기와 큰 새로, 아주 큰 물건의 비유

0779

홀로 독

独 ※ 犭 개 견 + 蜀 나비애벌레 촉: 音으로, 蜀은 큰 눈을 가졌고 뽕나무에 붙어서 떼 지어 움직이는 징그러운 벌레를 본뜬 것이다. 둘이 합쳐 '징그러운 개'에서 '홀로'의 뜻이 파생되었다.

•비슷한 한자• 濁 흐리다 탁

예시 獨立

홀로 독 서다 립 >> 홀로 섬

名句 감상

當正心身 表裏如一 處幽如顯 處獨如衆(『명심보감』 持身) 마땅히 몸과 마음을 바르게 하여 겉과 속이 한결같아야 할 것이니, 깊숙한 곳에 있더라도 드러난 곳에 있는 것처럼 하고, 혼자 있더라도 여럿이 있는 것처럼 해야 한다.

0780

움직이다 운

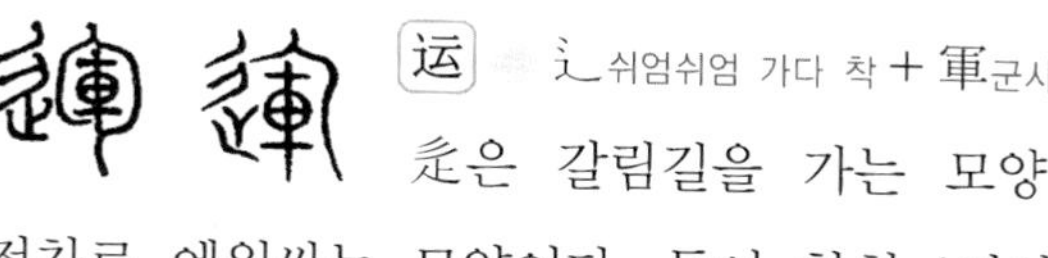

运 辶쉬엄쉬엄 가다 착＋軍군사 군: 音으로, 辵은 갈림길을 가는 모양이고 軍은 전차로 에워싸는 모양이다. 둘이 합쳐 '걸어 돌아다니다.'에서 '돌다, 움직이다, 운수'의 뜻이 생겼다.

• 비슷한 한자 • 渾 흐리다 혼

예시 運送 움직이다 운 보내다 송 >> 운반하여 보냄

運命 운수 운 운수 명 >> 운수

0781

얼음 릉

凌 冫얼음 빙＋夌언덕 릉: 音으로, 冫은 얼음이 얼려가는 모양이고 夌은 陵과 同字로 위는 '높다'는 뜻이고 아래는 발의 상형으로 '높은 곳을 넘다.'의 뜻이다. 둘이 합쳐 '얼음이 언덕처럼 불쑥 올라가서 얼다.'에서 '얼음, 건너다'의 뜻이 생겼다.

• 비슷한 한자 • 棱 모서리 릉

0782

비비다 마

摩 麻삼 마: 音+手손 수로, 麻는 집에서 삼 껍질을 벗기는 모양이다. 둘이 합쳐 '삼을 손으로 갈고 비벼서 예쁘게 만들다.'에서 '비비다, 만지다'의 뜻이 생겼다.

• 비슷한 한자 • 麾 대장기 휘

예시 研摩 갈다 연 비비다 마 >> 갈고 닦음

0783

진홍 강

绛 糸실 사 옆의 글자는 아래로 향한 발 두 짝을 본뜬 것인데 '붉다'의 뜻이 파생되었다. 둘이 합쳐 '붉은 실'에서 '진한 적색'의 뜻이 생겼다.

• 비슷한 한자 • 降 내리다 강, 항복하다 항

0784

하늘 소

霄 雨비 우+肖흩어지다 소: 音로, 肖는 骨肉 속의 어리고 작은 것에서 '흩어지다'의 뜻이다. 둘이 합쳐 '비가 산산이 흩어져 있는 것'에서 '구름기운, 하늘'의 뜻이 생겼다.

• 비슷한 한자 • 宵 밤 소

예시 霄壤 하늘 소 땅 양 >> 하늘과 땅으로, 엄청난 차이

0785

빠지다 탐

耽 耳귀 이＋冘망설이다 유: 音로, 冘는 사람이 베개를 베고 있는 모양을 본뜬 것에서 '가라앉다'의 뜻이다. 둘이 합쳐 '귀가 아래로 늘어지다.'에서 '어떤 대상에 마음이 늘어지다, 빠지다, 즐기다'의 뜻이 생겼다.

비슷한 한자 耿 빛 경

예시 耽溺

빠지다 탐 빠지다 닉 >> 술과 여자에 빠짐

0786

읽다 독
구두 두

读 言＋賣행상하다 육: 音으로, 賣은 상대방을 直視하여 눈을 현혹시켜 물건을 파는 형상이다. 둘이 합쳐 '물건을 팔듯이 말을 이어 늘어놓다.'에서 '읽다'의 뜻이 생겼다.

비슷한 한자 瀆 더럽히다 독

예시 牛耳讀經 句讀

소 우 귀 이 읽다 독 경서 경 >> 소 귀에 경 읽기

구절 구 구두 두 >> 글을 읽기 편하게 하기 위하여 句節이 떨어진 곳에 점이나 딴 부호로 표시하는 일

0787

갖고 놀다 완

玩 習익히다 습＋元으뜸 원: 音으로, 習은 '익숙해지다'의 의미이고 元은 갓을 쓴 사람의 상형이다. 둘이 합쳐 '최고로 익숙해지다.'에서 '가지고 놀다, 즐기다'의 뜻이 생겼다.

비슷한 한자 玩 翫과 同字

0788

저자 시

市 ※ 冂멀다 경＋乀미치다 급＋止그치다 지: 音로, 冂은 줄을 그어 입구를 표시하여 일정한 구역을 뜻하고 乀은 及미치다 급의 古字며 止는 발의 상형으로 '가다'는 뜻이다. 셋이 합쳐 '어떤 장소로 가다.'에서 '시장, 팔다, 사다'의 뜻이 생겼다.

•비슷한 한자• 布 베 포

예시 市價 시장 시 값 가 >> 시장의 가격

名句 감상

貧居鬧市無相識 富住深山有遠親(『明心寶鑑』 省心) 가난하면 시끄러운 시장에 살아도 서로 아는 사람이 적을 것이요, 부유하면 깊은 산에 살아도 먼 친한 이가 (찾아오는 일이) 있을 것이다.

0789

부쳐 살다 우

寓 ※ 宀집 면＋禺긴꼬리원숭이 우: 音로, 禺는 긴꼬리원숭이나 나무늘보의 상형이다. 둘이 합쳐 '일정한 거처가 없이 나뭇가지에 매달려 잠을 자는 나무늘보의 집'에서 '임시로 거처하다, 맡기다'의 뜻이 생겼다.

•비슷한 한자• 愚 어리석다 우

예시 寓話 맡기다 우 이야기 화 >> 딴 사물에 가탁하여 교훈의 뜻을 은연중에 나타내는 이야기

눈 목

目 눈꺼풀이 덮이어 보호되고 있는 눈을 본뜬 것에서 '눈, 조목, 이름'의 뜻이 생겼다.

• 비슷한 한자 • 日 해 일 貝 조개 패 見 보다 견

예시 目睹 눈 목 보다 도 >> 눈으로 봄

科目 조목 과 조목 목 >> 조목

題目 이름 제 이름 목 >> 이름

주머니 낭

囊 속에 물건을 넣은 채로 양쪽을 묶은 모양을 본뜬 것이다.

• 비슷한 한자 • 襄 오르다 양

예시 囊中之錐 주머니 낭 가운데 중 어조사 지 송곳 추 >> 주머니 속에 있는 송곳으로, 뛰어난 사람은 많은 사람 가운데 섞여 있을지라도 그 재능이 저절로 드러난다는 뜻

상자 상

箱 竹＋相서로 상: 音으로, 相은 본래 나무의 모습을 보는 것을 본뜬 것인데 여기서는 '넣어두다'의 의미로 쓰였다. 둘이 합쳐 '대나무로 만든 것에 넣어 두다.'에서 '상자'의 뜻이 생겼다.

• 비슷한 한자 • 廂 곁채 상

예시 箱子 상자 상 접미사 자 >> 상자

0793

바꾸다 역
쉽다 이

易 도마뱀을 본뜬 것으로, 도마뱀은 시시로 색깔이 변하므로 '바꾸다'의 뜻이 생겼고, 假借하여 '쉽다'의 뜻도 나왔다.

비슷한 한자 昜 陽의 古字

예시 易地思之 바꾸다 역 입장 지 생각하다 사 대명사 지 >> 입장을 바꾸어서 생각함

難易度 어렵다 난 쉽다 이 정도 도 >> 어렵고 쉬운 정도

0794

가볍다 유

輶 車 + 酋오래되다 추: 音로, 酋는 오래된 술의 향기가 주둥이에서 넘쳐 나오는 모양이다. 둘이 합쳐 '오랫동안 운행하여 멀리 갈 수 있는 수레'에서 '가볍다'의 뜻이 생겼다.

비슷한 한자 猶 같다 유

0795

바 유

攸 亻+ 丨뚫다 곤 + 攵치다 복으로, 丨은 물의 상형이고 攵은 손으로 가볍게 두드리는 모양이다. 셋이 합쳐 '사람의 등에 물을 끼얹어 흐르게 하고 가볍게 손으로 두드리며 씻는 모양'에서 '곳, 바'의 뜻이 파생되었다.

비슷한 한자 修 닦다 수

0796

두려워하다 외

畏 귀신의 형상을 상형한 것에서 '두려워하다'의 뜻이 생겼다.

• 비슷한 한자 • 猥 외람되다 외

예시 敬畏 공경하다 경 두려워하다 외 >> 공경하고 두려워함

名句 감상

癡人畏婦 賢女敬夫(『明心寶鑑』 治家) 어리석은 사람은 아내를 두려워하고, 현명한 여자는 남편을 공경한다.

0797

잇다 촉
엮다 속

属 尾꼬리 미＋蜀나비애벌레 촉: 音으로, 尾는 짐승 엉덩이의 상형이고 蜀은 뽕나무에 붙어서 떼 지어 움직이는 벌레의 상형이다. 둘이 합쳐 '뒤에 이어지다'에서 '잇다, 맡기다, 무리'의 뜻이 생겼다.

• 비슷한 한자 • 囑 청촉하다 촉

예시 屬託 부탁하다 촉 맡기다 탁 >> 일을 부탁함
家屬 집 가 무리 속 >> 집안 식구들

0798

귀 이

耳 귀의 모양을 본뜬 것이다.

•비슷한 한자• 目 눈 목

예시 耳順

귀 이 순하다 순 >> 귀가 순해짐. 孔子가 60세에 천지만물의 이치에 통달하였으므로, 어떤 일을 들어도 다 이해하였다 한 데서 유래함

名句 감상

世俗所謂不孝者五 惰其四肢 不顧父母之養 一不孝也 博弈好飮酒 不顧父母之養 二不孝也 好貨財 私妻子 不顧父母之養 三不孝也 從耳目之欲 以爲父母戮 四不孝也 好勇鬪狠 以危父母 五不孝也(『孟子』 離婁 下) 세속에서 말하는 불효가 다섯 가지다. 그 사지를 게을리하여 부모의 봉양을 돌보지 않는 것이 첫 번째 불효요, 장기와 바둑을 두고 술 마시기를 좋아하여 부모의 봉양을 돌보지 않는 것이 두 번째 불효요, 재물을 좋아하고 처자식을 편애하여 부모의 봉양을 돌보지 않는 것이 세 번째 불효요, 눈과 귀의 욕심을 따라 부모의 치욕이 되게 하는 것이 네 번째 불효요, 용맹을 좋아하여 사납게 싸워 부모를 위험하게 만드는 것이 다섯 번째 불효다.

0799

담 원

垣 土흙 토＋亘구하다 선: 音으로, 亘은 선회하는 모양을 본뜬 것이다. 둘이 합쳐 '흙으로 빙 둘러 있는 모양'에서 '낮은 담'의 뜻이 생겼다.

•비슷한 한자• 宣 베풀다

名句 감상

不孝父母死後悔 不親家族疎後悔 少不勤學老後悔 安不思難敗後悔 富不儉用貧後悔 春不耕種秋後悔 不治垣墻盜後悔 色不謹愼病後悔 醉中妄言醒後悔 不接賓客去後悔(朱子,「朱子十悔」) 부모에게 효도하지 않으면 돌아가신 뒤에 뉘우치고, 가족에게 친절하지 않으면 멀어진 뒤에 뉘우치고, 젊어서 부지런히 배우지 않으면 늙은 뒤에 뉘우치고, 편안할 때 재난을 생각하지 않으면 실패한 뒤에 뉘우치고, 부유할 때 검소하게 쓰지 않으면 가난해진 뒤에 뉘우치고, 봄에 밭 갈고 씨 뿌리지 않으면 가을이 된 뒤에 뉘우치고, 담장을 수리하지 않으면 도둑맞은 뒤에 뉘우치고, 여자를 삼가지 않으면 병 든 뒤에 뉘우치고, 술이 취했을 때 함부로 말하면 술이 깬 뒤에 뉘우치고, 손님을 대접하지 않으면 간 뒤에 뉘우친다.

墻 0800

담장 장

墻 土흙 토＋嗇거두다 색: 音으로, 嗇은 보리를 거두어 둔 곡식창고를 본뜬 것이다. 둘이 합쳐 '흙을 쌓아 물건을 덮고 숨기고 간수하는 곳'에서 '흙담'의 뜻이 나왔다.

• 비슷한 한자 • 牆 墻과 同字

예시 墻有耳

담장 장 있다 유 귀 이 >> 담장에도 귀가 있다는 뜻으로, 비밀이 누설되기 쉬움을 이름

具 0801

갖추다 구

具 目눈 목＋廾들다 공: 音으로, 目은 조개나 솥의 상형이며 廾은 양손을 받드는 모양이다. 둘이 합쳐 '제사 때 쓰는 조개나 솥을 양손으로 떠받들다.'에서 '갖추다, 그릇'의 뜻이 생겼다.

• 비슷한 한자 • 其 그 기

예시 具備 갖추다 구 갖추다 비 >> 갖춤

家具 집 가 그릇 구 >> 집에서 쓰는 그릇

0802

찬 선

膳 月고기 육+善착하다 선: 音으로, 善은 두 개의 言과 羊이 결합된 자로 神羊에 의해 원고와 피고의 발언이 좋은 결론에 이른다는 뜻에서 '좋다'는 의미이다. 둘이 합쳐 '좋은 고기, 잘 갖추어진 요리'에서 '요리한 음식, 올리다'의 뜻이 생겼다.

• 비슷한 한자 • 繕 기우다 선

예시 膳物 올리다 선 만물 물 >> 선사한 물건

0803

저녁밥 손

飧 대전의 湌은 飧의 俗字이다. 飧은 夕저녁 석+食먹다 식으로, '저녁에 먹는 밥'의 뜻이 생겼다. 소전의 글자는 餐먹다 찬으로, 食자 위의 글자는 뼈를 손에 든 모양으로, 둘이 합쳐 '뼈를 바른 음식'에서 '먹다, 음식'의 뜻이 생겼다.

• 비슷한 한자 • 飱 飧의 俗字

0804

밥 반

饭 食먹다 식+反돌이키다 반: 音으로, 反은 절벽을 거슬러 올라가는 모양에서 '돌이키다'는 의미이다. 둘이 합쳐 '밥을 반복해서 먹다.'에서 '먹다, 밥'의 뜻이 생겼다.

• 비슷한 한자 • 飮 마시다 음

예시 飯酒 — 먹다 반 술 주 >> 밥 먹을 때 곁들여 마시는 술

名句 감상

爲鼠常留飯 憐蛾不點燈(『菜根譚』 前集) 쥐를 위해 항상 밥을 남겨두고, 나방을 불쌍히 여겨 등잔에 불을 켜지 말라.

0805

맞다 적

適 辶 쉬엄쉬엄 가다 착 + 啇 뿐 시: 音로, 辵은 갈림길을 가는 모양이고 啇는 '求心點으로 따라가다.'는 의미이다. 둘이 합쳐 '일의 목적을 따라가다.'에서 '가다, 맞다'의 뜻이 생겼다.

• 비슷한 한자 • 摘 따다 적

예시
隨友適江南 — 따르다 수 벗 우 가다 적 강 강 남쪽 남 >> 친구 따라 강남 감
適材適所 — 맞다 적 재주 재 맞다 적 곳 소 >> 적당한 인재를 적당한 자리에 씀

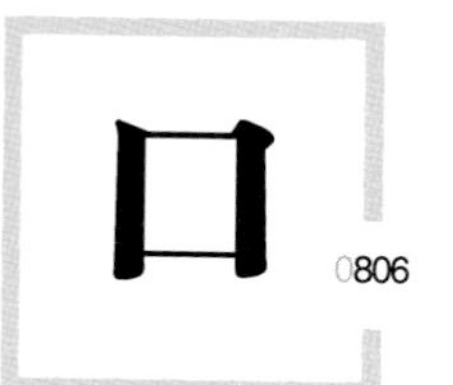

0806

입 구

口 입의 모양을 본뜬 것에서 '입, 어귀, 인구'의 뜻이 생겼다.

• 비슷한 한자 • 囗 에워싸다 위

예시
口腔 — 입 구 빈속 강 >> 입 속
浦口 — 물가 포 어귀 구 >> 물가의 어귀
戶口 — 집 호 인구 구 >> 집의 인구

充 0807

채우다 충

充 育기르다 육: 音의 생략형＋儿사람 인으로, 育은 아이를 키우는 모양이고 儿은 사람이 우뚝 선 모양이다. 둘이 합쳐 '우뚝하게 키우다.'에서 '가득 차다'의 뜻이 생겼다.

일설에는 사람이 갓을 쓰고 있는 형상으로, 어린이가 성장하여 어른이 된 것에서 '속이 꽉 차다'의 뜻이 파생되었다고도 한다.

비슷한 한자 兄 형 형

예시 充血 차다 충 피 혈 >> 피로 참

腸 0808

창자 장

肠 月고기 육＋昜빛 양: 音으로, 昜은 해가 지상에 떠오르는 모양으로 그림자가 길어질 때이다. 둘이 합쳐 '뱃속의 긴 부분'에서 '창자'의 뜻이 생겼다.

비슷한 한자 陽 볕 양

예시 斷腸 끊다 단 창자 장 >> 창자가 끊어지다는 뜻에서, 대단히 애통함

名句 감상

炎凉之態 富貴更甚於貧賤 妬忌之心 骨肉尤狠於外人 此處 若不當以冷腸 御以平氣 鮮不日坐煩惱障中矣(『菜根譚』 前集) 염량의 태도는 부귀한 사람이 빈천한 사람보다 더 심하며, 질투하고 시기하는 마음은 형제간이 남보다 더 사납다. 이런 곳에서 만약 냉철한 마음으로 대하고 담담한 기운으로 조절하지 않는다면, 날마다 번뇌의 장애 속에 앉아 있지 않을 날이 드물 것이다.

0809

배부르다 포

饱 食먹다 식＋包싸다 포: 音로, 食은 식기에 음식을 담고 뚜껑을 덮은 모양이고 包는 아기를 밴 모양이다. 둘이 합쳐 '아이를 밴 것처럼 배가 부르다.'에서 '배부르다'의 뜻이 생겼다.

• 비슷한 한자 • 飼 기르다 사

예시 飽食

배부르다 포 먹다 식 >> 배불리 먹음

0810

실컷 먹다 어

饫 食먹다 식＋夭예쁘다 요: 音로, 夭는 젊은 巫女가 나긋나긋 몸을 움직이며 신을 부르는 춤을 추는 모양이다. 둘이 합쳐 '정력적으로 먹다.'에서 '실컷 먹다'의 뜻이 생겼다.

• 비슷한 한자 • 飪 익히다 임

0811

삶다 팽

烹 대전과 소전에는 亨형통하다 형만 있는데, 亨은 물건을 삶기 위한 냄비이다. 뒤에 灬불 화가 덧붙여 냄비를 끓이는 형상에서 '삶다, 요리'의 뜻이 생겼다.

• 비슷한 한자 • 享 드리다 향

예시 烹刑

삶다 팽 형벌 형 >> 사람을 삶아 죽이는 형벌

0812

재상 재

宰 宀집 면+辛맵다 신으로, 辛은 문신을 하기 위한 바늘의 상형이다. 둘이 합쳐 '집에 있는 노예'에서, 노예들이 집 안에서 음식을 만들었기 때문에 '요리하다, 다스리다, 재상'의 뜻이 생겼다.

• 비슷한 한자 • 滓 찌끼 재

예시 宰相 재상 재 재상 상 >> 재상

0813

굶주리다 기

饥 食먹다 식+几책상 궤: 音로, 几는 바닥과 얼마 떨어져 있지 않는 책상의 상형이다. 둘이 합쳐 '음식이 거의 바닥나다.'에서 '굶주리다'의 뜻이 생겼다.

• 비슷한 한자 • 饑 흉년들다 기

예시 飢餓 굶주리다 기 굶주리다 아 >> 굶주림

0814

싫어하다 염

厌 厂언덕 한+猒물리다 염: 音으로, 猒은 개 따위의 희생의 고기를 입에 넣고 만족해하는 모양이다. 둘이 합쳐 '언덕에 실컷 눌리다.'에서 '싫어하다, 마음에 차다'의 뜻이 생겼다.

• 비슷한 한자 • 壓 누르다 압

예시 厭世 싫어하다 염 세상 세 >> 세상을 싫어함

名句 감상

處世 不宜與俗同 亦不宜與俗異 作事 不宜令人厭 亦不宜令人喜(『菜根譚』 前集) 세상에 처해서 마땅히 세속과 같지도 말고, 또한 마땅히 세속과 다르게 하지도 말라. 일을 할 때에도 마땅히 남으로 하여금 싫어하게 하지도 말고, 또한 마땅히 남으로 하여금 좋아하게도 하지 말라.

0815

술지게미 조

糟 米쌀 미＋曹무리 조: 音으로, 米는 이삭의 가지와 열매를 상형한 것이고 曹는 재판할 때 원고와 피고 두 무리를 뜻한다. 둘이 합쳐 '쌀로 술을 빚고 난 다음에 나오는 술과 지게미'에서 '술을 거른 찌끼'의 뜻이 생겼다.

• 비슷한 한자 • 遭 만나다 조

예시 糟丘

지게미 조 언덕 구 >> 술지게미로 만든 언덕으로, 주야를 가리지 않고 술에 탐닉함을 형용한 말

0816

겨 강

糠 米쌀 미＋康편안하다 강: 音으로, 米는 이삭의 가지와 열매를 상형한 것이고 康은 절굿공이를 양손으로 들어 올려 탈곡하는 모양이다. 둘이 합쳐 '탈곡할 때 나오는 겨'의 뜻이 생겼다.

• 비슷한 한자 • 慷 강개하다 강

예시 糟糠之妻

술지게미 조 겨 강 어조사 지 아내 처 >> 술지게미와 겨를 먹던 아내로, 가난할 때 고생을 같이한 아내

親 0817

친하다 친

亲 ※ 見보다 견의 앞 글자는 '나아가 이르다'의 뜻이다. 둘이 합쳐 '나아가 돌보다'에서 '어버이, 친하다, 몸소'의 뜻이 생겼다.

※ 일설에는 立서다 립＋木＋見으로, '나무 위에 서서 아이를 보고 있는 사람'의 뜻으로 보기도 한다.

• 비슷한 한자 • 新 새롭다 신

예시 親友 친하다 친 벗 우 >> 친한 친구

兩親 둘 량 어버이 친 >> 아버지와 어머니

親筆 몸소 친 쓰다 필 >> 몸소 씀

戚 0818

친척 척

戚 ※ 戉도끼 월＋叔콩 숙: 音의 생략형으로, 戉은 도끼의 상형이고 叔의 생략형은 가지에 달린 콩의 상형이다. 둘이 합쳐 '콩처럼 작은 도끼'에서 '도끼, 슬퍼하다, 친척'의 뜻이 생겼다.

• 비슷한 한자 • 慼 근심하다 척＝戚

예시 姻戚 인척 인 친척 척 >> 혼인으로 맺은 外家나 妻家의 一族

名句 감상

國君進賢 如不得已 將使卑踰尊 疏踰戚 可不愼與(『孟子』 梁惠王 下)

나라의 임금이 어진이를 진급시킬 때 어쩔 수 없는 것같이 해야 하는 것이다. 장차 낮은 사람으로 하여금 높은 사람을 넘어서게 하고, 생소한 사람으로 하여금 친근한 사람을 넘어서게 하는 것이니, 신중하지 않을 수 있겠는가?

0819

연고 고

故 古옛 고: 音＋攵치다 복으로, 古는 오래되고 단단한 투구의 상형이며 攵은 손에 도구를 잡고 있는 모양이다. 둘이 합쳐 '오래되어 변하는 것을 두드려 변화를 재촉하다.'에서 '변화를 낳는 것＝이유, 일, 옛, 죽다'의 뜻이 파생되었다.

예시 緣故 인연 연 연고 고 >> 까닭
事故 일 사 일 고 >> 일
故人 옛 고(죽다 고) 사람 인 >> 오래된 친구, 죽은 사람

0820

옛 구

旧 雈올빼미 환＋臼절구 구: 音로, 雈은 머리에 털이 많은 올빼미의 상형이고 臼는 절구의 상형이나 여기서는 새의 울음소리를 나타낸 의성어이다. 둘이 합쳐 '소리 내며 우는 올빼미'의 뜻이었으나, 久오래다 구와 음이 같기 때문에 假借하여 '오래다, 옛날'의 뜻이 파생되었다.

예시 舊式 옛 구 제도 식 >> 옛 방식

名句 감상

衣莫若新 人莫若舊(『晏子』) 옷은 새 것만 한 것이 없고, 사람은 옛사람만 한 것이 없다.

老

0821

늙다 로

老 ◦ 긴 머리에 허리를 구부리고 지팡이를 짚은 노인의 모습을 본뜬 것에서 '늙다, 늙은이, 익숙하다'의 뜻이 생겼다.

• 비슷한 한자 • 考 상고하다 고

예시 老少不定 늙은이 로 젊은이 소 아니다 부 정하다 정 >> 노인이나 소년이나 수명이 일정하지 아니하여 언제 죽을지 알 수 없음

老鍊 익숙하다 로 단련하다 련 >> 아주 익숙함

名句 감상

勞我以生 佚我以老 息我以死(『莊子』 內篇, 大宗師) (道는) 삶으로써 나를 수고롭게 하며, 늙음으로써 나를 편안하게 하며, 죽음으로써 나를 쉬게 한다.

少

0822

적다 소

少 ◦ 작은 점의 상형 또는 이슬비가 내리는 모양으로 '적다, 젊다'의 뜻이 생겼다.

• 비슷한 한자 • 小 작다 소

예시 多少 많다 다 적다 소 >> 많고 적음, 약간

少年易老學難成 젊다 소 나이 년 쉽다 이 늙다 로 학문 학 어렵다 난 이루다 성 >> 소년은 늙기 쉽고 학문은 이루기 어려움

異 0823

다르다 이

[昇] 사람이 나쁜 귀신을 쫓을 때 쓰는 탈을 쓰고 두 손을 들고 있는 모양을 본뜬 것으로, 탈을 쓰면 딴 사람이 되므로 '다르다'의 뜻이 생겼다.

• 비슷한 한자 • 冀 바라다 기

예시 大同小異 크다 대 같다 동 작다 소 다르다 이 >> 크게는 같고 작게는 다름

名句 감상

世異則事異(『韓非子』) 세상이 바뀌었으면, 일도 바뀌어야 한다.

糧 0824

양식 량

[粮] 米쌀 미 + 量헤아리다 량: 音으로, 米는 이삭의 가지와 열매를 상형한 것이고 量은 깔때기를 대어서 곡식의 분량을 재는 모양이다. 둘이 합쳐 '쌀을 헤아려 수납하다.'에서 '양식'의 뜻이 생겼다.

• 비슷한 한자 • 粮 糧과 同字

예시 糧食 양식 량 먹다 식 >> 먹을 식량

☼ 食과 糧은 어떻게 다를까요?

食은 집에서 먹는 식량이고, 糧은 여행할 때 먹기 위해 건조시킨 식량이다.

0825

첩 첩

妾 : 辛맵다 신＋女로, 辛은 문신하기 위한 바늘을 본뜬 것이다. 둘이 합쳐 '문신을 한 여자'에서 '시비, 첩'의 뜻이 생겼다.

• 비슷한 한자 • 接 잇다 접

예시 妻妾 아내 처 첩 첩 >> 아내와 첩

名句 감상

薄薄酒勝茶湯 麤麤布勝無裳 醜妻惡妾勝空房(蘇軾, 「薄薄酒」) 맛없는 술일망정 차보다는 낫고, 거친 옷일망정 옷이 없는 것보다는 나으며, 못생긴 아내와 악한 첩일망정 텅 빈 방보다 낫다네.

0826

어거하다 어

• 비슷한 한자 •

禦 막다 어

御 : 彳조금걷다 척＋卸풀다 사: 音로, 彳은 行의 왼쪽 절반으로 '길을 가다'의 의미이다. 卸는 午낮 오＋止그치다 지＋卩병 부 절로, 午는 두 사람이 마주보고 번갈아 내리찧는 절굿공이의 상형이고 止는 발의 상형이며 卩은 사람이 무릎을 꿇은 모양으로, 셋이 합쳐 무릎 꿇은 두 사람이 하나의 절굿공이를 번갈아 내리찧듯이 짐을 驛站에서 내려서 딴 말에 옮겨 싣는 모양이다. 둘이 합쳐 '소나 말을 쉬게 하고 천천히 걸음을 옮기도록 채찍질하다.'에서 '말을 부리다'의 뜻이 생겼다.

名句 감상

身死神徙 如御棄車 肉消骨散 身何可怙(『法句經』 老耗品) 몸이 죽고 정신이 옮겨지면, 수레를 모는 자가 수레를 버리는 것과 같은 것이다. 살이 썩어 없어지고 뼈는 흩어질 것이니, 몸을 어찌 믿을 수 있겠는가?(怙: 믿다 호)

0827

공 적

绩 糸실 사 + 責구하다 책: 音으로, 責은 가시가 쌓인 모양이다. 둘이 합쳐 '실을 쌓다'에서 '실을 뽑다, 이루다, 공'의 뜻이 생겼다.

• 비슷한 한자 • 積 쌓다 적 簀 대자리 책

예시 成績 이루다 성 공 적 >> 공을 이룸

0828

잣다 방

纺 糸실 사 + 方나란히 세우다 방: 音으로, 方은 쟁기를 나란히 새우고 논밭을 가는 모양이다. 둘이 합쳐 '실을 나란히 늘어놓다.'에서 '섬유로 실을 만들다.'의 뜻이 생겼다.

• 비슷한 한자 • 坊 동네 방

예시 紡織 잣다 방 짜다 직 >> 실을 자아서 피륙을 짬

0829

모시다 시

侍 亻+寺모시다 시: 音로, 寺는 '가다'의 의미인 止그치다 지와 손의 상형인 寸마디 촌으로 '가서 손을 움직이다.'의 뜻이다. 둘이 합쳐 '윗사람에게 가서 손을 움직이다.'에서 '모시다'의 뜻이 생겼다.

•비슷한 한자• 待 기다리다 대

예시 侍從 모시다 시 따르다 종 >> 모시며 따름

名句 감상

孔子曰 侍於君子有三愆 言未及之而言謂之躁 言及之而不言謂之隱 未見顔色而言謂之瞽(『論語』 季氏) 공자께서 말씀하시길 "군자를 모심에 세 가지 잘못이 있다. 말씀을 마치지 않았는데 말하는 것을 조급함이라 하고, 말씀이 미쳤는데 말하지 않는 것을 숨김이라 하고, 안색을 살피지 않고 말하는 것을 눈치 없음이라 한다." 하셨다.

0830

수건 건

巾 헝겊에 끈을 달아 허리띠에 찔러 넣은 형상으로, 옛날에 아녀자들이 허리띠나 옷깃에 손수건 같은 것을 패용하고 다녔던 데에서 '헝겊, 수건, 두건'의 뜻이 생겼다.

•비슷한 한자• 帀 두르다 잡

예시 頭巾 머리 두 두건 건 >> 두건

0831

휘장 유

帷 ※ 巾수건 건＋隹새 추: 音로, 巾은 천을 뜻하고 隹는 작은 새를 본뜬 것으로 '주위를 빙빙 돌다.'의 뜻이다. 둘이 합쳐 '천을 사방으로 둘러치다.'에서 '휘장, 덮다'의 뜻이 생겼다.

• 비슷한 한자 • 惟 생각하다 유 唯 오직 유

0832

곁방 방

房 ※ 戶지게문 호＋方모 방: 音으로, 戶는 한쪽만 열리는 문짝의 상형이고 方은 쟁기를 나란히 세우고 논밭을 가는 모양이다. 둘이 합쳐 '지게문이 양쪽으로 나란히 이어져 있는 모양'에서 '正室 옆에 있는 방'의 뜻이 생겼다.

• 비슷한 한자 • 戾 어그러지다 려

예시 閨房 안방 규 곁방 방 >> 안방

0833

흰깁 환

纨 ※ 糸실 사＋丸알 환: 音으로, 丸은 조각칼로 둥글게 만든 둥근 알의 모양이다. 둘이 합쳐 '둥글고 매끄러운 실로 짠 비단'에서 '고운 명주'의 뜻이 생겼다.

• 비슷한 한자 • 約 묶다 약

부채 선

扇 戶지게문 호＋羽깃 우로, 戶는 한쪽만 열리는 문짝의 상형이다. 둘이 합쳐 '새의 양 깃처럼 펴졌다 닫혔다 하는 문짝'에서 '문짝, 부채'의 뜻이 생겼다.

• 비슷한 한자 • 扉 문짝 비

예시 扇風機 부채 선 바람 풍 기계 기 >> 부채처럼 생긴 날개로 바람을 만드는 기계

인원 원

负 口입 구＋貝조개 패로, 口는 둥근 것의 상형이고 貝는 세발솥의 상형이다. 둘이 합쳐 '둥근 솥'에서 '둥글다'의 뜻이 생겼고, '물건의 수효'의 의미도 파생되었다.

• 비슷한 한자 • 圓 둥글다 원

예시 定員 정하다 정 인원 원 >> 정해진 사람의 수

깨끗하다 결

洁 氵물 수＋絜깨끗하다 결: 音로, 絜은 糸실 사의 위 글자는 더러움을 깨끗이 하기 위해 칼집을 내는 것이며 여기에 삼실을 보태 '삼실로 매어 깨끗이 씻다.'의 의미이다. 뒤에 물을 붙여 '물로 깨끗하게 하다.'의 뜻이 생겼다.

• 비슷한 한자 • 契 맺다 계

예시 潔癖 깨끗하다 결 버릇 벽 >> 깨끗함을 좋아하는 버릇

名句 감상

有姸 必有醜 爲之對 我不誇姸 誰能醜我 有潔 必有汚 爲之仇 我不好潔 誰能汚我(『菜根譚』 前集) 고움이 있으면 반드시 추함이 있어서 그것의 짝이 되니, 내가 고움을 자랑하지 않는다면 누가 나를 추하다 할 수 있겠는가? 깨끗함이 있으면 반드시 더러움이 있어서 그것의 짝이 되니, 내개 깨끗함을 자랑하지 않으면 누가 나를 더럽다고 할 수 있겠는가?

0837

은 은

银 金금 금＋艮머무르다 간: 音으로, 金은 금속이 땅 속에 있는 모양이고 艮은 눈을 강조한 모양을 형상화한 것에서 '머무르다'의 의미이다. 둘이 합쳐 '황금이 되지 못하고 은으로 머무르고 있는 금속'에서 '은, 돈'의 뜻이 생겼다.

• 비슷한 한자 • 艱 어렵다 간

예시 銀粧刀 은 은 꾸미다 장 칼 도 >> 은으로 장식한 칼

銀行 돈 은 가게 행 >> 돈 가게

0838

촛불 촉

烛 火불 화＋蜀나비애벌레 촉: 音으로, 蜀은 뽕나무에 붙어서 떼 지어 움직이는 징그러운 벌레를 형상화한 것으로 '오랜 시간 이어지다'의 의미이다. 둘이 합쳐 '오랜 시간 타는 불'에서 '촛불'의 뜻이 생겼다.

• 비슷한 한자 • 獨 홀로 독

예시 華燭 빛나다 화 촛불 촉 >> 화려한 촛불

名句 감상

若多少有聞 自大以憍人 是如盲執燭 炤彼不自明(『法句經』 多聞品) 만약 다소 들은 것이 있다 하여, 스스로 큰 체하고 남에게 교만하면, 이는 맹인이 촛불을 잡고 그를 비추어도 스스로 밝지 못함과 같은 것이다.

0839

빛나다 휘

炜 火+韋에우다 위: 音로, 韋는 어떤 장소에서 다른 장소로 발걸음을 내딛는 모양에서 '에워싸다'의 의미이다. 둘이 합쳐 '불로 에워싸다.'에서 '빛나다'의 뜻이 생겼다.

• 비슷한 한자 • 偉 뛰어나다 위

예시 輝煌 빛나다 휘 빛나다 황 >> 빛나는 모양

0840

빛나다 황

煌 火+皇빛나다 황: 音으로, 皇은 빛을 쏘아대는 해와 큰 도끼의 상형으로 햇빛에 빛나는 큰 도끼의 모양이다. 둘이 합쳐 '크게 빛나다.'의 뜻이 생겼다.

• 비슷한 한자 • 惶 두려워하다 황

0841

낮 주

昼 日날 일+畫긋다 획의 생략형으로, 畫는 붓을 손에 들고 교차하는 선을 그리는 모양이다. 둘이 합쳐 '낮의 반을 쪼개는 경계인

• 비슷한 한자 •
書 글 서

중천에 해가 높이 떠서 매우 밝은 상태임'을 나타내는 것에서, '낮'의 뜻이 생겼다.

예시 晝耕夜讀

낮 주 밭 갈다 경 밤 야 읽다 독 >> 낮에는 밭을 갈고 밤에는 책을 읽음

名句 감상

子在川上日 逝者如斯夫 不舍晝夜(『論語』 子罕) 孔子께서 시냇가에 계시면서 말씀하시길 "가는 것이 이 물과 같구나! 밤낮을 그치지 않는구나(천지의 조화가 그침이 없음을 의미)." 하셨다.

0842

눈감다 명

暝 目눈 목＋冥어둡다 명: 音으로, 冥은 어떤 장소에 양손으로 덮개를 덮는 모양이다. 둘이 합쳐 '눈을 덮다.'에서 '눈감다, 눈멀다'의 뜻이 생겼다.

• 비슷한 한자 • 暝 어둡다 명

예시 瞑想

눈감다 명 생각하다 상 >> 눈을 감고 생각함

0843

저녁 석

夕 달이 반쯤 보이는 모양을 본뜬 것이다.

일설에는 月달 월에서 한 획을 생략한 모양으로, 해가 서쪽으로 질 때 보이는 흰색의 초승달의 모양을 본뜬 것이라고도 한다.

• 비슷한 한자 • 多 많다 다 外 바깥 외

예시 夕陽

저녁 석 태양 양 >> 저녁나절의 해

名句 감상

人心朝夕變 山色古今同(『推句』) 사람의 마음은 아침저녁으로 변하고, 산의 색깔은 예나 지금이나 같도다.

寐 0844

자다 **매**

寐 宀집 면＋爿평상 장＋未아니다 미: 音로, 宀은 집을 본뜬 것이고 爿은 침상을 세워 옆으로 본 모양이며 未는 나무에 어린 가지가 뻗는 모양에서 '어려서 눈을 감고 있다.'의 의미이다. 셋이 합쳐 '집의 침상에서 눈을 감고 있다.'에서 '자다, 죽다'의 뜻이 생겼다.

• 비슷한 한자 •

寢 자다 침

예시 寤寐不忘

깨다 오 자다 매 아니다 불 잊다 망 >> 자나 깨나 잊지 아니함

籃 0845

바구니 **람**

籃 竹대나무 죽＋監보다 감: 音으로, 監은 사람이 물이 들어 있는 동이를 들여다보는 모양이다. 둘이 합쳐 '속이 들여다보이도록 엮은 대나무'에서 '대로 만든 바구니'의 뜻이 생겼다.

• 비슷한 한자 • 藍 쪽풀 람

예시 籃輿

바구니 람 가마 여 >> 대로 엮어 만든 가마

0846

죽순 순

筍 竹대나무 죽＋旬열흘 순: 音으로, 旬은 현악기 調律器의 상형으로 10일을 의미한다. 둘이 합쳐 '10일 만에 다 큰 대나무'에서 '죽순'의 뜻이 생겼다.

• 비슷한 한자 • 荀 풀이름 순

0847

코끼리 상

象 코가 긴 코끼리의 모양을 본뜬 것에서 '코끼리, 본뜨다'의 뜻이 나왔다.

• 비슷한 한자 • 像 모양 상

예시 象牙 코끼리 상 어금니 아 >> 코끼리의 어금니

象形 본뜨다 상 모양 형 >> 모양을 본뜸

名句 감상

象有齒 以焚其身(『左傳』) 코끼리는 상아가 있기 때문에 그 몸이 태워진다.

0848

평상 상

床 爿평상 장: 音＋木으로, 爿은 침상을 세워 옆에서 본 모양이다. 둘이 합쳐 '나무로 만든 침상'의 뜻이 생겼다.

• 비슷한 한자 • 狀 모양 상 床 牀의 俗字

예시 起牀 일어나다 기 평상 상 >> 침상에서 일어남

弦 0849

시위 현

弦 弓활 궁＋玄검다 현: 音으로, 弓은 활의 상형이고 玄은 검은 실을 묶은 모양이다. 둘이 합쳐 '활 양쪽으로 당겨진 검은 줄'에서 '활의 줄, 초승달, 줄'의 뜻이 생겼다.

• 비슷한 한자 • 絃 줄 현

예시 上弦 위 상 초승달 현 >> 음력 7~8일경의 반달

歌 0850

노래 가

歌 哥노래 가: 音＋欠하품 흠로, 哥는 큰 목소리를 내는 可를 중첩한 것이고 欠은 사람이 입을 벌리고 있는 모양이다. 둘이 합쳐 '사람이 입을 크게 벌리고 큰 소리로 노래 부르다.'에서 '노래하다, 노래'의 뜻이 생겼다.

• 비슷한 한자 • 謌 歌와 同字

예시 歌舞 노래 가 춤추다 무 >> 노래와 춤

名句 감상

子食於有喪者之側 未嘗飽也 子於是日哭 則不歌(『論語』 述而) 孔子께서는 상이 난 사람의 곁에서 먹을 때 일찍이 배부르게 먹은 적이 없으셨고, 공자께서는 이날에 곡하시면 노래를 부르지 않으셨다(하루 안에는 남은 슬픔이 가시지 않기 때문이다).

酒 0851

술 주

酒 : 酉닭 유는 술그릇을 본뜬 것이며, 뒤에 氵물 수를 덧붙였다.

예시 酒百藥之長 술 주 일백 백 약 약 어조사 지 으뜸 장 >> 술은 모든 약 중에서 제일임

웃긴 수수께끼

술값도 없는데 자꾸 술을 달라고 하는 자는? 酒(술을 달라고 하니까)

名句 감상

魯酒薄而邯鄲圍 聖人生而大盜起(『莊子』 外篇, 胠篋) 노나라의 술이 싱거우니 한단이 포위되었듯이(서로 아무런 관계가 없는 것 같은 일도 상관관계에 있음을 의미함), 성인이 나타나니 큰 도적이 일어나게 된 것이다(邯鄲: 趙나라의 수도).

讌 0852

잔치 연

燕 : 言 + 燕제비 연: 音으로, 燕은 제비의 상형인데 宴잔치 연과 音이 같고, 또 제비는 무리를 지어 이동하므로, '모여서 술 마시고 즐기는 잔치'의 의미이다. 대전의 燕만으로도 '잔치'의 뜻으로 쓰이며, 소전에서는 言을 덧붙여 讌은 '여러 사람이 모여서 술 마시고 이야기하며 즐기는 잔치'의 뜻이 생겼다.

• 비슷한 한자 •

燃 불타다 연

예시 讌會 잔치 연 모임 회 >> 잔치의 모임

0853

잇다 접

接 ≫ 扌손 수＋妾첩 첩: 音으로, 妾은 문신을 하고 귀인 가까이에서 모시는 여자이다. 둘이 합쳐 '손을 가까이하다.'에서 '가까이 가다, 잇다, 대접하다'의 뜻이 생겼다.

• 비슷한 한자 • 椄 접붙이다 접

예시 接近 가까이가다 접 가깝다 근 >> 가까이함

接待 대접하다 접 대접하다 대 >> 대접함

0854

잔 배

杯 ≫ 木＋不아니다 불: 音로, 不은 꽃 암술의 씨방의 상형이나 여기서는 音으로만 쓰였다. 둘이 합쳐 '나무로 만든 술잔'의 뜻이 생겼다.

• 비슷한 한자 • 桮 杯와 同字 盃 杯의 俗字

예시 一杯一杯復一杯 한 일 잔 배 한 일 잔 배 다시 부 한 일 잔 배 >> 한 잔 한 잔 또 다시 한 잔

0855

들다 거

举 ≫ 與더불다 여: 音＋手로, 與는 두 사람이 합하여 물건을 들어 올리는 모양이다. 둘이 합쳐 '힘을 합하여 손으로 물건을 들어 올리다.'에서 '들다, 행동'의 뜻이 생겼다.

• 비슷한 한자 • 轝 기리다 예

예시 擧手 들다 거 손 수 >> 손을 듦

一擧兩得 한 일 행동 거 둘 량 얻다 득 >> 한 가지 행동으로 두 가지 이득을 얻음

觴 0856

잔 상

觴 角뿔 각의 옆 글자는 상처를 입은 모양이다. 둘이 합쳐 '뿔에 흠집을 내어 만든 술잔'에서 '술잔'의 뜻이 생겼다.

• 비슷한 한자 • 傷 다치다 상

예시 濫觴 띄우다 람 잔 상 >> 잔을 띄움. 전하여 사물의 시작이나 처음

矯 0857

바로잡다 교

矫 矢화살 시 + 喬높다 교: 音로, 矢는 화살의 상형이고 喬는 높은 누각 위에 깃발이 세워진 모양이다. 둘이 합쳐 '화살을 곧게 펴서 높게 하다.'에서 '바로잡다'의 뜻이 생겼다.

• 비슷한 한자 • 橋 다리 교

예시 矯正 바로잡다 교 바로잡다 정 >> 바로 잡음

名句 감상

淫奔之婦 矯而爲尼(『菜根譚』 後集) 음란한 부인도 (잘못을) 바로잡으면 여승이 될 수 있다(奔: 예를 갖추지 않고 혼인하다 분).

手 0858

손 수

手 다섯 개의 손가락이 달린 손 모양을 본뜬 것이다.

• 비슷한 한자 • 毛 털 모

예시 手不釋卷 손 수 아니다 불 놓다 석 책 권 >> 손에서 책을 놓지 않음

웃긴 수수께끼

☼ 사모님들이 좋아하는 故事成語는?

手柔下强(손은 부드럽고 아랫것은 강하다)

名句 감상

右手畵圓 左手畵方 不能兩成(『韓非子』) 오른손으로 원을 그리고, 왼손으로 네모를 그리면, 둘 다 이룰 수 없다.

0859

조아리다 돈

顿 屯진 치다 둔: 音 + 頁머리 혈로, 屯은 어린 아이의 많은 머리카락을 묶어 꾸민 모양이고 頁은 사람의 머리를 강조한 모양이다. 둘이 합쳐 '머리가 땅에 닿도록 여러 번 절하다.'에서 '조아리다, 갑자기'의 뜻이 생겼다.

• 비슷한 한자 • 頗 자못 파

예시 頓首 조아리다 돈 머리 수 >> 머리를 땅에 대고 절을 함(평상시 예법은 아니고 사죄하거나 용서를 구할 때 하는 절)

頓悟 갑자기 돈 깨닫다 오 >> 갑자기 깨달음

0860

발 족

足 무릎 이하의 정강이와 발을 본뜬 것에서 '발, 만족하다, ~할수 있다'의 뜻이 생겼다.

• 비슷한 한자 • 是 옳다 시

예시 足浴 발 족 목욕하다 욕 >> 발 목욕

知足第一富 알다 지 만족 족 차례 제 한 일 부자 부 >> 만족을 아는 사람이 제일 부자임

名句 감상

滄浪之水淸兮 可以濯我纓 滄浪之水濁兮 可以濯我足(『맹자』 離婁 上)
창랑강의 물이 맑으면 내 갓끈을 씻을 수 있고, 창랑강의 물이 흐리면 내 발을 씻을 수 있다.

0861

기쁘다 열

悅 忄마음 심＋兌기쁘다 태: 音로, 兌의 八은 분산되는 모양이고 兄은 기도하는 모양으로 합쳐서 '기도함으로써 맺힌 기분이 분산되다.'의 의미이다. 둘이 합쳐 '마음이 기쁘다.'의 뜻이 생겼다.

• 비슷한 한자 • 梲 구실 세

예시 喜悅 기쁘다 희 기쁘다 열 >> 기쁨

名句 감상

以力服人者 非心服也 力不贍也 以德服人者 中心悅而誠服也(『孟子』 公孫丑 上) 힘으로 남을 복종시킨다는 것은 마음으로 복종하는 것이 아니라 힘이 부족하기 때문이며, 덕으로 남을 복종시킨다는 것은 마음으로 기뻐하여 진실로 복종하는 것이다.

0862

기뻐하다 **예**

豫 予주다 여: 音＋象코끼리 상으로, 予는 베틀의 씨실을 자유로이 왔다 갔다 하게 하기 위한 북을 본뜬 것으로 '넉넉하다'의 의미이고 象은 코끼리를 본뜬 것이다. 둘이 합쳐 '코끼리처럼 마음이 크다.'에서 '기뻐하다, 미리'의 뜻이 생겼다.

• 비슷한 한자 • **橡** 상수리나무 상

예시 **豫測** 미리 예 헤아리다 측 >> 미리 헤아림

웃긴 수수께끼

☼ 부르기도 전에 대답하는 자는?

豫(미리 '예' 하고 대답하니까)

0863

또 **차**

• 비슷한 한자 •

具 갖추다 구

且 받침 위에 신에게 바칠 희생을 겹쳐 쌓은 것을 본뜬 것에서, '또'의 뜻이 생겼다.

일설에는 상 위에 위패를 모셔 놓은 형상으로, 祖의 原字라고도 한다.

일설에는 남자의 성기를 본뜬 것으로, 본래 '할아버지'의 뜻으로 보기도 한다.

☼ 축구를 제일 잘하는 한자는?

且(차고 차고 또 차니까)

名句 감상

學要勤 且須成誦 不可放過 讀而思 思而作 皆要勤 又不可廢一(奇大升,『高峯集』) 학문은 반드시 부지런해야 하고, 또 모름지기 외워야 하며, 슬쩍 지나쳐서는 안 된다. 읽으면서 생각하고, 생각하면서 짓는데, 모두 반드시 부지런히 해야 하며, 또 그중에 한 가지라도 폐해서는 안 된다.

0864

편안하다 강

康 庚단단하다 경: 音＋米쌀 미로, 庚은 절굿공이를 두 손으로 들어 올리는 모양이고 米는 곡식의 이삭과 열매를 본뜬 것이다. 둘이 합쳐 '양손으로 절굿공이를 들어 탈곡을 하는데 흘러 떨어지는 벼의 모양'에서 '풍년들다, 편안하다'의 뜻이 생겼다.

• 비슷한 한자 •

慷 강개하다 강

0865

정실 적

嫡 女＋啻뿐 시: 音로, 啻는 '단 하나로 좁히다.'의 뜻이다. 둘이 합쳐 '단 하나의 여자'에서 '正室 부인, 맏아들'의 뜻이 생겼다.

• 비슷한 한자 • 謫 귀양 가다 적

예시 嫡子 정실 적 아들 자 >> 정실 부인의 아들

0866

뒤 후

예시 後來三杯

后 ◈ 彳조금 걷다 척＋幺작다 요＋夂뒤져오다 치로, 彳은 行의 왼쪽 절반으로 '길을 가다.'의 의미이고 幺는 이은 실의 모양이며 夂는 뒤떨어져 오는 발의 모양이다. 셋이 합쳐 '길을 갈 때 실이 발에 엉키어 걸음이 뒤처지다.'에서 '뒤떨어지다, 뒤'의 뜻이 생겼다.

뒤후 오다래 석삼 잔배 >> 술자리에 늦게 온 사람에게 권하는 석 잔의 술

名句 감상

樂不亟享 延及耄昏 福不畢受 或流後昆(丁若鏞, 『茶山詩文集』) 즐거움은 급하게 누리지 않아야 늙도록 오래 누릴 수 있고, 복은 다 받지 않아야 후손에게까지 내려가게 된다(亟: 빨리 극 耄: 늙은이 모 畢: 다 필 後昆: 자손 昆: 자손 곤).

0867

잇다 사

• 비슷한 한자 •

詞 고하다 사

嗣 ◈ 口입 구＋冊책 책＋司맡다 사: 音로, 口는 입의 상형이고 冊은 대쪽을 매어둔 모양에서 '칙서'의 의미이며 司는 '神의 뜻을 말로 여쭈어 아는 제사를 담당하다.'는 의미이다. 셋이 합쳐 '후사를 세울 때 묘당에서 조칙을 읽는 일을 담당하다.'에서 '후사, 자손'의 뜻이 생겼다.

0868

잇다 속

续 糸실 사 + 賣행상하다 육: 音으로, 賣은 계속해서 상대방을 똑바로 보며 눈을 현혹시켜 물건을 판다는 뜻이다. 둘이 합쳐 '실이 계속 이어져 있다.'에서 '잇다'의 뜻이 생겼다.

•비슷한 한자• 犢 송아지 독

예시 續出 잇다 속 나오다 출 >> 이어서 나옴

名句 감상

鳧脛雖短 續之則憂 鶴脛雖長 斷之則悲(『莊子』 外篇 騈拇) 물오리의 다리가 비록 짧더라도 그것을 이으면 (물오리는) 근심할 것이며, 학의 다리가 비록 길더라도 그것을 끊으면 (학은) 슬퍼할 것이다(鳧: 물오리 부 脛: 정강이 경).

0869

제사지내다 제

祭 月고기 육 + 又또 우 + 示보다 시로, 月은 썬 고기의 상형이고 又는 오른손의 상형이며 示는 祭壇의 상형이다. 셋이 합쳐 '제단 위에 썬 고기를 손으로 옮기는 모양'에서 '제사, 제사지내다'의 뜻이 새겼다.

•비슷한 한자• 際 사이 제

예시 祭天 제사지내다 제 하늘 천 >> 하늘에 제사지냄

0870

제사지내다 사

祀 示보다 시＋巳뱀 사: 音로, 示는 祭壇을 본뜬 것이고 巳는 신으로서의 뱀을 본뜬 것이다. 둘이 합쳐 '신을 제사지내다.'의 뜻이 생겼다.

• 비슷한 한자 • 汜 支流 사

名句 감상

西子蒙不潔 則人皆掩鼻而過之 雖有惡人 齊戒沐浴 則可以祀上帝(『孟子』離婁 下) 서시가 더러운 것을 뒤집어쓰면 사람들이 모두 코를 막고 그를 지나갈 것이요, 비록 나쁜 사람이라도 재계하고 목욕하면 상제를 제사지낼 수 있을 것이다(西子: 춘추시대 越나라 미인인 西施 蒙: 뒤집어쓰다 몽 齊: ＝齋 재개하다 재).

0871

찌다 증

烝 양손으로 아래로부터 위로 밀어 올리는 모습으로, '열기가 올라가서 찌다.'에서 '찌다, 많다'의 뜻이 생겼다.

• 비슷한 한자 • 蒸 찌다 증

0872

맛보다 상

嘗 尙숭상하다 상: 音＋旨맛 지로, 尙은 집 안에서 神氣가 내리도록 비는 모양이고 旨는 숟갈로 입에 넣는 모양이다. 둘이 합쳐 '신에게 바칠 음식을 맛보는 모양'에서 '맛보다, 일찍'의 뜻이 생겼다.

• 비슷한 한자 • 賞 상 상

 臥薪嘗膽

눕다 와 땔나무 신 맛보다 상 쓸개 담 >> 땔나무에 눕고 쓸개를 맛보다는 뜻에서, 원수를 갚고자 고생을 참고 견디는 일

名句 감상

嘗一臠 知一鑊味(『淮南子』) 한 덩이의 고기만 맛보아도, 한 솥의 (고기) 맛을 알 수 있다(臠: 저민 고기 련 鑊: 가마솥 확).

稽 0873

헤아리다 계

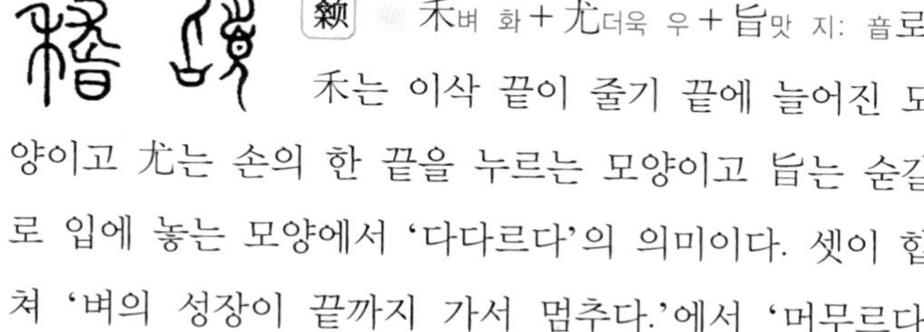

禾벼 화 + 尤더욱 우 + 旨맛 지: 音로, 禾는 이삭 끝이 줄기 끝에 늘어진 모양이고 尤는 손의 한 끝을 누르는 모양이고 旨는 숟갈로 입에 놓는 모양에서 '다다르다'의 의미이다. 셋이 합쳐 '벼의 성장이 끝까지 가서 멈추다.'에서 '머무르다, 헤아리다'의 뜻이 생겼다.

예시 稽留

머무르다 계 머무르다 류 >> 머물러 있음

顙 0874

이마 상

顙 桑뽕나무 상:音 + 頁머리 혈로, 桑은 유연한 뽕나무의 枝葉을 본뜬 것이나 여기서는 音의 역할만 하고, 頁은 사람의 머리를 강조한 모양을 본뜬 것이다. 둘이 합쳐 '이마'의 뜻이 생겼다.

• 비슷한 한자 • 類 무리 류

0875

두 번 **재**

再 하나를 들어 올림으로써 좌우 두 개가 동시에 올라가는 모양을 본떠 '다시, 다시하다'의 뜻이 생겼다.

일설에는 대나무 그릇이 위아래로 포개어져 있는 모양을 본뜬 것이라고도 한다.

• 비슷한 한자 • 冉 늘어지다 염

예시 再拜 두 번 재 절하다 배 >> 두 번 절함

名句 감상

禍不可倖免 福不可再求(『明心寶鑑』 順命) 재앙은 요행히 벗어날 수 없고, 복은 거듭 구할 수 없다.

0876

절하다 **배**

拜 手손 수 옆의 글자는 가지가 우거진 나무를 본뜬 것이다. 둘이 합쳐 '나뭇가지를 들고 절을 하여 사악한 것을 제거하다.'는 것에서 '절하다, 벼슬 주다'의 뜻이 생겼다.

• 비슷한 한자 • 邦 나라 방

예시 拜謁 절하다 배 뵙다 알 >> 절하고 뵘

拜授 벼슬 주다 배 주다 수 >> 벼슬을 줌

0877

두려워하다 송

悚 忄마음 심 + 束묶다 속: 音으로, 束은 땔나무를 묶는 모양이다. 둘이 합쳐 '마음을 단단히 묶어 실수하지 않도록 조심하다.'에서 '두려워하다'의 뜻이 생겼다.

• 비슷한 한자 • 速 빠르다 속

예시 惶悚 두려워하다 황 두려워하다 송 >> 두려워함

0878

두려워하다 구

惧 忄마음 심 + 瞿놀라다 구: 音로, 瞿는 새가 놀라서 눈을 크게 뜬 모양이다. 둘이 합쳐 '놀란 마음'에서 '두려워하다'의 뜻이 생겼다.

• 비슷한 한자 • 矍 놀라다 확

예시 勇者不懼 용감하다 용 사람 자 아니다 불 두려워하다 구 >> 용감한 사람은 두려워하지 않음

名句 감상

子曰 父母之年 不可不知也 一則以喜 一則以懼(『論語』 里仁) 孔子께서 말씀하시길 "부모님의 나이는 알지 않으면 안 된다. 하나는 기쁨 때문이요(장수한 것을 기뻐함: 註－旣喜其壽), 다른 하나는 두려움 때문이다(노쇠한 것이 두려움: 註－又懼其衰)." 하셨다(여기에서 부모님의 생신날을 喜懼日이라 함. 자신의 생일은 『시경』 '生我劬勞'에서 나를 낳는데 힘드셨다는 데에서 劬勞日이라 함).

0879

두려워하다 공

恐 心의 위 글자는 조심스럽게 끌을 잡고 있는 모양이다. 둘이 합쳐 '조심스러운 마음, 으르다'의 뜻이 생겼다.

•비슷한 한자• 蛩 메뚜기 공

예시 恐怖 두려워하다 공 두려워하다 포 >> 두려움

恐喝 으르다 공 큰소리 갈 >> 으르며 큰소리침

0880

두려워하다 황

惶 忄마음 심＋皇임금 황: 音으로, 皇은 햇빛에 빛나는 큰 도끼의 상형이다. 둘이 합쳐 '두려워하는 마음'에서 '두려워 어찌할 줄을 모르다.'의 뜻이 생겼다.

•비슷한 한자• 惺 깨닫다 성

예시 惶感 두려워하다 황 느끼다 감 >> 황송하여 감격함

0881

편지 전

牋 片조각 편＋戔쌓이다 전: 音으로, 片은 木을 반으로 쪼갠 절반으로 나뭇조각의 의미이고 戔은 창으로 거듭 찍어서 갈가리 찢은 모양이다. 둘이 합쳐 '얇은 나뭇조각'에서 '편지, 종이'의 뜻이 생겼다.

대전의 글자는 箋편지 전으로 竹＋戔으로 '얇은 대'에서 '편지, 문서'를 뜻한다.

0882

서찰 첩

牒 ※ 片조각 편 옆 글자는 나뭇잎을 본뜬 글자이고, 片은 木을 반으로 쪼갠 절반으로 나뭇조각의 의미이다. 둘이 합쳐 '나뭇잎처럼 얇은 패'에서 '서찰, 임명장'의 뜻이 생겼다.

• 비슷한 한자 • 諜 염탐하다 첩

예시 牒紙

임명장 첩 종이 지 >> 임명하는 종이

0883

간단하다 간

簡 ※ 竹대나무 죽 + 閒사이 간: 音으로, 閒은 문을 닫아도 달빛이 새어드는 모양에서 '사이'의 의미이다. 둘이 합쳐 '대나무를 엮어 사이가 뜬 대쪽'에서 '대쪽, 편지, 간단하다'의 뜻이 생겼다.

※ 일설에는 문짝과 문짝을 닫아 붙이듯이 대쪽을 촘촘히 엮어 만든 서찰을 뜻한다고 보기도 한다.

예시 書簡

簡略

편지 서 편지 간 >> 편지

간단하다 간 간략하다 략 >> 간략함

0884

요구하다 요

要 ※ 사람이 두 손을 허리에 대고 있는 모양을 본뜬 것에서 '허리'의 뜻이 었으며, 허리는 몸의 가장 중요한 곳이란 데서 '중요하다, 중요한 곳, 요구하다'의 뜻이 파생되었다.

• 비슷한 한자 • 栗 밤 률

예시 要請

要點

요구하다 요 청하다 청 >> 요구하여 청함

중요하다 요 점 점 >> 중요한 점

0885

돌아보다 고

顧 雇품사다 고: 音 + 頁머리 혈로, 雇는 계절에 따라 깃의 빛이 변하여 계절의 시작을 보여주는 새의 형상이나 여기서는 '오래되다'의 뜻으로 쓰였고 頁은 사람의 머리를 강조한 형상을 본뜬 것이다. 둘이 합쳐 '머리를 지나간 쪽으로 돌려서 보다.'에서 '돌아보다'의 뜻이 생겼다.

예시 左顧右眄 왼쪽 좌 돌아보다 고 오른쪽 우 돌아보다 면 >> 좌우로 돌아봄

名句 감상

升車 必正立執綏 車中 不內顧 不疾言 不親指(『論語』 鄕黨) (孔子께서는) 수레에 오르실 때 반드시 바르게 서서 끈을 잡으셨고, 수레 안에서 안쪽을 돌아보지 않으시며, 빨리 말하지 않으시며, 친히 가리키지 않으셨다(綏: 끈 수 – 붙잡고 수레에 오르는 끈).

0886

대답하다 답

答 竹대나무 죽 + 合합하다 합으로, 合은 그릇에 뚜껑을 덮는데 꼭 맞는 모양이다. 둘이 합쳐 '대쪽이 꼭 맞는 모양.'에서 '대답하다, 보답하다'의 뜻이 생겼다.

• 비슷한 한자 • 荅 팥 답

예시 應答 응하다 응 대답하다 답 >> 응하여 대답함

答禮 보답하다 답 예도 례 >> 남에게 받은 예를 갚는 예

0887

살피다 심

審 審(审) 宀집 면+番번 번으로, 番은 위의 짐승의 발톱과 아래田의 짐승의 발자국이 결합된 것이다. 둘이 합쳐 '집에 짐승의 발자국이 찍힌 모양'에서, 그 짐승이 어떤 짐승인지 '자세히 살피다, 깨닫다'의 뜻이 파생되었다.

• 비슷한 한자 • 飜 뒤집다 번

예시 審査 살피다 심 조사하다 사 >> 자세히 조사함

0888

자세하다 상

详 言말씀 언+羊양 양: 音으로, 羊은 양의 머리모양을 본뜬 것으로 '자태'의 뜻이다. 둘이 합쳐 '사물의 자태를 말로 하다.'에서 '상세히 하다'의 뜻이 생겼다.

• 비슷한 한자 • 洋 큰 바다 양

예시 詳細 자세하다 상 자세하다 세 >> 자세함

名句 감상

作事 切須詳審謹愼 不可輕率怠緩(安鼎福, 『順庵集』) 일을 할 때에는 모두 모름지기 자세히 살피고 조신해야 되며, 경솔하거나 태만해서는 안 된다(切: 온통 체 率: 가볍다 솔 緩: 해이하다 완).

뼈 해

骸 骨뼈 골＋亥돼지 해: 音로, 骨은 몸의 핵인 뼈의 상형이고 亥는 멧돼지의 상형으로 뼈대를 집중적으로 형상화하고 있다. 둘이 합쳐 '몸의 핵인 뼈'에서 '뼈, 몸'의 뜻이 생겼다.

•비슷한 한자• 駭 놀라다 해

예시 骸骨 뼈 해 뼈 골 >> 뼈

때 구

垢 土흙 토＋后뒤 후: 音로, 后는 後와 통하여 '뒤'라는 뜻이다. 둘이 합쳐 '물 같은 것이 흘러가거나 지나가고 나서 뒤에 남은 흙'에서 '더러운 오물'의 뜻이 생겼다.

일설에는 后가 두터운 언덕을 뜻하므로, 둘이 합쳐 '두껍게 낀 흙먼지'의 뜻이 생겼다고도 한다.

名句 감상

鑑明則塵垢不止 止則不明也(『莊子』 內篇, 德充符) 거울이 맑으면 때가 머무르지 않는다. 머무르면 (거울은) 맑지 않은 것이다.

생각하다 상

想 相서로 상: 音＋心으로, 相은 '나무의 모습을 보다.'는 뜻이고 心은 심장의 상형이다. 둘이 합쳐 '마음에 사물의 형상을 본다.'에서 '생각하다'의 뜻이 생겼다. •비슷한 한자• 箱 상자 상

예시 想像 생각하다 상 형상 상 >> 형상을 생각함

名句 감상

人生福境禍區 皆念想造成(『菜根譚』 後集) 인생의 복의 경계와 재앙의 구역은 모두 생각에서 만들어진다.

0892

목욕하다 욕

浴 :: 氵물 수＋谷골 곡: 音으로, 谷은 골짜기의 상형이다. 둘이 합쳐 '골짜기 모양의 대야에 물을 부어 목욕하다.'의 뜻이 생겼다.

• 비슷한 한자 • 欲 하고자 하다 욕

예시 浴室 목욕하다 욕 방 실 >> 목욕하는 방

0893

잡다 집

执 :: 좌측의 글자는 두 손을 묶은 수갑 같은 모양이고 우측의 글자는 사람이 수갑을 차고 꿇어 앉아 있는 모양으로, 둘이 합쳐 '두 손에 수갑을 차고 꿇어 앉아 있는 포로'에서 '잡다'의 뜻이 생겼다.

• 비슷한 한자 • 紈 흰깁 환

예시 執筆 잡다 집 붓 필 >> 붓을 잡음

名句 감상

天長去無執 花老蝶不來(『推句』) 하늘이 높으니 올라가도 잡을 수 없고, 꽃이 시드니 나비가 오지 않도다.

0894

열 열

熱 埶심다 예: 音＋灬불 화로, 埶는 사람이 어린 나무를 심는 모양이고 灬는 불꽃의 모양이다. 나무를 심는 사람은 마음이 따뜻하므로, 둘이 합쳐 '불로 따뜻함을 더하다.'에서 '뜨겁다, 태우다, 열'의 뜻이 생겼다.

•비슷한 한자• 熟 익다 숙

예시 熱氣 뜨겁다 열 기운 기 >> 뜨거운 기운

灼熱 태우다 작 태우다 열 >> 불에 탐

0895

바라다 원

愿 原근원 원: 音＋頁머리 혈로, 原은 벼랑 밑에서 솟기 시작하는 샘의 형상이고 頁은 사람의 머리를 강조한 형상이다. 둘이 합쳐 '물이 샘솟는 곳을 바라보고 있는 형상'에서 '원하다, 빌다'의 뜻이 생겼다.

•비슷한 한자• 愿 성실하다 원

예시 祈願 빌다 기 빌다 원 >> 빎

所願 바 소 바라다 원 >> 바라는 것

0896

서늘하다 량

凉 氵물 수＋良좋다 량: 音으로, 良은 곡물 중에 특히 좋은 것만을 골라내기 위한 기구의 상형이다. 둘이 합쳐 '좋은 물'에서 '맑다, 서늘하다'의 뜻이 생겼다.

•비슷한 한자• 凉 涼의 俗字

예시 納涼 들이다 납 서늘하다 량 >> 서늘함을 거둬들여 서늘함을 맛봄

名句 감상

秋涼黃菊發 冬寒白雪來(『推句』) 가을이 서늘하니 누런 국화가 피고, 겨울이 추우니 흰 눈이 내리네.

0897

당나귀 려

驢 馬말 마＋盧오두막집 려: 音로, 盧는 둘레만 빙 두르기만 했을 뿐인 집이다. 둘이 합쳐 '몸집이 작은 말'에서 '당나귀'의 뜻이 생겼다.

비슷한 한자 擄 잡다 로

예시 驢前馬後 당나귀 려 앞 전 말 마 뒤 후 >> 당나귀의 앞이고 말의 뒤라는 뜻으로, 우둔하여 하잘것없는 사람을 이름

0898

노새 라

骡 馬말 마＋累포개다 루: 音로, 累는 실을 차례로 겹쳐 포개놓은 모양이다. 둘이 합쳐 '포개놓은 듯한 작은 말'에서 '노새'의 뜻이 생겼다.

0899

송아지 독

犢 牛소 우＋賣행상하다 육: 音으로, 牛는 소머리 뿔의 상형이고 賣는 상대방을 똑바로 보고 눈을 현혹시켜 물건을 파는 모양이다. 둘이 합쳐 '계속해서 눈을 直視하고 있는 소'에서 '송아지'의 뜻이 생겼다.

• 비슷한 한자 • 讀 읽다 독

0900

특별하다 특

特 牛소 우＋寺절 사: 音로, 寺는 손과 발의 형상이다. 둘이 합쳐 '소머리를 들고 제물로 바치러 나아가다.'에서 '특별하다, 숫소'의 뜻이 생겼다.

• 비슷한 한자 • 待 기다리다 대

예시 特技 특별하다 특 재주 기 >> 특별한 재주

0901

놀라다 해

骇 馬말 마＋亥돼지 해: 音로, 亥는 멧돼지를 본뜬 모양이다. 둘이 합쳐 '말이 멧돼지를 보고 놀라다.'의 뜻이 생겼다.

• 비슷한 한자 • 骸 뼈 해

예시 駭怪 놀라다 해 괴이하다 괴 >> 매우 괴이함

0902

뛰다 약

跃 足발 족＋翟 적: 音으로, 足은 무릎 아래 부분의 상형이고 翟은 깃털의 볏을 가진 새인 꿩의 모양이다. 둘이 합쳐 '꿩처럼 높이 뛰어오르다.'의 뜻이 생겼다.

•비슷한 한자• 趯 躍과 同字

名句 감상

今大冶鑄金 金踊躍曰 我且必爲鏌鋣 大冶必以爲不祥之金(『莊子』 內篇, 大宗師) 지금 큰 대장장이가 금속을 녹여 무엇인가를 만들려고 하는데, 금속이 뛰어올라 "나는 장차 반드시 막야가 될 테야."라고 한다면, 큰 대장장이는 반드시 상서롭지 못한 금속으로 생각할 것이다(만들어지는 대로 따르면 되지, 무엇이 되려고 마음 쓸 것 없다는 의미. 冶: 대장장이 야 鑄: 부어 만들다 주 鏌鋣: 干將과 함께 吳王인 闔閭가 만들게 했다는 名劍).

0903

뛰어넘다 초

超 走달이다 주＋召부르다 소: 音로, 走는 달리며 남기는 발자국의 모양이고 召는 祝文을 외면서 神을 부르는 의식의 상형이다. 둘이 합쳐 '부름에 달려가다.'에서 '뛰어넘다, 뛰어나다'의 뜻이 생겼다.

•비슷한 한자• 紹 소개하다 소

예시 超越 뛰어넘다 초 뛰어넘다 월 >> 뛰어 넘음, 뛰어남

0904

달리다 양

驤 馬말 마+襄오르다 양: 音으로, 襄은 의복에 흙 따위의 저주하는 물건을 넣어 사악한 기운을 물리치는 모양이다. 둘이 합쳐 '말이 무엇을 물리치듯이 고개를 흔들어 올리다.'에서 '날뛰다'의 뜻이 생겼다.

• 비슷한 한자 • 釀 빚다 양

名句 감상

權貴龍驤 英雄虎戰 以冷眼視之 如蟻聚羶 如蠅競血 是非蜂起 得失蝟興 以冷情當之 如冶化金 如湯消雪(『菜根譚』 後集) 권세와 부귀를 지닌 자들이 용처럼 날뛰고 영웅들이 호랑이처럼 싸우니, 냉정한 눈으로 그것을 살펴보면 개미가 누린내를 따라 모이는 것과 같고 파리가 피를 다투는 것과 같다. 시비를 따지는 소리가 벌처럼 일어나고 득실을 따지는 무리가 고슴도치처럼 (털이) 일어나니, 냉정한 마음으로 그것을 대하여 보면 대장간에서 금을 녹이는 것과 같고 끓는 물이 눈을 녹이는 것과 같다(蟻: 개미 의 羶: 누린내 전 蠅: 파리 승 蝟: 고슴도치 위 冶: 대장간 야 消: 녹이다 소).

0905

베다 주

诛 言말씀 언+朱붉다 주: 音로, 朱는 木의 중심에 한 획을 덧붙여 나무의 벤 단면의 심이 붉음을 뜻한다. 둘이 합쳐 '말의 줄기를 베어낸 부분'에서, '베다, 책망하다'의 뜻이 나왔다.

• 비슷한 한자 • 珠 구슬 주

예시 誅殺 베다 주 죽이다 살 >> 베어 죽임

0906

베다 참

斩 車수레 거＋斤도끼 근으로, 車는 묶은 나무의 상형이고 斤은 도끼의 상형이다. 둘이 합쳐 '묶은 나무를 베다.'의 뜻이 나왔다.

• 비슷한 한자 • 塹 해자 참 慙 부끄러워하다 참

예시 斬首 베다 참 머리 수 >> 머리를 벰

名句 감상

夫士之生 斧在口中 所以斬身 由其惡言(『法句經』 言語品) 대저 사람이 태어날 때 도끼가 입속에 있어, 몸을 베는 도구가 되니, 나쁜 말에 말미암기 때문이다.

0907

도적 적

贼 則법칙 칙: 音＋戈창 과로, 則은 세발솥에 칼로 중요한 법칙을 새겨 넣은 모양이고 戈는 손잡이가 달린 자루 끝에 날이 달린 창의 상형이다. 둘이 합쳐 '창으로 찔러 상처를 내다.'에서 '해치다, 도둑'의 뜻이 생겼다.

• 비슷한 한자 • 賦 구실 부

예시 賊反荷杖 도둑 적 도리어 반 메다 하 몽둥이 장 >> 도둑이 도리어 몽둥이를 든다는 뜻으로, 굴복해야 할 사람이 도리어 남을 억누르려고 함을 이름

0908

도둑 도

盜 : 次침 흘리다 연 + 皿그릇 명으로, 次은 입에서 침이 흐르는 모양이고 皿은 음식을 담은 접시를 본뜬 것이다. 둘이 합쳐 '음식이 담긴 접시를 보고 가지고 싶어서 침을 흘리다.'에서 '훔치다, 도둑'의 뜻이 생겼다.

•비슷한 한자• 盆 동이 분

예시 盜癖 훔치다 도 버릇 벽 >> 훔치려는 버릇

0909

잡다 포

捕 : 扌손 수 + 甫많다 보: 음로, 甫는 논밭에 모를 널리 심는 모양이다. 둘이 합쳐 '손에 모를 쥐고 심다.'에서 '잡다'의 뜻이 생겼다.

•비슷한 한자• 浦 개펄 포

예시 捕捉 잡다 포 잡다 착 >> 붙잡음

0910

얻다 획

获 : 갑골문에서는 隹새 추 + 又또 우로 새를 손으로 잡는 모양이었다. 뒤에 隹 위에 艹풀 초가 덧붙여지고 犭개 견이 더해져서, '개를 써서 새와 짐승을 잡다.'의 뜻이 생겼다.

•비슷한 한자• 穫 베다 확

예시 獲得 얻다 획 얻다 득 >> 손에 넣음

名句 감상

萬人逐兎 一人獲之(『後漢書』) 만 사람이 토끼를 쫓지만, 한 사람만이 그것을 얻는다.

0911

배반하다 반

叛 半반 반:音＋反뒤집다 반으로, 半은 큰 것을 둘로 나누는 모양이고 反은 벼랑에서 내리 덮치는 바위와 같은 重壓을 손으로 뒤집어엎는 모양이다. 둘이 합쳐 '나눠어서 등을 돌리다.'에서 '배반하다'의 뜻이 생겼다.

• 비슷한 한자 • 畔 밭두둑 반

예시 叛逆 배반하다 반 거스르다 역 >> 배반하여 거스름

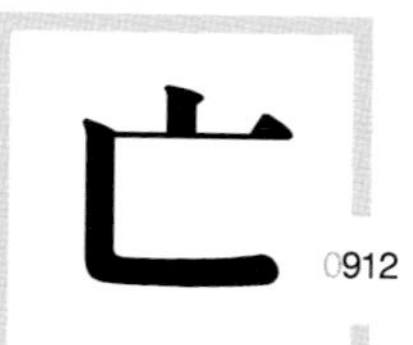

0912

잃다 망

亡 굽혀진 사람의 시체에 무엇인가를 더한 모양을 본뜬 것에서 '사람이 죽다'의 뜻이 생겼다.

일설에는 사람이 다른 사물에 은폐되어 보이지 않는 모양에서 '없어지다, 도망가다'의 뜻이 파생되었다고도 한다.

일설에는 칼의 끝부분이 떨어져 나간 모양에서 '잃다'의 뜻이 나왔다고도 한다.

• 비슷한 한자 •

忘 잊다 망
芒 까끄라기 망
妄 망령되다 망

예시

亡羊補牢 잃다 망 양 양 고치다 보 우리 뢰 >> 양이 달아난 뒤에 우리를 고친다는 뜻으로, '소 잃고 외양간 고치기'란 말과 같음

亡者 죽다 망 사람 자 >> 죽은 사람

布 0913

베 포

布 父아버지 부:音 + 巾헝겊 건으로, 父는 나무망치를 손에 든 모양이고 巾은 헝겊에 끈을 달아 허리띠에 찔러 넣은 모양이다. 둘이 합쳐 '다듬이질한 천'에서 '베, 펴다'의 뜻이 생겼다.

• 비슷한 한자 • 市 저자 시

예시 布衣 베 포 옷 의 >> 베옷. 벼슬하지 않는 사람이 입는 옷

布告 펴다 포 알리다 고 >> 펴서 알림

射 0914

쏘다 사

射 대전의 모양은 손으로 활을 당겨 쏘는 모양이며, 소전에서는 활의 모양이 身몸 신으로 변형되었다.

• 비슷한 한자 • 躬 몸 궁

예시 射擊 쏘다 사 치다 격 >> 발사함

名句 감상

仁者如射 射者正己而後發 發而不中 不怨勝己者 反求諸己而已矣(『孟子』 公孫丑 上) 仁者는 활 쏘는 것과 같다. 쏘는 자는 자기를 바르게 하고 난 뒤에 쏜다. 쏘아서 맞지 않아도 자기를 이긴 자를 원망하지 않고 돌이켜 자기에게서 그것(원인)을 찾을 뿐이다.

0915

멀다 료

辽 갈림길을 가는 모양을 본뜬 辶쉬엄쉬엄 가다 착과 그 옆의 횃불을 본뜬 것과 결합하여, '횃불을 들고 가는 모양'에서 '아득하다, 멀다'의 뜻이 생겼다.

•비슷한 한자• 僚 동료 료

예시 遼遠

멀다 료 멀다 원 >> 아득히 멂

0916

알 환

丸 仄기울다 측자를 좌우로 뒤집어 놓은 모양으로, 공처럼 둥근 사물은 기울어지면 다시 제자리로 돌아옴으로, '기울어지면 다시 돌아서 제자리로 오는 둥근 알'의 뜻이 생겼다.

•비슷한 한자• 九 아홉 구

예시 丸藥

알 환 약 약 >> 알약

0917

산이름 혜

嵇 山 + 稽헤아리다 계: 音

琴 0918

거문고 금

琴 기러기발이 있는 거문고의 단면을 본뜬 것이다.

• 비슷한 한자 • 栞 琴의 俗字

예시 琴瑟之樂 거문고 금 큰 거문고 슬 어조사 지 즐겁다 락 >> 부부간에 화합함

名句 감상

世事琴三尺 生涯酒一盃(『推句』) 세상일은 거문고 세자로 보내고, 생애는 술 한 잔으로 보내버리세.

阮 0919

성 완

阮 阜언덕 부 + 元으뜸 원: 音

嘯 0920

휘파람불다 소

嘯 口입 구 + 肅엄숙하다 숙: 音으로, 肅은 입을 오므린 모양이다. 둘이 합쳐 '입을 오므리고 소리 내다.'에서 '휘파람 불다, 읊조리다'의 뜻이 생겼다.

일설에는 肅은 손에 붓을 쥐고 조심스럽게 죽간에 글을 쓰는 모양이므로, '입을 오므리고 긴장해서 소리를 내다.'의 뜻이 나왔다고도 한다.

名句 감상

登高 使人心曠 臨流 使人意遠 讀書於雨雪之夜 使人神淸 舒嘯於丘阜之巓 使人興邁(『菜根譚』 後集) 높은 데 오르면 사람의 마음을 넓어지게 하고, 물에 임하면 사람의 포부를 원대하게 한다. 눈비 오는 밤에 독서를 하면 사람의 정신을 맑게 하고, 언덕 꼭대기에서 휘파람을 불면 사람의 흥을 일어나게 한다(舒嘯: 조용히 풍월을 즐김 舒: 조용하다 서 巓: 꼭대기 전 邁: 가다 매).

0921

편안하다 념

恬 忄마음 심＋舌혀 설: 音로, 舌은 입으로 내민 혀의 모양을 본뜬 것으로, '달다'의 의미이다. 둘이 합쳐 '마음속으로 달다고 생각하다.'의 뜻이 생겼다.

• 비슷한 한자 • 拈 집다 념

예시 恬澹 편안하다 념 담박하다 담 >> 名利를 탐내는 마음이 없어 담박함

0922

붓 필

笔 竹대나무 죽＋聿붓 율로, 竹은 대나무의 상형이고 聿은 대나무 한쪽을 으깨어 만든 붓을 손으로 쥔 모양이다. 둘이 합쳐 '대나무로 만든 붓'에서 '붓, 쓰다'의 뜻이 생겼다.

• 비슷한 한자 • 肇 비롯하다 조

예시 能書不擇筆 능하다 능 쓰다 서 아니다 불 가리다 택 붓 필 >> 잘 쓰는 사람은 붓을 가릴 필요가 없음

筆寫 쓰다 필 베끼다 사 >> 베껴 씀

재미있는 **漢詩**

此竹彼竹化去竹 이대로 저대로 변해 가는 대로
風打之竹浪打竹 바람 부는 대로 물결치는 대로
飯飯粥粥生此竹 밥이면 밥 죽이면 죽 이대로 살아
是是非非付彼竹 시시비비는 저대로 맡겨두세
賓客接待家勢竹 손님 접대는 집안 형편대로
市井賣買歲月竹 시정의 매매는 세월 가는 대로
萬事不如吾心竹 모든 일 내 마음대로 하는 것만 못 하니
然然然世過然竹 그렇고 그런 그런 세상 그런 대로 지나가세
(金笠 1807～1863, <竹>)

倫 0923

인륜 륜

伦 亻+侖순서세우다 륜: 音으로, 侖은 기록을 적은 대쪽을 차례대로 모은 모양이다. 둘이 합쳐 '질서가 잡힌 인간관계'에서 '인륜, 차례, 무리'의 뜻이 생겼다.

•비슷한 한자• **論** 논하다 론

예시 **悖倫** 어그러지다 패 인륜 륜 >> 인륜에 어그러짐

名句 감상

天地之間 萬物之衆 惟人最貴 所貴乎人者 以其有五倫也 是故 孟子曰 父子有親 君臣有義 夫婦有別 長幼有序 朋友有信 人而不知有五常 則其違禽獸不遠矣(『童蒙先習』) 하늘과 땅 사이에 있는 만물의 무리 중에 오직 사람이 가장 귀하니, 사람을 귀하게 여기는 까닭은 그에게 다섯 가지 인륜이 있기 때문이다. 그러므로 맹자가 말씀하시길 "부모와 자식 간에는 친함이 있으며, 임금과 신하 간에는 의리가 있으며, 남편과 아내 간에는 분별이 있으며, 어른과 아이 간에는 차례가 있으며, 친구 간에는 믿음이 있다." 하셨으니, 사람이 만약 오상이 있음을 알지 못하면 그와 날짐승 길짐승과의 거리가 멀지 않을 것이다.

0924

종이 지

紙 糸실 사+氏성씨 씨: 音로, 氏는 눈이 날붙이에 찔려 눈꺼풀이 납작하게 붙어버린 모양이다. 둘이 합쳐 '섬유의 돌기를 짓눌러 반반하고도 매끄럽게 한 종이'의 뜻이 생겼다.

• 비슷한 한자 • 祇 땅귀신 기

예시 紙幣

종이 지 돈 폐 >> 종이 돈

0925

고르다 균

钧 金쇠 금+匀고르다 균: 音으로, 金은 흙 속에 금속이 있는 모양이고 匀은 현악기를 조율하는 기구의 상형이다. 둘이 합쳐 '균질한 금속'에서 '저울추, 무게 단위, 고르다'의 뜻이 파생되었다.

• 비슷한 한자 • 均 평평하다 균

名句 감상

磨礪者 當如百煉之金 急就者 非邃養 施爲者 宜似千鈞之弩 輕發者 無宏功(『菜根譚』 前集) 수양은 마땅히 백 번 달군 쇠와 같아야지, 급하게 이룬 것은 깊은 수양이 아니다. 시행은 마땅히 천균의 쇠뇌와 같이 해야지, 가볍게 쏘는 것은 큰 공에 이르지 못한다(礪: 갈다 려 煉: 달구다 련 邃: 깊다 수 宏: 크다 굉).

巧 0926

공교롭다 교

巧 工장인 공은 끌을 본뜬 모양이고 옆의 글자는 구부러진 조각하는 칼의 모형이다. 둘이 합쳐 '끌과 조각칼'에서 '재주, 솜씨가 있다'의 뜻이 생겼다.

• 비슷한 한자 • 功 공 공

예시 巧拙 공교롭다 교 서툴다 졸 >> 교묘함과 서툶

任 0927

맡기다 임

任 亻+壬크다 임: 音으로, 壬은 베를 짜는 실을 감은 모양이다. 둘이 합쳐 '사람이 장시간 지속적으로 베를 짜다.'에서 '맡기다, 일'의 뜻이 생겼다.

• 비슷한 한자 • 妊 애 배다 임

예시 任期 맡기다 임 기간 기 >> 임무를 맡아 보고 있는 일정한 기한

名句 감상

恭則不侮 寬則得衆 信則人任焉 敏則有功 惠則足以使人(『論語』陽貨)
공손하면 업신여김을 받지 않고, 너그러우면 대중을 얻게 되고, 믿음이 있으면 남들이 의지하고, 민첩하면 공이 있고, 은혜로우면 남들을 부릴 수 있다.

0928

낚시 조

钓 金쇠 금+勺국자 작: 音으로, 金은 흙 속에 금속이 있는 모양이고 勺은 물건을 떠내는 국자의 상형이다. 둘이 합쳐 '물고기를 건져 올리는데 쓰이는 갈고리 모양의 금속'에서 '낚시, 낚시하다'의 뜻이 생겼다.

• 비슷한 한자 • 鈞 고르다 균

예시 釣師 낚시 조 기예에 뛰어난 사람 사 >> 낚시꾼

0929

풀다 석

釈 釆나누다 변+睪엿보다 역: 音으로, 釆은 짐승의 발톱이 갈라져 있는 모양을 본뜬 것이고 睪은 위의 눈과 아래의 쇠고랑의 상형으로 용의자를 차례로 엿보아 죄인을 가려낸다는 뜻이다. 둘이 합쳐 '분해하다'의 뜻이 생겼다.

• 비슷한 한자 • 譯 번역하다 역

예시 釋放 풀다 석 놓다 방 >> 풀어 놓아 보냄

0930

어지럽다 분

紛 糸실 사＋分나누다 분: 音으로, 糸는 꼰 실의 상형이고 分은 칼로 베어 둘로 나누어지는 모양이다. 둘이 합쳐 '실이 갈라져 바로 잡을 수 없다.'에서 '어지럽다, 엉키다'의 뜻이 생겼다.

•비슷한 한자• 粉 가루 분

예시 紛亂 어지럽다 분 어지럽다 란 >> 어지러움

0931

이롭다 리

利 禾벼 화＋刂칼 도로, 禾는 벼의 상형이고 刂는 칼의 상형이다. 둘이 합쳐 '낫으로 벼를 베다.'에서 '날카롭다, 이롭다'의 뜻이 생겼다.

•비슷한 한자• 梨 배 리

예시 銳利 날카롭다 예 날카롭다 리 >> 날카로움

利用 이롭다 리 쓰다 용 >> 유리하게 사용함

0932

풍습 속

俗 亻＋谷골 곡: 音으로, 谷은 좌우 양쪽으로 깊은 골짜기의 상형이다. 둘이 합쳐 '사람이 깊은 한정된 곳에 들어가다.'에서 '관습, 속되다'의 뜻이 생겼다.

•비슷한 한자• 浴 목욕하다 욕

예시 世俗 세상 세 풍습 속 >> 세상의 풍습

俗物 속되다 속 만물 물 >> 속된 물건이나 사람

名句 감상

世俗之人 皆喜人之同乎己 而惡人之異於己也 同於己而欲之 異於己而不欲者 以出乎衆爲心也(『莊子』 外篇, 在宥) 세상 사람들이 모두 남이 자기와 뜻이 같은 것을 기뻐하고, 남이 자기와 뜻이 다른 것을 싫어한다. 자기와 뜻이 같기를 바라고 자기와 뜻이 다르기를 바라지 않는 것은 여러 사람들보다 뛰어나다는 것을 마음속으로 생각하고 있기 때문이다.

0933

나란하다 병

并 立서다 립 + 立으로, 立은 땅 위에서 있는 사람의 상형이다. 둘이 합쳐 '나란히 늘어선 사람'에서 '나란히 서다, 아우르다'의 뜻이 생겼다.

• 비슷한 한자 • 並 竝과 同字

예시 竝行 나란하다 병 가다 행 >> 나란히 감

0934

모두 개

皆 比나란하다 비 + 白사뢰다 백으로, 比는 두 사람이 나란히 엎드려 있는 모양이고 白은 '말하다'는 뜻이다. 둘이 합쳐 '두 사람이 나란히 엎드려 같은 말로 말하다.'에서 '모두'의 뜻이 생겼다.

• 비슷한 한자 • 偕 함께 해

예시 皆勤 모두 개 부지런하다 근 >> 일정 기간 동안 하루도 빠지지 않고 출근함

名句 감상

常者皆盡 高者亦墮 合會有離 生者有死(『法句經』 無常品) 항상 된 것은 모두 없어지고, 높이 있는 것도 떨어진다. 만나면 이별이 있고, 태어난 것에는 죽음이 있다.

佳 0935

아름답다 가

佳 亻+圭홀 규: 音로, 圭는 가로와 세로의 선을 이어서 기하학적인 문양을 본뜬 것이다. 둘이 합쳐 '사람이 균형이 잡혀 있다.'에서 '아름답다, 좋다'의 뜻이 생겼다.

• 비슷한 한자 • 刲 베다 규

예시 佳人薄命 아름답다 가 사람 인 엷다 박 목숨 명 >> 아름다운 사람은 목숨이 짧음

佳作 좋다 가 작품 작 >> 좋은 작품

妙 0936

묘하다 묘

妙 女+少젊다 소로, '젊어서 가냘프고 고운 여자'에서 '젊다, 예쁘다, 묘하다'의 뜻이 생겼다.

• 비슷한 한자 • 眇 애꾸눈 묘

예시 妙技 묘하다 묘 재주 기 >> 교묘한 기술

妙齡 젊다 묘 나이 령 >> 20살 정도의 젊은 나이

毛 0937

털 모

毛 털이 나는 모양을 본뜬 것에서 '털, 풀이 자라다'의 뜻이 생겼다.

• 비슷한 한자 • 手 손 수

예시 毛根 털 모 뿌리 근 >> 털의 뿌리

不毛地 아니다 불 풀 자라다 모 땅 지 >> 풀이 자라지 않는 땅

施 0938

베풀다 시

옮기다 이

施 㫃기 언 + 也어조사 야: 音로, 㫃은 깃발을 본뜬 것이고 也는 뱀이 꿈틀거리는 모양이다. 둘이 합쳐 '펄럭이는 깃발'에서 '뻗다, 베풀다'의 뜻이 생겼다.

• 비슷한 한자 • 旅 나그네 려

예시 施設 베풀다 시 만들다 설 >> 베풀어서 설비함

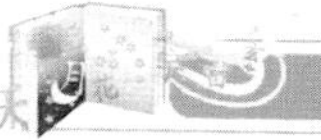

名句 감상

言工無施 不若無言(李恒福, 『白沙集』) 말이 아무리 좋다 하여도 시행하지 않는다면, 말을 하지 않은 것만 못 할 것이다.

맑다 숙

淑 : 氵 + 叔아저씨 숙: 音으로, 叔은 가지에 붙은 콩을 줍는 모양이며 또한 弔조문하다 조와 통하여 가엾어 해야 할 선량한 사람의 의미도 있다. 여기에 맑은 물을 덧붙여 '맑다, 착하다'의 뜻이 생겼다.

• 비슷한 한자 • 俶 비로소 숙

예시 淑女 착하다 숙 여자 녀 >> 정숙한 여자

맵시 자

姿 : 次차례 차: 音 + 女여자 녀로, 次는 사람이 하품을 하며 쉬는 모양을 본뜬 것이다. 둘이 합쳐 '하품을 하며 쉬는 여성의 여러 모습'에서 '모습'의 뜻이 생겼다.

• 비슷한 한자 • 恣 방자하다 자

예시 姿態 맵시 자 모양 태 >> 모양과 태도

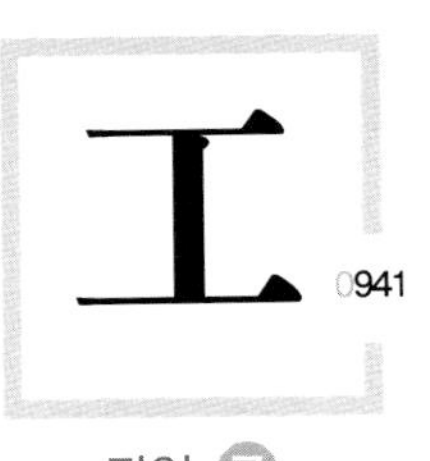

장인 공

工 : 손잡이가 달린 끌을 본뜬 모양 또는 진흙을 벽에 바른 후 평평하게 문지르고 고르는 흙손의 모양이라고도 한다. 공구를 본뜬 모양에서 '교묘하다, 장인'의 뜻이 생겼다.

• 비슷한 한자 • 土 흙 토 王 임금 왕

예시 工房 장인 공 방 방 >> 장인이 일하는 방

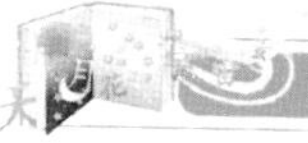

名句 감상

工人數變業 則失其功 作者數搖徙 則亡其功(『韓非子』) 기술자가 자주 일을 바꾸면 그 공을 잃게 되고, 경작하는 사람이 자주 이동하면 그 공을 잃게 된다(數: 자주 삭 搖: 움직이다 요 徙: 옮기다 사).

0942

찡그리다 빈

嚬 口입 구＋頻급하다 빈: 音으로, 頻은 강을 건널 때의 물결처럼 얼굴에 주름이 잡히는 모양이다. 소전에는 頻의 모양이고 대전에는 口를 덧붙여 '얼굴을 찡그리다.'의 뜻이 생겼다.

• 비슷한 한자 • 瀕 물가 빈

예시 效嚬

본받다 효 찡그리다 빈 >> 越나라의 미인 西施가 불쾌한 일이 있어 얼굴을 찡그렸더니 한 醜女가 그것을 보고 흉내 냈다는 고사에서, 무턱대고 남의 흉내를 냄을 이름

0943

곱다 연

姸 女＋幵평탄하다 견: 音으로, 幵은 두 개의 장대를 나란히 세워 위가 평평하도록 다듬다는 의미이다. 둘이 합쳐 '다듬어진 여성'에서 '곱다'의 뜻이 생겼다.

• 비슷한 한자 • 硏 갈다 연

名句 감상

惟其明 故照物無僞 惟其公 故姸媸無異議(李南珪, 『修堂集』) 오직 그것이(거울이) 밝기 때문에 사물을 비춤에 거짓이 없다. 오직 그것이(거울이) 공변되기 때문에 곱거나 추하거나 다른 의론이 없다(媸: 못생기다 치).

笑 0944

웃다 소

笑 竹은 긴 머리털의 상형이 변형된 것으로, 머리가 긴 젊은 무당의 상형에서 '웃다, 비웃다'의 뜻이 생겼다.

• 비슷한 한자 • 竿 장대 간

예시 笑裏藏刀 웃다 소 속 리 감추다 장 칼 도 >> 웃음 속에 칼을 감추고 있음

名句 감상

滿堂燕笑 一人向隅而泣 則衆爲之不樂(『說苑』) 온 집의 즐거운 잔치 중에 한 사람이 모퉁이에서 울면, 모든 사람이 그것 때문에 즐기지 못한다.

年 0945

해 년

年 禾벼 화 + 人사람 인: 音으로, 禾는 벼의 상형이고 人은 성숙한 사람이다. 둘이 합쳐 '성숙한 곡식'으로 곡식이 익는 것은 일 년에 한 번이므로 '해, 나이'의 뜻이 생겼다.

• 비슷한 한자 • 午 낮 오

예시 年末年始 해 년 끝 말 해 년 처음 시 >> 해의 끝과 처음

年少 나이 년 어리다 소 >> 나이가 어림

矢 0946

화살 시

矢 화살촉과 살대와 깃을 그대로 본뜬 것에서 '화살, 곧다, 똥'의 뜻이 생겼다.

비슷한 한자 失 잃다 실

예시 嚆矢 울리다 효 화살 시 >> 우는 화살에서, 사물의 시초

名句 감상

夫愛馬者 以筐盛矢 以蜃盛溺 適有蚊虻僕緣 而拊之不時 則缺銜 毁首碎胸 意有所至 而愛有所亡 可不愼邪(『莊子』內篇, 人間世) 무릇 말을 사랑하는 자는 광주리로 똥을 담아내며 대합으로 오줌을 담아낸다. 마침 모기나 등에가 붙어 있어서 그것을 불시에 치면, 재갈을 부수거나 (주인의) 머리를 박거나 (주인의) 가슴을 찹니다. 뜻이 이르는 곳이 있을수록 사랑이 잃어져 가는 것이 있는 것이니(사물을 사랑하는 개인적 마음이 깊으면 깊을수록 사랑하는 事實은 잃어져 가는 것), 삼가지 않을 수 있겠는가?(筐: 광주리 광 盛: 담다 성 矢: 똥 시 蜃: 대합 신 蚊: 모기 문 虻: 등에 맹 僕緣: 붙는 모양 拊: 치다 부 缺: 이지러지다 결 銜: 재갈 함 碎: 부수다 쇄)

每 0947

매양 매

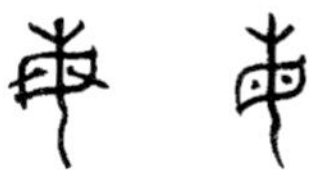

每 머리장식을 달고 머리를 묶은 여성을 본뜬 형상이나, 假借하여 '늘'의 뜻이 생겼다.

일설에는 풀이 무성하게 자라는 모양으로 보기도 한다.

비슷한 한자 海 바다 해

예시 每事 매양 매 일 사 >> 일마다

名句 감상

知彼知己 百戰不殆 不知彼而知己 一勝一負 不知彼而不知己 每戰必殆(『孫子兵法』) 적을 알고 자기를 알면 백 번 싸워도 위태롭지 않고, 적을 모르고 자기만 알면 한 번 이기고 한 번 지며, 적을 모르고 자기도 모르면 매번 싸울 때마다 반드시 위태로워진다.

催

0948

재촉하다 **최**

催 亻 + 崔높다 최: 音로, 崔는 높은 산이다. 둘이 합쳐 '높이 나아가도록 사람을 재촉하고 닦달하다.'에서 '재촉하다, 닥쳐오다'의 뜻이 생겼다.

• 비슷한 한자 • 摧 꺾다 최

예시 **催眠** 재촉하다 최 잠자다 면 >> 잠이 오게 함

羲

0949

베풀다 **희**

羲 義옳다 의: 音 + 兮어조사 혜의 생략형으로, 義는 들쭉날쭉한 톱으로 양을 잡는 모양이며 兮는 김이 오르는 모양이다. 둘이 합쳐 '들쭉날쭉한 톱으로 양을 잡아 끓이다.'에서 '베풀다'의 뜻이 생겼다.

• 비슷한 한자 • 犧 희생 희

0950

빛 휘

暉 日해 일＋軍군사 군: 音으로, 軍은 전차로 포위하는 모양이다. 둘이 합쳐 '햇빛이 둥글게 에워싸다.'에서 '빛나다, 빛'의 뜻이 생겼다.

• 비슷한 한자 • 煇 暉와 同字

0951

밝다 랑

朗 良좋다 량: 音＋月달 월로, 良은 곡식 중에서 좋은 것만을 골라내기 위한 기구의 상형이며 月은 이지러진 달의 상형이다. 둘이 합쳐 '좋은 달'에서 '밝다'의 뜻이 생겼다.

• 비슷한 한자 • 郎 사내 랑

예시 朗誦 밝다 랑 읊다 송 >> 소리를 높이어 읽거나 욈

名句 감상

孤雲出岫 去留一無所係 朗鏡懸空 靜躁兩不相干(『菜根譚』 後集) 외로운 구름은 산봉우리에서 나와, 가고 머무름에 전혀 매임이 없고, 밝은 달은 하늘에 매달려, 고요하고 시끄러움 둘 다 서로 상관하지 않는다(岫: 산봉우리 수 係: 매이다 계 躁: 시끄럽다 조 干: 간여하다 간).

0952

빛 요

曜 日해 일＋翟꿩 적: 音으로, 翟은 꿩의 화려한 깃털 모양이다. 둘이 합쳐 '태양이 빛나다.'에서 '빛나다, 빛, 요일'의 뜻이 생겼다.

• 비슷한 한자 • 燿 曜와 同字

예시 曜日 요일 요 날 일 >> 요일

0953

돌다 선

旋 㫃기 언 + 疋발 소로, 㫃은 깃발을 본뜬 것이고 疋은 발의 모양을 본뜬 것이다. 둘이 합쳐 '펄럭이는 깃발처럼 발로 빙글빙글 돌아다니다.'의 뜻이 생겼다.

• 비슷한 한자 • 璇 옥 선

예시 旋回 돌다 선 돌다 회 >> 돎

0954

구슬 기

玑 玉옥 옥 + 幾기틀 기: 音로, 玉은 세 개의 옥을 끈으로 꿴 모양이고 幾는 자잘한 실로 묶은 무기의 상형이다. 둘이 합쳐 '잔 옥'의 뜻이 생겼다.

• 비슷한 한자 • 機 기계 기

0955

매달다 현

悬 縣고을 현: 音 + 心으로, 縣은 나무에서 머리 또는 끈으로 목을 거꾸로 건 모양으로 懸의 原字이다. 縣이 지방 행정 단위로 쓰이면서 心을 덧붙여 '매달다'의 뜻이 파생되었다.

예시 懸案 매달다 현 안건 안 >> 아직 해결 짓지 못한 안건

0956

돌다 알

주관하다 간

예시 斡旋

斡 斗말 두는 물건의 양을 되기 위한 자루 달린 국자의 상형이고 나머지 부분은 자루의 모양이다. 둘이 합쳐 '국자의 자루'에서, '자루를 잡고 움직여 물 따위를 휘젓다.'는 뜻이 생겼다.

• 비슷한 한자 • 幹 주관하다 간

돌다 알 돌다 선 >> 돌게 함, 남의 일을 주선하여 줌

0957

그믐 회

예시 晦朔

晦 日해 일 + 每매양 매로, 每는 머리장식을 달고 머리를 묶은 여성을 본뜬 형상이다. 둘이 합쳐 '해가 져서 머리장식을 풀다.'에서 '어둡다, 밤, 그믐'의 뜻이 생겼다.

• 비슷한 한자 • 悔 뉘우치다 회

그믐 회 초하루 삭 >> 그믐과 초하루

0958

넋 백

魄 白희다 백: 音 + 鬼귀신 귀로, 白은 머리가 흰 뼈의 상형으로 '생기를 잃다.'는 의미이고 鬼는 무시무시한 머리를 한 사람의 상형으로 '영혼'의 의미이다. 둘이 합쳐 '생기를 잃은 영혼'에서 '넋'의 뜻이 생겼다. 그믐 이후 2~3일째 되는 날 처음 나타나는 초승달을 흔히 覇라고 부르는데, 覇는 魄과 같은 자이므로 대전에 보이는 것은 覇의 모양이다.

☼ 魂과 魄은 어떻게 다를까요?

魂은 사람 정신의 陽에 속하는 것으로 사람의 영혼을 주관해 사람이 죽으면 하늘로 올라가고, 魄은 사람 정신의 陰에 속하는 부분으로 사람의 육체를 주관해 사람이 죽으면 땅으로 내려간다고 한다.

0959

고리 환

環 8 环 玉옥 옥은 세 개의 옥을 고리로 꿴 모양이고 옆의 글자는 도는 모양이다. 둘이 합쳐 '빙 둘러 있는 고리 모양의 옥'에서 '옥, 고리, 돌다'의 뜻이 생겼다.

•비슷한 한자• 還 돌아가다 환

예시 環境 돌다 환 지경 계 >> 둘러싼 구역

0960

비추다 조

照 昭밝다 소: 音 + 灬불 화로, 昭는 '해를 부르다.'에서 밝다는 의미이고 灬는 타오르는 불꽃의 상형이다. 둘이 합쳐 '불로 밝게 하다.'에서 '비추다, 비치다'의 뜻이 생겼다.

•비슷한 한자• 煦 따뜻하게 하다 후

예시 照度 비추다 조 정도 도 >> 비추는 정도

名句 감상

玉不自出 人自採之 鏡不自見 人自照之(正祖, 『弘齋全書』) 옥은 저절로 나오는 것이 아니라 사람이 스스로 그것을 캐야만 얻을 수 있고, 거울은 저절로 모습을 드러내는 것이 아니라 사람이 스스로 비춰야만 보인다.

指

0961

손발가락 지

指 扌손 수+旨맛 지: 音으로, 旨는 숟가락으로 음식물을 입에 넣는 모양이다. 둘이 합쳐 '손으로 숟가락을 잡아 음식을 먹다.'에서 '손가락, 가리키다'의 뜻이 생겼다.

• 비슷한 한자 • 脂 비계 지

예시 無名指 없다 무 이름 명 손가락 지 >> 이름 없는 손가락으로, 가운뎃손가락과 새끼손가락 사이에 있는 손가락

指導 가리키다 지 인도하다 도 >> 가리키어 인도함

薪

0962

땔나무 신

薪 艹풀 초+新새 신: 音으로, 新은 薪의 原字로 나무를 베어 장작으로 만드는 모양이다. 新이 새롭다는 뜻으로 쓰이자 艹를 덧붙여 구별하였다.

예시 薪盡火滅 땔나무 신 다하다 진 불 화 멸하다 멸 >> 땔나무가 다하자 불이 꺼진다는 것으로, 機緣이 다하여 사물이 멸망함

☼ 薪과 柴는 어떻게 다를까요?

薪은 도끼로 팬 장작과 같은 땔나무이고, 柴(섶 시)는 잡목이나 자디잔 땔나무이다.

0963

포 수

脩 ※ 月고기 육+攸바 유: 音로, 攸는 사람의 등에 긴 줄기를 이루는 물을 끼얹어 손으로 씻는 모양이다. 둘이 합쳐 '고기를 가늘고 길게 만든 것'에서 '말린 고기, 말리다, 길다, 닦다'의 뜻이 생겼다.

• 비슷한 한자 • 修 닦다 수

예시 束脩 묶다 속 포 수 >> 말린 고리를 묶은 것

0964

복 호

祜 ※ 示보다 시+古옛 고: 音로, 示는 祭壇의 상형이고 古는 단단한 투구의 상형이다. 둘이 합쳐 '신에게서 내려진 확고한 것.'에서 '복'의 뜻이 생겼다.

• 비슷한 한자 • 祐 돕다 우

0965

길다 영

永 ※ 강물의 본류와 지류가 갈라지는 모양을 그린 것이다. 여기에서 '강물이 길게 뻗어나가다가 지류로 갈라지다.' 즉 '길다, 영구히'의 뜻이 생겼다.

• 비슷한 한자 • 氷 얼음 빙

예시 永久 길다 영 오래다 구 >> 길고 오램

永住權 영구히 영 머무르다 주 권리 권 >> 영원히 머무를 수 있는 권리

끈 수

綏 糸실 사＋妥편안하다 타: 音로, 糸는 꼬아 놓은 실의 상형이고 妥는 위에서 손을 뻗어 부드럽게 여자를 앉히는 모양이다. 둘이 합쳐 '편안하게 해 주는 실'에서 '수레 앞에 끈으로 된 손잡이, 편안하다'의 뜻이 생겼다.

• 비슷한 한자 • 綵 비단 채

길하다 길

吉 士선비 사＋口입 구로, 士는 큰 도끼의 상형이고 口는 상서로움을 비는 말이다. 둘이 합쳐 '축문 위에 큰 도끼를 올려놓은 모양'에서 '길하다, 초하루'의 뜻이 나왔다.

• 비슷한 한자 • 喆 哲과 同字

예시 吉凶同域

길하다 길 흉하다 흉 같다 동 지경 역 >> 길한 것과 흉한 것이 경계를 같이한다는 뜻으로, 禍福이 無常함을 이름

名句 감상

一家之人 務相雍睦 其心和平 則家內吉善之事 必集(李珥, 『栗谷全書』)
온 가족이 서로 화목하기를 힘써 그 마음이 화평하면, 집안에 길하고 좋은 일들이 반드시 모일 것이다(雍: 화목하다 옹 睦: 화목하다 목).

0968

권하다 소

劭 召부르다 소: 音+力으로, 召는 받침 위에 술그릇을 놓고 그 위에 칼을 두 손으로 들고 있는 모양으로 축문을 외면서 신을 부르는 의식이며 力은 군센 팔의 상형이다. 둘이 합쳐 '정성들여 힘쓰다.'에서 '권하다, 힘쓰다'의 뜻이 생겼다.

• 비슷한 한자 • 卲 높다 소 邵 고을이름 소

0969

곱자 구

矩 矢화살 시+巨크다 거: 音로, 矢는 곧은 화살을 본뜬 것이고 巨는 손잡이가 있는 곱자를 본뜬 것이다. 둘이 합쳐 '곧은 곱자'에서 '곱자, 법'의 뜻이 생겼다. 대전의 글자의 木이 추가된 구 榘로 矩와 同字이다.

• 비슷한 한자 • 短 짧다 단

名句 감상

子曰 吾十有五而志于學 三十而立 四十而不惑 五十而知天命 六十而耳順 七十而從心所欲 不踰矩(『論語』爲政) 공자께서 말씀하시길 "나는 15살에 학문에 뜻을 두었고, 30살에 自立하였고, 40살에 미혹되지 않았고, 50살에 천명을 알았고, 60살에 귀가 순해졌으며(귀로 들으면 그대로 이해되다), 70살에 마음이 하고자 하는 것을 따라도 법도를 넘지 않았다." 하셨다.

0970

걸음 보

步 止그치다 지를 아래위로 포개 놓은 모양으로, 止는 발의 모양이다. 좌우 발의 상형에서 '걷다, 걸음'의 뜻이 생겼다.

• 비슷한 한자 • 涉 건너다 섭

예시 五十步百步 다섯 오 열 십 걸음 보 일백 백 걸음 보 >> 오십 보 달아난 사람이 백 보 달아난 사람을 비웃음

名句 감상

澤雉十步一啄 百步一飮 不蘄畜乎樊中(『莊子』 內篇, 人間世) 연못의 꿩은 하늘이 정한 대로 열 걸음 가서 한 번 모이를 쪼고, 백 걸음 가서 한 번 마시는데, 울타리 안에서 길러지기를 바라지 않는다(雉: 꿩 치 啄: 쪼다 탁 蘄: 바라다 기 樊: 울타리 번).

0971

당기다 인

引 弓활 궁+ 丨뚫다 곤으로, 弓은 활의 상형이고 丨은 위아래로 통함을 뜻한다. 둘이 합쳐 '활시위를 끌어당기다.'에서 '당기다, 끌다'의 뜻이 생겼다.

• 비슷한 한자 • 弗 달러 불

예시 牽引 끌다 견 당기다 인 >> 끌어당김

목 령

領 令명령하다 령: 音 + 頁머리 혈로, 令은 사람이 머리를 숙이고 무릎을 꿇고 신의 뜻을 듣는 모양이고 頁은 사람의 머리를 강조한 모양을 본뜬 것이다. 둘이 합쳐 '숙인 머리'에서 '목, 옷깃, 다스리다'의 뜻이 생겼다.

• 비슷한 한자 • 鈴 방울 령

예시 領海 다스리다 영 바다 해 >> 다스리고 있는 바다

領袖 옷깃 령 소매 수 >> 옷깃과 소매로, 이 둘은 사람의 가장 눈에 띄는 곳이므로 대표나 두목을 이름

숙이다 부

俯 亻 + 府곳집 부: 音로, 府는 건네준 중요한 물건을 허리를 굽혀 보관해 두는 모양이다. 둘이 합쳐 '사람이 고개를 구부리다.'의 뜻이 생겼다.

• 비슷한 한자 • 咐 분부하다 부

名句 감상

正考父一命而傴 再命而僂 三命而俯 循牆而走 孰敢不軌(『莊子』 雜篇, 列御寇) 정고부는 처음 명을 받아 임명되자 몸을 구부렸고, 다시 명을 받아 임명되자 (벼슬이 높아지자) 더 굽혔고, 세 번 명을 받다 임명되자 (벼슬이 더 높아지자) 더 구부렸다. (또 길을 가며 수레를 몰 때) 담장을 따라 갔으니, 누가 감히 본받지 않겠는가?(正考父: 孔子 10대 전의 선조 傴: 구부리다 구 僂: 구부리다 루 循: 따르다 순 軌: 본보기 궤)

0974

우러러보다 앙

仰 亻+卬오르다 앙: 音으로, 卬은 무릎을 꿇고 서 있는 사람을 우러러보는 모양이다. 仰의 原字는 卬으로 뒤에 亻을 덧붙였다.

• 비슷한 한자 • 印 도장 인

예시 仰望 — 우러러보다 앙 바라보다 망 >> 우러러 바라봄

0975

곁채 랑

廊 广집 엄+郎사내 랑: 音으로, 广은 가옥의 덮개에 상당하는 지붕의 상형이고 郎은 浪물결 랑과 통하여 물결을 의미한다. 둘이 합쳐 '물결처럼 일렁이며 이어진 곁채'의 뜻이 생겼다.

• 비슷한 한자 • 廓 넓다 확

예시 畵廊 — 그림 화 곁채 랑 >> 그림을 진열해 놓은 집

0976

사당 묘

庙 广집 엄+朝조정 조로, 广은 가옥의 덮개에 상당하는 지붕의 상형이고 朝는 초원에 해가 뜨는 모양이다. 둘이 합쳐 '신선한 집'에서 '사당, 묘당'의 뜻이 생겼다.

• 비슷한 한자 • 潮 조수 조

예시 宗廟 — 사당 종 사당 묘 >> 역대 神主를 모신 帝王家의 사당

0977

묶다 속

束 장작을 묶은 모양에서 '묶다, 약속하다'의 뜻이 생겼다.

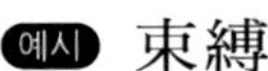 柬 동쪽 동

束縛 묶다 속 묶다 박 >> 묶음

名句 감상

井蛙鼃不可以語於海者 拘於虛也 夏蟲不可以語於冰者 篤於時也 曲士不可以語於道者 束於敎也(『莊子』外篇, 秋水) 우물 속 개구리에게 바다를 이야기해 줄 수 없는 것은 구멍 속에 매여 있기 때문이며, 여름 벌레에게 얼음을 이야기해 줄 수 없는 것은 때에 매여 있기 때문이며, 식견이 낮은 사람에게 도를 이야기해 줄 수 없는 것은 (세속의) 가르침에 묶여 있기 때문이다(鼃: 개구리 와 虛: 구멍 허 篤: 매이다 독 曲士: 식견이 낮은 사람).

0978

띠 대

帶 허리띠를 묶고 여기에 수건을 걸어 찬 모양의 상형에서 '띠, 두르다'의 뜻이 나왔다.

비슷한 한자 滯 걸리다 체

예시 革帶 가죽 혁 띠 대 >> 가죽 띠

名句 감상

忘足 屨之適也 忘要 帶之適也 知忘是非 心之適也(『莊子』 外篇, 達生)
발을 잊게 해야 신 가운데 가장 좋은 것이요, 허리를 잊게 해야 허리띠 가운데 가장 좋은 것이요, 지혜가 시비를 잊게 해야 마음 가운데 가장 좋은 것이다(屨: 신 구 適: 적절하다 적 要: 허리 요).

矜

0979

창자루 긍

矜 矛창 모＋今이제 금: 音으로, 矛는 긴 자루의 머리 부분에 날카로운 날을 단 창을 본뜬 것이고 今은 어떤 것을 덮어 싸는 모양이다. 둘이 합쳐 '창의 자루를 덮어 싸다.'에서 '창자루'의 뜻이 생겼고, 뒤에 '불쌍히 여기다, 자랑하다'의 뜻이 파생되었다.

예시 矜持 자랑하다 긍 믿다 지 >> 믿는 것이 있어서 스스로 자랑함

矜恤 불쌍히 여기다 긍 구휼하다 휼 >> 불쌍히 여겨 구휼함

莊

0980

엄하다 장

庄 艹풀 초＋壯씩씩하다 장: 音으로, 壯은 키가 큰 남자의 모양이다. 둘이 합쳐 '풀이 커지다.'에서 '성장하다, 엄하다, 별장'의 뜻이 나왔다.

• 비슷한 한자 • 奘 크다 장

예시 山莊 산 산 별장 장 >> 산중에 있는 별장

0981

노닐다 배

徘 彳조금 걷다 척＋非아니다 비: 音로, 彳은 行의 왼쪽 절반만 있는 형태로 길을 걷는다는 의미이며 非는 서로 등을 지고 좌우로 벌리는 모양이다. 둘이 합쳐 '서로 등지며 길을 걷다.'에서 '천천히 왔다 갔다 하다.'의 뜻이 생겼다.

• 비슷한 한자 • 俳 배우 배

예시 徘徊 노닐다 배 노닐다 회 >> 노닒

徊

0982

노닐다 회

徊 彳조금 걷다 척＋回돌다 회: 音로, 彳은 行의 왼쪽 절반만 있는 형태로 길을 걷는다는 의미이며 回는 물이 회전하는 모양을 본뜬 것이다. 둘이 합쳐 '돌며 걷다'의 뜻이 생겼다.

• 비슷한 한자 • 佪 徊와 同字

0983

보다 첨

瞻 目눈 목＋詹보다 첨: 音으로, 詹은 처마 밑 소리가 반향하는 곳에서 말하는 모양이다. 둘이 합쳐 '처마처럼 손을 눈 위에 대고 보다.'에서 '쳐다보다'의 뜻이 생겼다.

• 비슷한 한자 • 贍 넉넉하다 섬

예시 瞻言百里 보다 첨 말하다 언 일백 백 거리 리 >> 백 리 먼 데까지 살펴보고 말함

0984

바라보다 조

眺 目눈 목＋兆조짐 조: 音로, 兆는 점칠 때 거북등딱지에 나타나는 금의 상형이다. 둘이 합쳐 '눈이 좌우로 갈라지다.'에서 '먼 곳을 바라보다.'의 뜻이 생겼다.

• 비슷한 한자 • 挑 돋우다 도

예시 眺望 바라보다 조 바라보다 망 >> 멀리 바라봄

0985

고아 고

孤 子아들 자＋瓜오이 과: 音로, 子는 머리가 크고 손발이 나긋나긋한 젖먹이의 상형이고 瓜는 넝쿨에 달린 오이의 상형이다. 둘이 합쳐 '뿌리보다 줄기가 발달한 오이처럼 뿌리가 없는 아이'에서 '고아, 외롭다'의 뜻이 생겼다.

• 비슷한 한자 • 狐 여우 호

예시 孤兒 고아 고 아이 아 >> 부모가 없는 어린애

孤獨 외롭다 고 홀로 독 >> 홀로 외로움

0986

추하다 루

陋 阜언덕 부는 층이 진 흙산의 상형이고 옆의 글자는 좁은 길의 의미이다. 둘이 합쳐 '좁은 산길'에서 '좁다, 추하다'의 뜻이 생겼다.

예시 陋醜 추하다 루 추하다 추 >> 추함

寡 0987

적다 과

寡 ※ 宀집 면＋憂근심하다 우의 생략형으로, 宀은 지붕을 본뜬 모양이고 憂는 걱정하다는 의미이다. 둘이 합쳐 '집 안에서 혼자 근심하는 사람의 모양'에서 '과부, 적다'의 뜻이 생겼다.

예시 寡人 적다 과 사람 인 >> =寡德之人의 준말로, 덕이 적은 사람

寡婦 홀어미 과 부인 부 >> 홀어미

名句 감상

君子之言 寡而實 小人之言 多而虛 君子之學也 入於耳 藏於心 行之以身(『說苑』) 군자의 말은 적으나 꽉 차 있고, 소인의 말은 많으나 비어 있다. 군자가 학문을 할 때에, 귀로 듣고 마음속에 간직하며 몸으로 그것을 행한다.

聞 0988

듣다 문

闻 ※ 門문 문: 音＋耳귀 이로, 둘이 합쳐 '귀를 문에 대고 안에서 하는 이야기를 듣다.'의 뜻이 생겼다.

※ 일설에는 門은 問으로 '묻다'의 의미이니, 둘이 합쳐 '묻고서 듣다.'의 뜻이 생겼다고도 한다.

• 비슷한 한자 • 閒 한가하다 한

예시 聞一知十 듣다 문 한 일 알다 지 열 십 >> 하나를 들으면 열을 앎

名句 감상

不登高山 不知天之高也 不臨深溪 不知地之厚也 不聞先王之遺言 不知學問之大也(『荀子』) 높은 산에 오르지 않으면 하늘이 높은 것을 알지 못하고, 깊은 계곡에 임해 보지 않으면 땅이 두터운 것을 알지 못하고, 선왕이 남긴 말씀을 듣지 않으면 학문이 위대하다는 것을 알지 못한다.

愚

0989

어리석다 우

愚 禺나무늘보 우: 音＋心으로, 禺는 큰 머리와 꼬리를 가진 나무늘보의 상형이고 心은 심장의 상형이다. 둘이 합쳐 '나무늘보처럼 활발하지 못한 마음의 기능'에서 '우직하다, 어리석다'의 뜻이 생겼다.

· 비슷한 한자 · 寓 부쳐 살다 우

예시 **愚者一得** 어리석다 우 사람 자 한 일 얻다 득 > 어리석은 사람도 그의 여러 가지 생각 중에는 취할 만한 훌륭한 것이 간혹 있다는 뜻

名句 감상

貧者因書富 富者因書貴 愚者得書賢 賢者因書利(王安石, 「勸學文」) 가난한 자는 글로 말미암아 부유해지고, 부유한 자는 글로 말미암아 귀해진다. 어리석은 자는 글을 얻어서 현명해지고, 현명한 자는 글에 말미암아 이익을 얻는다.

0990

덮다 몽

蒙 ◈ 艹풀 초＋冡덮다 몽: 音으로, 冡은 돼지에게 덮개를 덮어주는 모양이다. 둘이 합쳐 '풀로 덮이다.'에서 '덮다, 무릅쓰다, 어린 아이'의 뜻이 생겼다.

• 비슷한 한자 • 塚 무덤 총

예시
- 蒙塵 덮다 몽 티끌 진 >> 티끌로 덮임. 임금이 난리를 당해서 피난함
- 童蒙 아이 동 아이 몽 >> 어린 아이

0991

등급 등

等 ◈ 竹대나무 죽＋寺절 사: 音로, 竹은 竹簡이며 寺는 손으로 들쭉날쭉한 것을 가지런히 정리하는 모양이다. 둘이 합쳐 '죽간을 가지런히 정리하다.'에서 '같다, 등급, 무리, 따위'의 뜻이 생겼다.

예시
- 差等 차이 차 등급 등 >> 등급에 차이를 둠
- 等等 따위 등 따위 등 >> ~들

名句 감상

爲學大患 在妄意躐等 助長欲速 此私意已勝 未有私勝而能成學者也(許穆,『眉叟記言』) 공부를 하는 데에 큰 병통은 망령되이 엽등하고 조장하여 빨리하려는 것을 생각함에 있다. 이는 私的인 뜻이 벌써 이긴 것인데, 사적인 것이 앞서고서 학문을 이룰 수 있는 자는 아직 없었다(躐: 넘다 렵).

0992

꾸짖다 초

谮 言말씀 언＋肖닮다 초: 音로, 肖는 고기가 잘게 부수어지는 과정을 그린 것이다. 둘이 합쳐 '몸을 잘게 부수는 듯한 말'에서 '꾸짖다'의 뜻이 생겼다. 대전의 글자는 誚의 古字인 譙이다. 譙는 言＋焦태우다 초로 焦는 작은 새를 굽는 모양이다. 둘이 합쳐 '말로 상대를 굽다.'에서 '꾸짖다'의 뜻이 생겼다.

0993

이르다 위

谓 言말씀 언＋胃위 위: 音로, 胃는 위 속에 들어간 음식을 본뜬 것이다. 둘이 합쳐 '에워 싼 말, 즉 어떤 개념을 확실히 담아서 말하다.'에서 '말하다'의 뜻이 생겼다.

• 비슷한 한자 • 喟 한숨 쉬다 위

예시 所謂 바 소 이르다 위 >> 이른바

名句 감상

德勝才謂之君子 才勝德謂之小人(『資治通鑑』) 덕이 재주를 이기는 사람을 군자라 하고, 재주가 덕을 이기는 사람을 소인이란 한다.

0994

말하다 어

语 言말씀 언＋吾나 오: 音로, 吾는 五를 위아래로 겹쳐 쓰기도 하는데 질서정연하여 일관된 모습이다. 둘이 합쳐 '말을 질서 있고 일관되게 늘어놓다.'에서 '말, 말하다'의 뜻이 생겼다.

• 비슷한 한자 • 梧 오동나무 오

예시 語不成說 말 어 아니다 불 이루다 성 말씀 설 >> 말이 말을 이루지 못하다는 것으로, 말이 사리에 맞지 아니함

助 0995

돕다 조

助 且또 차: 音+力힘 력으로, 且는 받침 위에 신에게 바칠 희생을 겹쳐 쌓은 모양이고 力은 굳센 팔의 상형이다. 둘이 합쳐 '힘을 겹쳐 사람을 돕다.'의 뜻이 생겼다.

•비슷한 한자• 勖 힘쓰다 욱

예시 助長 돕다 조 자라다 장 >> 자라는 것을 도움

者 0996

사람 자

者 받침대 위에 나무를 쌓아 놓고 불을 때는 모양을 본뜬 것으로, 原字는 煮끓이다 자이며, 假借하여 '사람, 것, 곳'의 뜻이 나왔다.

•비슷한 한자• 諸 여러 제 奢 사치하다 사

예시 記者 적다 기 사람 자 >> 적는 사람

名句 감상

古人詩曰 古人一日養 不以三公換 所謂愛日者如此(『擊蒙要訣』事親)
옛 사람의 시에 이르기를 "옛날 사람은 하루의 봉양을 삼공과도 바꾸지 않는다." 하였으니, 이른바 날짜를 아낀다는 것이 이와 같다(孝子愛日: 효자는 날짜를 아낀다).

0997

어조사 언

焉 노란 새의 모양을 본뜬 글자로, 烏까마귀 오는 흑색의 대명사이듯 焉은 황색의 대명사였으나, 뒤에 어조사의 의미로 가차하여 쓰이게 되었다.

예시 

어조사 언 까마귀 오 >> 字形이 비슷하여 틀리기 쉬운 글자=魯魚

名句 감상

心不在焉 視而不見 聽而不聞 食而不知其味(『大學』) 마음이 있지 않으면 보아도 보이지 않으며, 들어도 들리지 않으며, 먹어도 그 맛을 알지 못한다.

0998

어조사 재

哉 戈창 과+十열 십+口입 구로, 戈는 손잡이가 달린 자루 끝에 날이 달린 창의 상형이며 十은 창으로 낸 흔적이다. 셋이 합쳐 '창으로 낸 흔적을 말하다.'에서 '탄미하는 말, 즉 어조사'의 뜻이 생겼다.

• 비슷한 한자 • 裁 재단하다 재 栽 심다 재

예시 慟哉

아프다 통 어조사 재 >> 아프구나!

0999

어조사 호

乎 호각판을 본뜬 모양으로, 呼부르다 호가 原字이며, 나중에 어조사로 파생되었다.

平 평평하다 평

名句 감상

居敬以立其本 窮理以明乎善 力行以踐其實(『擊蒙要訣』 持身) 경에 있으면서 그 근본을 세우고, 이치를 연구하여 선을 밝히고, 힘써 행하여 그 진실을 실천해야 한다(居敬: 항상 마음을 바르게 하여 품행을 닦음 窮: 궁구하다 궁 踐: 밟다 천).

1000

어조사 야

也 뱀의 머리, 또는 여자의 생식기를 본뜬 것으로, 나중에 어조사로 파생되었다.

池 못 지 地 땅 지

名句 감상

非知之難也 處知則難也(『韓非子』) 아는 것이 어려운 것이 아니라, 아는 것을 처신하는 것이 곧 어렵다.

색인

ㅂ

ㅅ

ㅇ

ㅊ

원주용

▮ 약 력

성균관대학교 한문학과 박사과정 졸업(문학박사)
안동대학교, 한림대학교 강사
(현) 성균관대학교, 원광대학교, 양원주부학교 강사
성균관대학교 동아시아지역연구소 연구교수

▮ 주요논문 및 저서

「牧隱 李穡의 碑誌文에 관한 고찰」
「陶隱 散文의 문예적 특징」
「鄭道傳 散文에 관한 일고찰」
『한국 한문학의 이론, 산문』(공저)
『목은 이색 산문 연구』
『고려시대 산문읽기』
『동양의 지혜 그리고 현대인의 삶』
『조선시대 산문읽기』

외 다수

천자문 쉽게 알기

초판발행 2009년 5월 30일
초판 4쇄 2019년 1월 11일

지은이 원주용
펴낸이 채종준

펴낸곳 한국학술정보(주)
주소 경기도 파주시 회동길 230(문발동)
전화 031 908 3181(대표)
팩스 031 908 3189
홈페이지 http://ebook.kstudy.com
E-mail 출판사업부 publish@kstudy.com
등록 제일산-115호(2000. 6. 19)

ISBN 978-89-534-3491-2 03810 (Paper Book)
978-89-534-3492-9 08810 (e-Book)

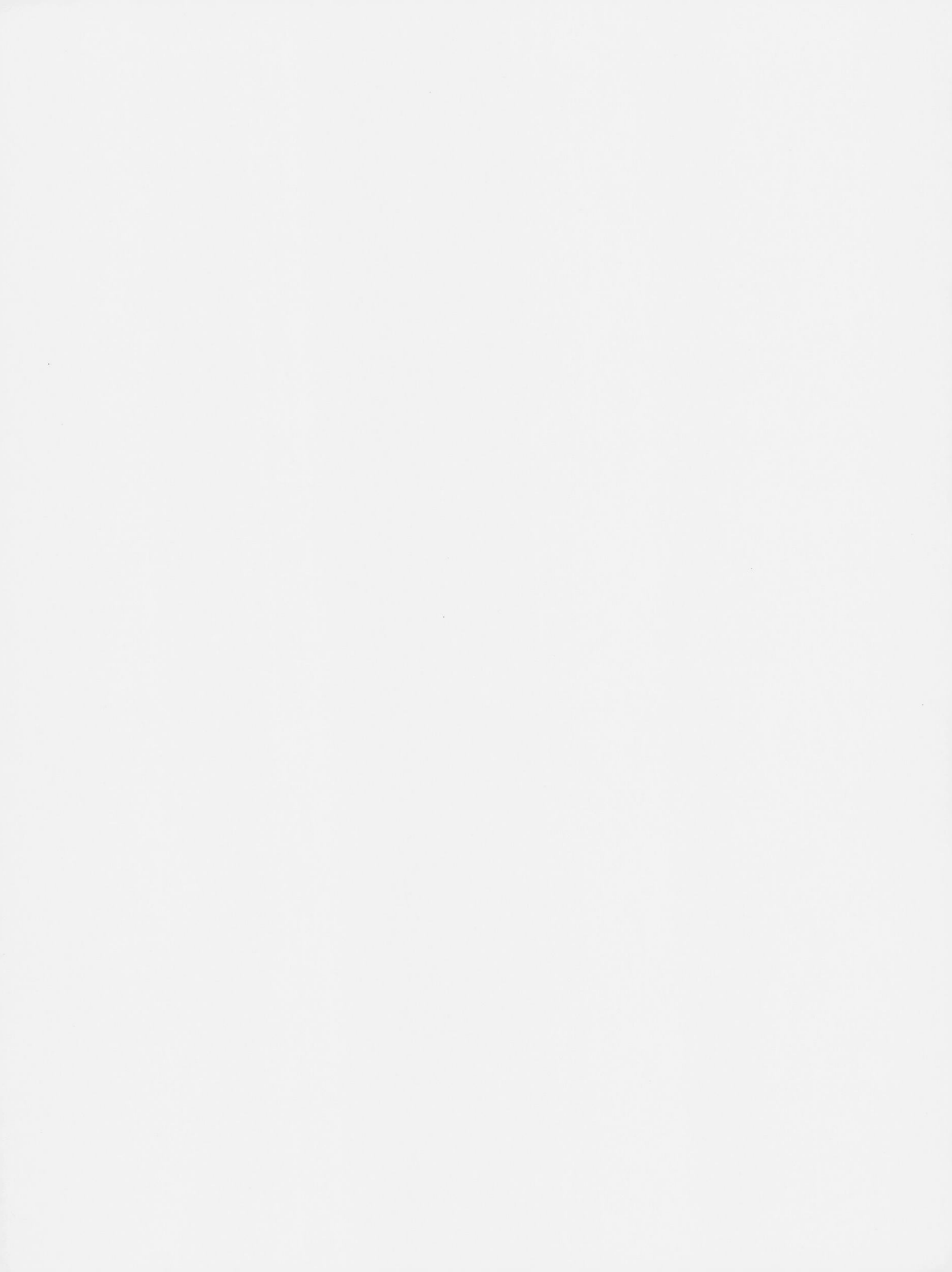